D1436121

De rode halsketting

Uit het Engels vertaald door Tjitske Veldkamp

Sally Gardner

De rode halsketting

Van Goor

Voor Weavel,
mijn lieve broer Stephen, aan wie ik mijn eerste verhalen
vertelde.
Dit boek is voor jou. Ik hoop dat je het mooi vindt.
Liefs, Schildpad

ISBN 978 90 475 0614 0
NUR 284
© 2008 Uitgeverij Van Goor
Unieboek BV, postbus 97, 3990 DB Houten

oorspronkelijke titel
The Red Necklace. A Story of the French Revolution
oorspronkelijke uitgave
© 2007 Orion Publishing Group Ltd, Londen

www.van-goor.nl
www.unieboek.nl

tekst Sally Gardner
vertaling Tjitske Veldkamp
omslagontwerp Marieke Oele
zetwerk binnenwerk Mat-Zet BV, Soest

Proloog

Er is iets op til in Parijs. Een wind is opgestoken, een wind die de ontevredenheid in de harten van de burgers aanwakkert. Parijs wacht met ingehouden adem tot traag het rad in beweging komt dat een revolutie in gang zal zetten van een omvang die Europa niet eerder gekend heeft. In het jaar dat nu aanbreekt zal het volk gevraagd worden zijn rol te spelen bij de bestorming van de Bastille, de omverwerping van het oude regime, het stilzetten van de klokken.

Tegen dit decor wandelt de duivel rond. Hij werpt een geïnteresseerde blik naar binnen bij *Docteur* Guillotin, die dag en nacht werkt aan de vervolmaking van zijn moordmachine en de scherpte van het schuine mes test op de nek van alweer een onschuldig schaap. De ijverige dokter kan nog niet vermoeden dat zijn uitvinding een hoofdrol zal spelen als bloedig altaarstuk in het drama dat zich binnenkort gaat voltrekken.

Maar laten we niet op de zaken vooruitlopen. Koning Louis XVI en zijn vrouw Marie Antoinette zijn nog in Versailles, even buiten Parijs. Het is de winter van 1789, een van de koudste sinds mensenheugenis. Koning Winter houdt de stad, haast onherkenbaar onder een dikke deken van sneeuw, in een ijzige greep.

Alles lijkt nog zoals het hoort. Alles moet nog beginnen...

1

Ons verhaal begint hier, in een aftands theater aan de Rue du Temple. Hier werkt Yann Margoza, een jongen die is geboren met twee buitengewone gaven: hij weet wat anderen denken en hij kan griezelig goed buikspreken.

Yann had een scherp getekend, intelligent gezicht, een lichtbruine huid en een flinke bos ravenzwart haar. In zijn nachtzwarte ogen twinkelden twee sterren. Hij was eenzelvig; het liefst verkende hij in zijn eentje de stad of het dorp waar hij zich op dat moment bevond, tot hij alle hoeken en gaten kende als zijn broekzak.

Sinds een paar maanden was Yann hier, in dit theater, samen met zijn vriend en mentor, de dwerg Têtu.

Têtu werkte als assistent van zijn oude kameraad, de goochelaar Topolain, met wie hij overal in Frankrijk optrad. Vanuit de coulissen kon hij als een tovenaar voorwerpen laten bewegen, terwijl Topolain vooraan op het podium zijn eigen trucs deed. Yann hielp Têtu al toen hij klein was achter de schermen, maar zelfs nu, op zijn veertiende, had hij nog steeds geen idee hoe de dwerg dat voor elkaar kreeg.

Hoe oud Têtu was, wist niemand en dat wilde de dwerg graag zo houden. Zijn geringe lengte en vreemde, hoge stem compenseerde hij met een grote intelligentie. Niets ontsnapte aan zijn scherpe blik en hij liet zich door niemand bespotten. Hij sprak vele talen, maar vertelde niemand waar hij vandaan kwam.

Het was Têtu's idee geweest om hun spaargeld te investeren in de houten pierrotpop, gemaakt volgens een zorgvuldig uitgewerkt ontwerp van Têtu. Hij had een witgeschilderd gezicht met glazen ogen en droeg een wijde blauwe kiel en dito broek.

Topolain had getwijfeld of hij wel met een pop wilde optreden.

Têtu hief vol afschuw zijn armen omhoog. 'Een pop?!'riep hij uit. 'Dit is geen pop! Dit is een automaat. Een robot. Hier gaan we rijk mee worden. Geloof me, niemand zal ooit zijn geheim kunnen doorgronden en jij, mijn beste vriend, zult het nooit verklappen.'

Topolain nam de uitdaging aan en de act werd een sensatie. Ze werden in dienst genomen door monsieur Aulard, directeur van het Théâtre du Temple, en nu speelden ze al vier maanden voor afgeladen zalen. Monsieur Aulard kon zich niet heugen wanneer een voorstelling voor het laatst zo veel mensen getrokken had. Een wonder, meende hij, vooral in deze donkere tijden.

Het publiek was gefascineerd door de pierrot. In de cafés van de Marais werd druk gespeculeerd: welke vreemde alchemie was hieraan te pas gekomen? Sommigen meenden dat het tovenarij was. Anderen, meer praktisch van aard, vroegen zich af of er wellicht sprake was van een mechaniek, of dat er iemand in de pop verstopt zat. Deze theorie werd echter al snel verworpen, want Topolain nodigde elke avond iemand uit het publiek op het podium om zelf te kijken. Iedereen moest toegeven dat de pop van massief hout was gemaakt. En al was hij hol geweest, dan had er nog geen levend wezen in gepast.

Toch kon de pierrot niet alleen lopen en praten, hij kon ook, zo vertelde Topolain zijn verbaasde publiek avond aan avond, in de harten van elke man en vrouw kijken en hun diepste geheimen zien; hij begreep hun benarde toestand beter dan de koning van Frankrijk.

Als grote finale deed Topolain de act waar hij beroemd om was: de magische kogel. Hij vroeg iemand uit het publiek om op het podium te komen en een kogel op hem af te vuren. Onder aanzwellend tromgeroffel ving hij de kogel op in zijn hand en verklaarde dat hij uit de bron van het eeuwige leven had gedronken. Na wat hij met de automaat had gedaan, twijfelde het publiek niet meer aan zijn woorden. Wellicht kon een groot goochelaar als hij Magere Hein inderdaad wel om de tuin leiden.

's Avonds, wanneer het gordijn voor de laatste keer was gevallen en het applaus verstomd was, wachtte Yann in de coulissen tot het theater leeg was. Het was zijn taak om het tafeltje op te ruimen waarop het pistool en de kogel lagen.

Vanavond was het bitter koud op het toneel. Met een klagend geluid streek er een windvlaag langs de rijen met stoelen. Yann liet zijn blik door de donkere zaal glijden. Het was er uitgestorven en toch zou hij zweren dat hij iemand in de schaduwen had horen fluisteren.

'Hallo?' riep hij.

Didier, de huismeester, liep het podium op. 'Is er iets?' vroeg hij. Hij was een reus van een man met een diepe, roestige stem en een rond, uitdrukkingsloos gezicht. Hij werkte al zo lang in het theater dat hij onderdeel van het meubilair was geworden.

'Ik dacht dat ik iets hoorde in de zaal,' zei Yann.

Didier ging op de rand van het podium staan en staarde dreigend de schemerige zaal in. Met zijn enorme lijf deed hij Yann denken aan een tot leven gekomen standbeeld. 'Ik zie niemand. Waarschijnlijk een rat. Maak je geen zorgen, ik krijg dat rotbeest wel te pakken.'

Hij verdween neuriënd in de coulissen, Yann achterlatend op het podium. Yann voelde zich ongemakkelijk. Hoe sneller hij hier weg was, hoe beter.

Nu hoorde hij het weer! Dit keer was het gefluister luider dan eerst.

'Wie is daar?' schreeuwde Yann. 'Kom tevoorschijn!'

Toen hoorde hij een zachte vrouwenstem, die fluisterend tot hem sprak in het Romani, de zigeunertaal die Têtu en hij spraken als ze samen waren. Yann sprong bijna een meter de lucht in; het klonk alsof ze pal naast hem stond. Hij zag niemand, en toch kon hij haar adem bijna voelen, als een zacht briesje in zijn nek.

Dit is wat ze zei: 'De duivel zelf is je op het spoor. Vlucht zo snel je kunt.'

*

De kleedkamer van Topolain en zijn assistenten lag aan het eind van de gang op de eerste verdieping. Ze hadden een ruimte toegewezen gekregen die monsieur Aulard plechtig 'de kleedkamer voor eersterangs acteurs' noemde. Hij was net zo armoedig als alle andere kleedkamers, maar was net iets groter en had de luxe van een open haard. Nu was de houtkorf echter bijna leeg en het haardvuur had de strijd tegen de kou bijna opgegeven. De kamer werd verlicht door talgkaarsen die met hun zwarte rook het plafond donkerbruin kleurden.

Topolain zat voor de spiegel en staarde naar zijn geschminkte gezicht. Hij was een gezette man met pafferige gelaatstrekken.

'Hoe wist je dat die schoenmaker een snuifdoos in zijn zak had, Yann?' vroeg hij.

Yann haalde zijn schouders op. 'Ik hoorde duidelijk wat hij dacht.'

Têtu was geknield op de vloer bezig de houten pierrot zorgvuldig op te bergen en luisterde met een glimlach toe. Hij wist dat Yanns gave nog onvoorspelbaar was. Soms kon hij de gedachten van mensen lezen zonder dat hij zich ervan bewust was; soms kon hij zelfs een blik in de toekomst werpen.

Yann liep naar Têtu toe.

'Ik moet je spreken.'

Topolain hield zijn hoofd schuin en luisterde. Er kwam iemand de trap op. 'Sttt.'

Zware laarzen klosten over de houten vloer in de richting van de kleedkamer. Er klonk een klop op de deur. Topolain sprong verbaasd op, waarbij hij wijn morste, die het bonte kleedje op de toilettafel donkerrood kleurde.

In de deuropening verscheen een reus van een man. Een duur, zwart kostuum, dat in de armoedige omgeving detoneerde, omspande zijn indrukwekkende buik. Maar het was zijn gezicht, niet zijn pak, dat Yanns aandacht trok. Het was bedekt met een wirwar van littekens, als de plattegrond van een stad waar je je niet graag zou wagen. De pupil van zijn linkeroog ging schuil achter een vlies met de kleur van bedorven melk en het andere oog was bloeddoorlopen. Het was een angstaanjagende verschijning.

De man overhandigde Topolain een visitekaartje, dat de goochelaar aannam nadat hij eerst het zweet van zijn handen had geveegd. Er ging een rilling van opwinding door hem heen toen hij de naam 'Graaf Kalliovski' las. Hij kende de graaf als een van de rijkste mannen in Parijs en als de eigenaar van de fraaiste verzameling automaten van Europa.

'Dit is een bijzondere eer,' zei Topolain.

'Ik ben Melkoog, persoonlijk assistent van graaf Kalliovski,' zei de man. Hij stak een leren buidel uit, alsof hij een hond een kluif voorhield.

'Mijn meester wenst dat u vanavond zijn vrienden komt vermaken in het kasteel van de markies De Villeduval. Als graaf Kalliovski tevreden is over uw optreden, zal dit uw beloning zijn.' Hij liet de buidel rinkelen. 'Buiten staat een rijtuig gereed. Haast is geboden.'

Yann wist precies wat het antwoord van Topolain zou zijn.

'Met plezier. Geeft u mij een moment om mijn spullen te verzamelen. Mijn assistenten en ik zullen ons zo snel mogelijk bij u voegen.'

'Haast u,' herhaalde Melkoog. 'Onze dure paarden staan buiten in de vrieskou.'

De dunne muren schudden toen hij de deur met een klap achter zich dicht sloeg.

Zodra ze weer alleen waren, tilde Topolain Têtu op en danste met hem door de kamer.

'Hier hebben we altijd van gedroomd! Deze uitnodiging is onze entree in de hoogste kringen. We kopen allemaal een nieuwe pruik, de mooiste zijden vesten uit Lyon en ringen met stenen zo groot als meeuweneieren!'

Hij keek naar zijn spiegelbeeld, deed nog wat rouge op zijn wangen en pakte toen zijn tas en de doos met het pistool.

'Zijn we klaar voor de aaahs en ooohs?'

'Wacht, wacht even,' smeekte Yann. Hij trok Têtu in een hoek en zei zachtjes: 'Toen ik vanavond aan het opruimen was, hoorde ik een stem die in het Romani zei "De duivel is je op het spoor. Vlucht zo snel je kunt."'

'Wat staan jullie daar te fluisteren?' vroeg Topolain. 'Schiet op, ze staan op ons te wachten.'

'Laten we alsjeblieft niet gaan,' zei Yann wanhopig. 'Ik vertrouw de zaak niet.'

'Rustig aan, Topolain,' zei Têtu, 'de jongen kon wel eens gelijk hebben.'

'Ach, houd nou toch op,' antwoordde Topolain. 'Het lot wenkt ons. Roem ligt binnen handbereik! Dit is waar ik al mijn hele leven op gewacht heb. Maak je toch niet zo'n zorgen, vanavond zijn wij prinsen.'

Yann en Têtu wisten dat het geen zin had om verder aan te dringen. Toen ze de kist met de pierrot erin de trap af droegen, trachtte Yann het beeld van een doodskist uit zijn hoofd te verjagen.

Beneden tegen de muur stond een soort wachthuisje,

waar de oude madame Manou de deur naar het toneel in de gaten zat te houden.

Ze leunde naar buiten. 'Zo,' zei ze, toen ze zag dat ze de pierrot bij zich hadden. 'Dus jullie gaan met die chique koets mee? Die is zeker van zo'n rijke aristocraat met meer geld dan gezond verstand. Stel je voor, midden in de nacht, terwijl ieder weldenkend mens zijn bed opzoekt!'

Têtu gaf haar het visitekaartje dat Melkoog aan Topolain had overhandigd. 'Wilt u tegen monsieur Aulard zeggen waar we heen gaan?'

Topolain kon nog maar aan één ding denken: de koning en de koningin zouden er misschien wel zijn. Dat idee omhulde hem als een bontmantel terwijl hij de bitterkoude nacht inliep, en beschermde hem tegen de kou. Aan de ongerustheid van Yann en Têtu dacht hij niet meer.

Buiten stond een glanzend zwartgelakt rijtuig met zes prachtige witte paarden ervoor hen op te wachten, tegen de achtergrond van de grauwe sneeuw die langzaam door een nieuw laagje donzige vlokken bedekt werd. De koets zag eruit alsof hij uit een andere wereld afkomstig was, vond Yann.

Met het oog op de kou kregen ze alle drie voet- en handwarmers en een bontkleed aangereikt. Topolain leunde, van top tot teen ingepakt, achterover tegen de roodfluwelen bekleding en ademde de geur van kostbaar sandelhout in.

'Dit is je ware, vind je niet?' zei hij glimlachend tegen Têtu. Hij keek naar het plafond. 'Stel je voor: die man is zo rijk dat hij de hemel aan de binnenkant van zijn rijtuig heeft laten schilderen!'

De koets baande zich moeiteloos een weg door de Rue du Temple, reed langs de Conciergerie en stak de Pont Neuf over. Yann keek over de bevroren Seine naar de torenspitsen van de Notre-Dame die zich aftekenden tegen de blauwzwarte hemel. Hij hield van deze stad, grauw door het vuil van eeuwen, met haar hoge, scheefgezakte huizen, en de door smalle stegen bijeengehouden buurten.

De hoofdwegen waren niet geplaveid: het waren open riolen vol mest, bloed en slachtafval. Overdag klonk hier van alle kanten lawaai: de slagen op het aambeeld van de smid, het geroep van straatventers, het paniekerige gekrijs van dieren die naar het slachthuis werden gedreven. Maar overal in deze mierenhoop van kriskras kronkelende steegjes stonden de herenhuizen, de parels van Parijs, die met hun imponerende grandeur iedere passant wezen op de absolute macht en rijkdom van de koning.

De inwoners van Parijs woonden voor het merendeel op elkaar gepropt in kleine appartementen zonder stromend water, zonder riool, zonder zonlicht. Wie iets wilde zien, stak een kaars aan. De kaarsenfabrieken braakten dan ook dag in dag uit hun stinkende drakenadem uit, die vanavond, zoals elke avond, in een dreigende wolk boven de rokende schoorstenen hing. Het was niet moeilijk om je voor te stellen dat de duivel zelf deze plek als woonstede had gekozen, en dat in deze smerige voedingsbodem van armoede en honger het zaad van de revolutie zou ontkiemen.

Voort ging het, de stad uit richting Saint Germain, langs de Rue de Sèvres waar de huizen langzaamaan plaatsmaakten voor besneeuwde, in wit kant veranderde bossen. Topolain was in slaap gevallen. Uit zijn open mond sijpelde een straaltje speeksel langs zijn kin naar beneden. Ook Têtu had zijn ogen gesloten. Alleen Yann was klaarwakker. Hoe verder ze van Parijs verwijderd raakten, hoe ongeruster hij werd. Wat hij ook probeerde, hij kon een angstig voorgevoel niet van zich afschudden. Hij wenste dat hij de fluisterende stem nooit gehoord had.

'De duivel zelf is je op het spoor.'

2

De markies De Villeduval had verontrustend hoge schulden. Hij trok zich niets aan van zijn financieel adviseurs die tegen hem zeiden dat hij op de rand van het faillissement stond. Geld zou er altijd zijn, meende hij. Een man van zijn afkomst had daar recht op. Hij was geboren met een dure smaak en alle voorrechten van de adel. Wat maakte het uit als het geld opraakte, dan verhoogde hij toch gewoon de pacht op zijn landgoederen? Volgend jaar om deze tijd zouden al zijn problemen verleden tijd zijn. En in de tussentijd leende hij gewoon nog wat van graaf Kalliovski, die geen krimp gaf als de markies hem weer een buitensporig bedrag vroeg.

Op deze manier had de markies de bouw van zijn nieuwste onderkomen betaald, een kasteeltje halverwege Parijs en Versailles, van waaruit hij gemakkelijk zowel het hof als de stad kon bereiken. Als hij die beide moe werd, was hij te vinden in het château op zijn Normandische landerijen. Alles wat hij bezat was volmaakt, zijn smaak was uitnemend, de rekeningen waren torenhoog.

Die avond had de markies een diner georganiseerd om graaf Kalliovski te bedanken voor zijn niet-aflatende vrijgevigheid. Op de gastenlijst stond iedereen die in de hogere kringen iets betekende: hertogen, prinsen, graven, kardinalen en bisschoppen. Net als de markies hadden ze allen hun eigen redenen om de graaf dankbaar te zijn.

Maar waar kwam die gulheid vandaan? Wat had graaf Kalliovski erbij te winnen? Hij was inderdaad buitengewoon rijk en daarnaast een bereisd, ontwikkeld en onderhoudend man. Zijn zwarte zakboekje bevatte bijna alle belangrijke namen en adressen in Frankrijks hoogste kringen. Vaak werd hij bij koninklijke jachtpartijen gesignaleerd en het gerucht ging dat hij de koningin uit de problemen had geholpen toen ze weer eens een beschamende speelschuld had opgebouwd. In ruil voor zijn voortdurende vrijgevigheid vroeg hij niets anders dan wat kleine vertrouwelijkheden, dingen die je in de biechtstoel niet eens zou noemen. Je hoefde ze hem alleen maar in het oor te fluisteren en hup, je was al vergeven en kreeg het geld dat je nodig had. De graaf ging met zijn vrienden om als met schoothondjes. Geen moment hadden ze in de gaten dat ze hun ziel verkochten aan de man die hen voedde.

Over Kalliovski deden tal van geruchten de ronde en zelf moedigde hij die alleen maar aan. Gevraagd naar zijn leeftijd antwoordde hij dat hij zo oud was als Karel de Grote. Gevraagd naar zijn grote zwarte wolfshond Balthazar, zei hij dat hij de hond altijd al gehad had. Slechts één ding stond vast: hij had vele minnaressen maar geen vrouw.

Het geheim van zijn succes lag in zijn vermogen om

niets te voelen. In de loop der jaren had hij geleerd emoties op een afstand te houden en hartstocht buiten te sluiten. Liefde was voor hem een blinde vlek op de kaart van de ziel.

Zijn hart was met ijzer bekleed. Zijn motto zou een ieder die hem kende moeten waarschuwen voor zijn ware aard, maar een hebberig mens ziet alleen de zak goud die hem wordt voorgehouden. Graaf Kalliovski's motto was simpel: nimmer genade.

*

De markies was onder de indruk van de graaf. De man fascineerde hem. Als hij eerlijk was, en dat was hij liever niet, moest hij toegeven dat hij afgunstig was. Erg afgunstig. Vanavond wilde hij de graaf imponeren en kosten noch moeite waren gespaard om het festijn tot een succes te maken. Voor het banket was alleen het beste van het beste gebruikt. Het land mocht dan hongerlijden, hier in de keuken heerste overvloed.

De markies had zelfs de moeite genomen om zijn dochter te laten overkomen uit het klooster waar ze verbleef, om tegemoet te komen aan een gril van de graaf die de wens had uitgesproken haar te ontmoeten. Waarom, dat wist de markies niet. Hij wijdde zelden een gedachte aan zijn enige kind, en als Kalliovski niet naar haar geïnformeerd had, was hij haar waarschijnlijk geheel vergeten. De markies beschouwde Sido als een onvolkomenheid in zijn verder zo perfecte leven.

Het prachtige nieuwe château van de markies stond symbool voor zijn tot geslotenheid neigende karakter en zijn verfijnde smaak. Elk van de vele salons was uniek. Sommige waren beschilderd met taferelen uit de Elysische velden, waar nimfen picknickten met de goden. In andere hingen vergulde rococospiegels die de vele kristallen kandelaars weerspiegelden. Op de eerste verdieping kon je van het ene naar het andere vertrek lopen door dubbele deuren geflankeerd door marmeren zuilen. Het resultaat was een bonte aaneenschakeling van vertrekken, het ene nog luxueuzer dan het andere en alle versierd met uitbundige boeketten afkomstig uit de kassen van de markies, in kleuren die pasten bij de aankleding van de kamer. Buiten mocht het winter zijn, hier schiep de markies het voorjaar met narcissen, mimosa's, tulpen en seringen, verlicht door duizend kaarsen.

Achter de grootse spiegelfaçade lag echter, onttrokken aan het oog, een stelsel van smalle, donkere, benauwde gangen die de onzichtbare, afzichtelijke spataders van het huis vormden. Ze waren uitsluitend voor het personeel bedoeld. De markies koesterde graag de illusie dat hij door onzichtbare handen bediend werd. Daarom voerde het leger van knechten en meiden zijn taken stilletjes uit op vilten sloffen, ongezien als muizen achter het wandbeschot.

*

Op de dag van het feest deelde de moeder-overste Sido mee dat ze ontboden werd op het nieuwe château van haar vader bij Parijs.

Het was twee jaar geleden dat ze hem voor het laatst gezien had en even vroeg ze zich af of hij ziek was. Ze herinnerde zich haar vader als een koude, afstandelijke man die weinig tijd voor haar had. Sido was opgegroeid tot een verlegen, onbeholpen ogend meisje dat mank liep. Vooral dat laatste was een onvergeeflijk gebrek dat een smet wierp op het glanzend blazoen van het geslacht De Villeduval. Sido was pas drie toen haar moeder overleed en ze had het grootste deel van haar twaalfjarige leven doorgebracht in het klooster, ver weg van haar vader. De markies had haar op de leeftijd van vijf jaar aan moeder-overste overgedragen met de opdracht het meisje te leren minder onhandig te doen en niet meer mank te lopen, als dat mogelijk was.

Sido was vervuld van opwinding en angstige verwachting bij het vooruitzicht naar het château te gaan, al was het dan slechts voor een diner. Toen de koets wegreed en de poorten van het klooster zich achter haar sloten, hoopte ze hartstochtelijk dat ze hier nooit meer terug zou komen, dat dit het begin zou zijn van een nieuw leven waarin haar vader eindelijk van haar zou houden.

Dat geluksgevoel verdween snel toen de koets zich een weg zocht over de plattelandswegen. Turend door het halfbevroren raampje van het rijtuig herkende Sido het landschap waar ze doorheen reden nauwelijks. In het waterige blauwe licht doken gestalten als geesten op uit de sneeuw, alleen herkenbaar als mensen door de vodden die ze droegen. Ze sjokten in zwijgende vastberadenheid voort langs de kant van de weg. Gezichten zonder spoor van hoop, berustend in hun lot, staarden haar aan. Oude mannen, jonge mannen, vrouwen met baby's op de arm, grootmoeders, vermoeide kleine kinderen, allen even slecht beschermd tegen de strenge winterkou, zochten langzaam en met moeite hun weg richting Parijs.

Sido staarde naar dit vreselijke tafereel en klopte toen tegen het plafond van het rijtuig. 'Stop, we moeten hen helpen,' riep ze tegen Bernard, de koetsier van haar vader. Haar woorden klonken hol en zinloos.

De koets reed door.

'Alsjeblieft,' riep Sido opnieuw. 'We moeten hen helpen.'

'Heel Frankrijk moet geholpen worden,' kwam er als antwoord terug. 'Als we stoppen voor deze hier, staan er verder nog honderd te wachten. Kijkt u maar de andere kant op, juffrouw.' Maar hoe kon iemand zijn ogen afwenden van zo'n zee van ellende?

*

Sido was nog nooit eerder op het château geweest. De koets reed de met bomen omzoomde oprijlaan op, die sneeuwvrij gemaakt werd door mannen die stopten om de koets door te laten en aan hun hoed te tikken. In de barre kou leek hun adem op rook uit een drakenmuil. Sommigen klommen in de besneeuwde bomen om lantaarntjes op te hangen die later op de avond aangestoken zouden worden.

Het nieuwe château van haar vader rees, compleet met torens en koepels, als een sprookjeskasteel op uit de strak ontworpen tuin die zich rondom uitstrekte.

De koets reed om het kasteel heen naar de personeelsingang aan de achterkant en kwam daar tot stilstand. De lijfknecht van de markies kwam naar buiten om haar te begroeten.

Sido was blij een bekend gezicht te zien. 'Hoe is het met jou, Luc?'

'Goed, *mademoiselle*.' En omdat hij het gevoel had dat een toelichting wellicht op zijn plaats was, ging hij door: 'Ik heb opdracht gekregen u achterlangs naar uw kamer te brengen. De markies wenst niet gestoord te worden.'

Sido volgde de knecht door een kil stenen trappenhuis en door een simpele houten deur. Luc ontstak een kaars die een bescheiden licht verspreidde in wat een gang zonder einde leek te zijn.

'Waar gaan we heen?' vroeg Sido.

De knecht draaide zich om met een vinger op zijn lippen: 'Er mag niet gesproken worden, mademoiselle.'

Sido volgde hem in stilte. Hier en daar speelden ronde lichtvlekjes, afkomstig van kijkgaatjes, een schaduwspel op de tegenoverliggende wanden. Luc opende een deur.

'Dit is uw slaapvertrek. De markies zal u laten halen als hij zover is.'

'Waar zijn die gangen voor?'

'De markies wenst zijn personeel niet te zien,' zei de knecht met een uitdrukkingsloos gezicht. Met die woorden sloot hij de deur achter zich, die volledig wegviel tegen de beschilderde wandpanelen; als je niet wist waar ze zat, zou je haar niet kunnen vinden.

De kamer waar Sido zich bevond was een sober, lichtblauw geschilderd vertrek. Het hemelbed had dikke gordijnen van donkerblauw fluweel. Naast een toilettafel stond een met stof bekleed kamerscherm en boven de haard hing een schilderij van een Italiaans gemaskerd bal. Er waren geen bloemen voor haar neergezet als welkom, noch een schaal met fruit of zoetigheid, zoals alle andere gasten kregen.

Sido was allang blij dat ze weg was uit het klooster. Ze

staarde uit het raam naar buiten waar de lucht zwanger was van sneeuw. Haar adem vormde een vlek op het glas. Verdrietig besefte ze dat ze zich het gezicht van haar moeder niet kon herinneren.

De uren gingen voorbij en ze begon zich net af te vragen of men haar vergeten was, toen de bediende terugkwam. 'De markies wenst u nu te ontvangen, mademoiselle.'

Sido streek haar rok glad, haalde diep adem en probeerde niet met haar been te trekken. Door een open deur ving ze een glimp op van de eetzaal met zeven hoge ramen, een glimmende parketvloer en muren die beschilderd waren met exotische vogels en impressies van nog onontdekte landen. Een lange tafel vol zilver, porselein en geslepen glaswerk stond overvloedig en gastvrij te wachten tot geanimeerde gesprekken en het geruis van zijde haar tot leven zouden wekken. Er ging een rilling van opwinding door Sido heen. Dit was de tafel waaraan ze vanavond zou zitten.

De markies zat te wachten in zijn werkkamer. Hij had een breed, hebberig gezicht dat eindigde in een weke, vormloze kin. Zijn trekken verrieden een voortdurende teleurstelling. Hij wierp een neerbuigende blik op zijn dochter, alsof hij een kunstwerk beoordeelde dat zijn goedkeuring niet kon wegdragen.

'Ik zie dat je weinig veranderd bent sinds we elkaar de vorige keer zagen, Sidonie. Wellicht ben je iets langer geworden? Helaas. Lengte maakt een meisje onaantrekkelijk.'

Sido was van haar stuk gebracht door de onverwachte kritiek, en ook doordat ze met haar volledige naam werd aangesproken. Ze voelde zich onhandig en ontheemd in de met bladgoud versierde en met waardevolle voorwerpen gevulde werkkamer van de markies. Ze was zo bang om een verkeerd gebaar te maken, dat ze achteruit stapte en ternauwernood een tafeltje kon ontwijken waar de nieuwste aanwinst van de markies op stond: een verzameling wetenschappelijke instrumenten.

'Kijk uit waar je loopt!' De stem van de markies was scherp en kil en hij kneep zijn lippen samen alsof hij zojuist iets zuurs geproefd had.

Sido voelde haar wangen rood worden. Achterovergeblazen door de woorden van haar vader botste ze tegen een ander tafeltje aan. Een stapel in leer gebonden boeken viel met luid geraas op de grond. Het lawaai was onthutsend.

'Mijn hemel, ben je dan net zo stom als je eruitziet? En ik zie dat je nog steeds die ontsierende mankepoot hebt. Blijkbaar ben je nog in geen enkel opzicht verbeterd,' zei de markies geïrriteerd.

Sido wenste dat de grond zich zou openen en haar zou opslokken.

Op dat moment werd graaf Kalliovski de kamer binnengeleid, gevolgd door Balthazar, een grote, zwarte wolfshond.

Sido had hem voor het laatst gezien toen ze nog klein was en haar eerste indruk was nu dat ze noch met deze man, noch met zijn hond alleen gelaten wilde worden. Toen ze zijn scherpe, onderzoekende blik op zich voelde rusten, sloeg ze haar ogen neer en maakte een kniebuiging. Vanuit haar ooghoeken zag ze een lange, slanke man in elegante kleren. Zijn huid was glad en leeftijdsloos, alsof hij was ingelegd in aspic. Om hem heen hing de geur van rijkdom.

'Dit is mijn dochter,' zei de markies kortaf. 'Ik vraag me af waarom ik de moeite heb genomen om haar hierheen te halen.'

Graaf Kalliovski zette het tafeltje rechtop, maar liet de boeken op de grond liggen. 'Om mij een plezier te doen,' zei hij. Hij ging in een stoel zitten en strekte zijn lange benen uit. Zijn ellebogen liet hij op de armleuning rusten en zijn vingers legde hij in een driehoek tegen elkaar voor zijn mond. Hij had grote, lelijke handen die niet leken te passen bij de rest van zijn lichaam. De hond ging in de buurt van zijn baas liggen. Het viel Sido op dat de graaf een zijden vest droeg waarop zwarte schedeltjes en klimopranken geborduurd waren.

De graaf bekeek Sido met het oog van een kenner. 'Charmant,' zei hij. 'Maar hebben ze geen eten bij jullie in het klooster?'

'Niet veel, meneer,' antwoordde Sido.

De graaf glimlachte. 'Zijn alle nonnen dan net zo bleek en dun als jij?'

'Nee, meneer.'

'Dat dacht ik al. Hebben zij een aparte eettafel?'

Sido knikte.

'Welk klooster is het?'

Toen Sido de naam noemde, begon de graaf luid te lachen.

'Ik ken de kardinaal wel. Ik heb hem in het verleden geld geleend om zijn speelschulden af te lossen.'

De markies keek ongemakkelijk.

'Mijn beste vriend, ik heb misschien niet jouw oog voor

kunst of voor de nuances van de architectuur, maar ik beschouw mezelf wel als een vrouwenkenner. Je dochter
heeft betoverende blauwe ogen. Geef haar een paar jaar
en je zult zien dat ze verrukkelijk wordt.'

De markies staarde naar Sido. Hij zag eruit als een uit
zijn krachten gegroeid, verwend kind dat de opdracht
krijgt lief te zijn voor zijn vriendjes. 'Met alle respect,
mijn beste graaf, ze is lelijk en dat zal ze blijven. Ik vrees
dat het middaglicht en de schoonheid van mijn werkkamer u parten spelen.'

'Welnee. Maar het baart me zorgen dat u uw dochter
naar zo'n onverschillige school hebt gestuurd. Vertelt u
me eens, wat heeft een mens aan een saaie echtgenote
zonder charmes? Om het beste uit uw dochter te halen,
zou ik willen voorstellen haar van nu af aan thuis te on-
derwijzen.'

Sido was verbaasd dat de graaf zich ontpopte als een
bondgenoot.

De markies belde zijn lijfknecht.

'Geef haar een bad en ontbied de kleermaker,' zei hij
met tegenzin. 'Vanavond zal ze aanzitten aan het diner.'

Het duurde even voor het tot Sido doordrong wat haar
vader gezegd had. Misschien zou ze hier dus mogen blijven. Ze vroeg zich af of het lot haar eindelijk een keer
gunstig gezind was.

3

Het was halfelf en de gasten waren klaar met eten. Het was een heerlijk feestmaal geweest, waarbij de wijn rijkelijk had gevloeid. Boven waren de kaarttafels klaargezet en in de langwerpige zitkamer speelde een orkest.

N a aankomst waren Topolain, Têtu en Yann naar de bibliotheek geleid, waar een klein podium was gebouwd met een geïmproviseerd gordijn ervoor. Het enige licht in het vertrek was afkomstig van het haardvuur en de kandelaars op de schoorsteenmantel. Als het kaarslicht opflakkerde, werd zichtbaar dat dit een groot, halfrond vertrek was. De muren waren van vloer tot plafond bedekt met boekenkasten. Halverwege het plafond liep een houten balustrade met aan de uiteinden een wenteltrap. Waar het plafond begon of eindigde was moeilijk te zeggen; het leek wel of de boekenplanken tot aan de hemel reikten.

Topolain was in een slecht humeur. Toen ze aankwamen was hij diep in slaap geweest en hij was bij het uitstappen lelijk gestruikeld onder het oog van de livreiknecht.

'Had dan gezorgd dat ik niet in slaap viel,' beet hij Têtu toe, maar die negeerde hem. Nu stond hij bij het vuur en probeerde zijn koude ledematen te verwarmen. Ondanks de bontdekens in de koets was hij tot op het bot verkleumd.

Alleen Yann was waakzaam en opgewonden genoeg om op onderzoek uit te gaan. Hij bewoog zich van het haardvuur vandaan naar de donkere hoeken van de bibliotheek. Nog nooit had hij zo veel boeken gezien. Hij pakte er één van een plank. Het was gloednieuw; sommige pagina's waren zelfs nog niet losgesneden. Hij zette het terug en pakte glimlachend een ander. De eigenaar van het kasteel had dit vertrek meer om indruk te maken dan vanwege de kennis die erin lag opgeslagen.

Yann vond het ongelooflijk dat een château als dit het bezit kon zijn van één man; het maakte dat hij zich klein voelde als een insect. Maar ondanks alle grandeur ademde het gebouw iets ongemakkelijks, alsof de fundamenten ruzieden met de aarde waarop ze rustten. Een slecht voorteken voor de voorstelling, meende hij.

De grote dubbele deuren aan het eind van het vertrek gingen open en in de tocht die dat veroorzaakte flakkerden de kaarsvlammen op. Toen Yann zich omkeerde, zag hij hoe een lange man de bibliotheek betrad. Hij was gekleed in het zwart, zijn haar was wit gepoederd en hij liep met vastberaden tred, waarbij de rode hakken van zijn met glimmende gespen versierde schoenen luid op de houten vloer klikten. Hij werd gevolgd door een zwarte wolfshond en hield iets vast wat Yann niet goed kon zien. Toen de man in de lichtkring rond het haardvuur stapte, zag hij dat het een uit hout gesneden, menselijke schedel was.

Bij die aanblik trok Yann zich verder terug in de schaduw van de boekenkasten. Er was iets sinisters aan deze
man. Dit zou de markies De Villeduval wel zijn.

Graaf Kalliovski negeerde Topolain en Têtu. De jongen
had hij nog niet opgemerkt. Met zijn rug naar het haardvuur zette hij de houten schedel op tafel en maakte hem
open. Er werd een prachtig uurwerk zichtbaar. Op de wij-
zerplaat stond een afbeelding van de Man met de Zeis.

Topolain haastte zich struikelend naar voren en maakte een diepe maar mislukte buiging. De hond gromde en
ontblootte een rij scherpe, puntige tanden, waarop Topolain haastig een stap terug deed. Kalliovski keek niet op.

'Het is een eer, graaf Kalliovski, om ontboden te worden in uw prachtige onderkomen,' zei Topolain. 'Mag ik
u feliciteren met uw uitstekende smaak?'

'Dit is mijn onderkomen niet. Het behoort aan de markies De Villeduval. Laten we hopen dat u vaardiger met
goocheltrucs bent dan met uw woorden.'

Topolain was nog niet helemaal wakker. Hoe kon hij
vergeten zijn wat hem al eerder verteld was? Hij probeerde het goed te maken met meer tenenkrommende vleie-
rijen, die de zaak alleen maar erger maakten. De hond
gromde weer, een laag, dreigend gerommel als van aan-
rollend onweer. Zijn oren lagen plat tegen zijn kop en
met zijn gele, glanzende ogen volgde hij elke beweging
van de goochelaar, klaar om op één woord van zijn meester de man in stukken te scheuren. Topolain deed nog een
stap naar achteren. Hij was doodsbang voor honden.

Têtu bekeek het tafereel met groeiende paniek. Hij
zocht radeloos in zijn geheugen naar de vorige keer dat
hij deze man ontmoet had.

Uiteindelijk was het de hand van de graaf die de herinnering boven bracht. Têtu wist nu met angstige zekerheid dat ze verloren waren. Kalliovski, met al zijn kouwe drukte, had de handen van een slager, de handen van een moordenaar. Hoe had hij hem ooit kunnen vergeten? Hier stond een geest uit zijn verleden, de vijand die hij gehoopt had nooit meer te zien. Had hij maar meer aandacht besteed aan Yanns woorden. Yann! Waar was die jongen eigenlijk? De mond van Têtu voelde droog en hij was opgelucht toen hij hem in de schaduw zag staan. Nu kon hij alleen nog maar hopen dat Topolain voor één keer zijn mond zou houden.

Yann had Têtu's gedachten nooit kunnen lezen, maar hij merkte deze avond dat er iets met de dwerg aan de hand was, iets anders dan zijn gebruikelijke vermoeidheid na een voorstelling. Dit was veel verontrustender. Hij luisterde toen de graaf begon te spreken.

'Ik heb jullie hier vanavond laten komen omdat ik onder de indruk was van jullie optreden in het Théâtre du Temple. Ik heb evenals jullie een grote interesse in automaten.'

Topolain glimlachte zwakjes. Hij luisterde maar half. Hij wist zeker dat hij deze man eerder ontmoet had, maar hij had geen idee waar.

'Weet u wie er voor het eerst op het idee kwam van de mens als levende machine?' vroeg de graaf. 'De filosoof Descartes. Misschien vindt u het interessant te weten dat hij een replica van zijn dode dochter Francine heeft laten maken.'

'Dat wist ik niet,' zei Topolain. Hij merkte met een schok dat Kalliovski hem recht aankeek. Van Descartes had hij nog nooit gehoord en hij wist niets van filosofie. Nerveus haalde hij zijn zakdoek tevoorschijn en snoot zijn neus.

'En dan heb je Jacques de Vaucanson,' ging de graaf bedachtzaam verder. 'Wellicht herinnert u zich het wereldwonder van zijn hand: de poepende eend.'

Hier kwam Topolain op bekender terrein; iedereen in Frankrijk kende de poepende eend. Hij kuchte en ging rechtop staan.

'Persoonlijk heb ik nooit het voorrecht gehad de eend te zien. Naar het schijnt was het zeer onderhoudend om het dier een graantje uit je hand te zien eten, dat hij even later als een echte eend uitscheidde.'

'Inderdaad,' zei graaf Kalliovski droogjes. Zijn gezicht stond uitdrukkingsloos. 'En wist u ook dat het niet meer was dan een opwindspeeltje? We leven in de eeuw van de Verlichting en alles wat die ons oplevert is een poepende eend. Ik hoop dat uw pierrot meer te bieden heeft.'

'Zeker, heer. Veel meer,' zei Topolain. Toen ging hij zonder verder na te denken door: 'Vergeef mij dat ik het vraag, maar hebben wij elkaar niet eerder ontmoet? Ik vergeet nooit een gezicht, laat staan het uwe...' Hier stopte hij, te laat bemerkend dat zijn tong met hem op de loop was gegaan. Een fatale fout.

Kalliovski kneep zijn ogen samen en nam de man tegenover zich op. Toen draaide hij zich naar de dwerg en er was een vonk van herkenning op zijn gezicht te zien. Op dat moment herinnerde de arme goochelaar zich wanneer en waar hij de graaf eerder gezien had. Onder zijn vlekkerige witte make-up trok alle kleur uit zijn gezicht weg.

De graaf glimlachte in zichzelf. Hij draaide zich op zijn rode hakken om en verliet het vertrek. Têtu en Topolain hoorden zijn voetstappen in de verte verdwijnen. Ze zaten in de val.

'Wat heb ik gedaan?' zei Topolain.

Yann kon Topolains angst voelen, hoewel diens gedachten een chaos waren waar hij geen wijs uit kon worden.

'Stil,' gromde Têtu. 'De jongen is hier. Je kunt de act met het pistool vanavond beter schrappen.'

Topolain schonk zichzelf met trillende handen uit een karaf een flink glas cognac in en sloeg de drank in één teug achterover. 'Geen pistool, dat lijkt me een wijs besluit. Maar we zijn ten dode opgeschreven, is het niet?'

De herinnering aan de stem eerder die avond bekroop Yann. Er moest een manier zijn om te ontsnappen, dacht hij koortsachtig.

Boven hem op de houten balustrade klonk het geluid van voetstappen. Als uit het niets verscheen een voetknecht die met een schotel zoetigheid de wenteltrap afdaalde. Snel begaf Yann zich naar de trap aan de andere kant van de kamer. Hij keek toe hoe de bediende de schaal naast de karaffen op de tafel zette, om daarna langs dezelfde weg weer te verdwijnen, door een onzichtbare deur in de boekenkasten. Yann liep als een kat de trap op en wist de deur te pakken voordat die dichtviel.

'Kijk of je een vluchtweg kunt vinden. Ik zorg dat de deur openblijft. Vooruit!' siste Têtu.

Yann stond in een donkere, muf ruikende gang. Verderop zag hij de bediende met een flikkerend kaarslicht verdwijnen in wat een wirwar van gangen bleek. Het leek op de ruimte tussen de geschilderde decors die hij kende van het theater. Maar waarom was er in het château zo'n geheim doolhof van gangen? Wat werd hier verborgen gehouden? Welke illusies werden hier in stand gehouden?

*

Sido zat al uren klaar in haar feestkleren, maar er was nog niemand gekomen om haar op te halen. Wanneer er beneden deuren open- en dichtgingen, hoorde ze flarden muziek en gelach. Het was al laat en het souper was vast al voorbij. Ze hadden haar vergeten. Hongerig en teleurgesteld ging ze op het hemelbed liggen en sloot haar ogen.

Zo zag Yann haar voor de eerste keer. Hij had de kijkgaatjes in alle deuren ontdekt en had inmiddels een goed idee van hoe het château in elkaar zat. Het was alsof hij de verschillende scènes van een toneelstuk bekeek, met gasten die de laatste hand legden aan hun kostuums. Hij voelde zich tot dit meisje aangetrokken en wist zeker dat ze niet zou gaan gillen als hij zich in haar kamer waagde. Hij opende zachtjes de deur. Omdat hij haar niet wakker wilde maken, ging hij zitten en wachtte tot ze zou bewegen.

Iets aan haar fascineerde hem. Ze leek op een porseleinen pop, met lange wimpers die bewogen als vlindervleugels en een overdaad aan donker haar dat over de kussens golfde. Hij was nieuwsgierig waarom ze hier alleen was achtergelaten.

Toen werd Sido met een schok wakker. Ze ging met een ruk rechtop zitten toen ze de jongen zag.

'Wie ben jij? En wat doe je hier?'

Ze trok de gordijnen om zich heen en gluurde ertussendoor, zich afvragend of ze om hulp moest roepen.

'Er komt toch niemand,' zei Yann.

Dit was heel verwarrend. Had ze zonder het te weten hardop gepraat?

'Hoe heet je?' vroeg ze.

'Yann Margoza. En jij?'

'Sido de Villeduval. Wat doe je hier?'

'Ik hoor bij de goochelaar. Wij houden hier vanavond een voorstelling, beneden in de kamer met de boeken.'

'De bibliotheek?'

'De eigenaar heeft in elk geval nog geen van die boeken gelezen. Ze zijn allemaal gloednieuw.'

'Alles in dit huis is nieuw. Mijn vader heeft het net laten bouwen.'

'Ben je een prinses?'

Sido lachte. 'Nee.'

'Ik zou zo niet kunnen leven,' zei Yann. 'De muren zouden op me af komen. Het zou een gouden kooi worden.'

Die jongen hoorde hier niet, dacht Sido. En toch wilde ze gek genoeg niet dat hij wegging. Hij maakte dat ze zich minder vergeten en minder hongerig voelde. Ze probeerde zich te herinneren wat ze van jongens wist, maar dat was bitter weinig, in tegenstelling tot de andere meisjes in het klooster had ze geen broers of neven. En nu zat er een onbekende jongen in haar slaapkamer. Als ze met hem betrapt werd, zou ze worden teruggestuurd naar het klooster en opnieuw worden vergeten.

'Dat gebeurt echt niet.'

'Hoe doe je dat, weten wat ik denk?'

Yann pakte een boek op. 'Iets denken of iets zeggen, dat is precies hetzelfde. Kun jij lezen?'

Sido knikte.

'Weet je zeker dat ik niet terug hoef naar het klooster?' vroeg ze.

'Je blijft hier.'

Ze was opgetogen over zijn woorden.

'Ik wilde dat ik woorden kon lezen. Gedachten zijn soms zo verwarrend. Waarom heeft dit huis geheime gangen?'

'Mijn vader heeft ze laten bouwen omdat hij de bedienden niet wil zien. Bedankt voor wat je gezegd hebt. Maar ik denk dat je nu moet gaan.'

Yann wist dat ze gelijk had, maar dit meisje intrigeerde hem zo dat hij vergat waarom hij op onderzoek was uitgegaan.

Hij glimlachte. 'Je hoeft je geen zorgen te maken. Ze komen je pas halen als de voorstelling begint.'

Wat een vreemde jongen. Het leek alsof ze in de kerk was, alsof ze openging en alles wat in haar omging aan het licht kwam.

'Er zitten kijkgaatjes in de deuren. Ik zag je toen ik erdoorheen keek. Wil je 't zien?'

Sido knikte.

'Laat je schoenen maar hier.'

In haar japon van moirézijde die ritselde als ze bewoog, volgde ze Yann door de verborgen deur, het geheime gangenstelsel door. Om beurten keken ze door de gaatjes. Een dame in een boudoir maakte haar onmogelijk hoge pruik vast terwijl ze tegen haar kamermeisje klaagde dat hij te zwaar was, dat ze hoofdpijn had. In een andere kamer kuste een man een vrouw in haar nek. Ze bloosde en Sido zag hoe ze snel een stap opzij deed en zichzelf achter haar waaier verborg toen haar man in de deuropening verscheen. In een weelderige salon zaten dames en heren in de gloed van zo veel kaarsen dat alles van goud leek.

Ze voelde hoe Yann haar arm zachtjes aanraakte.

'We moeten terug.'

Ze liepen terug en Sido trok snel haar beddengoed recht en deed haar schoenen aan. Haar hart sloeg een slag over toen er een scherpe klop op de deur klonk.

Maar de jongen met de ogen die alles zagen, was al verdwenen.

4

Op de laatste slag van twaalf was alles in gereedheid. Alleen de markies ontbrak nog. Terwijl de gasten zaten te wachten, brak er ruzie uit tussen twee mannen in het gezelschap, een kardinaal en een intens serieus ogende jongeman met de naam Louis de Jonquières.

'De geestelijkheid is de eerste stand in Frankrijk, de adel de tweede en de derde wordt gevormd door de rest van het land. We zijn verreweg in de minderheid. Het is van het grootste belang dat we onze rol ter discussie stellen,' zei de jongeman.

'U vindt zeker dat de derde stand een stem moet krijgen? Moet elke boer dan iets te zeggen hebben? Hebt u wel nagedacht over de gevolgen?' vroeg de kardinaal met weerzin in zijn stem.

'U bent een man van de kerk. De Bijbel vraagt van ons dat we ons bekommeren om de armen,' antwoordde Louis de Jonquières die warm begon te draaien. 'Als we iets aan hun lot willen verbeteren, moeten ze, naar mijn idee, iets te zeggen krijgen over de manier waarop het er in dit land aan toegaat. U zult toch moeten toegeven dat onze huidige maatschappij heel wat te wensen overlaat.'

De kardinaal keek gepijnigd. Hij schraapte zijn keel om zijn mening te kunnen geven: 'Mijn voorouders hebben gevochten om dit land te maken tot wat het is. We zijn een grote natie, de hele wereld benijdt ons. U denkt toch niet dat we dat aan het volk te danken hebben? Het is onze plicht onze positie te houden en het volk te leiden.'

'Maar de adel is niet te vertrouwen,' zei Louis de Jonquières. 'We zijn niet van plan ook maar iets aan onze levenswijze te veranderen om brood op de tafel van de stervenden te kunnen zetten. Kijk wat er gebeurd is in Amerika! Het volk heeft zich ontdaan van de Engelse soevereiniteit en het land is nu, met onze hulp, een republiek geworden. Veel van mijn vrienden zijn van mening dat de absolute monarchie dood is.'

De wangen van de kardinaal waren nu zo rood als zijn zijden gewaad.

'De maatschappij,' zei hij hooghartig, 'zal zich moeten ontwikkelen, en dat, monsieur, vraagt tijd. Rome is niet in één dag gebouwd.'

'Maar waarom zouden de armen moeten betalen voor de privileges van de rijken? Zij zijn met zo veel en wij met zo weinig,' zei Louis de Jonquières hartstochtelijk.

Graaf Kalliovski, die het leuk vond om getuige te zijn van de nederlaag van de kardinaal, onderbrak het gesprek met een lach.

'Genoeg, genoeg,' zei hij. 'Vanavond laten we de politiek rusten, vrienden. Dat onderwerp maakt van ons allemaal oninteressant gezelschap.'

Op dat moment betrad de markies met de timing van een groot acteur het vertrek, met Sido aan zijn zijde. Hij nam plaats voor het geïmproviseerde podium en Sido ging naast hem zitten.

Haar aandacht werd getrokken door de hertogin De Lamantes, met haar modieuze, hoge kapsel. Bovenop, tussen een verzameling linten en bloemen, bevond zich een koets van gouddraad die door zes appelschimmels van geblazen glas werd getrokken. Dit fragiele ontwerp ging slecht samen met het zure gezicht van de draagster, dat eruitzag of door één glimlach de laag make-up zou barsten.

De hertogin hief haar toneelkijkertje. 'Wie is dat lelijke wezen? Toch niet de dochter van de markies? Wat een teleurstelling voor hem.'

De markies maande het gezelschap tot stilte. 'Ik hoop dat ik nog niets heb gemist van uw intrigerende voorstellinkje, graaf Kalliovski.'

'In het geheel niet, mijn goede vriend,' antwoordde de graaf. 'Zoals u ziet, is het gordijn nog niet opgehaald.' Hij klapte in zijn handen.

*

'Mijne dames en heren, om de markies te danken voor deze prachtige avond, heb ik voor hem een voorstelling meegenomen uit het theater in de Rue du Temple. Een voorstelling die zo populair is dat hij de afgelopen vier maanden uitverkocht is geweest. Hier is de pierrot van het volk.'

Er klonk applaus toen het gordijn opging en Topolain de pierrot het podium op droeg.

Zoals altijd begon de goochelaar zijn optreden met de werking van de houten ledematen uit te leggen en te laten zien dat er geen sprake was van touwtjes.

'Monsieur le marquis, graaf Kalliovski, mijne dames en heren,' kondigde hij zwierig aan, 'ik presenteer u het wonder van Parijs. Hij kan lopen. Hij kan spreken. Maar vooral kan hij in de toekomst kijken en in de diepten van ons hart zien. Hij kent onze duisterste geheimen.'

'Waarom zou ik dat goedvinden?' onderbrak de markies hem. 'Ik vind dat nogal brutaal.'

Er klonk gelach in de zaal.

Topolain stopte, niet wetend of hij moest doorgaan of wachten.

'Mijn beste graaf,' zei de markies, die eigenlijk geïrriteerd was omdat het niet zijn eigen idee was geweest om de voorstelling hierheen te halen, 'dit zijn straatartiesten. Het verbaast me dat u hen hebt laten komen.'

'Geduld. Ik kan u verzekeren dat mijn ideetje zeer onderhoudend zal uitpakken.'

Topolain was zo van zijn stuk door het oponthoud dat hij zich de vragen die hij normaal aan de pierrot stelde niet meer kon herinneren. Tot zijn opluchting stond de pierrot op en opende zijn staalblauwe ogen. Hij strekte zijn houten vingers uit en bewoog zijn houten ledematen.

In de zaal heerste een volledige stilte.

Topolain hernam zich en begon het publiek te bewerken. Voorzichtig tilde hij de wijde blauwe blouse van de pop op om de uit hout gesneden romp te laten zien. Hij tikte er met zijn vinger op, wat een prettig, solide geluid opleverde.

'Bravo! Een knap bedacht mysterie,' zei de markies. Graaf Kalliovski wendde zijn blik niet van de houten pierrot af; ook hij was benieuwd hoe deze vreemde pop werkte.

Met niet langer haperende stem sprak Topolain: 'Stel de pierrot nu een vraag, het maakt niet uit welke. Ik kan u verzekeren dat het antwoord u niet zal teleurstellen.'

Vanaf zijn strategische plek in de schaduw kon Yann het podium en het publiek goed zien. Naast hem liet Têtu de pierrot bewegen. Hoe, dat was voor Yann nog steeds een mysterie. Met hun twee talenten hadden zij de voorstelling tot een succes weten te maken.

'Vertel me eens wat voor hond ik heb,' zei een dame met een opgemaakt gezicht en een beschilderde waaier.

Hier was Yann goed in: hij kon gedachtelezen en zijn stem zo laten klinken dat het leek alsof de pierrot sprak.

'Een spaniël. Ze heeft drie dagen geleden puppy's gekregen.'

De dame lachte. 'Wat knap. Heel leuk.'

Nu ging het verder zoals eerder op de avond in het theater. Er volgde een serie onzinnige vragen die naar ieders tevredenheid werden beantwoord en Yann was blij dat er niets veeleisenders van hem gevraagd werd. Het was hard werken om twee voorstellingen op een avond te doen, vooral voor Têtu.

Toen merkte Louis de Jonquières op: 'Als de pierrot in dit soort kleine, onbelangrijke dingen gelijk heeft, kan hij ons wellicht ook informeren over de grotere, actuele kwesties.'

'Werkelijk monsieur,' zei de hertogin De Lamantes, 'begint u nu alweer? Waarom gaat u niet met uw praatjes naar de koffiehuizen van Parijs in plaats van een houten pop te vragen deel te nemen aan uw onzinnige debat? Laat het rusten. Dit is zeer ongepast.'

'Vergeeft u me,' zei Louis de Jonquières, 'maar ik ben gewoon nieuwsgierig. Vertel me eens pierrot, zal het huidige regime vallen?'

Bij deze vraag veranderde de stemming in de zaal. Ergens in zijn hoofd zag Yann een publiek van onthoofde mensen. Bloed stroomde over hun dure kleren. Als van mijlen ver hoorde hij de pierrot zeggen: 'Aan de periode van duizend jaar Franse koningen komt een einde.'

Het publiek begon heen en weer te schuiven op de stoelen. Topolain haastte zich naar de rand van het podium. 'De pop maakt een grapje,' riep hij uit. 'Stelt u hem alstublieft een vraag die hij kan beantwoorden.'

Louis de Jonquières duwde zijn stoel naar achteren en stond op.

'Ik wil van een houten pop natuurlijk geen oninteressant gezelschap maken, maar misschien wil hij ons toch zijn eerlijke mening geven over de vraag of Frankrijk zich zal ontwikkelen tot een constitutionele monarchie.'

'Alstublieft, monsieur,' onderbrak Topolain hem. 'Mijn pop is geen politieke waarzegger.'

'Maar u zei toch, meneer, dat hij in de toekomst kan kijken, en in de hoofden van de mensen? Ik vraag hem alleen maar wat hij ziet.'

'Horloges, snuifdozen, snuisterijen, snoepjes enzovoorts,' zei Topolain. Hij voelde dat hij zijn greep op de zaak begon te verliezen. Wat bezielde Yann, dat hij zoiets gevaarlijks zei?

'Doe me een plezier,' drong de jongeman aan.

Yann liet zijn blik gaan over alle chique dames en heren met hun smaragden, robijnen en diamanten die glinsterden op verlept vlees. Louis de Jonquières hield zijn met bloed bevlekte hoofd onder zijn arm. Yann knipperde met zijn ogen in de hoop dat het visioen zou verdwijnen, maar hij zag de Dood de zaal binnenkomen. Hij wilde zijn mond houden, maar het leek wel of hij bezeten was.

'Ik zie u allen verdrinken in bloed,' hoorde hij de pierrot zeggen.

Die opmerking was zo onverwacht en schokkend, dat Topolain in lachen uitbarstte. 'Zoals u ziet, mijne dames en heren, is de pierrot slechts een houten pop als het op politiek aankomt.'

Maar geen van de gasten lachte. Hun gezichten stonden ernstig en de sfeer in de kamer was ongemakkelijk geworden.

'Slechts een houten pop,' zei de markies plechtig. Hij wendde zich tot zijn gasten. 'Ik kan u verzekeren, mijn goede vrienden, dat zoiets hier nooit zal gebeuren. Dit is vast een Engelse pop!' Er ging een rimpeling van nerveus gelach door het publiek.

'In Engeland misschien, dat land van barbaren. Kijk maar wat ze met koning Charles de Eerste hebben gedaan: onthoofd! Zo diep zullen wij niet zinken.'

Er klonk instemmend gemompel. Iedereen applaudisseerde.

Graaf Kalliovski keek geïnteresseerd toe. Hij was de rechter die zou oordelen over het lot van Topolain en Têtu en hij had zijn oordeel klaar: dit zou hun laatste optreden ooit zijn. Na vanavond zouden de oude man en zijn vriend sterven.

De markies wuifde Topolain weg: 'Dank u, dat is alles. De voorstelling – als je dit zo kunt noemen tenminste – is voorbij. We trekken ons terug in de salon.'

'Nog even geduld,' zei de graaf. 'De voorstelling is nog niet voorbij. Ik meen dat monsieur Topolain beroemd is om een truc met een pistool. Monsieur Topolain is de enige man in Europa die beweert dat geen kogel hem kan verwonden.'

'Onmogelijk!' zei de markies.

'Laten we onszelf overtuigen,' antwoordde de graaf.

Nu stond Topolain er alleen voor. In gedachten zag hij de Man met de Zeis uit de houten schedel klimmen, in afmeting groeien en net als Kalliovski naar hem kijken. Even overwoog hij te vluchten, maar hij kon Melkoog op wacht zien staan voor de deuren van de bibliotheek. Als hij zou proberen te vluchten, betekende dat het einde voor hen allemaal. Hij haalde lang en diep adem. De man die zichzelf een lafaard vond, toonde nu de moed van een leeuw. Als geboren entertainer haalde hij het pistool en de kogel tevoorschijn en liet ze aan het publiek zien.

'Ik zal u bewijzen dat ik onoverwinnelijk ben. Deze kogel zal op mijn hart worden afgevuurd en toch zal ik het kunnen navertellen. Ik heb een vrijwilliger nodig.'

Hij keek naar het publiek, wetend wie er zou opstaan.

'U hebt iemand met een scherp oog nodig, ik vlei mezelf met de gedachte dat ik zo iemand ben,' zei graaf Kalliovski.

Topolain wenste dat hij meer van de uitstekende cognac van de markies had gedronken. Hij laadde het geweer en gaf het aan de graaf, die de tijd nam om het pistool te inspecteren. Topolain zag als enige dat hij op listige wijze met het wapen knoeide.

'U schiet wanneer ik mijn zakdoek omhoog houd.'

'Wacht even,' zei de graaf. 'Bent u niet iets vergeten? Moet u niet wat magische woorden zeggen om ervoor te zorgen dat u niets overkomt?'

Dat was Topolain allerminst vergeten, maar hij wist dat woorden hem niet zouden kunnen redden.

De stem van de graaf onderbrak zijn gedachtegang. 'Geen kogel...'

'Geen kogel,' herhaalde Topolain, 'zal mij verwonden. Ik heb gedronken uit de beker van het eeuwige leven.'

Met deze woorden keerde hij zich moedig om, alsof hij zich opmaakte voor een duel hoewel hij, in tegenstelling tot Kalliovski, niet gewapend was. Hij keek zijn moordenaar recht in de ogen en hief zijn zakdoek.

'Vuur!'

De graaf haalde de trekker over. Er klonk een luide knal, gevolgd door de scherpe geur van kruit en geschroeid vlees. Topolain viel neer en het publiek hield de adem in toen de zakdoek in zijn hand helderrood kleurde.

Topolain stond weer op. Hij toonde het publiek de kogel in zijn zwetende handpalm. Toen strompelde hij naar voren voor een laatste buiging.

De gordijnen gingen dicht en het publiek klapte beleefd. De belangstelling was reeds verflauwd.

'Zeer opmerkelijk,' zei de markies. 'En nu denk ik dat we allemaal aan een glaasje champagne toe zijn. Hoog tijd om ons boven aan het kaartspel te wijden.'

De grote deuren van de bibliotheek gingen open en

muziek stroomde de kamer binnen. De markies leidde zijn gasten het vertrek uit, zonder aan zijn dochter te denken die als aan de grond genageld naar de gordijnen staarde, terwijl de gasten langs haar heen naar buiten stroomden. Niemand scheen zich te realiseren welk drama zich achter de fluwelen draperieën afspeelde. Geen van de gasten draaide zich om toen er een bons klonk vanachter het podium. Geen van hen zag hoe Topolain op een stoel ineenzeeg.

De dood had zijn entree gemaakt op het kleine podium en de goochelaar zag hem maar al te goed. Terwijl er een straaltje bloed langs zijn kin sijpelde, had hij de vreemde gewaarwording dat hij loskwam van zijn lichaam en alleen nog vast zat met de ragfijne zilveren draden van zijn herinnering. Nu zweefde hij boven de hoofden van de gasten, langs de propvolle boekenplanken naar het plafond vol in frisse kleuren geschilderde engelen en cherubijntjes.

De zilveren draden knapten en toen was hij vrij. Met een windvlaag mee dreef Topolain de bibliotheek uit naar de hal met de marmeren bustes en gevleugelde beelden, waar de deuren openstonden om een laatkomer binnen te laten. Sneeuwvlokken dwarrelden naar binnen terwijl de goochelaar de donkere nacht in gleed. Jacques Topolain zag niet meer, hij hoorde niet meer, hij was niet meer.

Yann was met Têtu toegeschoten om hulp te bieden, maar een blik op Topolain was voldoende om de zwarte mantel van de dood over het podium te zien glijden. Ook Sido was getuige geweest van Topolains einde, maar de graaf had haar omgedraaid, het vertrek uit geleid en de deur achter zich dichtgetrokken. De kaarsen flakkerden in de tocht.

Têtu legde zijn hoofd op Topolains borst en luisterde of hij diens hart hoorde kloppen. Hij schudde zijn hoofd. Er was niets meer aan te doen.

'Nog nooit is het fout gegaan, waarom nu dan wel?' riep Yann uit.

Têtu bekeek het wapen. 'Er is geknoeid met het pistool. Topolain maakte geen kans. Hij is vermoord.'

5

*Nog nooit had Yann de dood in de ogen gekeken. Zo definitief,
als een gordijn dat voor altijd was gevallen. Het wezen van Topolain was verdwenen, als een kaars uitgeblazen. Alleen het
lichaam dat de geest onderdak had geboden, lag nog op het podium in een plas stollend bloed. Têtu knielde ernaast, terwijl
de tranen hem over de wangen stroomden. Zijn bovenlichaam
wiegde heen en weer van verdriet.*

'Ik had naar jou moeten luisteren. We hadden hier
niet naartoe moeten komen, dan was dit nooit gebeurd,' zei hij verslagen.

Yann legde zijn hand op de schouder van de dwerg en
boog zich naar hem over. 'We moeten weg,' fluisterde hij.

Têtu zweeg. In het zwakke licht kon Yann zien hoe hij
trilde. Hij was er slecht aan toe. Na twee optredens op één
avond was hij uitgeput en door het verlies van zijn goede
vriend was hij volkomen de weg kwijt.

Yann kon alleen nog maar denken dat ze op de een of
andere manier weg moesten komen.

*

Intussen liepen de gasten vanuit de hal de statige trap op waar de markies De Villeduval stond met een glas champagne in de hand. Sido was verbijsterd door hun onverschilligheid. Ze waren zich er toch wel van bewust dat de goochelaar niet had geacteerd? Dat hij ernstig gewond was? Waarom werd er dan geen dokter gehaald? In wanhoop keerde ze zich tot de hertogin. 'Ik geloof dat de goochelaar gewond is geraakt.'

'Welnee kind! Hij deed maar alsof.'

Zagen die mensen dan niet wat er gebeurd was? Sido begreep er niets van. Kon het hen niet schelen? Ze had het gevoel in een vreemd land beland te zijn, waar taal verdraaid werd en woorden een dubbele bodem hadden.

'Je hoeft je niet bezorgd te maken, lieve kind,' zei de hertogin, die nauwelijks de moeite nam haar aan te kijken. Haar blik ging de zaal door, op zoek naar gezelschap van groter aanzien. 'Ik verzeker je dat de goochelaar morgen gewoon weer op het podium staat.' Met die woorden liet ze Sido alleen achter.

Ik hoop dat ik nooit zo word, dacht Sido. Ze keek naar graaf Kalliovski, omringd door dames die trachtten zijn aandacht te trekken. Ze leken wel een groep fladderende kippen die met hun opgedofte veren allemaal probeerden de eerste in de pikorde te zijn.

Sido was het liefst teruggegaan naar de bibliotheek om zelf te zien wat er met de goochelaar gebeurd was, maar een van de mannen van de graaf hield de wacht voor de deur en ze wist dat ze ongewenste aandacht zou trekken als ze probeerde weg te komen. Ze ging achter een pilaar

staan en zag tot haar opluchting dat Kalliovski twee dames naar de kaartkamer begeleidde en uit het zicht verdween.

Vlak bij haar, op de onderste traptrede, stond een jonge
vrouw in een ingewikkelde jurk van roze zijde naast een
heer met een haakneus.

'Weet je nog de keer dat de markies een waarzegster
had uitgenodigd?' vroeg de vrouw.

Haar aanbidder schudde zijn hoofd. 'Ik was toen helaas niet uitgenodigd. Waarschijnlijk zat graaf Kalliovski
daarachter.'

'De graaf was er die keer niet bij. De markies had zijn
jachtopziener een oude zigeunerin van het platteland laten halen. Ze weigerde de toekomst te voorspellen, hoeveel goud we haar ook boden. Ze wilde uitsluitend met de
markies praten.'

'En wat zei ze tegen hem?'

'Iets volkomen lachwekkends: dat hij alles aan de koning van de zigeuners zou verliezen.'

Sido had met een half oor staan luisteren terwijl ze om
zich heen keek, en zag nu een glimp licht onder de trap.
Er ging een deur open en er verscheen een bediende met
een blad champagneglazen.

Achter hem zag Sido het begin van een gang. Op dat
moment wist ze wat haar te doen stond. Zonder verder na
te denken glipte ze naar de deur, waarachter een stenen
trap begon. Via het geheime gangenstelsel zou ze bij de
bibliotheek kunnen komen. Het was een kwestie van de
juiste deur vinden.

*

Yann hielp Têtu voorzichtig overeind en leidde hem moeizaam de wenteltrap op en over de houten galerij naar de deur tussen de boekenkasten. Al het bloed was uit Têtu's gezicht weggetrokken. Yann wist dat het zijn taak was de dwerg te redden, nu diens overlevingsdrang het tegen de uitputting had afgelegd. Zelf voelde hij tot zijn eigen verbazing geen angst, hoewel hij zich van het gevaar bewust was. Zijn blik was helder, de kleuren die hij zag waren sprankelend en alles leek indringender. Elke zenuw in zijn lichaam was alert.

Maar de geheime deur was potdicht.

'Maak je geen zorgen, ik ga zorgen dat we hieruit komen,' zei hij geruststellend tegen Têtu, hoewel hij wist dat er niets meer tot de dwerg doordrong. Hij trok Têtu de schaduw in toen hij hoorde hoe de deur van de bibliotheek openging en zich met een harde klik weer sloot.

'Ik weet dat jullie hier zijn,' riep graaf Kalliovski. 'En volgens mijn bediende is er ook een jongen bij. Het heeft geen zin je te verstoppen. Luister goed naar mij. Als jullie niet net zo willen eindigen als Topolain, moeten jullie me vertellen hoe de pierrot werkt.'

Hij wachtte op een antwoord, maar Yann hield zich stil. Hij hoorde de graaf zoekend heen en weer lopen.

'Ik heb de pop aan een onderzoek onderworpen. Hij is gemaakt van massief hout en kan dus niet vanbinnen uit bediend worden. Ik ben een man van de wetenschap. Vooruit, vertel me het geheim.'

'Waarom heb je Topolain vermoord?' schreeuwde Yann.

'Houd jij je mond, jongen. Dwerg, geef antwoord. Vertel me het geheim van de automaat, dan zal ik je beschermen. Anders zal ik je weten te vinden, wat je ook doet en waar je je ook probeert te verstoppen. Denk goed na voor je antwoord geeft, want ik bied nooit iets twee keer aan.'

De kleine beentjes van Têtu begonnen te sidderen alsof hij gevangen zat in een val. Yann hoorde Balthazars nagels krassen op de wenteltrap en daar was de hond al. Hij staarde naar hen met zijn gele ogen en vanachter zijn ontblote en van speeksel glimmende tanden klonk gegrom.

'Breng hen hier,' beval de graaf.

Têtu's benen trokken krampachtig toen de schaduw van de hond zich groot aftekende tegen de boekenplanken. Yann stond op. Hij stak zijn armen vooruit en met zijn vingers op de ogen van de hond gericht sprak hij hem zachtjes toe in een taal die Balthazar leek te begrijpen. Het dier liet zich plat op de grond vallen alsof de krachtige hand van een reus hem plotseling had verpletterd.

Yann knipperde niet met zijn ogen en wendde zijn blik niet af. Verslagen en met zijn staart tussen zijn benen sjokte Balthazar jankend de trap af, terug naar zijn meester.

'Wat heb je met hem gedaan, Têtu? Wat is dit voor zigeunermagie?' vroeg graaf Kalliovski kwaad.

Yann zei niets, maar bewoog zich zachtjes naar de balustrade. Tot zijn wanhoop zag hij Melkoog het vertrek binnenkomen. Hij en de graaf wisselden wat woorden die Yann niet kon verstaan. Desondanks wist hij wat de graaf zei. Snel trok hij zich terug in de schaduw en duwde nogmaals met al zijn kracht tegen de verborgen deur. Hij hoorde hoe beneden de graaf met Balthazar naar de deur liep.

'Ik wil die dwerg en die jongen,' zei de graaf. 'Laat ze niet ontsnappen.'

'Ja meester.' Melkoog stond al onder aan de trap.

Opnieuw voelde Yann aan de deur, wanhopig zoekend naar een verborgen deurklink of grendel. Hij hoorde Melkoog dichterbij komen. Yann kon de bovenkant van zijn hoofd al zien en nog gaf de deur niet mee. Het had geen zin, hij kon nu alleen nog vechten. Plotseling ging de deur open en daar stond, in het duister van de gang, het meisje.

'Help me,' fluisterde hij en samen trokken ze Têtu de deuropening door.

Toen Melkoog de laatste treden naar de balustrade was opgelopen, was er niemand meer te zien.

6

Het viel niet mee om Têtu door de nauwe gangen te dragen.
Het leek wel of zijn botten in steen waren veranderd, zo zwaar
was hij. Pas toen ze in Sido's kamer waren aangekomen en
het kamerscherm voor het kijkgaatje hadden gezet, voelde
Yann zich veilig genoeg om te spreken: 'We moeten hem neer-
leggen.'

Sido trok het beddengoed opzij. 'Natuurlijk.'
'Als hij geslapen heeft, voelt hij zich wel weer beter,'
zei Yann.
Hij had al zijn kracht nodig om Têtu's zware lichaam
op het bed te tillen. Het was verontrustend om te zien hoe
alle kleur uit zijn gezicht was weggetrokken. Haastig legde Yann een deken over hem heen. Zijn woede nam wat
af toen hij zag hoe Sido ongerust toekeek. Door een speling van het lot was ze zonder het te willen betrokken geraakt bij de gebeurtenissen. Zij was zijn enige hoop op
ontsnapping. Als zij in paniek raakte, hadden Têtu en hij
geen schijn van kans hier levend vandaan te komen.

'Wie is hij?' vroeg ze.

'Têtu. Hij heeft vanaf mijn geboorte voor me gezorgd. We werken samen voor Topolain.'

'Komt het wel goed met hem?'

'Jawel, maar niemand mag hem zien. Als er iemand binnenkomt, moet het lijken alsof de dekens zijn opengeslagen.'

'Is de goochelaar dood?' vroeg Sido.

'Zijn hart kon het niet aan,' zei Yann.

'Ik geloof er niets van.' Ze zei het zo beslist dat hij wist dat hij haar niet voor de gek kon houden.

'Nee, dat klopt, maar ik heb nu geen tijd om alles te vertellen. We moeten hier weg en daarbij heb ik je hulp nodig.'

'Wat kan ik dan doen?'

'Moedig zijn.'

'Ik ben geloof ik niet moedig.'

Yann glimlachte naar haar. 'Volgens mij wel. Blijf jij hier bij Têtu terwijl ik een vluchtweg zoek?'

De gedachte om alleen achter te moeten blijven met de slapende dwerg vond Sido verschrikkelijk, maar ze knikte met een wee gevoel in haar maag in de hoop dat Yann haar gedachten niet kon lezen. Nee, ik ben niet moedig, wilde ze schreeuwen, maar toen ze in zijn donkere ogen keek, wist ze dat ze zou doen wat hij vroeg.

'Ik kan niet liegen,' zei ze in de hoop dat dat hem van gedachten zou doen veranderen.

'Dat weet ik ook.'

Toen Yann weg was, werd de stilte bijna tastbaar, en zo drukkend dat het leek of alle lucht uit haar longen werd geperst. Sido ging op de stoel naast het bed zitten en zei keer op keer tegen zichzelf dat ze rustig moest blijven.

Een paar minuten later klonk er een klop op de deur. Sido voelde hoe elke spier in haar lichaam samentrok. Ze keek of Têtu volledig aan het zicht onttrokken was, stond op, haalde diep adem en zei: 'Binnen.'

Graaf Kalliovski stond in de deuropening met Balthazar aan zijn zijde.

'Ik kwam even kijken of alles goed met je is. Je was zo snel weg na de voorstelling.' Hij kwam binnen en sloot de deur achter zich. 'Mijn kind toch, wat ben je bleek. Je ziet eruit alsof je een geest hebt gezien.'

Sido deed een stap in de richting van het bed.

'Het was allemaal maar alsof. Er is niets ernstigs gebeurd.'

Sido huiverde en Balthazar gromde zachtjes alsof hij dat merkte. Graaf Kalliovski keek wantrouwig om zich heen.

'Ik ben erg moe, meneer,' zei Sido haastig. 'Ik ben naar mijn kamer gegaan om even te gaan liggen. Ik heb sinds vanochtend niets meer gegeten en ik ben niet gewend aan al die opwinding.'

'Je leven in het klooster zal wel rustig zijn, stel ik me zo voor,' zei de graaf. Hij keek de kamer nog eens rond. Zijn blik viel op het kamerscherm en keerde daarna terug naar het bed. 'Normaal gesproken lag je nu vast al te slapen?'

Sido knikte en vroeg zich af of haar benen het zo zouden begeven. Ze voelden aan als trillende rietstengels. De gestalte van de graaf wierp achter hem op de muur een afschuwelijke schaduw, die met tientallen handen de donkere uithoeken van de kamer leek af te tasten.

Het bed met de slapende dwerg was maar drie stappen

verder. Balthazar begon zich al met luider wordend gegrom in die richting te bewegen.

'Je bent toch alleen, is het niet?' vroeg de graaf.

'Natuurlijk, heer.'

'Mag ik misschien even kijken waardoor Balthazars aandacht getrokken wordt?' De graaf deed een stap naar voren. Nog maar twee passen scheidden hem van de dwerg.

'Alstublieft, meneer,' smeekte Sido, 'ik ben bang voor honden en het is wel duidelijk dat die van u mij niet mag.'

'Voor Balthazar hoef je niet bang te zijn,' zei de graaf met een glimlach. 'Hij zal je geen kwaad doen. Hij gromt alleen naar vreemdelingen.'

Als graaf Kalliovski nog één stap zou zetten, was alles voorbij. Dan zou alles ontdekt worden. Zij zou overladen met schande worden teruggestuurd naar het klooster. Over het lot van de jongen en de dwerg durfde ze niet eens na te denken.

'Meneer, het is niet passend voor een man om een meisje in haar kamer op te zoeken. Mijn moeder-overste zou geschokt zijn als ze het hoorde.' Tot haar eigen verbazing merkte ze dat er tranen in haar ogen stonden. 'Alstublieft,' smeekte ze opnieuw, 'laat uw hond niet dichterbij komen.'

De kamer begon om haar heen te draaien en ze proefde een metalige smaak in haar mond. Ze had het gevoel dat ze zou flauwvallen, greep zich vast aan het hemelbed en probeerde uit alle macht bij bewustzijn te blijven.

De stem van de graaf werd zacht. 'Mijn beste kind,' zei hij. 'Ik wilde je niet bang maken. Je moet nodig iets eten. Ik zal ervoor zorgen dat er meteen iets gebracht wordt.

Het is schandalig dat je zo verwaarloosd wordt.'

Hij boog diep en riep Balthazar. 'Vergeef me de inbreuk op je privacy,' zei hij en sloot de deur zachtjes achter zich.

Sido liet haar hoofd tegen de bedstijl rusten in een poging het draaien van de kamer tot stilstand te brengen. Onbeweeglijk als een beeld bleef ze staan luisteren hoe de voetstappen en het gekras van de hondenpoten zich verwijderden. Pas toen ontspande ze, zonk neer op de vloer, liet haar hoofd in haar handen rusten en bad dat Yann haast zou maken.

*

Voorzichtig en geluidloos bewoog Yann zich langs de geheime gangen naar de stenen trap en keek over de smeedijzeren balustrade. Hij ving een glimp op van de keuken beneden, zag de deuren open- en dichtgaan, hoorde het gekletter van pannen en het geluid van stemmen. Een man in het trappenhuis stampte sneeuw van zijn laarzen voordat hij uit het zicht verdween. Daar was dus een deur naar de buitenwereld.

Yann was net weer op de terugweg toen een speldenprik licht zijn aandacht trok. Hij keek door een kijkgat een groot slaapvertrek in, waar een enorm bloemstuk met witte tulpen en zwarte rozen op de tafel stond. Of het nu door de bloemen kwam, door de rijkdom van de aankleding of – en dat was het waarschijnlijkst – door de grote etensbak op de grond, Yann wist direct dat dit de kamer van graaf Kalliovski was.

Ze hadden hoe dan ook recht op het bloedgeld dat hun

aan het begin van deze nachtmerrie beloofd was. Hoe konden ze terugkeren naar Parijs zonder een cent op zak? Yann duwde tegen de deur en glipte naar binnen. Vanuit de haard verspreidden de gloeiende kolen een vreemde, rode gloed in de kamer. De muren waren beschilderd met jachttaferelen die in het flakkerende licht van het haardvuur leken te bewegen. Naast de vaas stond de houten schedel. Die zou waardevol kunnen zijn, maar Yann wist ook dat er een vloek op rustte en de schedel ongeluk zou brengen aan degene die hem stal.

Ernaast lag een halsketting – een bloedrood lint waarop zeven karmozijnrode stenen waren vastgezet. Zonder nadenken stak Yann de ketting in zijn zak. Hij zou hem aan Têtu laten zien.

Daarna begon hij de kamer te doorzoeken op geld.

Yann wist, zolang hij zich kon herinneren, dat alle dingen, groot en klein, een ziel hebben. Soms, als je goed luisterde, kon je het geluid dat ze maakten horen.

Verborgen tussen de diepe plooien van de draperieën rond het bed lag een geldbuidel. Yann stopte die in zijn zak, waar hij prettig zwaar voelde. Nu moest hij hier zo snel mogelijk weg zien te komen.

*

Sido had zich na het vertrek van de graaf niet meer durven bewegen. Yann vond haar zittend op de vloer met haar hoofd in haar handen. Ze keek naar hem op.

'Waar bleef je? Graaf Kalliovski is hier geweest.'

'Het kostte meer tijd dan ik had gedacht. We zijn zo weg.' Hij liep naar het bed en trok de dekens weg. 'Wakker worden,' zei hij zachtjes terwijl hij Têtu overeind hielp. Tot zijn vreugde zag hij dat de ogen van de dwerg weer diep paarszwart waren en dat ook zijn huid weer wat kleur had.

'Waar ben ik?' vroeg Têtu die even dacht dat hij uit een nachtmerrie was ontwaakt. Yann antwoordde hem in een taal die Sido nog nooit gehoord had. Toen Têtu zich herinnerde wat er gebeurd was, snakte hij naar adem.

Yann keerde zich naar Sido die verfomfaaid en verlaten op de vloer zat en even voelde hij het overweldigende verlangen haar mee te nemen en te voorkomen dat ook zij een van de mensen zonder hoofd zou worden.

Sido krabbelde overeind toen er een klop op de deur klonk. Yann en de dwerg verdwenen snel achter het kamerscherm en door de verborgen deur, die dichtviel net op het moment dat de graaf binnenkwam, gevolgd door een bediende die een blad met voedsel droeg. Dit keer was de hond, die achter de graaf aan liep, stil. Het dienblad werd voor Sido neergezet en het water liep haar in de mond bij de aanblik van het voedsel. Langzaam eten, zei ze tegen zichzelf. Niet haasten.

De ogen van de graaf schoten door de kamer en hij gaf de bediende de opdracht het beddengoed recht te leggen.

'Dat hoeft niet,' zei Sido snel.

'Doe het,' zei de graaf onverstoorbaar tegen de bediende. Balthazar stak zijn neus in de lucht en snoof.

'Je vindt het vast niet erg als ik je gezelschap houd terwijl je eet?'

Hoe langer hij hier bleef, hoe meer tijd de dwerg en de jongen kregen om te ontsnappen, wist Sido.

'Integendeel,' antwoordde ze.

Graaf Kalliovski ging op de stoel naast het bed zitten. De hond aan zijn voeten zuchtte diep, legde zijn kop op zijn uitgestrekte poten en sloot zijn ogen.

'Ik geloof dat uw hond aan me begint te wennen,' zei Sido.

'Dat lijkt er wel op. Als je klaar bent, neem ik je mee naar beneden om naar het vuurwerk te kijken. Volgens je vader wordt het fantastisch.'

Sido sloeg de graaf gade die vanuit zijn ooghoeken de kamer nogmaals aan een onderzoek onderwierp, op zoek naar bewijs dat zijn vermoedens zou bevestigen. In het flakkerende kaarslicht zag hij er dreigend uit en het drong tot haar door dat hij geen vriend was. Instinctief wist ze dat er geen ontsnapping mogelijk was: deze zwarte spin wachtte geduldig tot hij haar kon vangen in zijn gouden web.

7

*Het was druk in de keukens van het kasteel. Ook nu het diner
voorbij was, bleef er meer dan genoeg te doen. Aan de speeltafels was voortdurend behoefte aan drankjes en petitfours. Jean
Rollet, de chef-kok, en zijn personeel zouden de hele nacht
doorwerken, tot de allerlaatste gast was vertrokken of ging slapen. De komst van nog twee mensen werd nauwelijks opgemerkt; elk paar extra handen was welkom.*

'Hé, jij daar, knechtje,' schreeuwde een bediende tegen Yann, 'breng dit onmiddellijk naar de markies.'
Yann schudde zijn hoofd. 'Wij zijn de artiesten die de
graaf heeft ingehuurd. We moeten vanavond nog terug
naar Parijs.'
De bediende hief zijn handen geïrriteerd ten hemel.
'Wat doen jullie hier dan?'
Yann was in verwarring. Nog nooit was hij in zo'n grote keuken geweest. Personeel rende heen en weer, de
chef-kok vloekte en stampvoette, bellen rinkelden, er was
lawaai en hitte, en er hingen allerlei geuren. Het voelde
als een fornuis.

Têtu zwaaide op zijn benen. Als hij niet snel ging zitten, zou hij vallen. Yann greep een krukje.

'Niks daarvan,' zei een van de kokkinnen. Ze pakte het krukje terug en hief haar houten lepel als een wapen. 'Scheer jullie weg, zigeuners.'

'We moeten terug naar Parijs.'

'Waarom zeg je dat tegen mij? Zie ik eruit of ik een vliegend tapijt heb?' Met een blik op Têtu's toestand bond ze in. 'Vraag het maar aan de koetsiers, die zitten daar.'

Yann hielp Têtu door de keuken heen naar een bijkeukentje waar een groep mannen om een tafel zat. Hun borden waren leeg, hun glazen vol.

'Mijn vriend hier moet even zitten,' zei Yann. Een van de mannen trok een stoel voor hem bij.

'Die ziet er niet zo goed uit. Wat is er met hem aan de hand?'

'We hebben hulp nodig. Gaat een van jullie vanavond nog de kant van Parijs op?'

'Als het even kan, niet,' zei een van de mannen. Hij duwde zijn stoel achteruit en stak een pijp op. 'Als het meezit, gaan ze tot na zonsopgang door met kaartspelen.'

Yann had het gevoel alsof hij tegen een muur tot stilstand was gekomen. Het was hem tot nu toe gelukt om niet ontdekt te worden en nu, op het moment dat ze leken te kunnen ontsnappen, was alles verloren.

De tijd drong; het zou niet lang duren voor de graaf achter het bestaan van het geheime gangenstelsel kwam.

'Hier,' zei een man met een glimmend kaal hoofd. Hij schonk wat wijn uit een grote kan in een glas. 'Geef dit maar aan dat opdondertje. Hij ziet eruit alsof hij het kan gebruiken.'

'Bedankt,' zei Yann. Hij hielp Têtu, die langzamerhand weer zichzelf leek te worden, om de wijn te drinken. 'Is hij altijd zo klein geweest of gaat hij nog groeien?' vroeg de kale man lachend.

Als Yann een gouden munt had gekregen voor elke keer dat hij de spot had horen drijven met Têtu, was hij nu een rijk man geweest. Nog steeds werd hij nijdig als zijn vriend beledigd werd, maar hij was slim genoeg om niets te laten blijken.

Een bediende opende de deur en stak zijn hoofd om het hoekje. 'Barones De Lisle blijft overnachten.'

'Dat is een goed bericht,' zei haar koetsier. 'Het eerste slimme besluit in tijden van dat oude mens.'

'Dat had je gedacht,' lachte de bediende. 'Ze wil dat haar aapje uit Parijs wordt gehaald, anders voelt het zich misschien eenzaam. Pech gehad, mijn beste Dufort.'

'Heeft ze niet gezien dat het sneeuwt?' zei Dufort met een gebaar naar het raam.

'Dat is precies waarom ze haar aapje wil.'

'Nou ja,' zuchtte Dufort, 'dan gaan we maar weer. Ik vraag me af of ik het voor morgenochtend haal.' Hij nam zijn laatste slok wijn. 'Er komt een tijd dat ik mijn eigen baas ben,' sputterde hij. 'En dan is het afgelopen met van hot naar her rijden en je-mag-blij-zijn-dat-je-een-baan-hebt.'

Alle mannen lachten. 'Weet je wat jij moet doen?' zei de kale. 'Al je klachten opschrijven en naar de koning sturen.'

Zijn vriend gaf hem een klap op zijn rug. 'Da's een goeie. Misschien krijgt de koning haar zover dat ze zich een keer gedraagt.'

Iedereen barstte in lachen uit, behalve Dufort, die met een nijdig gezicht zijn zware jas aantrok en zich met tegenzin opmaakte om de warmte en gezelligheid van de keuken te verlaten. 'Om het nog erger te maken zijn de wegen tegenwoordig ook niet veilig meer, met al die bandieten en rovers. En ze is te gierig om een lakei mee te sturen,' bromde hij. Yann greep zijn kans. 'Zullen wij u gezelschap houden?'

'Wat? Een stelletje zigeuners als jullie? Vergeet het maar.'

Têtu, die inmiddels weer zonder hulp kon lopen, volgde Yann terug door de keukens langs een rek met versgebakken brood dat lag af te koelen. Met de handigheid van een leven lang oefenen, pakte hij twee broden en verstopte ze onder zijn overjas voor hij de besneeuwde binnenplaats op stapte.

'Het heeft geen zin me achterna te lopen,' zei Dufort. 'Ik neem jullie niet mee, einde verhaal.'

'En als het je iets oplevert?' vroeg Yann.

'Zou ik het doen als het mannetje in de maan me een knipoog gaf met zijn zilveren oog? Ja, dan wel. Maar dat gaat niet gebeuren.'

Yann haalde als uit het niets vijf muntstukken tevoorschijn en gaf één ervan aan Dufort. Die bekeek de munt nauwkeurig, stak hem in zijn mond en beet er eens flink op om te kijken of hij echt was. Hij wist niet wat hij moest denken van dit vreemde duo, dat straatschoffie en het kleine mannetje met zijn hoge, meisjesachtige stem.

'Hoe kom je aan dat geld?' vroeg hij.

'We zijn hierheen gehaald uit Parijs om de gasten te

vermaken. We zijn goochelaars en zijn ruimschoots betaald voor de moeite,' zei Têtu.

'Waar is jullie koetsier dan, opdondertje?'

'Die kunnen we niet meer vinden. Hij is waarschijnlijk vertrokken met het oog op het slechte weer.'

'We werden opgehouden,' voegde Yann er snel aan toe, 'omdat mijn vriend hier zich niet goed voelde.' Hij wist dat Dufort aarzelde tussen zijn twijfel en de zekerheid van de munten in zijn hand. 'Ik geef je dit nu, en nogmaals hetzelfde bedrag als we in de stad zijn. Klinkt dat redelijk?'

'Goed dan,' zei Dufort met tegenzin. 'Als jullie het maar aan niemand vertellen. Die ouwe heks wil niet zomaar iedereen in haar koets hebben. Apen oké, maar dwergen en honden, nee.'

De koetsier ging hen voor over de binnenplaats naar de stallen van de markies, die het summum van luxe waren. Hij mocht dan weinig om zijn bedienden en zijn dochter geven, maar dat gold niet voor zijn paarden. Hij wilde dat er goed voor hen gezorgd werd en koesterde de gedachte dat hij na zijn dood herboren zou worden in de gedaante van een prachtige hengst. In dat geval wilde hij hier worden ondergebracht, waar zijn hooi en stro verlicht werden met kristallen kroonluchters en zijn hoeven verwarmd met vloerverwarming.

'Moet je dat zien,' zei Dufort. 'Zijn personeel woont in krotten en krijgt nauwelijks te eten, terwijl zijn paarden behandeld worden als vorsten. Het maakt me woest, geloof dat maar.'

Hij opende het portier van de koets en liet Têtu binnen. 'Als je het niet erg vindt, wil ik de jongen liever bij me op de bok hebben om uit te kijken naar dieven. Als we in de buurt van Parijs komen, gaan jullie allebei in de koets met de deuren dicht. Ik heb geen zin in tuig dat probeert mee te liften.'

Hij gaf Yann een dikke jas, waarin hij bijna verdronk. 'Ik heb er altijd twee bij de hand. Da's handig als het regent.'

Het was een kleine koets met twee jonge, temperamentvolle paarden ervoor, die duidelijk geen zin hadden om de warme stal te verlaten. Na veel aansporing liepen ze eindelijk de oprijlaan tussen de met lichtjes versierde bomen af. Aan het eind van het landgoed lag een eindeloos, pikzwart gat klaar om hen op te slokken.

'Ik heb een hekel aan 's nachts rijden,' zei Dufort mistroostig. Zijn adem vormde mistwolkjes. 'Ik krijg er de rillingen van.'

Yann was nooit bang geweest in het donker, en vannacht al helemaal niet. Een nacht zonder sterren betekende meer veiligheid.

'We zijn minder dan twaalf mijl van de stad vandaan, en dit is de beste weg van Frankrijk, maar als de maan niet schijnt... Hé, wat is dat?' De koetsier schrok toen in de hemel boven het kasteel het geluid van vuurwerk losbarstte. De pijlen ontploften in het duister, waar ze figuren van licht schilderden in de vorm van sterren, slangen, kometen en bloemen. Het was een adembenemend gezicht in het besneeuwde en beijzelde landschap.

De paarden steigerden, doodsbang voor het lawaai. Dufort, afgeleid door het vuurwerk, verloor de macht over de teugels en moest zich vastgrijpen aan de zijkant van de koets om er niet af te vallen. De paarden galoppeerden voort, wild van angst. Even verderop maakte de weg een bocht en het drong tot Yann door dat de koets met deze snelheid op de ijzige weg zou slippen. In het rijtuig hoorde hij Têtu, die van de ene naar de andere kant gegooid werd, schreeuwen. Moeizaam klauterde Yann van de bok af.

'Ben je gek geworden,' schreeuwde Dufort, toen Yann met een goedgemikte sprong op het voorste paard belandde. Yann klampte zich zo stevig als hij kon vast aan de nek van het paard, leunde voorover en fluisterde iets in de oren die plat achterover lagen. Bij het horen van de zachte stem werden de paarden kalmer, begonnen langzamer te lopen en kwamen uiteindelijk tot stilstand. De damp sloeg van hun glanzende vacht. Yann liet zich op de grond glijden en aaide over hun neus, terwijl hij met de dieren praatte in een taal die de koetsier ooit eerder gehoord had.

'Jij bent niet bang uitgevallen, zeg,' zei Dufort terwijl hij zich het zweet van zijn voorhoofd wiste. 'Ik dacht even dat ik er geweest was.' Hij reikte Yann een flesje met sterke drank en daar gingen ze weer. 'Tjongejonge! Wat heb je tegen hen gezegd?'

Yann haalde zijn schouders op en draaide zich om om de laatste vuurpijlen de lucht in te zien gaan. Ze verlichtten nog één keer het château voordat het door het donker werd opgeslokt.

'De enige die ik ooit zo met een paard heb horen praten, was een zigeunerman. Ik had al zo'n gevoel dat jullie ook zigeuners waren.'

Yann luisterde niet. Hij vroeg zich af of Sido naar het vuurwerk had mogen kijken, of dat ze nog steeds opgesloten zat in haar kamer. Hij staarde glimlachend naar de weg voor zich. De gedachte aan de woede van de graaf wanneer die de verdwijning van de geldbuidel en de rode halsketting zou ontdekken, verwarmde hem.

Dufort rilde. 'Ik heb altijd het gevoel dat die bossen vol ogen zitten, die loeren en wachten.' Hij lachte. 'Ik zal blij zijn als we de lichtjes van Parijs weer zien.'

Yann keek het berkenbos in waar de zilverige stammen de lichten van de koets weerspiegelden. Er oehoede een uil en het spookachtige geluid volgde hen op hun tocht over de hard bevroren weg. Anderhalf uur later mocht hij in de koets gaan zitten waar hij, halfbevroren, al snel in slaap viel.

*

Vlak voor zonsopgang maakte Têtu hem wakker. Het rijtuig had de poorten van Parijs bereikt. Door een spleet in het gordijn zag Yann een menigte mensen die allemaal hoopten in de stad wat geld voor brood te verdienen. De karren met voedsel, die zwaar werden bewaakt door politie en soldaten, mochten als eerste de stad in dwars door de smekende menigte heen.

'Weg jullie,' brulde de poortwachter. 'Er is geen werk in de stad. Alles is hier bevroren, net als in de rest van dit rotland.'

Groepjes uitgehongerde mensen werden met geweld teruggestuurd, terwijl anderen riepen dat ze papieren hadden.

Ten slotte kwam de koets tot stilstand.

'Hoe is het, Dufort?' hoorden ze de poortwachter informeren.

'Hé, monsieur Gaspard!' antwoordde Dufort met oprechte verbazing. 'Wat doet u hier? Een nieuwe baan? En niet eens zo'n slechte.'

'Niet zo'n slechte? Dat is zeker een grapje. Ik heb elke dag met dit tuig te maken. Ik heb deze baan alleen gekregen omdat die ouwe een hartaanval kreeg. De één zijn dood is de ander zijn brood.' Ze begonnen beiden te lachen.

'Heb je de barones bij je?' vroeg de poortwachter.

'Nee, godzijdank niet.'

'Waarom heeft ze je dan teruggestuurd?'

'Ik moet haar aap ophalen. Ik kom hier weer langs zodra ik dat beest heb opgehaald.'

'Een aap,' grinnikte de poortwachter. 'Gekker moet het niet worden. Nou, vooruit met jou.'

De koets zette zich weer in beweging en reed schuddend over de keien en over de Pont Neuf naar de rechteroever van de Seine. Daar stopte Dufort in een nauw zijstraatje, klom van de bok en opende het portier.

'Goed gedaan, vriend,' zei Têtu.

Yann was uitgeput. Hij haalde wat geldstukken uit de beurs en gaf ze aan Dufort.

'Dat is te veel,' zei Dufort met een verlangende blik op het geld.

'Hou maar,' antwoordde Têtu.

'Dat is heel vriendelijk van jullie. Jullie zijn goeie lui,' zei Dufort. Hij klom weer op de bok en pakte de teugels. 'En nog bedankt voor het redden van de koets. Ik sta bij jullie in het krijt.'

Het begon weer te sneeuwen. Yann duwde zijn handen diep in zijn zakken. Het gewicht van de buidel stelde hem gerust; ze hadden nog geld over. Maar de rode halsketting was verdwenen.

'Kom op,' zei Têtu.

Met gebogen hoofden en hun jassen strak om hun moede, koude lichamen getrokken, zetten ze koers naar de woning van monsieur Henri Aulard in de Marais, om hem het droevige nieuws van Topolains dood te brengen.

*

Graaf Kalliovski keerde in de vroege ochtend terug naar zijn kamer en staarde in het vuur. Het was een goede nacht geweest. Aan de speeltafels was meer geld verloren dan gewonnen en het zwarte, in leer gebonden boekje dat hij het Boek der Tranen noemde, stond vol schuldbekentenissen, ondertekend door de trillende handen van wanhopige zielen die méér wilden lenen, in de overtuiging dat het lot hen straks zou toelachen.

Het geweten van de mens had net zo weinig om het lijf als het dunste weefsel en het was even doorschijnend, dacht hij. Opnieuw had hij dwaze mannen en vrouwen gekocht, die hij binnenkort zou vragen hem met rente terug te betalen.

Hij legde het Boek der Tranen op zijn bureau en zag toen pas dat de rode halsketting weg was. Een kille woede overviel hem. Balthazar gromde en de graaf draaide zich met een ruk om.

'Wie is daar?' vroeg hij aan een lege kamer.

De graaf liep naar het bed, voelde tussen de plooien naar de geldbuidel en vloekte luid toen ook die verdwenen bleek te zijn. In toenemende razernij ontbood hij Melkoog.

'Waar zijn ze?'

'We zijn nog aan het zoeken, meester.'

'Waarom heb je hen nog niet gevonden?'

'Ze kunnen overal zijn in dat doolhof van geheime gangen achter de muren,' zei Melkoog. De grote gestalte leek te zijn gekrompen.

'Laat zien,' zei de graaf kil.

Melkoog opende de verborgen deur.

De graaf greep een kandelaar en verdween in de gang. Terug in de kamer wierp hij zijn bediende een ijzige blik toe en duwde hem met kracht tegen de muur.

'Ik heb je gemaakt tot wie je bent en ik kan je vernietigen. Dat zal ik ook doen. Ik wil ze hebben, allebei. Begrepen?'

'Levend, meester?'

'Nee. Dood.'

8

Monsieur Aulard was geen ochtendmens. De vorige avond had hij zitten drinken met een groepje acteurs. Nu lag hij met een rood aangelopen gezicht te snurken, diep in slaap.

Het duurde even voordat het tot hem doordrong dat het vreselijke gebonk niet afkomstig was uit de binnenkant van zijn schedel, maar een externe oorzaak had.

Zijn papegaai Iago, die zoals gewoonlijk als een schipbreukeling op zijn stok zat, te midden van de rommel die in het slaapvertrek was aangespoeld, voegde zijn geschreeuw toe aan de herrie: 'Wakker worden, stoute jongen, wakker worden!' Monsieur Aulard smeet zijn pruik naar het dier in een wanhopige poging hem het zwijgen op te leggen, maar het geklop hield aan. Het werd zelfs luider en dringender.

Uiteindelijk sleepte monsieur Aulard zich blootsvoets en huiverend uit zijn warme bed. Zijn hoofd voelde aan als een rotte appel en zijn woning zag er net zo uit als hij zich voelde. De bron van het lawaai bevond zich achter de voordeur, die hij met enige moeite wist te openen. Twee Yanns en twee Têtu's dansten golvend voor zijn ogen op en neer.

Er ontbrak iets aan dit verontrustende tafereel. Er moest nog een derde persoon zijn.

'Waar is Topolain?'

Têtu betrad het appartement, gevolgd door Yann. Zelfs half wakker en met een dreunende hoofdpijn kon monsieur Aulard zien dat Têtu er slecht aan toe was.

'Mijn beste vriend, ben je niet in orde?' Hij keek over zijn schouder, in de verwachting Topolain hijgend de trap te zien bestijgen.

'Topolain is dood,' zei Têtu met een snik.

'Dood!' herhaalde monsieur Aulard. 'Dood? Onmogelijk. Nooit heb ik iemand meer zien leven dan Topolain. Hoe kan hij nu dood zijn?'

'Door een kogel,' zei Têtu. Zijn gezicht vertrok en er welden tranen op in zijn waterige, roodomrande ogen. 'Hij is neergeschoten als een hond.'

'Nee. Nee! Nee! *Mort bleu*! Yann, zeg iets. Zeg dat dit een nachtmerrie is!' Hij greep de versleten jas van de jongen vast, waardoor de mouw met een scheurend geluid losliet van het lijf.

'Graaf Kalliovski heeft hem neergeschoten,' zei Yann.

'Waarom zou graaf Kalliovski Topolain nou willen vermoorden?' Monsieur Aulard begon te klappertanden. Hij trok zijn kamerjas strak om zich heen en liep afwezig naar de haard, waar hij wat natte kolen in de gloeiende as gooide. Onmiddellijk begon de haard rookwolken de kamer in te blazen. Aulard hoestte en Yann zette een raam open.

De bitterkoude buitenlucht blies de kamer én het hoofd van monsieur Aulard schoon, die plotseling besefte dat hij diep in de problemen zat. Hij liet zich zwaar in een armstoel zakken waar de paardenharen vulling uitpuilde. De stoel kraakte verontrustend onder het gewicht van zijn kater.

'De truc is zeker fout gegaan. Het moet een ongeluk geweest zijn.'

'Het was geen ongeluk,' zei Têtu. 'De graaf wist precies wat hij deed. Hij heeft met het pistool geknoeid.'

'Maar waarom zou graaf Kalliovski, een beroemd en gerespecteerd man, een eenvoudige goochelaar vermoorden?'

Dat had Yann zich de hele weg terug naar Parijs ook afgevraagd. Tot nu toe had Têtu geweigerd de vraag te beantwoorden.

'Omdat Topolain Kalliovski herkende,' zei Têtu mat. 'En in plaats van zijn mond te houden, liet hij zijn tong met hem op de loop gaan. Topolain kende hem van heel lang geleden, toen de graaf nog een andere naam droeg.' Hij sprak zo zacht dat monsieur Aulard niet zeker wist of hij de dwerg goed verstaan had.

Yann begreep wel dat Kalliovski het feit dat hij een bedrieger was geheim wilde houden. Maar toch wierp Têtu's verklaring meer vragen op dan ze beantwoordde. Hij pakte een pan met halfbevroren wijn en zette die op het vuur. Toen zocht hij in de chaos een paar glazen en maakte plaats op de tafel, terwijl Têtu een van de broden uit zijn jas haalde en als een goudgele zon voor hen op tafel legde.

De aanblik van het brood leidde monsieur Aulard een

moment af van zijn verdriet. 'Hoe kom je daaraan?' vroeg hij.

Têtu brak een stuk af en reikte het hem aan. 'Uit de keuken van de markies De Villeduval.'

De warme wijn en het brood verrichtten wonderen voor monsieur Aulard. Met een enorme zucht trok hij zich terug om zich aan te kleden en verscheen even later met zijn pruik schuin op zijn hoofd, zijn vest scheef dichtgeknoopt en zijn hemd uit zijn broek.

'Dus ik heb een uitverkochte zaal, maar geen artiest!'

'Je zult iemand anders moeten vinden,' zei Têtu.

'Mort bleu,' zei monsieur Aulard. 'Als ik niet zo'n goed hart had, zou ik jullie op straat gooien omdat jullie Topolain niet hebben beschermd. Hij was een van de grootste illusionisten die Frankrijk gekend heeft!' Hij veegde zijn ogen af, deed zijn zware overjas aan en zijn sjaal om en opende toen de deur, waarmee hij een ijzige windvlaag vanuit het trappenhuis binnenliet. 'Jullie kunnen hier niet blijven.'

'Maak je geen zorgen, we zijn zo weer weg,' zei Têtu. 'Graaf Kalliovski zit achter ons aan. We zijn ternauwernood levend uit het château ontsnapt.'

Monsieur Aulard draaide zich met een ruk om.

'Mort bleu! Dus jullie weten ook wie hij werkelijk is?'

'Helaas wel, ja.'

'Wie is hij dan?'

Têtu sloot zijn ogen. 'Mijn leven is me te lief om je dat te vertellen.'

*

77

Zodra monsieur Aulard in het theater was aangekomen begon hij rond te vragen wie die avond Topolains plaats zou kunnen innemen. Zittend aan zijn bureau trok hij de onderste la open waar hij vond wat hij zocht: een niet al te schoon glas en een fles wijn. Hij ontkurkte de fles en schonk zich een glas in. Dat smaakte. Hij sloot zijn ogen en nam nog een slok.

Geschrokken opende hij ze weer. In de stoel tegenover hem zat iemand die hij nooit eerder had ontmoet, maar van wie hij direct wist dat het graaf Kalliovski was. Het was alsof de duivel vanuit het niets was opgedoken.

Van schrik verslikte hij zich in zijn wijn en besproeide het bureau. Hij probeerde wanhopig weer op verhaal te komen.

'Mort bleu, u bezorgt me de schrik van mijn leven,' hijgde hij. Hij trok een gebruikte zakdoek tevoorschijn en veegde eerst zijn mond en toen het bureau af. 'Ik had u niet horen binnenkomen, monsieur!'

'Waar zijn ze?' vroeg de graaf.

'Waar zijn wie?' vroeg monsieur Aulard terwijl hij zichzelf haastig bijschonk.

De hand van de graaf, in een zwartlederen handschoen gestoken, bewoog zich als een slang naar het glas. Met gespreide vingers hield hij de voet stevig op het tafelblad. 'U weet heel goed wie ik zoek. De jongen en de dwerg.'

Monsieur Aulard probeerde verontwaardigd te klinken. 'Ik weet niet over wie u het hebt. Maar misschien wilt u zo vriendelijk zijn mij te zeggen waar Topolain is?'

'Topolain is dood. Ik wed dat de dwerg u dat ook al verteld heeft. Ik heb persoonlijk de trekker overgehaald. Een zeer betreurenswaardig óngéluk,' zei de graaf nadrukkelijk.

Er begonnen zich zweetdruppels te vormen op het voorhoofd van monsieur Aulard. De atmosfeer in de kamer voelde onaangenaam warm aan.

Kalliovski leunde naar voren en staarde hem dreigend aan. 'Ik heb informatie nodig.'

Monsieur Aulard voelde hoe een ijzig stroompje zweet over zijn rug naar beneden gleed.

De graaf stond op. 'Zeg me waar ze zich verstoppen. Ik weet dat u weet waar ze zijn.'

'Ik kan u verzekeren dat ik het niet weet. Ik heb ze niet gezien,' zei monsieur Aulard. Hij klonk bij elk woord onzekerder.

'U hebt de tijd tot om zeven uur het doek opgaat,' zei de graaf. 'Zo niet,' en hier speelde een gemeen lachje om zijn dunne lippen, 'zo niet, dan hoop ik dat u gereed bent om uw Schepper onder ogen te komen.'

De deur sloot zich achter hem en monsieur Aulard wachtte even om er zeker van te zijn dat hij weg was. Toen greep hij de fles en dronk die in één teug leeg.

*

Het sneeuwde nog steeds toen monsieur Aulard om drie uur terugkeerde naar zijn woning en de stenen trap beklom die naar zijn appartement voerde. De deur van zijn woning bleek open te staan en zwaaide piepend heen en weer in de tocht.

'Wie is daar?' riep monsieur Aulard. Zijn hart klopte zo hevig, dat hij vreesde dat het het zou begeven. Er kwam geen antwoord.

Zijn buurvrouw, een vrouw met een fretachtig gezicht,

stak haar hoofd om het hoekje. 'U hebt nogal wat aanloop gehad vandaag,' zei ze. 'Er is een grote man met een blind oog langs geweest voor u en uw vrienden.'

'Welke vrienden?' vroeg monsieur Aulard.

'Die jongen en de dwerg. Hij zei dat hij hen kende.'

Monsieur Aulard haalde zijn met wijnvlekken besmeurde zakdoek tevoorschijn en veegde de sneeuw van zijn gezicht.

'Hij zei dat hij u wel wist te vinden.'

Doodsbang en met een droge mond duwde monsieur Aulard de deur open. De woning zag er nog erger uit dan die ochtend. Al zijn bezittingen waren door de kamer gesmeten, overal lagen papieren, de tafel was omgegooid en glazen waren stukgesmeten. Zelfs het matras was van het bed getrokken. Een zielige Iago hield zich met verwarde veren schuil in de kast. Monsieur Aulard streelde over de kop van het dier en zette hem terug op zijn stok. Toen ging hij in zijn leunstoel zitten en trok een stuk papier onder zich vandaan. Het was een poster voor de grootste voorstelling op aarde, met Topolain en de pierrot van het volk, de eerste lopende, pratende en alwetende automaat.

'Ik ben geruïneerd,' huilde monsieur Aulard. 'Eindelijk heb ik een keer succes met mijn theater en nu is alles in rook opgegaan.'

Uiteindelijk viel hij van uitputting vast in slaap tot hij met een schok weer wakker werd en zich terug sleepte naar het theater, doodsbang de graaf te moeten vertellen dat hij de verblijfplaats van de jongen en de dwerg echt niet kende.

Even voor zevenen arriveerde hij in het theater waar men hem vertelde dat er niemand langs was geweest en dat niemand naar hem gevraagd had. Hij liep de trap op naar zijn kantoor en opende de deur. De kamer was donker. Waarom had niemand de moeite genomen een lamp aan te steken, dacht hij geïrriteerd terwijl hij de tondeldoos zocht. Hij struikelde en greep zich vast aan het bureau. In het donker onderscheidde hij een onbekende gestalte.

'Wie is daar?' riep hij.

Hij ontstak de lont.

Langzaam werd een vreselijk tafereel zichtbaar: op de bureaustoel zat Topolain. Om zijn nek glom een streng bloedrode kralen. In zijn schoot lag het afgezaagde hoofd van de pierrot, zijn glazen ogen glinsterend in het lamplicht.

In het hele theater, tot buiten in de Rue du Temple was de schreeuw van monsieur Aulard hoorbaar.

9

Têtu en Yann hadden de woning die ochtend niet lang na monsieur Aulard verlaten, omdat ze wisten dat dit de eerste plek was waar Melkoog hen zou zoeken.

Rustig was het nooit in het gebouw. De levens van de bewoners puilden uit tot op de overloop als de vulling uit de stoel van monsieur Aulard. Een verdieping lager was een vreselijke ruzie gaande tussen een man en zijn echtgenote. De andere huurders stonden erbij en leverden commentaar. Er klonk een kakofonie van geluiden: geschreeuw, gekrijs, babygehuil, geblaf van honden, alle geluiden die horen bij levens aan de rand van het bestaan. In die chaos daalden Yann en Têtu bijna onopgemerkt de trap af.

Onder aan de trap zat een dun, rillend jongetje van een jaar of zeven, met een blik die te oud was voor zijn leeftijd.

'Je kunt beter naar binnen gaan, *mon petit.*'

Het jongetje staarde de dwerg angstig aan. Hij wist niet

wat hij moest denken van dat rare ventje dat een brood uit zijn jas tevoorschijn toverde. Hij keek ernaar met een ongelovige blik alvorens het mee te graaien en de trap op te rennen. Pas toen hij op veilige afstand was, leunde hij over de smeedijzeren balustrade en riep: 'Dank u, monsieur.'

*

Het was een van die schemerdagen waarop de duisternis van de nacht nooit volledig verdwijnt. De lucht was zo zwaar van sneeuw, dat ze onder haar eigen gewicht bezweken leek te zijn op de daken. Het was geen dag voor een losgescheurde mouw. Zelfs de kerkklokken klonken gedempt. Niemand waagde zich uit vrije wil de ijzige straat op, waar de sneeuw hoog opgetast tegen de gevels langs de verraderlijk nauwe trottoirs lag.

Het waren goede tijden voor de doodgravers. De maanden december en januari hadden een bittere oogst aan uitgehongerde en bevroren lichamen opgeleverd.

In deze bevroren stad vormden de lichten en de rokerige warmte van Moëts Taveerne een klein paradijs. Zoals gewoonlijk zat het er vol heethoofdige jonge en oudere mannen die ruzieden over de toestand van het koninkrijk. Têtu vond een tafel in een afgelegen hoekje en bestelde voor hemzelf en Yann de dagschotel. Toen zijn vingers eindelijk weer voelden of ze onderdeel van zijn lichaam uitmaakten, begon hij de mouw van Yanns jas vast te naaien.

Yann had het gevoel dat niet alleen zijn jas, maar zijn hele wereld in stukken was gereten. Vanaf het moment

83

dat het pistool was afgegaan en Topolain gedood had, was alles anders geworden.

Van zijn verleden wist hij niet meer dan een paar feitjes, een paar heldergekleurde kralen van een ongeregen halssnoer. Têtu had ze hem met tegenzin verteld, zonder ooit enige samenhang aan te brengen. Wie zijn vader was, wist hij niet; zijn moeder was danseres in een circus geweest en kort na zijn geboorte overleden; Margoza was de naam van een dorpje waar Têtu goede herinneringen aan had. Dat hij leefde, had Yann enkel en alleen aan Têtu te danken.

Over de dwerg wist hij niet veel meer. Ooit was hij nar van de koning geweest, van welke koning, dat wilde hij niet zeggen. Hij had over de wereld gereisd met een dansende beer, maar dat was allemaal lang voordat hij werd opgezadeld met een baby. Nooit had hij over graaf Kalliovski gesproken. Waarom had de graaf dan met het pistool geknoeid? Wat wisten Topolain en Têtu van hem?

Hoe langer Yann erover nadacht, hoe zekerder hij wist dat er één vraag was die, mits naar waarheid beantwoord, alle kralen tot een ketting aaneen zou kunnen rijgen.

'Wie is graaf Kalliovski?'

Têtu haalde zijn schouders op.

'Ooit zal ik het je vertellen,' zei hij uiteindelijk, voordat hij de draad met zijn tanden afbeet. Hij schudde de jas uit en reikte hem Yann aan.

'Ik ben oud genoeg om het te weten.'

Over sommige geheimen kun je maar beter zwijgen, dacht Têtu.

'Yannick, je weet dat ik van je houd als van een zoon. Vertrouw je me niet?'

'Jawel.'

'Dan moet je me geloven. Ooit zal ik al je vragen beantwoorden, maar nu nog niet. Daar is het de tijd noch de plaats voor.'

Het voedsel werd gebracht en ze begonnen te eten.

Drie tafels verderop zat een groepje jongemannen. Een van hen had een neus die eruitzag of hij tegen een vuist was opgelopen en een pokdalig gezicht. Hij sprak met luide stem over burgerrechten en had merkbaar meer dan een beetje wijn gedronken, want hij stond telkens op en riep dan: 'Kameraden, er gaat een andere wind waaien! Het oude regime zal worden weggeblazen. Niets dan stof. Stof!'

Zijn vrienden trokken hem ijlings terug op zijn stoel.

'Ik heb het recht om te zeggen wat ik wil,' riep hij uit met een boze blik op een man die alleen aan een tafeltje zat. 'Vindt u ook niet, citoyen?'

Yann had geboeid zitten toekijken en had aanvankelijk niet door dat Têtu zijn sjaal omdeed en zijn hoed opzette.

'Waar ga je heen?'

'Ik moet naar iemand toe. Over een paar uur ben ik terug. Jij wacht hier op me, maar zorg dat je je uit de voeten maakt als Melkoog ons komt zoeken.'

Têtu ging doelbewust op weg, de Marais uit en over de Pont Marie naar de linkeroever, waar hij voor de zoveelste keer halt hield om zich ervan te vergewissen dat niemand hem volgde.

Hij wist dat hij de jongen Parijs uit moest zien te krijgen; het was hier te gevaarlijk voor hem. Zijn enige hoop was een vriend van hem, de Engelse bankier Charles Cordell. Hij herinnerde zich de avond, vele jaren geleden, in het theater van Le Havre. Het was een in alle opzichten memorabele avond geweest: niet alleen had Topolain voor het eerst met succes de truc met de kogel uitgevoerd, het was ook de eerste keer geweest dat Têtu Cordell had ontmoet. Tussen de twee mannen was een onverwachte vriendschap ontstaan. Hun gemeenschappelijke interesse, althans zo was het begonnen, gold de magie. Cordell zag zichzelf graag als amateurgoochelaar en was er al snel achter gekomen dat de meeste mensen de dwerg onderschatten. Têtu werd niet serieus genomen en kreeg daardoor dingen te horen die aan anderen nooit verteld werden. Dames vertrouwden hem hun geheimen toe en jongemannen deelden hun meningen met hem. De dwerg luisterde naar de roddels in de koffiehuizen, de kletspraatjes in de salons en de retoriek in de clubs. Net als Têtu wist Cordell dat dit de plekken waren waar de echt belangrijke zaken bekokstoofd werden.

De twee ontmoetten elkaar geregeld in het Café Royal, waar Têtu Cordell vertelde wat hij gehoord en gezien had. Deze informatie gebruikte de bankier om een beter zicht te krijgen op wat er gaande was en zijn cliënten beter te kunnen adviseren.

Het sneeuwde nog steeds toen Têtu zijn weg zocht naar de Rue du Dragon, met zijn chique, imponerende huizen. Ze maakten een zelfingenomen indruk, alsof ze hun armen gevouwen hadden voor hun geornamenteerde gevels en vanuit hun hoge, afkeurende vensters kritisch neerkeken op de met bomen omzoomde straat.

Têtu moest naar zijn gevoel eindeloos wachten voordat een huishoudster met een lantaarn zich naar de deur haastte.

'Is monsieur Cordell thuis?'

'Hebt u een afspraak met hem?'

'Nee, ik kom onaangekondigd. Ik moet hem dringend spreken. Wilt u hem zeggen dat Têtu er is?'

De huishoudster verdween weer naar binnen en sloot de deur achter zich. Têtu stampte met zijn voeten en blies in zijn verkleumde handen tot de deur weer openging en hij werd binnengelaten in de hal. Zijn tanden klapperden terwijl de huishoudster zijn jas, hoed en sjaal aannam. De sneeuw die in bevroren klonters had vastgezeten aan zijn kousen begon langzaam te smelten op de houten vloer. Hij was net bezig de sneeuwresten van zijn schoenen te stampen toen hij boven zich een deur hoorde opengaan. Opkijkend zag hij Charles Cordell boven aan de trap staan.

Zelden was Têtu verheugder geweest het ernstige, bebrilde gezicht van zijn vriend te zien. Voor de eerste keer sinds de moord van gisteravond voelde hij een glimpje hoop.

Cordell kwam met uitgestrekte handen op hem toe lopen. 'Mijn beste vriend, je bent halfbevroren.'

'Ik heb je hulp nodig. Ik zit diep in de problemen,' zei Têtu, en nog voordat ze in de elegante zitkamer waren, had hij Cordell al verteld over de dood van Topolain.

'Een groot verlies,' zei Cordell. Hij nam Têtu mee naar de haard en haalde een fles cognac tevoorschijn. 'Kalliovski dus...'

Têtu knikte. 'Ik heb een enorme stommiteit begaan door even niet op te letten,' zei hij boos. 'Ik dacht dat we na al die jaren wel veilig waren. Wat ben ik dom geweest om niet te zien wie hij was. Uitgerekend ik had onraad moeten voelen, maar ik ben blind in de val gelopen.'

Têtu stond op en begon te ijsberen. 'Ik wist dat hij een meester is in vermommingen, en toch had hij me bijna voor de gek gehouden. Weet je wat hem verraadde? Zijn handen. Die lelijke, grote handen.'

Hij maakte een geluid dat op lachen leek, maar Cordell hoorde de opgekropte woede erin doorklinken.

'Zijn gezicht mag dan glad en leeftijdsloos zijn, maar aan je handen kun je niets veranderen. Die liegen niet.'

'Mag ik vragen waarom je zo bang bent voor Kalliovski?'

'Af en toe kom je iemand tegen van wie je weet dat hij de verpersoonlijking van het kwaad is. Kalliovski is zo iemand. Oorspronkelijk komt hij uit Transsylvanië, geloof ik. Ik heb hem ontmoet toen Topolain en ik in Sint-Petersburg werkten, waar hij de kost verdiende door vals te spelen aan de kaarttafels. Hij was niet meer dan een goedkope bedrieger, een gokker. Hij raakte in ons geïnteresseerd vanwege onze goocheltrucs, maar wij mochten hem niet en bleven zoveel mogelijk uit zijn buurt. Maar toen raakte hij geobsedeerd door een vriendin van ons, een jonge danseres. Uiteindelijk moest ze vluchten voor haar leven en wij gingen met haar mee om haar te beschermen. Wij hadden immers gezien hoe hij kan zijn als hij niet krijgt wat hij wil.'

'Hoe liep het af?'

'Hij volgde ons naar Frankrijk, vond ons en doodde haar met zijn blote handen. Ik kon niets doen om haar te redden. Hij werd gezocht voor moord, maar verdween spoorloos. Later hoorde ik dat hij weer oostwaarts was getrokken, terug naar Transsylvanië, en daar was getrouwd.

Ik geloofde, of liever gezegd, ik wilde graag geloven dat het slecht met hem was afgelopen. De naam Kalliovski hoorde ik voor het eerst kort nadat ik jou heb ontmoet, maar ik had geen flauw vermoeden dat het om dezelfde man ging. De graaf Kalliovski waar ik van hoorde was een mysterieuze man die beweerde op het punt te staan een automaat te maken die kon doorgaan voor een mens. Men zei dat hij een man was die zijn ziel aan de duivel zou verkopen om het geheim van het leven te doorgronden.'

'Ik vrees, mijn beste vriend, dat je per ongeluk een steen hebt omgekeerd waar een dodelijk beest onder blijkt schuil te gaan.'

'Er is nog iets wat ik je moet vertellen,' zei Têtu. Hij haalde een halsketting uit zijn zak en gaf die aan Cordell, een smal, rood lint waarop zeven scharlaken granaten glinsterden als bloeddruppels. 'Deze heeft Yann in de kamer van Kalliovski gevonden.'

Cordell bekeek de ketting. 'Als je deze omdoet, lijkt het of je hals is afgesneden.'

'Inderdaad,' zei Têtu. 'Ik heb horen zeggen dat deze ketting alleen is aangetroffen op mensen die dood waren. Ik ben ervan overtuigd dat Kalliovski hier op de een of andere manier bij betrokken is. Dat deze ketting in zijn kamer lag, bewijst dat.'

'Mijn beste Têtu, het is onverdraaglijk je in deze toestand te zien. Hoe kan ik je helpen?'

'Ik moet verdwijnen, maar ik kan de jongen onmogelijk meenemen. Daarom wil ik dat hij een paar maanden naar Londen gaat. Hij kan er leren lezen en schrijven en daarna weer terugkeren.'

'Mijn collega in Londen, Henry Laxton, vindt het vast geen probleem om voor de jongen te zorgen tot de situatie hier weer genormaliseerd is. Toevallig weet Laxton ook het een en ander van Kalliovski,' zei Cordell terwijl hij Têtu's glas bijvulde. 'Laxton heeft een Franse vrouw, wier zuster getrouwd was met de markies De Villeduval. Een aantal jaren geleden is de zuster van mevrouw Laxton omgekomen bij een ongeluk. Bij die gelegenheid heeft hij het château van de De Villeduvals in Normandië bezocht. Hij trof er een vreemde situatie aan: de markies leek zich niet in het minst te interesseren voor de dood van zijn vrouw, noch voor de toekomst van hun enige dochter Sido.'

'We hebben de dochter van de markies ontmoet,' zei Têtu. 'Ze heeft ons geholpen om te ontsnappen.'

'Wat is de wereld toch klein. Het was Kalliovski die Henry Laxton ervan weerhouden heeft Sido mee te nemen naar Londen, waar ze opgevoed kon worden door zijn vrouw. De markies kon het niets schelen, maar Kalliovski om de een of andere merkwaardige reden wel.'

Cordell liep naar zijn bureau. 'Vertel eens, wat was het aandeel van de jongen in de truc met de pierrot?'

'Hij deed de stem en las de gedachten van het publiek.'

'Interessant,' zei Cordell terwijl hij Têtu een envelop aanreikte. 'Hier is wat geld om je onkosten te betalen.'

'Nee, dat is niet nodig.'

'Neem het nu maar aan, mijn beste vriend. Ik ken de eigenaar van het Hôtel d'Angleterre, een zekere madame Saltaire. Daar ben je veilig. De jongen beschikt zeker niet over een paspoort?'

'Nee.'

'Dan zal ik dat moeten regelen. Daar heb ik een dag voor nodig. Blijf in je kamer tot ik contact met je opneem. Hoe oud is de jongen overigens?'

'Veertien. Hij is als een zoon voor me. Ik houd van hem alsof hij mijn eigen vlees en bloed was.'

Charles Cordell glimlachte. 'Ik zal Henry Laxton op de hoogte brengen van zijn komst.'

Daarop schudden de mannen elkaar de hand.

*

Têtu leunde achterover in de koets van Charles Cordell, dankbaar dat hij niet terug hoefde te lopen naar Moëts Taveerne. Hij dacht aan wat hij zijn vriend niet had verteld. Een geheim dat Têtu hoopte te kunnen meenemen in zijn graf, want sommige woorden kunnen evenveel schade aanrichten als een pistoolschot.

Op ongeveer hetzelfde moment dat het rijtuig voor de taveerne stopte, ontstak monsieur Aulard zijn lantaarn.

10

Yann had tot het donker inviel in Moëts Taveerne zitten wachten. Hij begon net te vrezen dat Têtu niet meer zou terugkeren, toen hij tot zijn grote opluchting de kleine gestalte van de dwerg zich een weg zag banen in zijn richting.

'Alles is geregeld,' zei Têtu. 'Kom, we moeten hier weg.'

Ze liepen schielijk weg van het Palais Royal door een wirwar van kleine straatjes.

'Waar gaan we heen?' vroeg Yann.

'Naar een hotel. Daar blijven we vannacht en morgen neem je de postkoets naar Calais, waar je oversteekt naar Londen,' zei Têtu.

'Londen?' vroeg Yann verbijsterd.

'Kom, doorlopen.' Têtu liep zo hard als zijn benen het toelieten, terwijl hij ongerust om zich heen keek. 'Niet treuzelen. Hoe sneller we binnen zijn, hoe beter.'

De ingang van het Hôtel d'Angleterre lag verscholen achter een houten deur, die toegang gaf tot een binnenplaats met rondom hoge huizen. Aan de andere kant van de binnenplaats, onder een stenen boog, was een nauwe poort die uitkwam in de Rue de Richelieu, vanwaar het een minuut of twee lopen was naar het Palais Royal. Hier nam Têtu op advies van Cordell een kamer.

'Waarom gaan we naar Londen?' vroeg Yann zodra ze alleen waren.

'Jij, niet wij. Jij gaat naar Londen.'

'Nee,' zei Yann. 'Ik ga nergens heen zonder jou.'

'Het is niet veilig in Parijs. Kalliovski wil ons beiden vermoorden. Ik kan wel verdwijnen. Ik heb mijn hele leven niet anders gedaan.'

Yann wilde hem in de rede vallen.

'Wacht even. Voordat je iets zegt, moet je eerst luisteren. Een goede vriend van mij, de Engelsman Charles Cordell, is bankier hier in Parijs. Hij heeft toegezegd jou naar Londen te zullen sturen waar zijn zakenpartner, Henry Laxton, zich over je zal ontfermen. Hij zal je leren lezen, schrijven en Engels spreken.'

'Ik laat je niet in de steek.'

Nog nooit had Yann Têtu's gezicht zo hard zien worden.

'Nou moet je eens goed luisteren. Je bent geen baby meer. Het is maar voor een paar maanden. Zo gaat het gebeuren en daarmee uit.'

Yann was te uitgeput om in discussie te gaan en te boos om in slaap te vallen. Woedend ging hij met zijn gezicht omlaag op het bed liggen. Toen hij wakker werd, was het al ochtend.

*

Yann wist niet of Têtu wel of niet geslapen had. De dwerg liep in zichzelf mompelend door de kamer. Op tafel stond een fles wijn met een brood ernaast.

Yann ging rechtop zitten. 'Ik snap niet waarom ik weg moet.'

'Dat zal ik je uitleggen. Ik zal je vertellen wat je weten wilt. Maar dan moet je wel luisteren en niet zo boos zijn dat je alleen nog het geluid van je eigen woede hoort.'

Yann haalde zijn schouders op.

'Je hebt me vaak naar je moeder gevraagd. Vandaag zal ik je over haar vertellen,' zei Têtu. 'Je moeder hield veel van je. Ze wilde niet dat jou iets zou overkomen en ik heb haar beloofd dat ik je zigeunerafkomst geheim zou houden.'

'Zigeuner!' zei Yann. Het woord was als een oude, tinnen mok altijd met hen meegereisd. Het was een scheldwoord, een belediging. Het bevestigde wat hij al wist; dat hij en Têtu nergens bij hoorden, dat ze verworpenen waren die leefden in de marge van de maatschappij. Hij had nooit gedacht dat er waarheid in school. Hij en Têtu spraken Romani, de zigeunertaal. Uit zelfbescherming, had Têtu hem verteld, omdat er maar weinig mensen waren die het verstonden of wisten waar het vandaan kwam. Nu hij begreep dat zijn wortels veel dieper gingen dan hij ooit gedacht had, wenste hij met zijn hele hart dat het niet waar was.

'Yannick, we stammen af van een oud en nobel volk,' zei Têtu. 'Ontleen daaraan wat goed is en leer ervan. Het spijt me dat je niet hebt kunnen opgroeien in een zigeunerwereld waar je al onze gewoontes en geheimen had kunnen leren kennen.'

'Ik heb je zo vaak gevraagd of we zigeuners waren en jij haalde altijd je schouders op en zei van niet,' zei Yann.
'Dat was voor je eigen veiligheid. Op het hoofd van iedere zigeuner staat een prijs. Ons wachten de galg en het jachtgeweer.'
Yanns woede verdween door de ernst van Têtu's woorden. Dit verklaarde misschien waarom ze niet waren zoals andere mensen. Misschien verklaarde dit eindelijk waarom hij gedachten kon lezen en de toekomst kon voorspellen.
'Ik heb voor je gedaan wat ik kon, Yannick,' zei Têtu. 'Ik heb je een stukje van je erfenis gegeven door je onze taal te leren. Zelfs dat wilde je moeder eigenlijk niet, uit angst dat je me zou worden afgenomen, dat ik als vee gebrandmerkt en naar de galeien gestuurd zou worden. Het was in jouw belang dat ik zweeg.'
Yann ging op de rand van het bed zitten. 'Ga door.'
Têtu zweeg even alsof hij nadacht over wat hij tot nu toe gezegd had.
'Je moeder heette Anis. Ze was wonderschoon. Ze had jouw ogen: zo zwart als ebbenhout en zo diep als een bron. Toen ik haar ontmoette in het circus van Sint-Petersburg wist ik meteen dat ze een Roma was, net als ik. Ze vertelde me dat de mensen van haar volk elk jaar de eeuwenoude routes volgden, dat ze overwinterden in grotten en diep de wouden in trokken als de sneeuw begon te smelten, altijd ver van de huizen van mensen vandaan. De moeder van Anis was in haar stam de hoedster van de toverkunst. Ze beschikte over buitengewone krachten. Ze kon voorwerpen verplaatsen zonder ze aan te raken en haar dochter kon dat ook.'

'En jij ook,' zei Yann.

'Alle voorwerpen zitten vast aan draden van licht,' vervolgde Têtu. 'Levende dingen hebben de helderste draden, een energie die flitst als bliksemschichten. Levenloze zaken, als kopjes, mokken of bedden, hebben doffe lichtdraden. Als je in staat bent dat licht te zien, kun je een meester worden en later puur door wilskracht dingen laten bewegen. Denk je eens in wat een macht je dat zou geven, Yann.'

'Is dat de manier waarop je de pierrot beweegt, Têtu? Toe, zeg het me.'

Têtu gaf geen antwoord.

'Dan niet,' zei Yann. 'Maar zeg me dan in elk geval hoe mijn moeder in het circus terecht is gekomen.'

'Door een afschuwelijk voorval. Het was de dag van haar bruiloft. Anis was veertien en de jongen zestien. Ze geloofde dat ze samen één ziel vormden die verdeeld was over twee lichamen en dat ze alleen samen volledig waren.

De ceremonie begon rond het kampvuur, bij het aanbreken van de dag. Het huwelijk werd bezegeld met een snee in de rechterpols van de bruid en in de linkerpols van de bruidegom; daarna werden hun handen samengebonden en zwoeren ze de ander te laten gaan, mocht de liefde hun hart verlaten. Het feest begon, er werd gedanst en gezongen – en toen kwamen de jagers om de zigeuners te doden. De moeder van Anis zag hoe ze op hun dure paarden zaten te wachten. Ze gaf iedereen bevel door te gaan met dansen en riep "Leve het leven" in het Romani. De zigeuners vluchtten niet, maar gingen door met vioolspelen en zingen. Tot het schieten begon.'

'Maar mijn moeder moet ontsnapt zijn,' zei Yann.

'Anis heeft nooit geweten hoe het haar gelukt is. Het leek wel of haar moeder haar onzichtbaar had gemaakt. Maar ze herinnerde zich wel de laatste woorden van de bruidegom: "In de dood kunnen ze ons niet te pakken krijgen, mijn liefste. We zijn vrij als vogels." Dat was alles wat ze zich later herinnerde. Toen de avond viel, werd ze wakker in een holle boom. Ze klom eruit, liep naar het midden van de open plek en zag ze hangen in de bomen als kleurige, maar levenloze zangvogels: haar bruidegom, haar moeder, al haar stamleden. Zelfs de baby's waren afgeslacht. Het bloed droop van de eikenbladeren. Op die dag, de dag van haar bruiloft, verloor ze alles.

Ze vluchtte ver weg, ging bij een circus en nooit repte ze met een woord over haar zigeunerafkomst, hoewel haar donkere haar en ogen haar wortels verraadden. Pas toen ik haar ontmoette, begon ze te praten.'

Yann zei niets. Hij had altijd van alles over zijn moeder gefantaseerd, maar dit nooit.

Têtu verbrak de stilte.

'Het is niets om je voor te schamen. Integendeel, het is iets om trots op te zijn.'

'Ben jij een Franse zigeuner?'

'Nee, ik kom uit Roemenië. Dat verhaal zal ik je een andere keer wel vertellen. Je weet nu hoe ik je moeder ontmoet heb, dat is voorlopig genoeg.'

'Dus ik ben een halve zigeuner?'

'Nee.'

'Weet je dat zeker?'

'Ja.'

'Was de jongen met wie mijn moeder trouwde mijn vader?'

'Nee, hij werd een jaar of zeven voordat jij geboren werd gedood. Ik weet niet wie je echte vader was, maar Anis geloofde dat jij een geschenk was van de geest van haar enige ware liefde. Wij zigeuners weten en begrijpen dingen die zij die aan huis en haard gebonden zijn nooit zullen bevatten. Wij hebben grote beschavingen weten te overleven.'

'Denk je dat ik die gave geërfd heb?'

'Het is je aangeboren. Nu al beschik je over een bijzonder talent.'

'Wil je me leren om net als jij de pierrot te laten bewegen?'

Têtu lachte. 'Alles op zijn tijd, Yann.'

Er klonk een klop op de deur. Op verzoek van Cordell bracht madame Saltaire Têtu een pakketje met Yanns reisdocumenten en een paspoort.

'Je vertrekt vanavond,' zei Têtu toen ze weg was. 'Om zeven uur breng ik je naar de koets. Ene Tull, een Engelsman, reist met je mee tot Calais, vanwaar een boot je naar Dover zal brengen. We moeten haast maken om het tij niet te missen.'

Yann wilde nogmaals zeggen dat hij niet weg wilde, maar wist dat dat geen zin had. Hij besloot niemand in dat nieuwe land iets te vertellen over zijn zigeunerafkomst. Hij zou er met een schone lei kunnen beginnen. Dit keer zou hij als iedereen zijn.

*

Voordat ze weggingen, hielp Têtu Yann om zijn jas aan te trekken. Hij deed de knopen dicht alsof Yann een kind was. Yann dacht aan zijn moeder en werd overvallen door een groot gevoel van verlies.

'Ik doe het zelf wel,' zei hij.

Maar Têtu drong aan, ging op zijn tenen staan om Yann zijn sjaal om te doen en stopte die zorgvuldig in de halsopening van de jas.

De hal van het hotel was leeg. Buiten wierp het licht van de lantaarn een blauw schijnsel op de sneeuw. Een kat, die zijn poten vol afschuw optrok in de dikke laag sneeuw, naderde miauwend over de binnenplaats en wreef langs hun benen voordat hij de warmte opzocht.

Têtu greep Yanns hand. 'Nu. Rennen!'

Veel te laat voelde Yann de dreiging van de stilte die over het gebouw hing. De luiken van de ramen die op de binnenplaats uitkeken waren dicht alsof de huizen hun ogen hadden gesloten voor wat er zo dadelijk zou gebeuren.

'Vooruit,' zei Têtu.

Er klonk een schot en plotseling realiseerde Yann zich dat hij een gewicht achter zich aan sleepte. Hij stopte en staarde naar Têtu die verfomfaaid in de sneeuw lag.

'Sta op! Opstaan!'

De ogen van de dwerg waren gesloten en zijn huid begon al doorschijnend te worden.

'Nee!' schreeuwde Yann. 'Nee!' Uit alle macht probeerde hij Têtu op te tillen.

Toen zag hij de rode halsketting in het bloed liggen.

'Het heeft geen zin,' fluisterde de dwerg. 'Vooruit, vlucht. Leve het leven, Yannick.'

Yann voelde een hand in een leren handschoen zwaar op zijn schouder neerkomen.

'Hebbes,' zei een stem terwijl de schaduw van Melkoog over hem heen viel. 'Jij ontsnapt me niet meer.'

Yann voelde hoe de gloeiend hete loop van het pistool tegen de zijkant van zijn hoofd werd geduwd. Plotseling vertraagde en versnelde alles tegelijkertijd. Yann sloot zijn ogen. Op het moment dat de dood en het leven even dichtbij waren, klikte de trekker en blokkeerde het wapen. Toen Yann zijn ogen opende zag hij Melkoog woedend naar zijn pistool staren.

Madame Saltaire kwam krijsend en met haar handen in de lucht het hotel uit rennen. Yann wrong zich los met maar één gedachte in zijn hoofd: weg. Hij was al bij de poort toen een tweede kogel tegen de stenen muur ketste. Zo snel hij kon rende hij weg en hij was algauw in de wirwar van straatjes uit het zicht verdwenen.

Zijn keel deed pijn van de koude lucht, maar hij bleef rennen tot hij weer omgeven was door het kalmerende geluid van de stad. De uitputting nabij hield hij stil, keek of hij niet gevolgd werd en begon toen via een omweg terug te lopen naar het Palais Royal. Hij hoorde de klokken zeven uur slaan.

Op het plein stond een rijtuig te wachten. Op de bok zat de koetsier, weggedoken tegen de ijzige wind in zijn dikke cape. Een stalknecht zat naast hem.

De deur van het rijtuig ging open en een man met een Engels accent vroeg: 'Ben jij Yann Margoza? Waar is de heer die je zou brengen?'

'Dood.'

'Jammer dan,' antwoordde de man. 'Stap in. Als we het tij willen halen, hebben we geen tijd te verliezen.'

Verdoofd van verdriet klom Yann in de koets. De man,

het rijtuig, alles werd vaag. Starend uit het raam werd hij overvallen door de beangstigende werkelijkheid. Topolain had de ultieme truc uitgevoerd: hij had Yanns wereld, het theater, de acteurs en de decors met zich mee de dood in genomen. Alles was verdwenen, opgegaan in een rookpluim uit een pistool.

De koets ratelde en schudde. Yann hoorde de paarden snuiven, hun tuig rinkelde en hij hoorde ook, onmiskenbaar, de stem van Têtu. 'Leve het leven.'

11

Dit is Bloomsbury, de modieuze wijk van Londen. We bevinden ons in een onlangs gebouwd herenhuis aan een met bomen omzoomd plein, van waaruit straten naar Picadilly en Whitehall leiden. De ramen aan de achterzijde kijken uit over de glooiende heuvels van Hampstead en het land daarachter. Het is een prettig, comfortabel en gastvrij huis, met versieringen in Franse stijl. Het is het huis van Henry en Juliëtte Laxton.

Henry Laxton was geen knappe man. Je kon hooguit van hem zeggen dat hij een innemend gezicht had, met weinig opvallende trekken. Daar stond tegenover dat hij een rijke bankier was die het geluk had met een mooie vrouw getrouwd te zijn.

Deze ochtend zat hij in zijn studeerkamer, waar zojuist een brief van Charles Cordell was binnengebracht. De brief had al twee dagen eerder bezorgd moeten zijn, maar de koerier was opgehouden door slecht weer en een kreupel paard. Cordell las dus tot zijn schrik dat diezelfde

middag om drie uur een jongen met de naam Yann Margoza zou arriveren in de Boar Inn aan Fleet Street. Tijd
om zich op zijn komst voor te bereiden was er dus niet
meer.

In gedachten verzonken stond Henry Laxton bij het
haardvuur. Het was een hele uitdaging om zo'n jongen in
huis te nemen, zeker gezien het feit dat zijn vrouw en hij
geen kinderen hadden.

Hij schelde en even later verscheen zijn huisknecht. 'Is
mijn vrouw nog in haar kamer?'

'Ik geloof van wel, sir.'

'Heeft ze op dit moment bezoek?'

'Alleen lady Faulkner, sir.'

Henry Laxton glimlachte in zichzelf omdat hij wist
hoezeer zijn vrouw zich op dit moment moest vervelen.
Lady Faulkner kwam alleen bij haar kennissen om de
laatste roddels te horen, en die vervolgens met kwaadaar-
dig plezier rond te strooien. Laxton liep de trap op naar de
kamer van zijn vrouw.

*

Juliëtte Laxton was de jongere zus van Isabelle Gautier, de
vrouw van de markies De Villeduval. Hun vader, een we-
duwnaar, was een zakenman uit de gegoede burgerij en
het huwelijk was voor beide partijen gunstig geweest; de
De Villeduvals kregen de beschikking over het geld en
land dat ze zo hard nodig hadden en monsieur Gautier
was zeer ingenomen met een adellijke schoonzoon. Juliëtte was de enige die wist hoe ongelukkig Isabelle was
met haar veel oudere, egoïstische echtgenoot.

Kort na de dood van monsieur Gautier, overleed Isabelle tijdens een ongeluk met een koets die over de kop vloog. De driejarige Sido was de enige overlevende, maar haar been was op diverse plekken gebroken.

Na de dood van zijn vrouw deed de markies iets vreemds, iets wat totaal niet leek te passen bij zijn karakter. De enige rationele verklaring leek te zijn dat hij tijdelijk ontoerekeningsvatbaar was door verdriet om een dubbele tragedie: zijn halfbroer Armand, de lievelingszoon van zijn vader, verdween in dezelfde tijd. Pogingen om hem te vinden liepen op niets uit.

In elk geval werd Isabelle niet bijgezet in het familiegraf in Normandië. Haar kist werd vervoerd naar een kerkje aan de kust en zonder rouwstoet of omhaal in een simpel graf begraven. Op de grafsteen werd alleen haar meisjesnaam gezet, Isabelle Gautier, zonder adellijke titel, tekst of datum.

De markies zou nooit meer over zijn vrouw spreken en zijn vader overleed uit verdriet om de verdwijning van zijn halfbroer.

Juliëtte was nooit over het verlies van haar zuster heen gekomen. Haar enige troost was de hoop dat ze de dochter van Isabelle, Sido, zou mogen opvoeden, maar het mocht niet zo zijn. Om redenen die Juliëtte nooit begrepen had, liet de markies Sido's vader in een brief weten dat hij niets meer met de familie Gautier te maken wilden hebben.

Ook Juliëtte leed onder een dubbel verdriet. Ze had niet alleen haar zuster en beste vriendin verloren, maar kreeg kort daarop een miskraam. Ze kreeg te horen dat er weinig kans bestond dat ze ooit opnieuw in verwachting zou raken. Het was een grote slag voor haar, want ze had altijd gedacht dat ze ooit omringd zou worden door een groot, luidruchtig gezin.

Nu zat ze voor de spiegel aan haar toilettafel en hoopte dat haar bezoek weg zou gaan. Lady Faulkner was zo vriendelijk haar, niet voor het eerst, van ongevraagd advies te voorzien.

'Uit ervaring weet ik dat de beste manier om er altijd jong uit te blijven zien is om lachen te vermijden, net als het overmatig gebruik van de gezichtsspieren. Dat leidt alleen maar tot rimpels en, zo kan ik je verzekeren, je huid wordt er slap van. Je kunt maar het beste je gezicht zo uitdrukkingsloos mogelijk houden. Dat is de enige manier om de wrede tand des tijds op afstand te houden...'

Ze werd onderbroken door een klop op de deur. Toen Juliëtte haar echtgenoot zag binnenkomen, verscheen er een glimlach op haar gezicht. Het gezicht van lady Faulkner bleef strak in de plooi.

'Uw gezin maakt het hopelijk goed?' informeerde Henry Laxton met een buiging.

'Uitstekend,' antwoordde lady Faulkner stijfjes.

'Brengt uw zoon nog steeds al zijn tijd door in het theater, in gezelschap van actrices?' Deze vraag was bedoeld om het vertrek van de gast te bespoedigen.

De gezichtsspieren van lady Faulkner wisten niet goed hoe ze hierop moesten reageren. Haar lippen wilden zich graag in afschuw over de insinuatie samenknijpen, maar plooien moesten te allen tijde vermeden worden, zo had ze mevrouw Laxton immers zojuist laten weten.

'Ik weet niet waar u op doelt, meneer Laxton,' zei ze terwijl ze hevig wuivend met haar waaier opstond. 'Jack studeert nijver in Oxford. Maar ik moet nu gaan. Ik heb nog heel wat bezoeken af te leggen op adressen waar ongetwijfeld met ongeduld op mij gewacht wordt.' Hierop verliet ze hevig verontwaardigd de kamer.

De Laxtons wachtten tot ze de voordeur hoorden dichtslaan en barstten toen in lachen uit.

Henry Laxton schonk zichzelf een kopje thee in. 'Ze wordt met de dag vreemder. Ik heb gehoord dat Jack al in geen maanden in Oxford is geweest. Wat een raar mens.'

Juliëtte zuchtte. 'Wil je me eraan herinneren dat ik zoveel mogelijk moet lachen en mijn gezichtspieren gebruiken, *mon chéri*? Anders zie ik er straks net zo zuur en ongelukkig uit als dat mens.'

'Zo word jij nooit. Maar nu iets anders. Ik heb vanochtend een brief van Charles Cordell ontvangen met nieuws dat je zal opbeuren. Het heeft te maken met Sido de Villeduval.'

'Sido? Wat is er met haar aan de hand?' vroeg Juliëtte ongerust.

'Het schijnt dat ze vanuit het klooster naar huis is gehaald voor een feest ter ere van graaf Kalliovski.'

'Die onuitstaanbare man!'

'Inderdaad. Die onuitstaanbare man wil haar schijnbaar leren kennen en heeft de markies overgehaald om haar niet terug te sturen naar het klooster.'

'Hoe weet je dat? Ik geloof mijn oren niet!'

Henry Laxton grinnikte. 'Ik heb zo mijn spionnen.'

'Geen grapjes nu. O, ik weet het al. Je hebt het zeker van een van je klanten gehoord?'

'Bijna goed, maar vanavond kun je zelf naar Sido informeren. Dan komt hier iemand die haar een paar dagen geleden nog heeft ontmoet.'

'Je spreekt in raadselen. Wie dan?'

Henry Laxton liep naar het raam en toen weer terug. 'Cordell vraagt of we een paar maanden een jongen in huis willen nemen. Hij is veertien en wees. Tot nu toe is hij opgevoed door ene Têtu, een kennis van Cordell in Parijs.'

'Maar wat heeft die jongen met Sido te maken?'

'Dat wilde ik net gaan vertellen,' zei Laxton. 'Têtu en de jongen zijn rondreizende artiesten...'

'Rondreizende artiesten?!' riep Juliëtte uit. 'Wat houdt die meneer Cordell er vreemde kennissen op na.'

'...een paar dagen geleden werden ze uitgenodigd om samen met een goochelaar, Topolain, te komen optreden op het feest van de markies,' vervolgde Laxton.

'Dat feest waar Sido ook was?'

'Inderdaad. Tijdens dit besloten optreden vertoonde Topolain de kogeltruc waar hij in Parijs om bekend staat. Kalliovski vuurde de kogel af en doodde de goochelaar.'

'Maar waarom dan?'

'Dat is de vraag. Hij beweert dat het een ongeluk was, dat de truc mislukte, maar noch Cordell, noch Têtu gelooft dat. Têtu is ervan overtuigd dat de graaf heeft geschoten omdat hij en Topolain iets weten over zijn verleden. In elk geval is Têtu doodsbang dat Kalliovski het nu op hem en de jongen gemunt heeft. Hij heeft Cordell om hulp gevraagd en Cordell verzoekt ons een paar maanden voor de jongen te zorgen.'

'En die jongen heeft Sido dus ontmoet?'

'Ja. Naar het schijnt heeft ze hen helpen ontsnappen.'

'En hoe heet die jongen?'

'Yann Margoza. Het heeft hem niet meegezeten in zijn leven. Misschien kunnen wij hem helpen, hem wat dingen leren. Als we echt geloven in de verlichting, in de mogelijkheid dat een bedelaar koning wordt, dan kan deze jongen wel op voet van gelijkheid bij ons wonen en leren een heer te worden.'

Het gezicht van Juliëtte lichtte op van opwinding. 'Dat is dan geregeld! Die jongen heeft Sido gezien! Hij komt bij ons wonen als lid van het gezin, en niet in de personeelsvertrekken.'

Henry Laxton liep naar zijn vrouw toe en drukte een kus in haar o zo witte hals.

*

Het rijtuig dat Yann naar Londen, die donkere, ruwe diamant bracht, baande zich een weg over de Blackfriarsbrug. Meneer Tull, die de opdracht had gekregen Yann hierheen te brengen, hoefde nu alleen nog te stoppen bij de taveerne op Fleet Street, waar hij moest wachten op het rijtuig van Laxton.

De binnenplaats van de Boar Inn stond vol postkoetsen met paarden, heren en dames, een verzameling pakjes en koffers, alles opgeslokt in de hectiek van aankomst en vertrek. Meneer Tull besloot tot een welverdiend ontbijt. Hij stopte bij de deur van de taveerne en keek spijtig naar de jongen. Hij vond het niet minder dan een belediging dat hij zo'n buitenlandse schooier mee naar binnen moest nemen in zo'n keurig, godvrezend etablissement. Hij zuchtte. Dit was nu eenmaal zijn opdracht. Hij moest de jongen persoonlijk aan meneer Laxton overdragen. Tot het zover was, moest hij hem in de buurt houden, want de jongen leek hem iemand die 'm wel eens zou kunnen smeren. Hij greep Yann in zijn nekvel en dirigeerde hem, zoals je met een hond zou doen, naar een plekje bij het raam.

Yann schudde zich los uit de greep van Tull en ging ineengedoken in een hoekje zitten. De reis was voorbijgegaan in een mist van ellende en verdriet. Hij mocht zijn cipier – zo was hij Tull gaan beschouwen – niet, een hondse man die hem duidelijk had gemaakt dat de afkeer wederzijds was. En dat had hij ook gezegd, in haast onverstaanbaar Frans: '*Stupide garçon.* Waar heb ik al dit gedoe eigenlijk aan verdiend?'

Na die opmerking waren ze in stilte verder gereisd. Dat kwam hen beiden goed uit, want Yann had tijd nodig om na te denken over de gebeurtenissen die achter hem lagen. Nog nooit had hij zich zo eenzaam en ellendig gevoeld. Hij had er spijt van dat hij had toegestemd hierheen te gaan, met een man die hij mocht noch vertrouwde, om te gaan logeren bij een man die hij nooit ontmoet had.

Het lage balkenplafond en de lambriseringen van de herberg waren bijna zwart van de rook. De lucht was zwanger van tabaksrook, de scherpe geur van verbrand vet en verschaald bier. Het was er een komen en gaan van reizigers wier honger de hele dag door gestild moest worden.

'Een kroes van uw lekkerste bier, een biefstuk en een dozijn oesters,' zei meneer Tull tegen de herbergier.

Die keek naar Yann alsof hij een vies bord zag. 'Voor hem hetzelfde?'

Tull knikte met tegenzin. 'Maar dan met een kleintje bier.'

Toen de herbergier weg was zei meneer Tull boos: 'Geen idee waarom een heer als meneer Laxton een scharminkel als jij een dak boven het hoofd wil geven. Als je bij mij op de stoep had gestaan, zou ik je zonder pardon naar het armenhuis brengen. Iemand als jij hoef ik niet in de buurt te hebben. Laat staan in de buurt van mijn gezin.'

Yann mocht de taal dan niet verstaan, maar uit de toon van meneer Tull kon hij maar al te goed opmaken wat deze bedoelde.

Tull wachtte onrustig op zijn bier, terwijl hij met zijn korte, dikke vingers op tafel trommelde.

Ze aten zwijgend. Tull veegde zijn bord schoon met het laatste stukje brood, dronk zijn kroes leeg en boerde luid.

'Als ik in goed gezelschap verkeerde zou ik nu "excuseer, edele heer" zeggen,' zei hij met de nadruk op het woord 'goed', 'maar ik ken niet zeggen dat dat het geval is, dus ik zeg maar zo, ik zeg maar niks.'

Hij stond op en rekte zich uit.

'Jij blijft hier zitten, dan ga ik kijken of het rijtuig er al is.'

Hij leunde over de tafel en greep de revers van Yanns jas. 'Als jij ook maar een spiertje beweegt van dat ellendige lijfje van jou, zul je ervan lusten. Begrepen?'

Yann keek Tull na die naar de binnenplaats verdween en besloot zijn kans waar te nemen. Hij had maar één doel: terug naar Parijs. Daar wilde hij uitzoeken waar Têtu begraven lag en Kalliovski doden. De gedachte dat hij de graaf uit de weg zou ruimen had hem tijdens de lange reis overeind gehouden.

In zijn haast om weg te komen liep hij de herbergier in de armen.

'En waar dacht jij heen te gaan, ellendig scharminkel?' riep de man terwijl het blad dat hij droeg door de lucht vloog. Met luid gerinkel vielen tinnen kroezen en borden vol eten op de grond. Even werd het in de hele zaal stil. Alle hoofden draaiden zich naar de jongen, die naar de deur rende alsof zijn leven ervan afhing.

Yann keek niet om naar de chaos die hij veroorzaakt had. Hij ontweek een koetsier die een wanhopige poging deed hem te grijpen, dook onder paarden door en glipte langs rijtuigen. Toen hij omkeek, liep hij recht in de armen van een goedgeklede man die hem stevig maar vriendelijk bij zijn schouder pakte.

'Jij bent vast Yann Margoza,' zei Henry Laxton in accentloos Frans.

Tull kwam hijgend, zwetend en met gebalde vuist op hen af.

'Waar is die vermaledijde jongen? Die kleine heiden. Ik draai zijn dunne nekje om als ik hem te pakken krijg. Hij heeft me vanaf het eerste moment alleen maar ellende bezorgd.'

'Geen sprake van,' zei meneer Laxton die Yann nog steeds goed vasthield. Hij duwde hem zijn koets in, klom achter hem naar binnen en knikte naar de koetsier, die meneer Tull een envelop met geld overhandigde.

Tull begon het te tellen.

'Er zit in wat we afgesproken hebben,' zei Laxton.

De koets reed al onder de poort door en dreigde op te gaan in het verkeer.

'Wacht eens even,' riep Tull de achterkant van het rijtuig toe, 'ik heb geld nodig om voor het serviesgoed te betalen.'

Meneer Tull was niet in een goed humeur toen hij koers zette naar herberg De Rode Leeuw aan de rivier de Fleet, een plek die bekendstond als een verzamelplaats van schurken.

Als je niet eerlijk je geld kon verdienen, moest het maar op een oneerlijke manier. 'Het is ongelijk verdeeld in de wereld,' zei Tull tegen zichzelf. 'De rijken krijgen alles en doen er niets voor. Maar ze verwachten wel van mensen als ik dat ze hun leven voor hen riskeren. En betalen voor het serviesgoed, ho maar.'

Hij had de slimmeriken in Parijs en in de Londense koffiehuizen horen praten, mensen die wisten wat de toekomst zou brengen. Een burgeroorlog, daar hadden ze het over. En wat hem betreft kon die niet snel genoeg uitbreken. Er viel geld te verdienen aan oproer.

12

*Een immens verdriet verscheurde Yann. Het vervulde hem
met woede en ontnam hem zijn vermogen de gedachten van
mensen te lezen. De stilte van een gebroken hart was alles wat
hem restte. Zijn verleden en zijn toekomst waren verdwenen.
Verslonden en weer uitgespuugd. Het voelde of met de moord
op Têtu het merg van zijn ziel was opgeslurpt.*

Verzonken in woede had hij niets gehoord van wat
meneer Laxton tegen hem zei. Pas toen ze in de hal
van het huis aan Queen Square stonden, drong het tot
hem door dat hij door een speling van het lot een andere
wereld had betreden. Een wereld waar hij niet wilde zijn.

Vane, de huisknecht van Henry Laxton, diende zijn
meester al vele jaren en sprak redelijk Frans. Hij nam
Yann mee naar boven waar hij hem naar een ruime, naar
sinaasappels geurende slaapkamer met een groot hemelbed bracht. De geur deed Yann denken aan hete zomers
en de reizen met Têtu. Achter een kamerscherm aan het
andere eind van de kamer leidde een tweede deur naar

een kleine zijkamer, waar naast een haardvuur een bad met stomend water klaarstond. Yann wist niet wat de bedoeling daarvan was, totdat Vane plechtig zijn mouwen begon op te rollen en meedeelde dat meneer een bad zou nemen.

Yann staarde hem ongelovig aan en toen hij zag dat dat geen loze woorden waren, probeerde hij zich uit de voeten te maken. Tevergeefs. Vane ging onverstoorbaar zijn gang en bleek te beschikken over een onvermoede, tanige kracht. Uiteindelijk legde Yann, verzwakt door uitputting en slaapgebrek, zich erbij neer dat hij zou verdrinken.

Hij werd gewassen en geschrobd tot het badwater zo vuil was als de Seine en zijn huid tintelde. In een dikke kamerjas werd hij vervolgens voor het haardvuur gezet, waar een barbier zijn lange, zwarte lokken begon af te knippen. Ook masseerde hij Yanns hoofdhuid met een lotion die tot doel had, zo zei hij, Yann van zijn vlooien te verlossen.

Uit een verzameling hemden en broeken koos Vane vervolgens een set kleren die hij Yann aantrok alsof hij een paspop was. Ten slotte knoopte hij hem een das om zijn hals en zette een passpiegel voor hem neer. Yann zag een vreemdeling voor zich. Als hij niet de woede in zijn gezicht herkend had, zou hij gedacht hebben dat hij naar iemand anders keek.

Vane bekeek zijn werk en nam Yann mee naar beneden om hem aan meneer en mevrouw Laxton te laten zien.

'Kijk eens aan, sir,' zei meneer Laxton in zijn perfecte Frans. 'Alsof u zo geboren bent.'

Yann, die niet wist wat er van hem verwacht werd, maakte een stijve buiging. Het voelde allemaal alsof dit iemand anders overkwam, alsof hij niet meer dan een acteur op een podium was.

'Ik heb begrepen dat u mijn nichtje, Sido de Villeduval, hebt ontmoet,' zei mevrouw Laxton.

Yann staarde haar aan. Vergiste hij zich, of leek ze op Sido?

'Ja.'

'En ging het goed met haar?'

Of het goed met haar ging? Hij moest over het antwoord nadenken. Was hij daarom hier naartoe gehaald? Om deze vraag te beantwoorden? Of het goed ging met Sido?

'Ze is ongelukkig,' antwoordde hij uiteindelijk.

Na een ongemakkelijke maaltijd waar geen einde aan scheen te komen, met eindeloos veel gangen en onbeantwoorde vragen, nam meneer Laxton hem mee naar zijn werkkamer. Toen hij hoorde dat Têtu dood was, vertelde hij Yann dat dit zijn nieuwe thuis zou zijn. Yann had geen idee wat hij daarmee bedoelde. Het enige familielid dat hij ooit gekend had, was Têtu. Een thuis had niets te maken met bestek en borden, dat wist hij zeker; voor hem was thuis eenvoudig Têtu geweest.

Die nacht lag hij wakker. Het zachte matras maakte hem onrustig, net als de geur van sinaasappels. Uiteindelijk liet hij het bed voor wat het was en viel als een kat voor het haardvuur in slaap.

De dagen die volgden kenmerkten zich door tikkende klokken en saaie, zinloze handelingen. Voor Yann sleepte de tijd zich in dit grote huis met moede voeten voort. Nooit eerder was hij zich bewust geweest van de eindeloze, lege minuten en de uren die voorbijkropen.

Laxton had een leraar voor Yann in dienst genomen, ene meneer Rose. Hij was zo dun als het papier in de boeken die hij bij zich had en om hem heen hing de geur van opgedroogde inkt.

Bij hem was de kennis erin geslagen en hij zag geen reden om dat bij de kinderen die op zijn pad kwamen niet ook te doen. Over deze opvatting van onderwijs had hij niet met meneer Laxton gesproken.

De eerste dag van zijn aanstelling maakte hij kennis met wat een goedgeklede, intelligente jongeman leek te zijn.

'Wat kan een mens zich toch door uiterlijkheden laten misleiden,' zou meneer Rose drie weken later mopperen. 'Die jongen is een halve wilde en een mooi pak verandert daar niets aan.'

Dat was de eerste vernietigende opmerking. Hij voegde er nog iets aan toe: 'De jongen heeft geen aanleg voor leren.'

Meneer Laxton had een pittig gesprek met Yann, die zwijgend voor hem stond in zijn werkkamer.

Nog twee weken gingen voorbij en nu had Yann het gevoel alsof het leven door zijn verdorde leraar uit hem gestampt was. Hij staarde uit het raam en wenste dat hij buiten was, waar het leven zich afspeelde.

Op een dag gooide meneer Rose in een opwelling van woede een boek naar Yanns hoofd. Yann stond op, pakte rustig de wandelstok van zijn doodsbange leraar af en brak het ding over zijn knie in tweeën alvorens de man een dreun te verkopen. Meneer Rose vloog bijna de kamer door en bleef met een hevig bloedende neus als verdoofd op de grond liggen.

Yann liep de trap af naar de werkkamer van meneer

Laxton en vertelde hem precies wat hij gedaan had en waarom.

Er ontstond commotie, er werd een dokter gehaald en toen meneer Rose weer enigszins was bijgekomen eiste hij dat deze woesteling voor de rechter en vervolgens naar het cachot gesleept zou worden. Toen hij zag dat meneer Laxton dat niet van plan was, vertrok hij ontsteld, met een zakdoek tegen zijn pijnlijke neus gedrukt.

Hij haastte zich onmiddellijk naar lady Faulkner, wier zoon Jack veel profijt had gehad van zijn onderwijs. Zij verspreidde snel en met veel plezier het nieuws dat de Laxtons, bij gebrek aan eigen kinderen, een straatschoffie in huis hadden genomen. Heel wat dames hadden een heerlijke koffieochtend dankzij dit schandaal en heel wat heren vroegen zich op hun club af wat de eerbiedwaardige bankier zich in zijn hoofd had gehaald.

De Laxtons trokken zich niets aan van de roddels en namen een andere leraar in dienst die Yann beter onder controle had dan de afschuwelijke meneer Rose. Die hield het een maand uit en stormde toen het huis uit met de mededeling dat de jongen onhandelbaar was.

Eindelijk verlost van zijn leraren begon Yann zonder toestemming in zijn eentje Londen te verkennen. Hij was gefascineerd door de taal van de straat, een mengelmoes van woorden en klanken waarvan hij hongerig proefde. Binnen de kortste keren sprak hij die volkstaal met een cockney-accent dat haast niet van echt te onderscheiden was.

Alle pogingen om hem in huis te houden, mislukten. Vergrendelde deuren en hoge ramen hielden hem niet tegen. Geregeld klom hij langs de zijgevel van het huis naar buiten zonder dat de nachtwaker het in de gaten had. Hij had zich in het duister altijd op zijn gemak gevoeld als in een dikke, vertrouwde overjas. Hij kon 's nachts bijna net zo goed zien als overdag en had nooit begrepen waarom mensen bang zijn in het donker.

De Laxtons mochten Yann graag, ondanks de ellende die hij hen bezorgde. Verlegenheid kende hij niet. Hij was onverschrokken, stond zijn mannetje en had een hekel aan onrecht. De beledigingen die hij naar zijn hoofd kreeg deerden hem niet. Meneer Rose was een dwaas dat hij niet gezien had hoe slim de jongen was; iemand die de Engelse taal zo snel meester was, kon niet dom zijn. Têtu had gelijk toen hij tegen Cordell de talenten van Yann geroemd had. Het probleem was dat Yann niet in de gaten had hoe hij onbezorgd allerlei kansen vergooide.

Mevrouw Laxton begreep beter dan haar man hoe Yann zich voelde. Ook zij was door verdriet ooit bijna tot waanzin gedreven en de herinnering aan die periode maakte haar moedig.

Op een mistige avond in maart zat ze in Yanns kamer te wachten tot hij terug zou komen van een van zijn escapades. Hij keek schaapachtig toen hij door het raam naar binnen klom en haar daar in het donker zag zitten en verwachtte gestraft te zullen worden. Maar ze stak een kaars aan en vroeg hem te gaan zitten.

'Wat wil je nu eigenlijk?' vroeg ze.

'Terug naar Parijs.'

'Waarom?'

'Ik wil weten wat er met Têtu gebeurd is.'

'Dat weet je wel: hij is doodgeschoten en dat is vreselijk voor je. Waarom denk je dat hij je hierheen heeft gestuurd?'

Yann haalde zijn schouders op.

'Nee, daar neem ik geen genoegen mee,' zei ze scherp. 'Je bent een slimme jongen, doe nog eens een poging.'

'Om Engels te leren spreken. En dat kan ik nu.'

'Je praat als een straatjongen en je gedraagt je als een schurk. Je vriend Têtu is bij meneer Cordell geweest en heeft hem verteld dat je een talentvolle jongen bent, die het verdient om een kans te krijgen. Dat er meer in jou schuilt dan je op het eerste gezicht zou zeggen. Maar wat ik tot nu toe gezien heb is een koppige, ongelukkige zigeuner die te veel met zichzelf bezig is om te zien wat zijn vriend voor hem heeft opgeofferd.'

'Ik bén ook een zigeuner,' zei Yann tussen zijn tanden door. Hij merkte dat het huilen hem nader stond dan het lachen. 'Ik hoor niet thuis in jullie wereld. Het is hier te zacht, te ingesloten...'

'Toen ik negen was overleed mijn moeder,' onderbrak mevrouw Laxton hem. 'Ze was een zeer gelovige vrouw en ik dacht dat ze was weggegaan omdat ik stout was geweest. Gelukkig had ik een oudere zuster die me liet inzien dat mijn moeder niet was weggegaan om iets wat ik gedaan had.' Ze leunde voorover en raakte Yanns hand aan. 'Het is niet jouw schuld dat Têtu dood is. Jij had de kogel niet kunnen opvangen. Je bent geen tovenaar.'

Yann voelde tranen branden in zijn ooghoeken.

'Ik had bij hem moeten blijven. Ik had niet mogen vluchten.'

Plotseling merkte hij dat meneer Laxton in de deuropening stond te luisteren.

'Als je was gebleven, was je nu ook dood geweest,' zei die. 'En dat was eeuwig zonde geweest.'

'We willen je helpen,' zei zijn vrouw zacht. 'Maar je weigert om ook maar een glimpje licht toe te laten in dat donkere hoofd van je.'

'Ik wil niets van jullie hebben. Ik wil jullie hulp niet. Ik had hier nooit moeten komen!' Yann schreeuwde nu, tranen van woede liepen over zijn wangen en vonden elkaar onder zijn kin. 'Houd je geld en je medelijden maar. Ik hoef ze niet.'

Waarom stopten die verdomde tranen niet?

'Als je terug wilt naar Parijs, ga dan maar. De deur staat open,' zei Henry Laxton. 'Ik ben je bewaker niet. En jij bent geen slaaf, maar een vrij man.'

Met twee treden tegelijk rende Yann de trap af. Hij duwde de verbijsterde portier opzij en draafde de mistige nachtlucht in.

Henry Laxton leunde over het balkon en keek hem na.

'Dat was dan dat. We hebben er wel een zooitje van gemaakt.'

Zijn vrouw sloeg haar armen om hem heen. 'Mon chéri,' zei ze, 'maak je geen zorgen. Ik beloof je dat dit niet het einde is. Dit is nog maar het begin.'

13

Yann stopte pas toen hij het kruispunt bij Seven Dials bereikt had. Het ritme van zijn rennende voetstappen op het trottoir had hem eindelijk gekalmeerd. Happend naar adem leunde hij tegen de hoek van een gebouw, blij dat het mistte, en hij lachte hardop om zijn eigen stommiteit. Nou, daar hoef ik niet meer terug te komen, dacht hij bitter.

Hij was ervan overtuigd dat de Laxtons opgetogen zouden zijn dat ze van hem af waren. Mevrouw Laxton had hem een zigeuner genoemd. Nou, hij was ook een zigeuner. Wat deed het er nog toe? Hij trok de kraag van zijn jas omhoog. De kou baande zich een weg door de naden. Om zich heen hoorde hij de vervormde stemmen van voorbijgangers. Het klonk of ze zich onder water bevonden en hun woorden voor hen uit zwommen, terwijl de mensen zelf pas later, als geesten, uit de mist opdoken om verderop weer te verdwijnen.

Terwijl de kou bezit van hem nam, drong het tot Yann door hoe alleen hij nu was, als een kiezelsteen op een onmetelijk strand.

Hij schudde zijn hoofd. Wat was hij stom geweest. Wat bezat hij nou helemaal? Niets, alleen de kleren die hij aanhad. Hij had geen cent op zak. Hij keek naar zijn jas. Die zou hij morgen naar de lommerd brengen. Met het geld zou hij het een dag of twee kunnen uithouden. Tot dan moest hij maar gewoon blijven rondlopen.

Hij liep in de richting van Covent Garden waar het publiek net de theaters begon te verlaten. Allemaal mensen op weg naar huis! Draagstoelen aasden op klanten en pochten hoe snel ze waren. Rijtuigen met snuivende paarden stonden in rijen te wachten.

Misschien moest hij proberen werk in het theater te vinden, maar hij vroeg zich af wat hij nog te bieden had. Buikspreken was niet voldoende, zeker niet nu hij geen gedachten meer kon lezen. Die gave had hem verlaten en hoorde bij een tijd die voorbij was.

De klokken van de St-Martin sloegen elf uur toen hij de Piazza achter zich liet. Het zou een lange, koude nacht worden.

Bij de laatste slag hoorde hij iemand om hulp roepen. Een scherpe, dringende kreet die onmiddellijk gesmoord werd.

Yann hield stil en luisterde. Het was de kreet van een wanhopig man. Door de mist was het moeilijk te bepalen waar het geroep vandaan was gekomen en er volgden geen andere geluiden.

Toen ving hij gesnauw op dat uit een steegje kwam, waar het erger stonk dan de Seine op een hete dag. Ondanks de mist zag hij even verderop twee mannen die een derde man tegen een muur leken te duwen.

Yann trok zich schielijk terug. De mannen zagen hem niet.

Voor zover hij het kon zien was de dichtstbijzijnde man een monster met vissenogen die een hand zo groot als een kolenschop over de mond van het slachtoffer hield. De tweede man, een ratachtig wezen, hitste hem op.

'Wat hebben we hier, Sam?' zei Vissenoog.

'Een heer met een mooie jas!' antwoordde Sam met een verlekkerde blik. 'En met glimmende gespen op zijn schoenen! Ik denk dat we hier een echte gentleman te pakken hebben, Joe!'

Joe haalde zijn hand van de mond van de man en begon aan de jas te trekken. 'Vooruit, uittrekken.'

'Alstublieft, weledele heren,' riep de heer uit, 'ik ben slechts een arme toneelspeler en dit is mijn nederige kostuum. Ik draag het om in het verleidelijk toneellicht illusies tot leven te brengen en mijn armzalig brood te verdienen. De gespen zijn namaak en ik speel de arme Malvolio, vandaar dat ik zo ben uitgedost.'

'Wie speel je?' vroeg Sam.

'Kom, we brengen hem naar Dokter Dood,' zei Joe, 'die legt hem het zwijgen wel op. Hij betaalt een lieve duit voor een gezond lichaam.'

Dit was te veel voor de acteur die een gesmoorde kreun liet horen. 'Bij de sterren aan het firmament, ik smeek u, laat mijn nachtkaars niet zo wreed gedoofd worden. Ik smeek u, beste heren, spaar mij!'

Sam doorzocht de zakken van de man. 'Niets,' zei hij teleurgesteld. 'Hij heb niks te makken. Nog geen cent.'

'Dan is het echt zo'n verdomde toneelspeler.'

'Mijn beste man, mijn naam is Trippen. Ik woon op Drury Lane. Jullie zijn toch niet van plan de beroemde Toets de Clown te vermoorden? Wat zullen de kranten daarvan zeggen?'

Joe barstte in lachen uit. 'Niets,' zei hij. Hij bracht zijn hand naar zijn gezicht en haalde zijn glazen oog uit de oogkas. 'Wil je dit soms even vasthouden?'

Hij wilde het glazen oog net weer terugzetten toen een meisjesstem zijn naam riep. Hij draaide zich om en probeerde te zien waar de stem vandaan kwam.

'Hoorde je dat?' zei Joe. 'Ze riep me.'

Nogmaals riep de lieftallige stem. De mannen hadden geen idee wat ze zei, maar dit keer herkende Sam zijn naam.

'Asjemenou, ze roept mij ook. Ze klinkt Frans, als je het mij vraagt.'

'*Mon ami*,' riep Yann. 'Zeg "*oui*" als je begrijpt wat ik zeg.'

'Yes,' mompelde de acteur.

'*N'ayez pas peur*. Wees niet bang. Zeg maar dat ik hen wil ontmoeten. Probeer te ontsnappen als je mij "*Allez*" hoort zeggen.'

'Wat zegt ze?' vroeg Sam opgewonden.

'Dat zal ik u vertellen, mijn beste heren, als u mij het plezier wilt doen dat mes van mijn keel te halen.'

Joe liet zijn wapen zakken. 'Vertel op, in zo min mogelijk woorden.'

'Mijn Frans is een beetje roestig, maar hoe verrassend het ook mag schijnen, ze lijkt u heren heel graag te willen ontmoeten,' zei de acteur.

'Kijk aan!' zei Sam. 'En wat nog meer?'

'Ze zegt dat ze eenzaam is en op zoek naar een heer die haar gezelschap wil houden en een drankje voor haar koopt.'

'Hebben wij even geluk,' zei Joe.

'Ze is van mij, ik hoorde haar het eerst,' zei Sam.

Zijn vriend spuugde op het glazen oog en poetste het op aan zijn mouw. 'Geef me even een minuutje om wat aan mijn uiterlijk te doen, dan kan ze daarna kiezen wie ze wil.'

'Ben je zover?' vroeg de meisjesstem in het Frans.

Op dat moment verscheen Yann als uit het niets. De twee schurken waren zo verbijsterd, dat Yann Joe's oog te pakken had voor hij weer in de mist was verdwenen.

'Hé, geef terug, anders draai ik je ellendige nek om,' schreeuwde Joe.

Het meisje met de lieve stem sprak opnieuw. 'Als ik het glazen oog teruggooi, maak je dat je wegkomt.'

'Wat zegt ze nu?' vroeg Sam.

'Ze vraagt waarom jullie haar laten wachten,' antwoordde de toneelspeler. Hij kon nauwelijks geloven dat de goedgunstige goden hem deze reddende engel zonden.

Op dat moment riep Yann 'Allez!' en gooide het glazen oog de lucht in. De beide mannen probeerden het te vangen en meneer Trippen, bevrijd uit hun klauwen, rende voor zijn leven, snel gevolgd door Yann. Pas op de Piazza hielden ze halt. De acteur hield zich happend naar adem vast aan een pilaar.

'Mijn beste jongeman, ik kan u niet genoeg danken voor uw moed in het aangezicht van deze beangstigende en, zou ik eraan willen toevoegen, moorddadige schurken. Mag ik naar de naam van mijn redder informeren?'

'Yann Margoza.'

'Ik moet bekennen,' vervolgde meneer Trippen terwijl hij rechtop ging staan, 'ik moet bekennen dat ik vreesde

dat mijn stervensuur op het podium des levens had geslagen. Alle dramatiek mijns levens in al haar veelvormi-
ge verschijningen snelden voorbij aan mijn vertroebelde
blik en mijn moed ontglipte mij als een schaduw toen ik
dacht aan mevrouw Trippen en aan alle kleine Trippentjes die vaderloos zouden achterblijven.'

'Gebruikt u altijd zo veel woorden?' vroeg Yann lachend.

'Zij zijn mij als suiker op de tong, mijn jonge vriend.'
Meneer Trippen trok zijn zakdoek tevoorschijn en bette
zijn voorhoofd.

'We hadden wel geluk zeg, dat dat meisje opdook. Ik
begrijp alleen werkelijk niet wat ze in die schobbejakken
zag. Geloof me, de schone sekse is een van de mysteries
van het leven, een onbegrijpelijke speling van Moeder
Natuur. Nooit was er op aarde iets zo verrukkelijk irratio-
neels en verleidelijks als de vrouw. Als Delilah niet had
bestaan, was Samson in leven gebleven en stond de tempel er nog; als Cleopatra er niet was geweest, had Cae-
sar...'

'*Bonjour!*' klonk een stem. 'Waarom ben je zo snel weg-
gelopen?'

Meneer Trippen werd bleek en draaide zich om. 'Helaas, jongeman, ze is ons gevolgd. Dan duiken die twee
schurken ook zo weer op. We zijn verloren, ik zeg het u!'

Yann begon te lachen. 'Hebt u het echt niet door? Dat
was ik.'

'Wel heb je ooit,' zei meneer Trippen. 'Ik had geen idee
dat ik van doen had met een mede-acteur, mijn beste
man.'

Hij keek Yann ernstig aan. 'Er hangt iets Hamletachtigs om u heen. Een nobel doch tragisch gelaat. Waar hebt u zulk uitstekend Frans leren spreken?'

'In Frankrijk,' zei Yann.

'Bent u Fransman?' vroeg meneer Trippen verbaasd.

Yann knikte.

'Engels is dus niet uw moedertaal, neem ik aan?'

'Nee, mijn tong is het nog een beetje aan het leren,' grinnikte Yann.

'U bent een natuurtalent.'

'Dank u,' zei Yann. 'Dan wens ik u nu een veilige thuiskomst. Goedenavond.'

'Wacht, wacht, mijn jonge vriend, niet zo snel. Mevrouw Trippen zou het me nooit vergeven als ik mijn redder niet uitnodigde voor het avondeten.'

'Zo laat nog?' vroeg Yann.

'Inderdaad, dit is het tijdstip waarop de familie Trippen bijeenkomt, wanneer het gordijn over de dag is gevallen, om te mijmeren over het leven van een toneelspeler, en bij een glas goede port de dagen van weleer te overdenken. Mijn vrouw, die vanavond de *Elfenkoningin* heeft gedanst in het Sadlers Wells theater, heeft vast al een sappige kip op het vuur staan en de fles met robijnrode vloeistof staat al te chambreren.'

Bij deze woorden merkte Yann pas hoe hongerig hij eigenlijk was. De gedachte aan de sudderende kip was genoeg om hem ja te laten zeggen.

Samen liepen ze in de richting van de Strand.

Meneer Trippen maakte een zeer tevreden indruk en hield niet op met zingen: 'Holadiee, de wind en de regen, deren mij niet, 't is een zegen die regen.' De hele weg naar huis.

*

De familie Trippen woonde in een vervallen huis in Maiden Lane, een doodlopende steeg die parallel aan de Strand liep. Mevrouw Trippen was een vogelachtig vrouwtje met in haar kielzog vier kinderen die in leeftijd varieerden van negen tot nul. De jongste lag uit volle borst te krijsen in een wiegje dat gemaakt was van een krat waar 'Sinaasappels uit Sevilla' op stond. Overal hingen kleren te drogen, maar afgezien van de sinaasappelkrat en wat manden leek er geen meubilair te zijn. Mevrouw Trippen stond gebogen over de haard in een pan te roeren en zag eruit of ze zojuist had gehuild. De drie oudste kinderen stonden op volgorde van grootte in de deuropening met een droevige uitdrukking op hun gezichtjes.

'Maar liefde van mijn leven toch, oogappeltje van me, schat van mijn hart, waar zijn de tafel en de stoelen? Waar is de kast?'

Yann wachtte niet tot hij was voorgesteld. Hij liep naar de baby die hees en rood aangelopen lag te krijsen, pakte het bundeltje op en wiegde het heen en weer tot de rust was weergekeerd.

'De deurwaarder,' zei mevrouw Trippen toen ze zich weer verstaanbaar kon maken, 'heeft de bedden en de rest van onze bezittingen meegenomen.'

'Toch niet de kip! Zeg alsjeblieft dat hij de kip niet heeft meegenomen. En de port ook niet.'

'Nee,' weende mevrouw Trippen. 'Maar de schaduw van de gevangenis hangt eens te meer boven ons hoofd.'

'We moeten niet wanhopen,' zei meneer Trippen vastbesloten. 'Deze avond had kunnen eindigen in een tragedie. Mevrouw Trippen, je had weduwe kunnen zijn en onze kinderen wezen, als deze jonge Hamlet die daar met de baby staat er niet was geweest.'

Dit nieuws sloeg in als een bom. Mevrouw Trippen wierp zich in de armen van haar echtgenoot en viel flauw, waarna ze met vlugzout weer bijgebracht moest worden. De kinderen, die duidelijk gewend waren aan verdwijnend meubilair en late avondmaaltijden, gingen nog wat kratten halen. Hun vader ging naar buiten en kwam terug met een deur, die hij bij wijze van tafel over de kratten legde. Er werd een laken overheen gelegd en toen gingen de gezinsleden aan tafel, elk op een kist of mand van verschillende hoogte. Om één uur 's nachts was de maaltijd afgelopen en lagen de drie oudste kinderen vast te slapen in een zijkamer. De baby lag tevreden in zijn sinaasappelkistje.

Yann lag op de vloer naast de gloeiende houtskool, uitgestrekt op zijn rug en met zijn handen onder zijn hoofd. Vreemd, bedacht hij, hoe je leven een andere wending kan nemen door één gebeurtenis. Eén domme vergissing en een pad is afgesloten.

Elk uur klonken de kerkklokken door de stilte van de nacht. En daar, in dat chaotische huishouden, begon hij spijt te krijgen van de kansen die hij had gekregen maar niet aangegrepen.

*

De volgende ochtend zat Henry Laxton moe en ongerust in zijn werkkamer aan Queen Square. Hij had de halve nacht naar Yann lopen zoeken en staarde nu, gewassen en geschoren, uit het raam terwijl hij zijn zwarte koffie dronk.

Op dat moment bracht Vane, de huisknecht, die ook gezocht had, een met touw dichtgebonden bundeltje binnen.

'Heb je nog iets gehoord?'

Vane vouwde Yanns jas open. 'Ik heb zojuist dit gevonden, sir,' zei hij.

'O nee, toch niet in de goot?'

'Nee, sir, bij de lommerd. Naar het schijnt heeft jongeheer Margoza hier vanochtend een mooi bedrag voor gekregen.'

Henry Laxton begon opgelucht te lachen. 'Dan is hij in elk geval niet beroofd, neergestoken of erger. Weet je waar hij nu is?'

'Dit is het adres dat hij de lommerd heeft opgegeven, sir. Maiden Lane.'

*

Toen Henry Laxton bij het huis van de Trippens kwam, zat meneer Trippen op een omgekeerde krat. Het haardvuur knetterde gezellig en er hing een prettige geur van verse toast met boter. Yann was vroeg opgestaan om zijn jas te verpanden en had van het geld boodschappen gedaan. Meneer Trippen was met stomheid geslagen toen hij deze rijke heer in de deuropening zag staan en betreurde het zeer dat hij zich niet, zoals hij zich had voorgenomen, had aangekleed, maar nog steeds in zijn versleten kamerjas en slaapmuts zat.

'U treft mij op een ongelukkig moment, sir,' zei hij met een buiging.

Meneer Laxton gaf hem zijn kaartje dat meneer Trippen geïnteresseerd las. Het woord 'bankier' danste hem voor de ogen.

'Ik heb begrepen dat er een jongeman bij u verblijft met de naam Yann Margoza.'

'Dat privilege is mij inderdaad ten deel gevallen, meneer. Nooit kwam ik een beter en getalenteerder jongmens tegen.'

'Ik neem aan dat hij er momenteel niet is?'

'Inderdaad, hij heeft de kinderen meegenomen om te profiteren van wat frisse lucht en...'

'De jongeman valt onder mijn verantwoordelijkheid,' onderbrak meneer Laxton hem.

'Natuurlijk, meneer. Ik kan u verzekeren dat ik hem geen duimbreed in de weg leg. Bij Jupiter, hij heeft mij het leven gered! Wat een moedige jongen, een ware Hamlet. Wat zeg ik, een Henry de Vijfde op het slagveld van Agincourt!'

Met vele theatrale gebaren deed meneer Trippen uitputtend verslag van wat er bij Covent Garden was gebeurd. Henry Laxton begon sympathie voor de acteur te voelen en kreeg een idee.

'In tegenstelling tot u, meneer Trippen, heb ik niet het geluk vader te zijn.'

'Ik heb drie dochters, en een zoon en erfgenaam.'

'Dan bent u een gelukkig man. Waren mijn vrouw en ik maar zo gezegend. Mag ik u iets toevertrouwen?'

'Zeker! Een discreter man zult u niet snel vinden.'

Laxton vertelde de toneelspeler het een en ander over Yanns achtergrond en de dood van Têtu.

'Hij is aan mijn zorg toevertrouwd. Daarom heb ik een

leraar voor hem gezocht, ene meneer Rose, die hem, buiten mijn medeweten, meende te moeten slaan.'

'Een roos zou net zo heerlijk ruiken als zij een andere naam droeg, zei Shakespeare al. En het duurde niet lang tot de blaadjes in het rond vlogen, zeker?'

Laxton dacht glimlachend terug aan de chaos die Yann veroorzaakt had. 'Bewusteloos geslagen.'

Trippen klapte opgetogen in zijn handen. 'Het is mijn nederige ervaring dat je met het riet een kind slechts leert de leraar te verachten, de lessen te misprijzen en afkeer te voelen van alles wat onderwijs zou kunnen opleveren.'

'Daar ben ik het volledig mee eens,' zei Laxton. 'Hoe zou u het zelf aanpakken, als ik vragen mag?'

'Ik zou hem nooit dwingen aan een bureau te blijven zitten. Daar leert hij niets van. Nee, ik zou hem Londen laten zien, hem meenemen naar musea en het theater om zijn fantasie te prikkelen. Als dat aansloeg, zou ik hem iets vertellen over de wondere wereld van boeken. Ik zou zorgen dat hij zich geen moment verveelde, meneer.'

Laxton constateerde al luisterend het ontbreken van elke vorm van meubilair.

'Neemt u mij niet kwalijk,' zei Trippen plotseling neerslachtig. 'U treft de grote Toets op een bijzonder ongelukkig moment.' Hij maakte als verklaring een handgebaar naar de kamer.

'Bent u net verhuisd en zit u te wachten tot uw bezittingen gebracht worden, of gaat u hier weg?' vroeg Laxton.

'Geen van beide,' zei Trippen. 'Het tij was me gunstig gezind, maar ik heb verzuimd er gebruik van te maken. Onlangs kreeg ik een positie als fulltime leraar aangeboden, maar dat aanbod wees ik af in de overtuiging dat het toneel mijn enige en hoogste roeping was. Een moment van dwaasheid. En nu hangt uitzetting wegens schulden mij als een zwaard van Damocles boven het hoofd.'

'Ik zou u een voorstel willen doen,' zei Laxton. 'Als het u iets lijkt, kan het uw liquiditeitsprobleempje en mijn probleem met de jongen oplossen.'

Trippen ging rechtop zitten. 'Ik ben een en al oor, meneer.'

*

Toen Yann terugkwam met de kleine Trippentjes, was het opvallend stil in huis. De meisjes renden giechelend naar boven, gevolgd door Yann met de slapende baby in zijn armen. Boven troffen ze het echtpaar Trippen aan, gezeten op een krat. Ze luisterden ernstig naar een heer die tegen de schoorsteenmantel geleund stond. Het was meneer Laxton.

Yann bleef opgelaten staan terwijl meneer Trippen zijn gezin mee de kamer uit nam. Yann was zo druk bezig te bedenken wat hij zeggen moest, dat hij aanvankelijk niet doorhad dat meneer Laxton het woord al had genomen.

'Ik wil je graag mijn excuses aanbieden, Yann. Ik heb je onderschat. Ik begreep niet waar meneer Cordell op doelde toen hij zei dat hij van Têtu gehoord had dat je talent had. Dom genoeg had ik dat niet meteen door.'

Wat Yann ook verwacht had te zullen horen, dit in elk geval niet. Hij was volledig van zijn stuk gebracht door de vriendelijkheid van meneer Laxton. Toen hij opkeek zag hij tot zijn verbazing oprechte betrokkenheid in diens vermoeide gezicht.

Uiteindelijk kwamen de woorden over zijn lippen

waarvan hij nooit had gedacht ze te zullen zeggen, en al helemaal niet tegen meneer Laxton.

'Ik heb er erg veel spijt van dat ik op deze manier ben weggegaan. Mijn enige excuus is dat ik dacht dat u zonder mij beter af zou zijn.'

Meneer Laxton ging op een omgekeerde kist zitten. Hij leunde op de gouden knop van zijn wandelstok.

'Je had niet verder van de waarheid af kunnen zitten. Ik heb de hele nacht naar je lopen zoeken.'

'Mevrouw Laxton noemde me een zigeuner.'

'Daar bedoelde ze niets mee. Ze wil net zo graag als ik dat je naar huis komt.'

'Wat heeft meneer Cordell u over mij verteld?'

'Alleen dat je bent opgevoed door een dwerg die Têtu heette, dat je door Frankrijk hebt getrokken en in theaters hebt opgetreden.'

Yann knikte. 'Dus dat is alles wat u weet?'

'Over je afkomst weet ik niets. Op mijn verzoek om meer informatie kreeg ik een brief van Cordell met daarin een beschrijving van de voorstelling waarin jij optrad met Topolain en de pierrot van het volk. De manier waarop de pierrot liep en sprak fascineerde hem, maar hij vroeg zich vooral af hoe de pop gedachten kon lezen. Têtu had hem verteld dat het succes van de voorstelling vooral aan jouw talent te danken was.'

'Het stelde niets voor,' zei Yann. 'Têtu deed het meeste werk. Vroeger kon ik gedachtelezen, maar die gave ben ik kwijt sinds Têtu overleed. Nu kan ik alleen nog buikspreken en wat simpele goocheltrucs doen.'

'Verdriet kan je van allerlei krachten beroven, maar vroeg of laat komt je gave vast weer terug.'

'Ik heb het gevoel dat mijn talent voor altijd verdwenen is,' zei Yann.

'Laten we hopen van niet. Je moet nog één ding weten: het lichaam van Têtu is nooit gevonden.'

'Maar ik heb hem liggend in de sneeuw achtergelaten, op de binnenplaats waar hij is neergeschoten!'

'Ja, dat zei de bazin van het hotel ook. Ze is hulp gaan halen en toen ze terugkwam vond ze alleen een bloedvlek op de plaats waar het lichaam had gelegen.'

'Ik begrijp er niets van. Misschien... misschien is hij dus helemaal niet dood.'

'Dat betwijfel ik. Waarschijnlijk heeft de schutter het lichaam meegenomen.'

'Maar hij zóú dus nog in leven kunnen zijn. In dat geval moet ik terug om erachter te komen wat er gebeurd is,' zei Yann.

'Als je dat wilt, zal ik uiteraard de benodigde maatregelen treffen. Maar voor je een beslissing neemt, moet ik je iets vertellen. Têtu heeft grote risico's genomen om je hier te krijgen. Als hij nog leeft, zal hij alleen kunnen overleven als niemand hem vindt, zeker jij niet.'

Yann voelde zich alsof hij op een kruispunt stond. De ene weg kende hij goed, de andere was te slecht verlicht om te zien waar hij heen leidde. Maar hij wist welke van beide hij zou nemen. 'Ik zal mijn best doen u niet teleur te stellen, meneer.'

'Meer kan een mens niet doen,' zei Laxton, duidelijk opgelucht. 'Dan zijn we het dus eens.'

Voor Yann iets kon zeggen, zwaaide de deur open en kwam meneer Trippen met wijd uitgespreide armen binnen.

'Het tij is gekeerd! Een wijs besluit, jongeman,' zei hij terwijl hij Yanns hand woest op en neer schudde. 'Een wijs besluit.'

Yann was verbijsterd.

'Ik heb van de gelegenheid gebruikgemaakt om meneer Trippen te vragen een van je leraren te worden.'

'Zou dat u iets lijken, jongeman?' vroeg Trippen met een ongeruste blik op Yann. 'Ik zal niet aandringen als dat niet het geval mocht zijn. Maar het hart van Toets zou opspringen als het een mede-toneelspeler zou kunnen helpen. Clowns hebben vaak meer wijsheid in zich dan de meest ontwikkelde man. Het zijn niet voor niets de narren die een koning gezelschap houden.'

Yann barstte in lachen uit. 'En dan kunt u ook uw meubilair terughalen.'

'Dat is al geregeld,' zei meneer Laxton.

'In dat geval,' zei Yann, 'lijkt het me een uitstekend idee.'

14

De markies De Villeduval reageerde op de toenemende politie-
ke onrust in Frankrijk met de aanleg van een ommuurde tuin.
Die was zo ontworpen dat de schoonheid van het kasteel nog
beter uitkwam. De markies had talloze ontwerpers, architec-
ten en hoveniers in dienst genomen en eiste van zijn pachters
dat ze hun werk op het land in de steek lieten om het omvang-
rijke project uit te voeren.

Op bevel van de markies werd een ongunstig gelegen heuveltje verwijderd dat het uitzicht vanuit het
kasteel belemmerde. De boeren van wie hij de graanak-
kers had opgeëist, kwamen hem met de pet in de hand
smeken de heuvel met rust te laten. Het was namelijk
een heilige heuvel. Egaliseren zou slechte oogsten, zieke
dieren, ongeluk en hongersnood tot gevolg hebben.

Het was niet de eerste keer dat een afvaardiging van
boeren hem kwam vervelen met hun heiligen en hun bij-
geloof. Hij had hetzelfde bij de hand gehad toen hij het
bos rond zijn kasteel in Normandië had laten omhakken

om een park te kunnen aanleggen. Die keer was hij gewaarschuwd dat hij de eeuwenoude bomen geen haar mocht krenken; ze behoorden toe aan de aardgeesten en genoten de bescherming van de zigeuners. Volgens de boeren zou hij door een groot ongeluk getroffen worden als hij er ook maar één zou laten omhakken.

De markies was vast van plan om de zigeuners van zijn land te jagen. Dit soort onzinnige en irrationele ideeën waren van hen afkomstig, meende hij, en op een winterdag was hij met een groep mannen onder wie graaf Kalliovski op pad gegaan.

Als snel stuitte het gezelschap op een zigeunerfamilie die door het bos wegvluchtte. De markies was van plan geweest ze bijeen te drijven en van zijn land te zetten, maar de graaf stelde een heel andere oplossing voor. De markies, die een stuk minder bloeddorstig was dan de graaf, bleef op veilige afstand staan, terwijl de bedienden met afschuw toekeken hoe Kalliovski de zigeuners een voor een doodde, en daarbij minder barmhartigheid toonde dan tijdens een vossenjacht.

De dode lichamen werden achtergelaten, hangend aan boomtakken, als groteske kerstversieringen, ten voorbeeld aan allen die meer waarde hechtten aan bakerpraatjes dan aan rede en autoriteit.

Het heuveltje werd volgens plan verwijderd. Een lange rij paard-en-wagens ploeterde als ijverige mieren heen en weer. Vervolgens werd er een meertje uitgegraven en gevuld met water dat werd aangevoerd vanuit de omliggende irrigatiekanalen. Toen een van de boeren vroeg hoe ze nu de gewassen moesten bewateren, antwoordde de markies geïrriteerd dat ze hun agrarische problemen zelf maar moesten oplossen en hem er niet mee moesten lastigvallen.

Aan de ene kant van het meer werd een paviljoen in Griekse stijl gebouwd, vanwaar met gras begroeide paadjes naar fonteinen en visvijvers leidden. De markies stelde zich voor hoe hij omgeven door vogelgezang langs lindelanen zou lopen en hoe de kleur van de bloemen die van zijn kleding zou completeren. O, hier zou hij in perfecte harmonie met de natuur leven, in een paradijs dat hij met eigen hand geschapen had. Dat de kosten van dit paradijs zijn faillissement betekenden, daar dacht hij liever niet aan.

Het was de taak van de trouwe Maître Tardieu, al meer dan dertig jaar de betrouwbare adviseur van de familie De Villeduval, om hem in te lichten over de ware staat van zijn financiën. In die periode had hij zowel voor de vader als voor de zoon gewerkt en na de dood van de oude markies had hij met groeiende ontzetting toegekeken hoe het familiefortuin genadeloos door die tweede werd verkwist.

Telkens als Maître Tardieu de schulden ter sprake bracht, had de markies opdracht gegeven de pacht te verhogen, ongeacht de vraag of de boeren de pachtsom wel konden opbrengen. En als het benodigde bedrag niet op die manier bijeen kon worden gebracht, leende hij simpelweg nog meer van de graaf. Maître Tardieu had tevergeefs getracht uit te leggen dat er een tijd zou komen dat de graaf iets van zijn leningen zou willen terugzien.

Nu leek de dag van de afrekening te zijn aangebroken. Op de ochtend van de veertiende juli ontving Maître Tardieu een brief van de graaf, gericht aan de markies. De brief was geschreven met witte inkt op zwart papier. Onderaan stonden vier woorden in rode inkt en het document was voorzien van een dieprood zegel. Maître Tardieu wist dat hij de markies onmiddellijk van de inhoud op de hoogte moest stellen.

De rechtsgeleerde op leeftijd had wel iets van een mol, met zijn dikke, ronde brillenglazen die stevig op de punt van zijn neus waren geplant. Ze waren besmeurd met het vuil van jaren en legden over alles wat hij zag een grauwsluier. Zijn jas en broek waren gemaakt van molachtig, zwart fluweel en om het beeld af te maken leefde hij in een huisje aan een overdekte steeg waar men zowel overdag als 's nachts kaarsen nodig had om iets te kunnen zien.

Hij gaf bevel zijn rijtuig te laten voorrijden, waarop madame Tardieu, doodsbang bij het idee dat haar echtgenoot op reis ging juist nu er in Parijs grote onrust heerste, hem smeekte niet te gaan.

'Alsjeblieft, chéri,' vroeg ze dringend. 'Denk aan wat er gisteren is gebeurd. De mensen bewapenen zich. Hoe moet dat als de soldaten van de koning de stad in komen terwijl jij weg bent? Dan wordt er gevochten in de straten. Wie weet vinden we allemaal de dood.' Ze sloeg een kruis.

'Rustig blijven, lieve,' zei Maître Tardieu. 'Ik ben voor het vallen van de avond weer terug. Blijf binnen en zet geen stap buiten de deur, schatteboutje.'

Ze keek vanuit de veiligheid van de deuropening met een angstig gezicht toe hoe haar echtgenoot de steeg uit liep, het verontrustend felle zonlicht in, waar een boze menigte hem met tegenzin in zijn koets liet stappen.

Maître Tardieu trok de gordijntjes dicht en leunde achterover in de kussens terwijl het rijtuig door Parijs ratelde. Twee keer hielden mannen met kokardes op hun hoed en hooivorken in hun hand de koets staande en eisten dat Maître Tardieu zou uitstappen zodat zij het voertuig konden doorzoeken op vuurwapens. Tardieu slaakte een zucht van opluchting toen hij eindelijk buiten de vestingmuren van Parijs kwam en de koets koers zette naar Versailles.

De reis gaf Maître Tardieu de gelegenheid over het verleden te mijmeren. Droevig dacht hij aan de overleden markies, die zijn geliefde jongste zoon Armand had verloren. Met zijn oudste zoon, een zelfzuchtige en spilzieke jongen, had hij het nooit kunnen vinden. Hij zou zich in zijn graf omdraaien als hij wist van diens schulden. Maître Tardieu wist nog goed hoe ontzet de oude markies was geweest toen hij zag met wat voor onverschilligheid zijn zoon het bericht over de dood van diens vrouw had vernomen.

Bij aankomst werd Maître Tardieu begroet door een bediende en in een zijkamer gelaten. Daar wachtte hij anderhalf uur zonder ook maar iets aangeboden te krijgen, tot de markies het zich verwaardigde hem te ontvangen. Vervolgens weigerde de markies over zaken te praten voordat hij zijn raadsman een rondleiding over de landerijen had gegeven. De markies kuierde op zijn gemak over de groene lanen, een parasol in zijn hand, waarbij hij er zorgvuldig op lette dat de zijden strikken op zijn schoenen niet vies werden.

Hoe mooi het landgoed ook mocht zijn, Maître Tardieu had geen oog voor de tuinen. Hij liep mank tegen de tijd dat ze bij het Griekse paviljoen aan het meer waren aangekomen en achtte de omgeving, waar de namiddagzon een loden licht over het water wierp, een droeve plek.

Maître Tardieu trachtte opnieuw de brief ter sprake te brengen, maar de markies wandelde verder, geïrriteerd dat de raadsman zo weinig gevoelig leek voor zijn project en de schoonheid ervan.

'Is het u opgevallen dat de kleur van de bloemen past bij de strikken op mijn schoenen?'

In de moede ogen van Maître Tardieu zag alles er even grijs en doods uit.

Daarop zei de markies dat hij 's middags nooit zaken besprak, maar wel bereid was tijdens het avondeten te luisteren naar de kwestie die de raadsman ter sprake wilde brengen. Met een zucht legde Maître Tardieu zich erbij neer dat hij de nacht in het château zou moeten doorbrengen. Hij zond zijn koetsier terug naar Parijs met een bericht voor zijn vrouw.

Terwijl de markies een dutje deed, nam Maître Tardieu de gelegenheid te baat om met de rentmeester te praten en de boekhouding door te nemen. Hij was geschokt toen hij ontdekte hoeveel geld de markies had uitgegeven aan de aanleg van de tuin. Niet alleen de ontwerpers, de kassen en de zeldzame bloemen en struiken hadden handenvol geld gekost. De markies had ook nog een netwerk van tunnels laten aanleggen onder de bloembedden, zodat de hoveniers elke ochtend ongezien de bloemen konden vervangen voor exemplaren die kleurden bij de kleren die de markies die dag zou dragen. Het vogelgezang dat overal klonk, was afkomstig uit volières die strategisch in het groen verscholen lagen. Dat soort dwaasheden hadden een hoge prijs.

Wat Maître Tardieu nog meer schokte, was wat hij over

Sido hoorde. Ze scheen al zeven maanden in haar kamer opgesloten te zitten. Waarom was onduidelijk. De bediende van de markies gaf als verklaring dat zijn meester haar aanwezigheid als storend ervoer. Misschien was het dit laatste, en de herinnering aan de liefde van de grootvader voor het meisje, dat hem deed besluiten om de voorzichtigheid in de wind te slaan en te zeggen wat hij op zijn hart had, wat er ook van zou komen.

Tijdens het diner zat de markies aan het hoofdeinde van de lange tafel. Maître Tardieu, gewend aan eenvoudige kost, was onder de indruk van de pracht en praal en de grote verscheidenheid aan gerechten. Ze werden door vijf livreiknechten bediend en het vertrek was stralend verlicht door talloze kaarsen, hoewel het buiten nog niet donker was.

'Meneer,' begon Maître Tardieu, 'zoals u weet kom ik hier vanwege een serieuze kwestie...'

'Ik hoop dat je hier niet bent gekomen vanwege die zogenaamde onrust in Parijs,' onderbrak de markies hem. 'Die interesseert me niet. De hele situatie wordt schromelijk overdreven.'

Bij het woord 'overdreven' ging er een kaars uit en een van de knechten stapte naar voren om hem weer aan te steken.

De markies sloeg met zijn beringde hand op tafel. 'Nee, nee, nee!' riep hij uit. 'Hoe vaak moet ik nu nog zeggen dat je altijd een nieuwe kaars moet nemen. Nooit een gebruikte kaars aansteken.'

Maître Tardieu probeerde het opnieuw, maar ook nu onderbrak zijn gastheer hem. 'Heb ik dat bijzonder amusante verhaal over de hertogin en haar schrijftafel al verteld?'

Maître Tardieu zuchtte. 'Meneer, alstublieft, we moeten praten.'

'Ik zie dat je vast van plan bent mij te vervelen,' zei de markies. 'Laten we in dat geval wat champagne drinken.' Hij knipte met zijn vingers. 'Politiek is zo weinig prikkelend.'

In wanhoop besloot Maître Tardieu zijn werkgever te onderbreken. Hij haalde de brief uit zijn jaszak en gaf die aan een van de knechten, die hem op zijn beurt aan de markies overhandigde.

De markies wuifde de brief weg. 'Wat moet ik daarmee? Wil je mijn spijsvertering soms in de war brengen?'

'Het is een brief van graaf Kalliovski.'

'Aha. Nou, lees hem dan maar voor, als je dat per se wilt.'

'Wellicht is het beter de inhoud privé te houden, meneer.'

'Het is hier privé.'

'Neemt u me niet kwalijk, maar er zijn in deze kamer een butler en vijf livreiknechten aanwezig die alles kunnen horen wat ik zo ga zeggen.'

'Doe niet zo raar, man. Ze zijn hier alleen maar om mij te bedienen en hebben geen eigen mening. Ze doen er minder toe dan het meubilair en zijn een stuk minder waardevol.'

'Welnu dan,' zei Maître Tardieu. Hij pakte de brief en las hem langzaam en zorgvuldig voor, zodat de meester en de bedienden elk woord konden verstaan.

'Wat bedoelt hij daarmee?' vroeg de markies.

'Precies wat hij zegt. Hij wil zijn geld met rente terug. Voor het einde van de maand.'

'Belachelijk. Wat bezielt hem? Het beste wat we kunnen doen is niets. Stuur een ontvangstbevestiging en schrijf dat er klaarblijkelijk sprake is van een misverstand.'

Het geduld van Maître Tardieu was op. Niet langer diplomatiek of voorzichtig sprak hij: 'Meneer, u bent zo goed als failliet. U hebt geen cent meer. Ik heb u bij vele gelegenheden gewaarschuwd, maar u hebt steeds geweigerd naar mij te luisteren. Ik vrees dat het nu te laat is.'

'Wat? Hoe durft u zo'n toon tegen mij aan te slaan terwijl u bij mij aan tafel zit?'

Maître Tardieu legde een stapel rekeningen op tafel. 'Domme verkwisting,' zei hij vlak. 'Duizenden kaarsen verspild, meer dan honderd kostuums per jaar, waarvan de helft nooit is gedragen. En dan heb ik het nog niet over de kosten van uw tuin.'

De markies probeerde hem met een rood hoofd opnieuw te onderbreken, maar Maître Tardieu legde hem het zwijgen op.

'Er is nog iets, van nog groter belang.'

Hij boog zich weer over de brief en las de laatste paragraaf voor, waarin de graaf informeerde naar de gezondheid van Sido en vroeg of er wel goed voor haar gezorgd werd.

Bij deze woorden keek de markies bijzonder ongemakkelijk. Hij had het warm gekregen van de champagne en zijn met goudkant en zijden borduursel versierde kostuum. Het poeder in zijn haar en de make-up op zijn gezicht begonnen uit te lopen.

'De graaf besluit zijn brief met de mededeling dat hij op zoek is naar een echtgenote. Hij is van mening dat uw dochter een geschikte kandidaat zou zijn. Als u instemt met het huwelijk, zullen alle schulden u worden kwijtgescholden. Hij denkt aan een verloving als ze veertien is en een huwelijk op haar vijftiende.'

Nog nooit was het bij de markies opgekomen dat uitgerekend de graaf zijn dochter zou willen hebben. Het idee dat die man nog inniger verbonden zou zijn met het oude, adellijke geslacht van De Villeduvals verontrustte hem. Tegelijkertijd had het voorstel, gezien zijn eigen financiële situatie, ook een gunstige kant.

'Ze gaat trouwen met iemand uit een adellijke familie, daar is geen discussie over mogelijk,' zei hij kortaf.

Dat is tenminste iets, dacht Maître Tardieu, hoewel hij zeker wist dat dat voornemen meer te maken had met De Villeduvals trots dan met het welzijn van diens dochter.

'Hoe lang bent u nog van plan haar in haar kamer opgesloten te houden?' vroeg de raadsheer terwijl zijn glas weer werd volgeschonken, dit keer met een uitstekende bordeaux.

'Hoezo? Je denkt toch niet dat ik me door dat kind voor de voeten laat lopen? Er wordt goed voor haar gezorgd. Buiten mijn gezichtsveld.' De markies depte zijn dunne, wrede lippen met een servet. 'Ik moet helaas zeggen dat ze uitgesproken lelijk is. En dan loopt ze ook nog mank. Een gebroken vaas, als je het mij vraagt, die nooit meer heel zal worden.'

Bij elke opmerking van de markies groeide Maître Tardieus afschuw van de man. 'Ik moet toegeven dat het niet ideaal zou zijn als mademoiselle Sido met de graaf trouwde,' merkte hij met enige ironie op. 'Het is onduidelijk waar hij zijn titel vandaan heeft en zijn stamboom gaat ongetwijfeld niet zo ver terug als die van de illustere De Villeduvals. Maar los daarvan: realiseert u zich wat zo'n huwelijk zou betekenen?'

'Bedoel je dat ik dan geen last meer van haar heb? Dat zou ik alleen maar toejuichen. Laat iemand anders zich maar om haar bekommeren. Ik heb er meer dan genoeg van.'

'Uw vader heeft in zijn testament vastgelegd...'

De markies wuifde de opmerking weg. 'Nou en? Genoeg hierover.'

'Dan ga ik ervan uit dat u geen bezwaar hebt tegen het feit dat uw dochter, zodra zij trouwt, de erfenis van haar grootvader krijgt, waar haar nieuwe echtgenoot dan ook over kan beschikken?'

Met genoegen merkte Maître Tardieu dat hij voor het eerst die avond de aandacht van de markies had. 'Zal ik de laatste zin van de brief nog een keer voorlezen?' vroeg hij. Hij leunde voorover naar het licht van de kaarsen. '"Uw dochter is uw belangrijkste bezit." Denkt u eens na, mijn heer. Ze is nu twaalf, dus u hebt nog twee jaar om uit de schulden te komen en haar uit te huwelijken aan iemand van adel die dat waard is.'

De markies stond op uitbarsten. Nooit eerder had zijn raadsheer op zo'n manier met hem gesproken.

'Ik heb altijd mijn bezittingen in Normandië nog,' zei hij luid.

'Nee,' antwoordde zijn raadsheer. 'U hebt recht op de inkomsten van het land en de boeren tot het moment waarop uw dochter trouwt. Op de dag van haar huwelijk valt het bezit toe aan haar en dus ook aan haar man, graaf Kalliovski.'

'Onmogelijk, dat zal ik niet toestaan!' zei de markies. 'Wat leveren de landerijen op?'

'Niet zoveel als zou moeten. Ik weet uit betrouwbare bron,' ging de raadsheer verder, 'dat uw pachters ervandoor zijn gegaan zonder de pacht te betalen. De oogsten zijn mislukt en uw schuren zijn door uitgehongerde boeren geplunderd. Al die tijd was u hier bezig met het aanleggen van uw tuin en het bouwen van een muur, terwijl u die problemen had moeten oplossen. Er is, kortom, geen geld om uw schulden af te betalen, als u dat hoopte.'

Eindelijk drong het tot de markies door. Natuurlijk! Graaf Kalliovski zou met dit huwelijk alles in één keer terugkrijgen. Het was een onverdraaglijke gedachte.

De markies legde zijn handen over zijn oren. 'Ik wil er niets meer over horen. Ik krijg een slecht humeur van dat gepreek.'

Maar Maître Tardieu was niet van plan zijn mond te houden. 'Er staat nog iets onder aan de brief, niet met witte, maar met rode inkt geschreven. Vier woorden: "Denk aan uw vrouw."'

Door zijn vuile brillenglazen viel het de raadsheer nauwelijks op dat de markies doodsbleek was geworden. Maar hij keek wel met interesse naar diens trillende handen.

'Schrijf hem maar dat ik over zijn voorstel zal nadenken.'

'En wat, als ik vragen mag, bent u van plan als de situatie in Parijs verslechtert en er een revolutie uitbreekt?'

Even staarde de markies zonder iets te zeggen in een kaarsvlam. 'Dat is ondenkbaar,' zei hij toen. 'De koning zal zo'n opstand direct neerslaan.'

Voor de eerste keer voelde hij iets van twijfel. De brief die dat nare mannetje hem had gebracht, had hem erger van streek gebracht dan hij wilde toegeven. Het kwetste hem dat de graaf zich op deze manier tegen hem keerde.

'De koning is zijn macht al kwijt,' zei de raadsheer. 'Zijn soldaten zullen niet vechten tegen hun eigen volk. De soevereiniteit van Frankrijk berust nu bij de Nationale Assemblee.'

'Onzin,' riep de markies.

Plotseling klonk er rumoer vanuit de gang. De markies gaf Jacques, de butler, bevel om poolshoogte te nemen. Jacques keerde terug met de kamerdienaar van de markies, die zijn opwinding nauwelijks kon bedwingen.

De markies stond op. 'Wat is er gaande? Kan men de bedienden niet in bedwang houden?'

'Meneer,' zei Luc, 'we hebben zojuist buitengewoon nieuws uit Parijs ontvangen: de Bastille is gevallen.'

'Gevallen?' herhaalde de markies. 'Hoe bedoel je, gevallen?'

'De burgers hebben de gevangenis bestormd. Ze hebben kanonnen afgevuurd op de muur, en die is ingestort.'

'De Bastille staat er niet meer!' zei Jacques. 'De gevangenisdirecteur en de militair commandant zijn beiden om het leven gebracht. Hun hoofden worden op staken door de stad rondgedragen.' Hij werd meegesleept door zijn eigen enthousiasme en riep uit: 'Leve Frankrijk!'

De markies zakte neer op zijn stoel.

Op de dag dat de Bastille viel, werd Sido vrijgelaten.

15

Het schokkende nieuws over de val van de Bastille was ge-
bracht door graaf Du Verrier, die op weg was naar Versailles.
De arme man was Parijs in doodsangst ontvlucht, ervan over-
tuigd dat hij in zijn bed vermoord zou worden als hij bleef. Hij
kon nog niet weten dat hij drie jaar later, huilend als een baby,
zou eindigen onder de guillotine.

Baptiste, de knecht van graaf Du Verrier, stond die
warme juliavond in de keuken van het kasteel van de
markies onverwacht in het centrum van de aandacht. Hij
was immers als enige getuige geweest van een historisch
moment.

Het personeel van de markies stond met stomheid geslagen om hem heen terwijl hij vertelde wat hij had gezien.

'Heb je ook meegedaan?' vroeg Philippe, een jonge
knecht.

'Niet echt,' zei Baptiste. 'Ik wilde dat ik het wel gedaan
had, maar ik zat verdorie met mijn meester opgescheept.
Ik kan je wel zeggen dat die zat te trillen bij de aanblik van
de menigte.'

'Wat deed hij eigenlijk in Parijs? Moest hij niet aan het hof zijn?' vroeg Luc.

'Wat alle mannen doen als ze ergens zijn waar ze niet zouden moeten zijn: hij lag bij zijn maîtresse in bed natuurlijk. Zijn broek hing ongetwijfeld op zijn enkels toen de Bastille viel.' Baptiste lachte. 'Ik vraag me af wat hij gaat zeggen als hem op zijn oude dag wordt gevraagd waar hij tijdens deze grote gebeurtenis was.'

'Als hij het geluk heeft zo lang te leven,' mompelde Jean Rollet, de kok.

'Ik hoorde kanonnen bulderen,' ging Baptiste door, niet van plan zich dit moment van roem te laten ontgaan. 'Ik zag hoe de onbevreesde burgers van Parijs, mannen en vrouwen, de straat op kwamen. Ik heb gehoord dat ze met blote handen de Bastille bestormden. Ze zetten de klokken stil en brachten ze toen weer op gang om te laten zien dat de wereld een nieuwe start gemaakt had. Tot mijlen in de omtrek zag je rook oprijzen en de lucht was wit van de pamfletten. Ik ben natuurlijk naar buiten gerend om er één te pakken.' Hij haalde een verschroeid stuk papier uit zijn zak en hield het omhoog. 'Dit zal ik later aan mijn kinderen laten zien als bewijs dat ik erbij was.' Hij wilde het weer in zijn zak steken.

'Wacht eens!' zei Luc die het uit zijn handen griste. 'Niet zo snel. Wat staat erop?' Hij wierp een onzekere blik op het papier, teleurgesteld dat hij het niet kon lezen.

Zijn verloofde Lucille stapte naar voren.

Ze pakte het papier, vouwde het op en stopte het in de zak van haar schort. 'Mijn mevrouw kan lezen. Ik zal het wel aan haar laten zien.'

'Hebben ze de honderden gevangenen vrijgelaten?' vroeg Jean.

'Zeven.'

Iedereen begon tegelijk te praten. 'Zeven maar?' 'Is dat alles?' 'Hoezo maar zeven?'

'Er werd gezegd dat de gevangenis tijdig was leeggehaald,' zei Baptiste. 'Ze waren getipt.'

Luc stond op. 'Het maakt niet uit hoeveel het er waren. Het gaat om waar de Bastille voor staat en om het feit dat het leger van de koning niet op de menigte heeft geschoten. Dit is het einde van het oude regime. Deze dag, dames en heren, luidt het begin van een nieuw tijdperk in.'

Ook Jacques stond op. 'Dit vraagt om champagne. Vandaag zijn we allemaal gelijk. Vandaag zijn we allen koning.'

Als snel maakte de wijn de tongen los en kwam de opgekropte wrok jegens hun meester op tafel.

'Weet je wat het is,' zei Jacques, 'als de markies maar half zo geliefd was als zijn vader...'

'Of zijn halfbroer,' onderbrak madame Gournay, de naaister, hem. 'Dat was nog eens een edelman die wist hoe hij voor zijn bedienden en zijn land moest zorgen.'

'Ware woorden!' Ze hieven hun glas in herinnering aan Armand de Villeduval.

'Ik zal je zeggen dat ik het altijd een rare zaak heb gevonden,' zei jachtopziener Alain Grimod.

'Kom, kom,' zei Bernard, 'het heeft geen zin om oude koeien uit de sloot te halen.'

'Zoals ik al zei,' hervatte Jacques, 'als de markies niet zo'n tiran en zo'n dwingeland was geweest, had hij onze loyaliteit wel gewonnen.'

'Wat zei hij ook alweer over ons?' zei een van de livreiknechten, '"minder belangrijk dan het meubilair en een stuk minder waardevol."'

'Laat me je dit zeggen: ik haat mijn meester, die opgedirkte pauw,' zei Jacques. 'Als de revolutie het einde van dat soort mensen betekent, dan zeg ik: leve de revolutie!'

'Daar drink ik op,' zei Jean Rollet. 'Op de val van de Bastille.'

'Goed gezegd!'

Opnieuw werd er gejuicht. Baptiste stond op. 'Weet je wat ze op straat riepen? Ze eisten vrijheid en gelijkheid voor iedereen!'

'Gelijkheid! Denk je dat we in de toekomst allemaal gelijk zullen zijn? Mannen, vrouwen, knechten en meesters?' vroeg Luc.

'Laten we het hopen,' zei Jean.

*

Intussen scheen de maan met haar heldere licht in een andere kamer, die van de markies. Achter de muren met hun vergulde lambrisering kon hij het feestgedruis beneden niet horen. De politieke onrust in Parijs was niet zijn grootste zorg op dit moment. Hij werd volkomen in beslag genomen door de brief van de graaf, die zwaar op zijn gemoed drukte.

Hij kon maar niet begrijpen wat zijn vriend bezielde. Tot dan toe had diens edelmoedigheid immers geen grenzen gekend. Waarom was hij dan nu zo onredelijk om zijn geld terug te eisen? Een kort moment vroeg hij zich af hoeveel zijn vader eigenlijk aan Sido naliet. Hij herinnerde zich dat hij het bedrag ooit had horen noemen, maar op dat moment had hij er geen aandacht aan besteed. Als het al zijn schulden zou dekken, moest het wel een flinke som zijn.

Bij nader inzien vond hij het een zeer gunstig voorstel. Tenslotte was de koningin ook op haar veertiende getrouwd. En de hertogin De Lamantes was vijftien geweest toen ze met die oude snoeperd van een hertog trouwde. Morgen zou hij tegen Maître Tardieu zeggen dat hij instemde met het huwelijk. Het zou zijn eerst keus niet geweest zijn, maar het bevrijdde hem wel van de twee dingen die hem het meest dwarszaten: zijn schulden en zijn dochter.

*

Lucille was midden in de nacht door de verborgen deur de kamer van Sido binnengestormd en maakte haar meesteres wakker.

'Mademoiselle, kijk!' Ze hield haar de sleutel van de kamerdeur voor.

Terwijl Lucille een kaars aanstak, leunde Sido half slapend op een elleboog. 'Wat doe je?'

'Kijk,' zei Lucille. Ze deed de deur open alsof ze persoonlijk een gevangene uit de Bastille bevrijdde. 'U hoeft niet langer in uw kamer opgesloten te zitten. U bent vrij! Vrijheid, is dat niet een prachtig woord?'

'Ik begrijp je niet.'

'Mademoiselle, er is zoiets opwindends gebeurd! De Bastille is gevallen!'

Sido ging rechtop zitten, plotseling helemaal wakker. Het leek ondenkbaar. De Bastille, die enorme vesting die als een zwarte, rottende tand in de mond van Parijs stond, weg? Onmogelijk.

'Weet je dat zeker?'

Lucille liep naar het bed en pakte de handen van haar meesteres vast.

'O ja, mademoiselle, ik weet het zeker. Dit is het begin van de revolutie.' Ze praatte nu zo snel dat de woorden over elkaar heen buitelden terwijl ze alles vertelde wat ze gehoord had.

'Kijk,' zei ze ademloos, 'dit heeft Baptiste meegenomen.' Ze gaf het papier aan Sido. 'Hij zegt dat de lucht wit was van dit soort brieven. Er waren er duizenden. Wat staat erop, mademoiselle?'

Sido bekeek de verschroeide randen en las hardop voor: '"Geef me een teken van leven, dan kan ik weer ademhalen." Het is een stukje van een liefdesbrief.'

Toen Lucille weg was, zat Sido bij het licht van de kaars nog lang na te denken over wat ze gehoord had. Ze vroeg zich af wat er allemaal zou veranderen, en plotseling verscheen een beeld voor haar ogen van alle liefdesbrieven die vanuit de Bastille als tranen uit de hemel neerdaalden op Parijs.

*

De volgende ochtend nam de markies de tijd om zich te kleden voor zijn audiëntie bij de koning in Versailles. Hij zorgde ervoor dat hij bepruikt en bepoederd was en besloot zijn mooiste jas aan te trekken van het fijnste, oud-roze zijdebrokaat, bestikt met diamantjes. De zilveren gespen op zijn zachtlederen schoenen waren versierd met diamanten en parels. Toen hij eindelijk aangekleed en geparfumeerd was en zijn eigen goedkeuring kon wegdragen, ontbood hij zijn financieel raadsheer.

Vanuit adellijke hoogte keek hij neer op Maître Tardieu.

'Ik heb besloten om op het verzoek van de graaf in te gaan,' kondigde hij aan. 'Er zijn vele gunstige kanten aan dit huwelijk. Het is uw taak om de voorwaarden verder te bespreken.'

'Maar meneer,' zei Maître Tardieu, 'neemt u me niet kwalijk. Gisteravond zei u toch...'

'Graaf Kalliovski is een zeer geschikte kandidaat en daarmee uit,' onderbrak de markies hem.

Maître Tardieu volgde hem naar de voordeur. Zijn heup deed zeer en hij had niet geslapen van de zorgen.

'Haal mijn dochter naar beneden,' zei de markies tegen een bediende. En toen, met een neerbuigend gebaar van zijn hand tegen Maître Tardieu: 'Ik laat het aan u over om haar van mijn besluit op de hoogte te brengen.'

Hij liep langs de livreiknechten, die als speelgoedsoldaatjes op een rij stonden te wachten, naar de koets die op hem stond te wachten. Met veel gedoe werd hij naar binnen geholpen, waarbij hij keer op keer zijn jas anders liet leggen om te zorgen dat hij niet gekreukeld bij de koning zou arriveren. Toen leunde hij uit het portier van de koets. 'Mij dunkt dat ik de koninklijke kokarde moet dragen.'

Luc knipte met zijn vingers en direct rende er een knecht het château in om het ding te halen.

Maître Tardieu stond op het grindpad zwijgend toe te kijken en vroeg zich af of een dwaas ooit wijs kon worden.

Afgaand op het gedrag van de markies zou het trieste antwoord 'nee' moeten zijn.

Zonder zijn raadsheer aan te kijken zei de markies humeurig: 'Je hebt niets gezegd over mijn gespen. Vind je ze niet elegant?'

Maître Tardieu staarde woordloos naar de gespen. De Bastille mocht gevallen zijn, Frankrijk mocht op de rand van een burgeroorlog staan, maar de markies kon alleen maar aan zijn gespen denken. Misschien was dat alles wat uiteindelijk van zijn enorme fortuin zou overblijven.

'Ik heb nog even overwogen om de gespen met robijnen te dragen, maar die zouden minder goed bij het brokaat passen.'

'Aha,' antwoordde Maître Tardieu. 'Aha.'

De knecht keerde terug met de witte kokarde, en de markies strekte zijn kinloze hoofd naar voren als een schildpad die uit zijn schild komt, zodat Luc de versiering op zijn jas kon vastspelden.

'Natuurlijk zou de zwarte kokarde van de koningin beter bij mijn jas hebben gepast dan deze witte van de koning, maar het heeft geen zin een hopeloze zaak te steunen.'

Met deze woorden ging het portier eindelijk dicht. Maître Tardieu en de bedienden keken toe hoe de koets in de verte verdween.

*

Lucille had Sido het bericht gebracht dat Maître Tardieu haar wenste te spreken. Mevrouw Gournay, de naaister, kwam binnen met een wit met blauw gestreepte mousselinen japon en een rode sjerp.

'Wat vindt u ervan?' vroeg ze.

Sido klapte verrukt in haar handen. 'Prachtig! Daar bent u vast uren mee bezig geweest.'

Madame Gournay, wier enige taak tot dan toe was geweest de garderobe van de markies te verzorgen, had gemerkt dat het veel plezieriger was om voor zijn dochter te werken. De markies wilde altijd iets anders. Hij bestelde rollen zijde en satijn die hij meteen weer afkeurde en eiste aanpassingen die, eenmaal uitgevoerd, nooit naar zijn zin waren. Maar bij Sido vond ze de waardering die ze van haar meester nooit kreeg.

'Als ik kleren voor u maak, voelt dat alsof ik ook een bijdrage aan de revolutie lever,' zei madame Gournay. 'Kijk nou toch eens. U ziet er prachtig uit.'

Sido staarde naar zichzelf in de spiegel en zag niets moois, alleen een been dat stijf was geworden door gebrek aan beweging.

Ze draaide zich om naar de naaister en lachte. 'Misschien lijkt het nog wat als je me op een wagentje zet en rondrijdt. Maar zodra ik zelf ga lopen is het hele effect weg.'

'Welnee,' zei madame Gournay resoluut. 'U overdrijft. Wat aarzeling is juist heel aantrekkelijk in een jongedame.'

*

Voor Maître Tardieu stond een angstig kijkend meisje met grote blauwe ogen, donker haar en een bleke, doorschijnende huid. Plotseling vond hij het voorstel van de graaf nog ongepaster.

'Had ik maar wat vrolijker nieuws voor u, mademoiselle,' zei hij. 'Maar dat is niet het geval. Misschien moet u dit maar even zelf lezen.' Hij overhandigde haar de zwarte brief.

In tegenstelling tot haar vader had Sido geen nadere uitleg nodig. Ze reageerde direct.

'Ik kan onmogelijk met hem trouwen.'

Maître Tardieu zuchtte. Dit meisje zou zich niet zoals haar moeder om de tuin laten leiden. Hij had indertijd geweten dat Isabelle Gautier niet van de markies hield, maar ze was verblind geweest door zijn rijkdom, de belofte van luxe en de verleidelijke schoonheid van juwelen.

Maître Tardieu schraapte zijn keel. 'Hoe zeer het mij ook spijt, uw vader heeft mij instructies gegeven om het huwelijk te gaan regelen. Zolang zijn schulden met deze verbintenis zo gemakkelijk ongedaan kunnen worden gemaakt, hebt u geen stem in de zaak.'

Sido keek nog eens naar de brief en liet de vier laatste woorden in rode inkt op zich inwerken.

'Weet u wat hij bedoelt met "Denk aan uw vrouw"?'

'Helaas niet.'

Sido beet op haar lip. 'Waarom heb ik geen familieleden die mijn vader kunnen waarschuwen tegen dit onbezonnen huwelijk?' Met tranen in haar ogen keek ze op naar de oude raadsheer.

Die voelde een groot medelijden opwellen en zei toen iets wat hij jarenlang had verzwegen. Iets wat hem verboden was ooit hardop te zeggen: 'U hebt familie in Londen.'

Sido wist niet zeker of ze hem goed verstaan had.

'Familie in Londen?' herhaalde ze.

De arme Maître Tardieu was geschokt door wat hij zich zojuist, zonder te bedenken wat dit wettelijk betekende, had laten ontvallen.

'O hemel. Ik heb altijd de strikte opdracht gekregen om hier niets over te zeggen. Wat nu?'

'Waar in Londen wonen ze?' vroeg Sido, die haar opwinding nauwelijks kon verbergen. 'Hoe kan ik hen vinden?'

'Ik zou het niet weten. Ik weet alleen dat uw moeder daar, ten tijde van het ongeluk, een zuster had die met een Engelsman getrouwd was. Een zekere meneer Laxton. Ik weet niet óf ze nog leeft.'

'Hoe heet ze?'

'Alstublieft, mademoiselle, dringt u niet aan. Ik had hier met geen woord over mogen spreken. En hecht u er vooral niet te veel waarde aan. Ze is intussen ongetwijfeld overleden.'

'Waarom?' vroeg Sido.

'Omdat,' stotterde de raadsheer, 'omdat de Engelsen heel slecht eten. Daardoor leven ze korter dan Fransen.'

Sido voelde medelijden met Maître Tardieu. Hij zag er grauw en uitgeput uit. Ze kon zien dat hij geen gezond mens was.

'Ik moet nu weg. Ik ben te oud om dit te doen. Te oud en te machteloos om u te kunnen helpen. Ik wilde dat de zaken er anders voor stonden.'

Sido besefte dat het geen zin had om aan te dringen. De man was al doodsbang door het weinige wat hij gezegd had.

'Gaat u nu terug naar Parijs?' vroeg ze.

'Inderdaad. Nu direct. Ik maak me zorgen om mijn

vrouw. Ze maakt het niet zo goed en met de huidige situatie in de stad...'

Ze volgde hem naar buiten waar zijn rijtuig stond te wachten.

'Mag ik u nog één ding vragen voor u weggaat? Denkt u dat de revolutie mij kan redden? Of is het al te laat?'

'Ik denk dat de wereld zoals we die kenden voor altijd verdwenen is,' antwoordde Maître Tardieu. 'Wat dat betekent, zal de tijd ons leren.'

*

Over de tuin hing als een sluier een vroege ochtendmist. Sido's hoofd tolde nog van alles wat ze gehoord had en in de vreugdevolle wetenschap dat ze niet alleen op de wereld was, wat dat dan ook mocht betekenen, tilde ze haar rokken op en rende, voor het eerst in zeven maanden, over de groene paden. Ze struikelde bijna, hield zich vast aan het beeld van Pan en wandelde langzaam verder toen ze haar evenwicht terug had. Tot haar genoegen voelde ze hoe haar been wat minder stijf werd. Ze wandelde langs beelden van godinnen die over haar waakten en bewonderde het uitzicht met fonteinen en het meer in de verte. Overal in de lanen klonk vogelgezang.

Het duurde niet lang voor ze de metalen kooien ontdekte. Ze duwde de bladeren opzij en zag tussen het groen de volières vol wilde vogels: lijsters, merels, nachtegalen, winterkoninkjes en vinkjes. Wat wreed, dacht ze, om vogels die thuishoren in de lucht, gevangen te houden.

Ze wilde net uitzoeken hoe ze de kooien kon openmaken toen er een groep mensen als geesten opdook uit de mist. Ze waren bewapend met hooivorken, zwaarden en geweren. Onder hen herkende ze een aantal bedienden.

'Waar gaan jullie heen?'

'Naar Parijs,' zei Jacques. 'Maar we komen eerst de vogels vrijlaten.' Hij haalde een sleutel uit zijn zak en vroeg bijna verlegen: 'Wilt u het doen, mademoiselle?'

Sido maakte één voor één de kooien open. Samen keken ze zwijgend toe hoe de opgetogen vogels eindelijk de wind weer onder hun vleugels voelden. Pas toen alle kooien leeg waren, gingen ze uit elkaar. De bedienden de ene kant op, Sido de andere.

16

Liggend in de schaduw van een eik zag Sido in de bewegende patronen van de bladeren hoe haar leven nu vastlag. Over haar toekomst was besloten, haar echtgenoot was gekozen. Het was graaf Kalliovski.

Met zijn onwaarschijnlijk gladde huid, zijn gezicht zonder lijnen of rimpels waar het leven geen spoor in had achtergelaten, had de graaf op Sido de indruk gemaakt van een man zonder ziel. Wat voor verbond had hij met de duivel gesloten, dat zelfs de tijd hem niet eens meer wilde omhelzen?

Haar gedachten gingen terug naar die avond van het feest, een maand of zeven eerder, toen hij en zijn grote, zwarte hond in haar kamer naar haar hadden zitten kijken. Het had gevoeld alsof de zuurstof uit de kamer gezogen werd. Zijn aanwezigheid was zwaar als kwik.

Na het vuurwerk, toen ze weer alleen was, had ze een droom gehad. Ze liep langs besneeuwde boomtoppen. Voor haar lag het pad als een zilverachtig lint in het maanlicht. Het leek nog ver weg, maar slingerde zich naar haar toe. Verderop ontwaarde ze een rijtuig dat schuin over de weg stond, alsof het zojuist aan een afschuwelijke ramp was ontkomen. De koetsier veegde trillend zijn voorhoofd af. Naast de paarden stond Yann. Hij hield de teugels in zijn hand en ze hoorde duidelijk hoe hij in die vreemde taal van hem tegen de paarden praatte. Op het moment dat ze haar hand naar hem uitstrekte, draaide hij zich glimlachend naar haar om.

Toen was ze in één klap weer terug in haar kamer, zeker, alsof ze het altijd al geweten had, dat Yann Margoza voortaan deel van haar leven zou uitmaken.

In het klooster was een non op wie Sido erg dol was, zuster Ignatia, een vriendelijke vrouw uit één stuk, die met beide benen op de grond stond. Ze had Sido eens verrast door haar te vertellen dat ze, toen ze negen jaar was, een visioen had gehad waarin de maagd Maria aan haar verschenen was, staand op rijpe gerstenaren en met een lichtende baby op haar arm. In het zachte briesje leek ze over een gouden zee te wandelen. Vanaf die dag had zuster Ignatia geweten dat ze non zou worden. Misschien, dacht Sido nu, kon je dezelfde overtuiging over een levend wezen hebben. Misschien was haar droom ook een visioen geweest, een voorspellende droom.

In de dagen naar haar droom had Sido zichzelf voorgehouden dat een voorspellende droom niets meer dan een wens was. Maar toen de dagen langzaam weken werden en de weken maanden, en de eenzaamheid haar dreigde te overmannen en haar geest te breken, gaf ze zich over aan haar fantasie.

Soms vroeg ze zich af of het zondig was om te dromen

over iemand die je nauwelijks kende, maar ze besloot dat het haar niet kon schelen. De afzondering werd draaglijk als ze aan Yann dacht. Keer op keer vertelde ze zichzelf hetzelfde verhaal en elke keer weer troostte het haar als een beker warme chocolademelk op een koude winterdag.

Met deze droom van Yann waren de vele wanhopige maanden voorbijgegleden, tot ze bijna geloofde dat hij werkelijk op de stoel naast haar bed naar haar zat te kijken.

Maar vandaag kwam er een abrupt einde aan de droom. In haar hoofd gleed het gladde, zielloze gezicht van graaf Kalliovski als een zwartfluwelen gordijn voor haar visioen en werd haar hoop op vrijheid gedoofd.

*

Toen de markies De Villeduval die middag naar huis was teruggekeerd, liet hij Sido halen. Ze vond haar vader met zijn rug naar haar toe, uitkijkend over de tuin. Hij draaide zich niet om, maar begon te vertellen hoe de muur was gebouwd en de terrassen waren aangelegd, alsof zijn dochter er niet bij was geweest toen al die werkzaamheden plaatsvonden. Ze staarde naar hem, niet wetend wat ze moest zeggen, en omdat elk woord aanvoelde als stof op haar tong, zei ze maar niets.

Haar zwijgen had effect. Voor het eerst in Sido's leven leek haar vader, zij het met tegenzin, bereid enige interesse in haar te tonen. Alsof het een beloning was voor de maanden van eenzaamheid, nam hij haar mee naar het afgesloten zijkamertje waar hij zijn verzameling schoengespen bewaarde. Het was alsof ze een sieradendoos betrad; overal waar ze keek lagen diamanten, robijnen, smaragden, saffieren en parels.

'Wat vind je hiervan?' vroeg de markies trots. 'Dit is een verzameling van onschatbare waarde. Zelfs de koning heeft niet zulke prachtige gespen.'

Sido gaf geen antwoord. Ze had haar eigen schat ontdekt: de schitterende kracht van de stilte.

*

Hiermee begon een vreemde periode in het huis van haar vader. De markies bracht het grootste deel van zijn tijd door in Versailles, en Sido verkende in haar eentje het kasteel en las de ongelezen boeken. Wanneer hij terugkwam vertelde haar vader over de feesten waar hij was geweest, over hoe groots hij was ontvangen en over madame zus en hertogin zo. Nooit sprak hij over Sido's aanstaande huwelijk, net zomin als over politiek of de revolutie. Slechts één keer leek hij toe te geven dat er iets ongewensts aan de hand was, toen hij klaagde dat zo veel van zijn vrienden het nodig achtten te vertrekken voor lange vakanties in het buitenland. Over Parijs zei hij alleen dat het er 'saai, vreselijk saai' was geworden. Over Versailles, met zijn bals, partijen en kaarttafels was hij beter te spreken hoewel ook daar iets te klagen viel.

'Het valt me op,' zei hij, 'dat men zich met minder zorg kleedt. Het verdwijnen van de baleinen uit het korset is een tragedie. Een balein geeft de vrouw zo'n uitmuntende houding. Maar de mode voor dames eist nu dat ze eruitzien als melkmeiden in hun witte, mousselinen jurken zonder behoorlijke ondersteuning of insnoering. Het resultaat,' zei hij alsof hij iets intens schokkends meedeelde, 'is dat vrouwen niet meer rechtop staan! Vre-se-lijk onelegant.'

Sido luisterde zonder iets te zeggen, opgelucht dat er geen reactie van haar verwacht werd, want wat had ze kunnen antwoorden op dit soort onzin? Ze was de zwijgende getuige van haar vaders leeghoofdigheid geworden en besefte dat de markies, net als de koning zelf, het contact kwijt was met alles wat er om hem heen gebeurde. De decadentie en de verspilling gingen onverminderd door, en nog steeds bleven de armen arm, terwijl haar vader en zijn vrienden vastbesloten dansend, etend, gokkend en roddelend hun ondergang tegemoet gingen.

Pas na de moord op zijn vriendin madame Perrien, drong het tot de markies door dat er iets vreselijks aan de hand was. Maar toen was het al veel te laat.

17

Het was begonnen met een van de uitspattingen van de markies: een groots feest voor al zijn vrienden in de late zomer na de val van de Bastille, bedoeld als afleiding van dat gezeur met die revolutie.

Het feest werd gehouden op een sombere dag waarop grote wolken rondwervelden in een dreigende hemel. Het uitgedunde groepje van tuinlieden dat nog niet naar Parijs was verdwenen, had dag en nacht moeten werken, want de markies weigerde de veranderingen onder ogen te zien. Zijn enige concessie aan zuinigheid was geweest dat hij de afgelopen acht maanden geen feesten had gegeven.

Nu de Nationale Assemblee als geheel haar hoofd leek te hebben verloren en besloten had die belachelijke verklaring van de rechten van de mens aan te nemen, voelde de markies het als zijn plicht om met een spectaculair feest te laten zien – als dat al nodig was – wat een aanfluiting die hele revolutie was. Het idee dat alle mensen gelijk waren, was natuurlijk lachwekkend; geen verstandig mens kon daarin geloven. Hoe sneller het gepeupel vermorzeld werd, hoe beter; dat was zijn mening.

Maar op dit moment maakte de markies zich eerder druk over het thema van zijn feest. Hij liet de schilder Etienne Bouchot komen om de decors te ontwerpen en de gevleugelde koets waarin hij zijn entree zou maken.

Na dagen van overleg besloot hij dat iedereen moest komen als een personage uit de commedia dell'arte: Zanni's, of clowns, met hun interessante kostuums en grappige maskers waren erg in de mode. Er zou een informele picknick worden gehouden in de arcadische tuin. De gasten zouden over het meertje naar een Italiaanse piazza gevaren worden, om daar tijdens het eten te worden vermaakt door jongleurs, vuurspuwers en koorddansers.

De markies maakte een hoop drukte en kreeg menige woedeaanval over details. Zijn toorn toen hij ontdekte dat alle vogelkooien leeg waren, was grenzeloos geweest, tot het moment dat een van de tuinlieden met een nieuw idee kwam, dat de markies meteen als het zijne claimde. Direct werden al zijn arme pachters aan het werk gezet met vlindernetten.

Aan de andere kant van het meer werd een podium gebouwd en voor de tempel werd een houten vloer gelegd, die zo beschilderd werd, dat het een marmeren plein leek. Er waren talloze decorschilders, timmerlieden en metaalbewerkers nodig om van zo'n ambitieuze fantasie werkelijkheid te maken.

Alle uitnodigingen waren verzonden, met uitzondering van één, wat later een fatale nalatigheid zou blijken. De markies sloeg graaf Kalliovski over. De reden om hem niet op de gastenlijst te zetten was kinderachtig en helaas had de markies niet nagedacht over de gevolgen. De markies was ziekelijk jaloers op graaf Kalliovski's nieuwe vriendschap met Robespierre, een jurist uit het burgermilieu van Arras en een van de leiders van de revolutie. Hij kon er niet bij dat de graaf het gezelschap zocht van zo'n humorloze, saaie man die er zo weinig toe deed. Dom genoeg meende hij dat de graaf, als hij ontdekte dat hij niet op het feest was uitgenodigd, berouwvol op zijn schreden zou terugkeren. Hoe had hij immers zo hoog in hofkringen kunnen doordringen zonder de hulp en de adviezen van de markies? De markies had er een talent voor om de onaangename waarheid zo te verdraaien dat ze paste binnen zijn beperkte opvattingen.

Wat hem op dit moment de meeste zorgen baarde, was de vraag die de roze wolken in zijn hoofd bijna grijs kleurden: wat moest hij aan om zijn gasten te overschaduwen? Uiteindelijk concludeerde hij dat geen van de personages uit de commedia dell'arte zijn nobele inborst voldoende weerspiegelde of recht deed aan de oude naam van De Villeduval. Daarom besloot hij een kostuum te laten maken dat werkelijk paste bij zijn glorieuze persoonlijkheid: hij zou verkleed gaan als de zon zelf. Om het gewenste effect te bereiken ontbood hij kleermakers, schoenmakers, handschoenenmakers en parfumeurs, waaier- en maskermakers en leveranciers van gouden en zilveren materialen.

Al deze koortsachtige activiteiten schudden het kasteel wakker als uit een lange siësta. De markies voelde weer dat hij leefde en bekommerde zich niet om enige vorm van zelfbeheersing, alsof de revolutie niet meer was geweest dan een laatste schittering in het oog van een stervende.

Sido was vreselijk opgelucht toen ze hoorde dat de graaf niet aanwezig zou zijn. Nu kon ze genieten van het feest zonder zich zorgen te maken om haar aanstaande huwelijk. Maar tijdens alle voorbereidingen werd ze geen enkele keer bij haar vader ontboden en naarmate de dag van het feest dichterbij kwam, besefte ze dat ze opnieuw vergeten werd.

Aan de vooravond van het feest leek de markies zich plotseling haar bestaan te herinneren en liet hij Sido naar zijn kamer brengen,

Hij zat in zijn kamerjas met zijn voeten in een schaal met rozenwater, terwijl de vingernagels van zijn linkerhand werden verzorgd. In zijn andere hand hield hij een glas champagne en naast hem op tafel lagen lekkernijen opgestapeld.

Terwijl de laatste zonnestralen door de luiken naar binnen drongen keek hij Sido geërgerd aan: 'Sta daar niet zo. Je ziet er vreselijk uit in dit licht.' Hij depte zijn mondhoeken met een servet en zei tegen zijn knecht Luc. 'Ze mag naar het feest kijken vanuit de zijkamer in de tempel, maar dat is alles. Ik wil niet dat ze morgen ergens rondloopt. Alles moet mooi zijn.' Na die woorden wuifde hij haar weg met zijn verzorgde hand.

En opnieuw vroeg Sido zich af waarom haar vader zo'n hekel had aan zijn enige kind.

*

Op de dag van het festijn waren de bedienden al bij het krieken van de dag bezig om lange tafels aan te slepen die werden gedekt met het fijnste damast, porselein en zilver. In het midden werd een ijssculptuur in de vorm van een harlekijn geplaatst en kroonluchters van geslepen glas deinden als fantastische bijenkorven aan touwen boven de tafels. Overal stonden vazen met enorme boeketten.

Boten in de vorm van zwanen en pauwen met opgezette, geschilderde veren werden op karren naar het meer vervoerd, waar ze te midden van roze rozenblaadjes zachtjes ronddreven op het metalig glanzende water.

Voor de aanvang van het feest werd Sido via een verborgen deur naar een klein kamertje in de tempel gebracht. Een flink raam gaf uitzicht op het meer en door een klein gaatje kon ze de tempel zelf in kijken. Het sprookjesachtige decor dat ze door het raam zag, deed haar denken aan de poppenkast die ze als klein kind had bezeten.

Het orkest zette in toen de eerste gasten arriveerden, verkleed als punchinello's, scarpino's, scaramouches, harlequino's, pantalones, pierrots en columbines. Tussen hen in dartelden acrobaten en jongleurs uit het Parijse circus en boven hun hoofden liep een koorddanser in een harlekijnkostuum heen en weer.

Als laatste maakte de markies onder trompetgeschal zijn entree. Zijn gevleugelde karos werd voortgetrokken door vier glimmend geoliede mannen in tunieken, met een hoofdtooi in de vorm van de zon. De markies, gekleed in goudbrokaat, werd uit zijn rijtuig geholpen. Hij droeg een kuras met het aanschijn van de zon erop en zijn pruik was van goud met edelstenen. Zijn masker was gemaakt van flinterdun bladgoud en zag eruit alsof de wind het op zijn gezicht had geblazen. Het effect was verblindend. Misschien weigerde de zon uit afgunst om die dag nog te schijnen.

Vanuit haar uitkijkplek, had Sido niet alleen een prachtig zicht op alles wat er gebeurde, maar kon ze ook alles horen wat er werd gezegd; veel gasten kwamen roddelen onder het koepelplafond van de tempel waar hun stemmen in het rond echoden.

Tegen het eind van de middag kreeg de hemel de kleur van metaal. Sido keek toe hoe de gasten rondvoeren in hun zwanen- en pauwenboten. Aan de oevers openden knechten manden waaruit honderden vlinders ontsnapten die er in het onheilspellende licht van het naderende onweer uitzagen als opvliegende edelstenen.

Het hoogtepunt die middag was het optreden van een Italiaanse zangeres die op dat moment furore maakte in de Parijse Opéra. Toen haar stem omhoogrees tussen de wolken die zich samenpakten boven het kasteel, leek Zeus zelf te antwoorden met een machtig rollende donder en bliksemschichten die hun weg zochten naar het meer, gevolgd door een donderende stortbui.

De gasten verlieten haastig de tafels. Ze morsten wijn en gooiden stoelen omver op zoek naar beschutting, hun hoge pruiken deinend in de regenvlagen. Dienaren renden met paraplu's heen en weer terwijl de gasten als een vlucht ganzen in de richting van het kasteel verdwenen, gevolgd door de muzikanten en de operazangeres die erachteraan waggelde als een eend, haar jurk slepend door de modder.

Sido keek toe hoe de regen de taarten wegspoelde; hoe het roze glazuur over de damasten tafelkleden lekte; hoe de houten bootjes, oplichtend tegen het inktzwarte water, dreigden te zinken onder het gewicht van het regenwater. Van het decor dat aan het begin van de dag nog zo sprookjesachtig was geweest, was niets meer over.

Ze wilde net de deur van de tempel openen toen ze tot haar verbazing boven het geluid van de regen uit de stem van haar vader hoorde, die in gesprek bleek met een dame. Door een kier kon Sido net zien hoe de twee schuilden in de tempel.

'Ik heb geen geld om de graaf terug te betalen,' zei de vrouw.

'Monsieur Perrien kan dit probleempje toch wel voor u oplossen?' antwoordde de markies.

'Het château van mijn man is vorige week door brand verwoest. Hij is alles kwijt en na wat hij heeft moeten meemaken durf ik hem niets over mijn speelschulden te vertellen. Ik ben doodsbang voor wat de graaf kan doen. Hij heeft me een brief geschreven met witte inkt op zwart papier. U weet wat dat betekent.'

'Het is vast een misverstandje,' zei de markies. 'Het heeft niets te betekenen.'

'Het is geen misverstand,' zei madame Perrien. 'Ik smeek u mij het geld te lenen, u bent mijn laatste hoop. Als u het niet doet, betekent dat mijn ondergang. Ik beloof u alles terug te betalen.' Ze wilde de hand van de markies pakken, maar die deed vol afschuw een stap naar achteren.

'Madame, een vrouw van uw komaf dient zich niet zo te gedragen,' zei hij kortaf.

Ze lachte hard en vreugdeloos. 'Het was een ernstige vergissing om de graaf niet uit te nodigen, monsieur. Denkt u echt dat het zo gemakkelijk is om niets meer met hem te maken te hebben? U zult deze misstap nog ernstig betreuren.'

'Ik heb geen idee waar u het over hebt, madame. Mag ik u aanraden u in te houden?'

'Dit zijn geen spelletjes.'

'Het is helaas een van de tekortkomingen van de zwakkere sekse dat ze onbelangrijke zaken veel te serieus neemt. Gelooft u mij, madame, deze kwestie zal zich vanzelf oplossen. Laten we teruggaan naar het château om een glaasje champagne te drinken. Ik weet uit ervaring dat champagne wonderen doet wanneer men zich een tikje teneergeslagen voelt.'

Maar madame Perrien luisterde niet. 'De graaf kan ons allemaal te gronde richten als hij daar zin in heeft!'

'Madame,' antwoordde de markies stijfjes. 'Zo is het wel genoeg.' Hij trachtte weg te lopen, maar werd tegengehouden door madame Perrien, die zijn gouden kostuum vastgreep terwijl ze zich op haar knieën liet vallen. De blik van afgrijzen op het gezicht van de markies zou komisch zijn geweest als de woorden van madame Perrien niet zo ernstig waren.

'In het begin dacht ik net als u dat het een spelletje was. Ik moest hem iets waardevols geven in ruil voor zijn lening, maar ik had geen juwelen als onderpand. Toen legde hij uit dat hij niet geïnteresseerd was in dat soort dingen; hij wilde geheimen horen. Daarom gaf ik hem wat brieven, waarmee hij me, zo vrees ik nu, zou kunnen chanteren. Toen ik ze terugvroeg lachte hij me uit. Hij bewaarde ze achter slot en grendel, zei hij, en zou ze in zijn eigen voordeel gebruiken als ik hem niet terugbetaalde.'

Met deze woorden had madame Perrien de aandacht van de markies getrokken. Terwijl een bliksemschicht over het meer flitste, deed hij zijn gouden masker af. Madame Perrien liet zijn mantel los en kwam omhoog, steun zoekend bij een pilaar.

'Ik vraag me af welke geheimen u zelf aan de graaf hebt verkocht in ruil voor zijn gulheid. Het moet wel iets heel interessants zijn, gezien de grootte van de som die hij u heeft geleend. Ik durf er niet aan te denken wat hij in ruil daarvoor van u verwacht.'

De markies kneep zijn lippen op elkaar. 'Dit geldt niet voor mij. Mij leende hij geld uit vriendschap.'

Madame Perrien lachte vreugdeloos. 'Wat een onzin. Vertelt u me dan eens: als hij als vriend zoveel voor u ge-daan heeft, waartoe denkt u dan dat hij in staat is als hij uw vijand wordt? Hij heeft me eens verteld wat zijn lijf-spreuk is: "Nimmer genade".'

De markies had zijn hele leven rondgezwommen in het ondiepe water van beschaafd gezelschap, waar elk be-tekenisvol gespreksonderwerp gemeden werd. Nu besef-te hij plotseling dat de grootste snoek in de rivier achter hem aan zat. Hij rechtte zijn schouders en keek madame Perrien met een koude blik aan.

'Over uw situatie kan ik niet oordelen, madame, al heb ik de indruk dat uw contacten met de graaf nogal onvoor-zichtig zijn geweest. Als u me nu zou willen excuseren; ik moet me bij de andere gasten voegen.'

Sido zag hoe haar vader zich van madame Perrien af-keerde en het bordes afliep, waar twee knechten hem met paraplu's stonden op te wachten om hem naar het châ-teau te vergezellen.

'We hebben een verbond met de duivel gesloten,' riep ze hem achterna, 'en die komt ons nu halen!' De markies keerde zich niet om. Nogmaals riep madame Perrien, harder dit keer, alsof het haar niet kon schelen wie het hoorde: 'We hebben graaf Kalliovski onze ziel verkocht!'

Sido stond als verlamd. Ze keek toe hoe madame Perrien met een witte hand steun zocht bij een pilaar. De aarde leek te beven van de diep rommelende donder, gevolgd door een bliksemschicht die het touw kliefde waaraan een van de glazen kroonluchters was bevestigd. Die stortte neer op de tafel eronder, waarbij de ijssculptuur in het meer verdween. Glazen druppels kletterden met een meedogenloos lawaai op de gemarmerde vloer.

Zich niet bewust van wat er om haar heen gebeurde begon madame Perrien langzaam de trap af te dalen. Haar pierrotkostuum was doorweekt, haar witte grime was doorgelopen en haar rok van moirézijde sleepte door de modder, het gebroken glas, de voedselresten en de gemorste wijn.

Sido had elk woord van madame Perrien gehoord. Ze had dof geklonken, al haar hoop was vervlogen alsof ze een blik in de duistere eeuwigheid had geworpen en wist dat daar haar lot lag.

'Ik ben er geweest. Dit wordt mijn dood.'

18

Begin oktober ontving de markies een brief van madame Claumont, die hem schreef dat ze, na de vreselijke toestand met die arme madame Perrien, had besloten het kanaal over te steken en haar vrienden in Londen te bezoeken. Ze adviseerde de markies hetzelfde te doen.

Vreselijke toestand? De markies had geen idee waar ze het over had en stuurde onmiddellijk een bediende naar Parijs om naar de gezondheid van madame Perrien te informeren. De man keerde terug met een schokkende brief van monsieur Perrien. Madame Perrien was vermoord, zo schreef hij. Hoe iemand zo'n vreselijke daad had kunnen begaan was onbegrijpelijk. Ze was gevonden met om haar hals een halsketting van rode granaten, die haar kamermeisje nooit eerder gezien had. De zaak was nu in handen van de politie, maar hij betwijfelde of er iets uit het onderzoek zou komen nu de natie op de rand van de afgrond balanceerde.

De markies voelde bij dit bericht de grond onder zijn

voeten wegzakken. Met beangstigende helderheid herinnerde hij zich wat madame Perrien die dag van het feest
gezegd had: 'We hebben een verbond met de duivel gesloten!' Hij wilde er niet aan denken, hij zou dit onaangename onderwerp resoluut uit zijn hoofd zetten, hij had er
niets mee te maken. Wat had hij er nou aan kunnen
doen? Hij was op geen enkele manier verantwoordelijk
voor haar dood.

Desondanks voelde hij zich ziek. Hij werd gekweld
door een aandoening die zijn zielenrust verstoorde, die
ervoor zorgde dat hij opschrok wanneer hij buiten wielen over het grind hoorde knarsen. Af en toe zag hij zelfs
de geest van zijn overleden vrouw door het huis rondwa-
ren.

Ten slotte moest hij met hoofdpijn het bed houden. De
dokter werd ontboden, en de markies kreeg een aderla-
ting, maar ondanks alle behandelingen kon hij de ongemakkelijke gedachten die hem kwelden niet van zich afschudden.

De gezondheid van de markies verbeterde enigszins
toen hij een uitnodiging kreeg voor een banket in het ope-
ratheater van het paleis van Versailles. Op de gastenlijst
stonden onder andere officieren van het Vlaamse regi-
ment, de dragonders van Montmorency, de Zwitserse
Garde en andere officieren en mensen van adel. De markies zag hierin het bewijs dat de contrarevolutie eindelijk
was begonnen. Hij trok zijn fraaiste kostuum aan, schoenen met rode hakken en diamanten gespen, zette zijn
hoogste pruik op en ging in zijn goudgeschilderde koets
op weg naar Versailles. Sido vond dat hij eruitzag als een
kanarie in een gouden kooi.

Toen de markies in de vroege uurtjes thuiskwam, maakte hij het hele kasteel wakker door luidkeels *'Vive le Roi'* te roepen. Sido stond slaperig op om te zien wat er aan de hand was en toen ze over de balustrade keek, zag ze haar vader lallend door de hal wankelen.

'De contrarevolutie is begonnen! De monarchie wordt in haar oude glorie hersteld.' Hij helde over naar zijn bediende Jacques. 'Dat zal jullie boeren leren.'

Zo stond hij in de hal, zwalkend als een opgetuigd galjoen op een schuimende oceaan van rode wijn.

'Jullie hadden moeten horen hoe we op de koning gedronken hebben en als één man "Lang leve de monarchie! *Vive le roi! Vive la reine!*" riepen. Jullie hadden moeten zien hoe de koningin met tranen in haar ogen het kroonprinsje omhooghield, het symbool van het eeuwige koningschap. We zullen wel eens even met dat rapaille afrekenen. We slaan de revolutie neer! *Vive le Roi!'* Hij spuugde die laatste woorden in Jacques' gezicht.

'En niemand waagde het op de republiek te drinken – de koninklijke lijfwacht liet het niet toe...' Zijn stem viel weg in een golf van emotie.

Even dacht Sido dat de markies zou kapseizen. Twee bedienden schoten toe om hem te ondersteunen, maar hij duwde hen geïrriteerd opzij. Steun zoekend bij de trapleuning ging hij langzaam weer rechtop staan. Alleen zijn pruik helde over naar stuurboord.

Sido keek toe hoe de bedienden hun best deden om haar vader de trap op te helpen. Toen hij haar op de overloop passeerde, stopte hij. 'Wie ben jij?'

Sido antwoordde niet.

'Een geest,' zei de markies. 'Dat dacht ik al. Scheer je weg.'

Het nieuws over wat er die avond in Versailles was gebeurd, vond zijn weg naar Parijs en verder met de snelheid van een bosbrand op een hete zomerdag, maar pas drie dagen later werd de impact van dit dramatische banket merkbaar.

Het begon op de middag dat Michel Floret, een van de tuinlieden die voor de markies was blijven werken, kwam schuilen voor de regen in de keuken, waar het overgebleven personeel elkaar tegenwoordig ontmoette. Hij warmde zich bij het fornuis, naast Bernard de koetsier.

'Ik zat zo te denken,' begon die somber.

'Niet doen,' zei kok Jean Rollet, die met één vernietigende blik een kool tot een hoopje compost kon reduceren. 'Met denken schiet je niets op.'

'Let maar niet op hem, Bernard,' zei Michel. 'Je hebt het recht om te denken. Hij is kok, geen koning.'

'Daar gaat het nou juist om. Dat was waar ik over zat te denken. Als de koning zou instemmen met de verklaring van de rechten van de mens, zouden we hem op handen dragen, toch?'

Jean snoof. 'Jij misschien. Persoonlijk heb ik een betere smaak. Een oude haan wordt nooit een jong hennetje. Hij gelooft trouwens niet in mensenrechten, dat heeft hij wel duidelijk gemaakt.'

'Ssst, niet zo hard,' zei Agathe, het keukenhulpje. 'Straks hoort de markies je nog.'

'Maak je daar maar geen zorgen over,' zei Michel. 'Hoe noemde hij de knechten ook alweer? Meubilair? Hij denkt dat we niet bestaan als hij niet in de buurt is, laat staan dat we kunnen nadenken.'

'Geloof me, de koning moet op zijn tellen letten,' zei Jean. 'Anders wordt hij afgezet.'

'En de markies ook,' voegde Bernard eraan toe.

Op dat moment ging de keukendeur open en kwamen vier bedienden van graaf Kalliovski in druipende jassen binnen. Niemand in de keuken zei iets, want de mannen van de graaf zagen er al net zo vals en wreed uit als hun baas. Jean knipte in zijn vingers en Agathe ging weg om wijn, brood en kaas voor hen te halen.

'Het kostte een eeuwigheid om hier te komen. De weg naar Versailles is verstopt,' zei een van de mannen.

'Verstopt?' vroeg Jean. 'Hoezo verstopt?'

'Met vrouwen. Geloof het of niet. Misschien wel tien-, twintig- of dertigduizend vrouwen.'

'Hoezo? Wat willen ze dan?'

'Ze gaan brood halen. En de koningin vermoorden als ze er toch zijn.'

Agathe was door deze woorden zo van haar stuk gebracht, dat ze het deksel van een ijzeren pan met oorverdovend lawaai op de stenen vloer liet vallen.

'Waar komen al die vrouwen vandaan?' vroeg Bernard.

'Het begon met de marktvrouwen van Parijs, bij het Hôtel de Ville. Daar kwamen andere vrouwen bij, duizenden, allemaal met hooivorken, zwaarden en geweren. Ze slepen zelfs een kanon mee.'

Jean keek naar het keukenpersoneel. 'We kunnen maar beter op wacht gaan staan. Ik heb verhalen gehoord over plunderingen en brandstichting en zo. Stel je voor dat hun oog op dit kasteel valt als ze langskomen.'

Michel grinnikte.

'Wat is daar zo grappig aan?' vroeg Jean.

'Niets,' zei Michel, 'maar die muren zijn wel mooi met veel te veel zand gemetseld.'

'Wat bedoel je daarmee?'

'Nou,' zei Michel, die nu alle blikken op zich gericht wist, 'die hele handel komt naar beneden wanneer je er een duwtje tegen geeft, als een zandkasteel. Zijn eigen schuld.'

'Wat je ook doet, niets tegen de baas zeggen,' zei Jean.

Een van de mannen van de graaf schonk zich nog een beker wijn in en leunde achterover in zijn stoel. 'Maak je geen zorgen. Ik heb hem horen zeggen dat hij je vandaag nog met rust zou laten.'

'Is dat een dreigement of een belofte?' vroeg Jean.

*

De markies, die boven in de bibliotheek zat, was volledig overvallen door het onaangekondigde bezoek van Kalliovski. Als een verschrikte hengst zat hij gevangen tussen zijn boeken.

Het duurde even voor het tot hem doordrong dat de graaf veranderd was. Zijn haar, ooit witgepoederd, was nu zwart. De markies had nooit vermoed dat de man zo'n dikke bos donker haar had. Hij droeg niet zijn gebruikelijke kostbare kleren, maar een onopvallende, zwartwollen jas en een wollen broek met zwarte rijlaarzen eronder die niet eens rode hakken hadden. Toen hij zijn hoed op tafel legde, zag de markies dat de kokarde van de revolutionairen erop was gespeld. Hij staarde er ongelovig naar. Was het dan waar wat hij over de graaf had horen zeggen?

De graaf schonk zichzelf een glas cognac in. 'Wat heb je toch een dwaze dingen gedaan op dat feestje afgelopen week, citoyen,' zei hij. 'Op de gezondheid van de koninklijke familie drinken, je verantwoordelijkheden jegens de natie uit het oog verliezen. Citoyen toch, was dat nou wel zo'n goed idee?'

'Citoyen?' herhaalde de markies. 'Wat is dat voor onzin?'

Kalliovski klikte met zijn hakken tegen elkaar. 'Ik ben citoyen Kalliovski, vriend van de revolutie. Tot uw dienst.'

'Onmogelijk,' riep de markies uit. Toen begon hij luid te lachen. 'Goede grap. Ik heb u al zo lang niet gezien dat ik vergeten was wat een grappenmaker u bent; u bent in vermomming gekomen, heel slim.'

'Ik ben bloedserieus,' antwoordde citoyen Kalliovski. 'Ik kom hier voor zaken. Zodra de papieren getekend zijn, ben ik weer weg.'

'Welke papieren?'

'Bent u mijn genereuze aanbod alweer vergeten?'

De markies zei niets. Hij kon er nog steeds niet over uit dat de graaf als burger gekleed ging.

Kalliovski schelde en er verscheen een bediende. 'Haal mademoiselle Sido,' beval hij. Toen keerde hij zich weer tot de markies. 'Ik neem aan dat u gehoord hebt dat madame Perrien dood is.'

De markies had nog niet eerder meegemaakt dat de graaf zo direct was. Het verontrustte hem.

'Inderdaad. Een afschuwelijk verhaal.'

Kalliovski glimlachte.

'Had ze niet bij u om hulp aangeklopt?'

De markies verschoot van kleur. Ondanks de make-up

was zichtbaar dat zijn wangen gloeiend rood werden. 'Ik weet niet waar u het over hebt,' zei hij haastig.

'Ik zal u even bijpraten. Madame Perrien vroeg u haar te helpen met haar gokschulden. Natuurlijk was dat domme vrouwtje bij u aan het verkeerde adres, want u bezit niets dan onbetaalde rekeningen.' Hij glimlachte weer; zijn mondhoeken krulden spottend omhoog. 'In Parijs wachten nog heel wat boze handwerkslieden op hun geld.'

'Die rekeningen worden echt wel betaald.'

'Niet door mij,' zei Kallovski. Hij haalde een ketting met rode stenen uit zijn zak en liet die als een rozenkrans door zijn vingers glijden.

Toen de markies dat zag, verschenen er zweetdruppels op zijn voorhoofd.

'Madame Perrien heeft de prijs betaald voor het breken van haar belofte,' zei Kalliovski. 'Madame Claumont denkt dat ze kan ontkomen door naar het buitenland te gaan. Als ze denkt dat ik haar zo gemakkelijk laat gaan, vergist ze zich.'

De markies beet op zijn lip. Plotseling drong het in volle omvang tot hem door wat er was gebeurd met madame Perrien. Het was alsof hij een stomp in zijn maag kreeg. Hij stak een hand uit om steun te zoeken en liet zich moeizaam op een stoel zakken met alle waardigheid die hij nog kon opbrengen.

'Weet u nog wat we zijn overeengekomen toen u de laatste keer bij me kwam lenen?'

De markies zei niets.

'Ik zal uw geheugen even opfrissen. U hebt een keus, een beperkte weliswaar, maar toch: een keus. Ik kan ervoor zorgen dat bepaalde papieren bij de juiste personen terechtkomen. Ik weet zeker dat er mensen zijn die zeer graag willen weten hoe uw vrouw om het leven is gekomen.'

De lippen van de markies waren wit. 'Nee,' stamelde hij. 'Dat zou u toch nooit doen?'

'Zonder een seconde te aarzelen,' zei Kalliovski.

'U bent er evenzeer bij betrokken als ik. Misschien wel meer,' zei de markies die zich aan een laatste strohalm vastklampte.

'Wat kan een mens zich toch vergissen. Er is niets wat op mijn betrokkenheid wijst. Alle sporen wijzen naar u, daar heb ik wel voor gezorgd.'

De mond van de markies voelde kurkdroog aan.

'Wat moet ik doen om het te voorkomen?'

'Instemmen met dit huwelijk. U moet weten, citoyen, dat er geld nodig is voor de revolutie. Het is tijd dat ik mijn geld terugkrijg.' Kalliovski lachte, genietend van de angstige blik op het gezicht van de markies. 'In tegenstelling tot u, heb ik het testament van uw overleden vader goed gelezen. Hij was niet bepaald dol op u, hè? Maar o, wat hield hij van zijn lieve kleindochtertje. Op haar trouwdag erft ze een fortuin en dat is dan allemaal voor mij.'

'Dat laat ik niet gebeuren! Dat is niet de prijs die ik moet betalen!' riep de markies uit. 'Na alles wat ik voor u heb gedaan, na alle keren dat ik u heb geïntroduceerd! U had nooit zo hoog op de sociale ladder kunnen stijgen als ik u niet geholpen had.'

'Geloof me: dit is zoals het gaat gebeuren. Wat heb ik lang moeten wachten om u zo diep te zien vallen! Nimmer genade.'

De markies veegde zijn voorhoofd af. Waarom had hij opdracht gegeven het haardvuur aan te maken?

'Het lichaam van Isabelle Gautier is, als ik mij niet vergis, gevonden in een veld. Hoe zat het ook weer? Had ze niet net zo'n ketting om als deze? Weet u het nog?'

Hij hield een halsketting met granaten als gestolde bloeddruppels omhoog.

De markies slikte moeizaam. Hij schrok op toen er vanbuiten een vloedgolf van lawaai de kamer binnendrong. Het huis verdronk in een kakofonie van getrommel, geschreeuw, gekrijs en gejammer van vrouwen.

'Wij eisen brood!'

De markies stond op om een verwilderde blik uit het raam te werpen op een eindeloze stroom vrouwen die aan het toegangshek voorbijtrok.

'Wat zijn die aan het doen?'

'Ze gaan de koning en de koningin ophalen. Dat wil zeggen, als ze hen niet meteen vermoorden. Ze zijn van plan hen naar Parijs te brengen, waar de Nationale Garde een oogje op hen kan houden en ervoor zorgen dat ze niet opnieuw van die extravagante banketten aanrichten. Geloof me, citoyen, nog even en de straten zullen druipen van het bloed zonder dat het iemand iets kan schelen. Maar terug naar onze zaken nu.'

De dunne kreet van de markies klonk boven het lawaai uit. Het was het geluid van zijn breekbare geest, die knapte als fijn porselein.

*

Zodra Sido de bibliotheek binnenkwam wist ze waarom Kalliovski hier was. Haar vader liep op haar toe met een begrafenisgezicht, toen er een steen door de ruiten werd gegooid die tussen de scherven op het Perzische tapijt landde. De markies staarde naar de steen alsof het een stuk van een komeet was.

'U hebt dit aan uzelf te danken,' zei Kalliovski, 'en u hebt nog geluk dat ze vandaag op een grotere prooi jagen. Maar vrees niet, uw tijd komt ook nog wel, reken daar maar op.'

Hij liep langzaam om Sido heen. 'Bent u nu bereid om in te stemmen met het huwelijk?'

'Ik kan niet nadenken,' was alles wat de markies kon uitbrengen. 'Mijn hoofd doet pijn. We hebben het er later nog wel over.' Hij draaide zich om en keek nogmaals uit het raam.

Citoyen Kalliovski raakte Sido's gezicht aan. Ze deinsde terug en slikte de woorden in die ze wilde zeggen. Ook nu wist ze dat zwijgen haar beste overlevingsstrategie was.

'Wat een zacht huidje. Fluweelzacht, als rozenblaadjes. Maar je bent nog steeds te dun,' zei de graaf.

Sido bewoog zich niet. Ze durfde nauwelijks adem te halen. Nu rustte Kalliovski's hand in haar nek.

'Er is geen later,' zei hij. 'Er is alleen een nu. Een nu direct. Dus ik kan ervan uitgaan dat u instemt met dit huwelijk?'

'Heb ik een keus?' vroeg de markies.

'Nee,' antwoordde Kalliovski. 'U staat schaakmat. En dat is vanaf nu uw positie.'

Buiten schreeuwden de vrouwen.

'Wij eisen vrijheid!
Wij eisen brood!
Geef ons wat wij willen,
Anders ben je dood.'

19

Yann was vijftien, maar zag er ouder uit. De praatjes over zijn afkomst waren allang verstomd. Men ging ervan uit dat hij een verre neef van Juliëtte was, die door de Laxtons was geadopteerd.

Meneer Trippen bleek een uitstekende leraar te zijn. Yann kon inmiddels lezen en schrijven, zwaard en pistool hanteren, was een elegante danser en bleek onbegrijpelijk goed te kunnen omgaan met de meest ontembare paarden.

Maar zijn grote liefde gold nog steeds het theater. Daar voelde hij zich het meest thuis en het dichtst bij Têtu. Heel wat avonden keek hij met meneer Trippen naar optredens van beroemde acteurs die Shakespeare en Sheridan speelden. Maar het liefst ging hij naar goochelshows.

Hij had een college van de grote illusionist Katterfelto over natuurkundige filosofie bijgewoond en geconcentreerd toegekeken hoe die trucs met dobbelstenen, kaarten, portefeuilles, medailles en brillen deed. Hij beweerde dat hij de geheimen van het bovenaardse doorgrond-de.

Meneer Laxton was zeer van de voorstelling onder de indruk geweest en meneer Trippen beschouwde de show als een van de wereldwonderen. Yann zei niets. In wat hij had gehoord of gezien, had hij niet gevonden waarnaar hij op zoek was.

Het soort magie dat hij wilde doorgronden had hij alleen Têtu zien bewerkstelligen. Hij had met interesse gelezen over gouden draden die goochelaars gebruikten om hun kunsten te vertonen; goud werd in het zwakke licht van olielampen onzichtbaar voor het menselijk oog, maar Yann wist zeker dat Têtu daar nooit gebruik van had gemaakt en dat maakte diens magie des te mysterieuzer en fascinerender.

Hij voelde met grote zekerheid dat dat soort magie vanbinnenuit kwam, als een kracht die in sterkte vergelijkbaar was met woede, verdriet of liefde. Je moest er op de een of andere manier contact mee maken om het te kunnen gebruiken en dat had niets te maken met vingervlugheid of wijde broeken waar een nooit eindigende stroom zakdoeken uit tevoorschijn kwam.

De zon scheen waterig maar helder op hem neer terwijl hij door Covent Garden liep. Het leek wel of de stad voor de gelegenheid haar mooiste kleren had aangetrokken. Yann was opgetogen. De Piazza was als altijd vol mensen. Straatventers verkochten met veel kabaal hun brood en kadetjes. Overal haastten koeriers zich heen en weer met pakketjes. Leerling-handwerkslieden stonden buiten de werkplaats van hun leermeesters en vroegen voorbijgangers even binnen te komen om de waren te be-

kijken. Allemaal probeerden ze net iets harder te schreeuwen dan hun buurman.

Yann was net klaar met zijn schermles, zijn lichaam
tintelde van vermoeidheid en hij voelde een fikse honger
opkomen. Hij wilde net naar zijn favoriete koffiehuis
gaan om de laatste nieuwtjes te horen, toen hij een jong,
kleurrijk gekleed stel zag met glimmende ringen in hun
oren en zilveren knopen op hun kleren. Het meisje had
donkere ogen en pikzwart haar. Ze trok Yanns aandacht
niet alleen met haar schoonheid, maar ook doordat ze
een taal sprak die hij kende. Hij stopte om te luisteren en
het meisje glimlachte naar hem.

'Zal ik u de toekomst voorspellen, meneer?' vroeg ze.
'Eerst betalen, dan...'

Yann lachte. 'Vandaag even niet,' antwoordde hij in het
Romani.

Het meisje en de jongeman leken verbaasd. '*San tu
Rom?* Ben je een zigeuner?' vroegen ze met een onzekere
blik op zijn dure kleren.

Even aarzelde Yann. Toen antwoordde hij '*Da, pralo.* Ja,
broeder,' en accepteerde daarmee eindelijk dat het waar
was wat hij zei.

'Aangenaam, broeder. Ik ben Talo Cooper en dit is mijn
vrouw Orlenda.'

Ze schudden elkaar de hand en het meisje vroeg met
een vriendelijke glimlach: 'Kom je uit de hofstad?'

'Nee, ik kom niet uit Londen maar uit Parijs, de stad
aan de overkant van het water.'

Na een poosje gepraat te hebben ging Yann weer verder. Toen hij wegliep keek hij over zijn schouder naar Talo
die net op zijn viool begon te spelen. Het geluid van de

weemoedige, zoete muziek vulde de Piazza.

In het koffiehuis at Yann zwijgend zijn maal. Hij dacht aan de avond dat Topolain was overleden, tijdens het feest van de markies. Diep vanbinnen had hij nooit het idee kunnen loslaten dat hij verantwoordelijk was voor wat er was gebeurd. Dat alles anders was gelopen als hij die avond zijn mond had gehouden toen er werd gevraagd wat de pierrot zag. Bij de herinnering aan de gebeurtenissen sloeg hij hard met zijn vuist op tafel.

'Rustig aan, heer!' zei de man tegenover hem.

Yann keek op en was bijna verbaasd dat hij midden in een druk eethuis bleek te zitten. In zijn hoofd golfde een woordeloze zee van onbeantwoorde vragen, die als wrakhout aanspoelden. Hij duwde het nog halfvolle bord van zich af, stond op, betaalde en vertrok.

Terwijl hij door de stad liep vroeg hij zich af of de magie en de antwoorden die hij zocht wellicht niet in het theater te vinden waren, maar in de zigeuners zelf. Er was nog een reden om hun gezelschap te zoeken, maar die was minder eenduidig en lag verscholen achter een wirwar van gevoelens die hij niet kon ontwarren, hoe hij het ook probeerde.

Ondanks de vriendelijkheid en vrijgevigheid van de Laxtons en hun oprechte wens om hem zich thuis te laten voelen, had Yann sinds zijn komst geweten dat Sido hier had moeten zijn, niet hij. Hij begreep het verlangen van mevrouw Laxton om haar nichtje weer te zien maar al te goed en sinds ze hem verteld had over het ongeluk van haar zuster, was het meisje met de saffierblauwe ogen dat hij nauwelijks kende niet meer uit zijn leven weg geweest. Toen hij hoorde van haar aanstaande huwelijk, kwam zijn woede jegens Kalliovski eens te meer naar boven.

Yanns enige troost was de gedachte dat hij eens wraak zou nemen op de man die hij verantwoordelijk hield voor de moord op Topolain en Têtu. Magie zou zijn wapen zijn, al wist hij nog niet hoe hij aan de krachten zou komen die hij nodig had.

De duisternis begon al te vallen toen hij in de buurt kwam van Seven Dials, waar, zo wist hij, de zigeuners in de winter kampeerden. Er hing een lage mist over het tentenkamp dat de omvang had van een kleine stad. Het was geen plek waar je vrijwillig naartoe ging als je er niets te zoeken had. Groepjes jongemannen namen zijn dure kleren op. Welk zigeunermeisje had deze rijke heer zover gekregen haar hier op te zoeken?

Ten slotte verscheen Talo Cooper vanuit de mist.

'Orlenda wist dat je zou komen,' zei Talo. 'Als het om dit soort dingen gaat, heeft ze het nooit mis. Ik breng je naar mijn grootvader, Tobias Cooper. Hij verwacht je.'

Een zeer oude man zat in de opening van zijn tent een aardewerken pijp te roken. Yann ging naast hem zitten en staarde naar de dikker wordende mist die over het kamp hing als de katoenen onderrok van een monsterlijk grote reuzin.

De oude man keek Yann aan alsof hij recht in diens hart kon zien. 'Wat wil je weten?' vroeg hij.

'Ik wil weten hoe je voorwerpen kunt verplaatsen zonder ze aan te raken.'

Tobias lachte. 'Waarom denk je dat ik zoiets weet?'

Yann haalde zijn schouders op. 'Gewoon een gevoel. Ik ben grootgebracht door een Roma-dwerg met de naam Têtu. Hij trad op met een houten pierrot in een Parijs' theater. Hij deed alles vanuit de coulissen, raakte de pop nooit aan en toch kon hij hem laten dansen.'

'Dan kende hij de geheimen van de eeuwenoude magie. Waarom denk jij recht te hebben op dat soort kennis?'

'Mijn moeder kon het en mijn grootmoeder ook. Ik heb ze echter nooit gekend. Mijn moeder stierf toen ik een paar weken oud was. Ik heb met Têtu en de houten pop opgetreden. Ik liet de pop praten en kon soms zelfs de toekomst voorspellen. Maar op een dag zag ik te veel en zei ik te veel en raakte ik de gave kwijt. Kort daarop werd Têtu neergeschoten en kwam ik in Londen terecht. Nu kan ik alleen nog buikspreken, maar dat is niet meer dan een goedkoop circuskunstje.'

'Laat eens horen?'

Vanuit de mist klonk de hese stem van een naar adem snakkende man die Tobias vroeg of hij iets te roken had.

Tobias glimlachte. 'Heel goed. Kies nu een voorwerp uit.'

Yann koos het eerste voorwerp waar zijn oog op viel, de hoed van de oude man die in de tent lag.

Zonder de hoed aan te raken leek Tobias hem op te tillen. De hoed bleef vlak boven de grond zweven alsof hij luisterde naar iets wat tegen hem gezegd werd en verdween toen plotseling. In plaats van de hoed hing nu een rode roos in de lucht.

'Ja!' riep Yann opgewonden. 'Dat soort krachten wil ik ook beheersen.'

'Om dat te kunnen moet je in staat zijn om in de ruimte te kijken die zich tussen voorwerpen bevindt,' zei de oude man. 'Kun je dat?'

Yann kneep zijn ogen samen. 'Ik zie niets. Er is niets te zien.'

'Dan ben je blind.'

'Nietes!'

'Het oog speelt spelletjes, het vult de ruimte op, zodat we zien wat we willen zien. Voorwerpen zijn alleen maar tastbaar omdat we willen dat ze dat zijn.'

Yann begreep er niets van. 'Een hoed is een hoed en een kopje is een kopje,' zei hij. 'Ik vind het prettiger om te vertrouwen op tastbare voorwerpen.'

'Dan moet je niet bij mij zijn,' zei Tobias schouderophalend. 'Vertrouw dan maar op het vlakke landschap van je eigen geest. Maar ik kan je wel vertellen dat je daar geen magie zult vinden. Als je met zo'n blik naar de wereld kijkt, is dat ook alles wat je ooit zult zien.'

'Ik weet niet waar u het over hebt,' zei Yann woedend. Was hij helemaal hiernaartoe gekomen om te horen dat hij blind was?

'Orlenda kan je de hand wel lezen als je wilt. Misschien kom je er dan achter waar je tegen vecht,' zei de oude man.

Hij riep haar en ze kwam samen met Talo de tent uit. Haar mooie gezicht lichtte op in de gloed van het kampvuur. Met een glimlach nam ze Yanns hand in de hare, hield de palm naar het licht en bestudeerde die zorgvuldig.

Na een poosje ging ze rechtop zitten en zei: 'Het spijt me, grootvader. Vanavond laat mijn gave me in de steek.'

'Ben je bang voor wat je hand zou kunnen onthullen, jongen?' vroeg Tobias.

Yann was geïrriteerd, alsof hij onterecht niet had gekregen wat hij nodig had. Zo gemakkelijk zou hij zich niet laten afschrikken.

'U maakt me niet bang, oude man,' zei hij. 'Ik ben niet bang voor wat ik te horen kan krijgen.'

Orlenda keek hem diep in de ogen.

'Je bent een echte zigeuner en je zou een grote sjamaan kunnen worden. Je hebt een kostbare gave.' Toen zweeg ze en liet zijn hand los.

'Vooruit,' zei de oude man. 'Vertel het hem maar. Dat is toch waarvoor je hier gekomen bent, jongen, om een blik in de toekomst te werpen?'

'Inderdaad,' antwoordde Yann tussen op elkaar geklemde kaken.

Orlenda haalde diep adem alsof ze onder water ging zwemmen. Op die mistige avond vertelde ze Yann drie dingen. Het derde schokte hem, zoals ze al had verwacht, het meest. Toen hij dat hoorde leek het alsof hij aan de rand van een ravijn stond en naar beneden keek, het niets in, in een afgrond die hij al eerder gezien had: 'Je hebt één kogel overleefd, maar er wacht je nog een tweede in de stad aan de overkant van het water.'

Yann stond zonder een woord op en begon weg te lopen.

'Ik zal hier zijn wanneer je terugkomt,' riep Tobias hem achterna.

Toen vluchtte Yann al snakkend naar adem weg.

Pas bij Covent Garden hield hij buiten adem stil. Hijgend boog hij voorover en ademde de dikke lucht in. Wat was hij stom geweest. Had hij echt geloofd in al die onzin? Hij lachte hardop, een harde, bittere lach. Hij wist het nu zeker: hij zou niet verder zoeken naar het geheim van Têtu. Magie hoorde thuis in een wereld waarmee hij nooit meer iets te maken wilde hebben. Als hij ooit wraak zou nemen op Kalliovski, deed hij dat met een pistool, als ieder verstandig mens.

Op dat moment besloot Yann alle tovenarij de rug toe te keren. Hij zou zich concentreren op de kansen die hij kreeg en leven als een heer. Niemand zou hem ooit meer voor een zigeuner aanzien; niemand zou ooit weten waar hij vandaan kwam.

*

Sinds die gedenkwaardige dag waren er twee jaar voorbij gegaan. De zomer van 1792 was aangebroken en Yann was zeventien jaar oud.

Nooit had hij iemand verteld wat er die dag in het zigeunerkamp was gebeurd en het idee van wraak had hij allang opgegeven. De pijn van het verdriet was minder acuut geworden omdat er zo veel dingen waren die hij graag deed. Hij had hard geleerd, zich van zijn taken gekweten en de Laxtons en meneer Trippen konden trots op hem zijn. Wat hij zich een paar jaar geleden niet had kunnen voorstellen, lag nu binnen handbereik: in de herfst kon hij gaan studeren aan Cambridge University met het vooruitzicht advocaat te worden. Londen leek plotseling vol met mooie, flirtende meisjes die hij ontmoette op besloten feesten en in publieke gelegenheden. Hij ontdekte tot zijn prettige verrassing dat jongedames graag in zijn gezelschap waren. Ze giechelden, schudden met hun krullen, tuitten hun lippen en deden alle mogelijke moeite om zijn aandacht te trekken.

'U danst ook zo goed, meneer Margoza,' fluisterde Sophie Padden in zijn oor.

Het huis van de familie Laxton aan Queen Square was een ontmoetingsplek geworden voor de vele geëmigreerden die in Londen waren neergestreken onder wat ze beschouwden als een grijze hemel en steeds grimmiger wordende omstandigheden.

De feesten van de Laxtons stonden bekend om het uitstekende eten en de conversaties van hoog niveau. Er werd vaak verhit gediscussieerd en de meningen liepen uiteen van radicaal tot conservatief.

Het verre gegrom van de revolutie werd hier in Londen, aan de andere kant van het kanaal, luid en duidelijk gehoord. Het was begonnen als een glimpje hoop voor een nieuwe generatie, die geen slavernij meer zou kennen; waarin mannen en vrouwen gelijk zouden zijn en mensen zouden worden beoordeeld op wie ze waren, niet op hun afkomst, ras, klasse of geloof. Yann geloofde hartstochtelijk in deze ideeën.

Op een van deze diners had hij Charles Cordell ontmoet. Ook madame Claumont, een dame uit Parijs, was onder de gasten geweest, samen met haar vriend sir John Randall.

Zoals meestal luisterde Yann geconcentreerd toe, zonder zich in het gesprek te mengen, tot sir John Randall zei: 'Iedereen hier aan tafel heeft zijn mening gegeven, behalve u, meneer. Vooruit, men zegt dat de revolutie een zaak van de jeugd is. Wat hebt u erover te zeggen?'

Dat Yann tot dan toe zijn mond had gehouden was niet omdat hij geen mening had. 'Toen de Bastille viel, dacht ik dat alle mensen voortaan waarlijk vrij zouden zijn,' zei hij. 'Het leek me een goede reden om de tijd stil te zetten en opnieuw te beginnen: het begin van een nieuwe wereld waarin alle mensen gelijk zouden zijn. Maar als ik afga op wat ik lees en hoor, is de bevolking van Frankrijk niet vrijer dan voorheen. Er hebben heel wat pruiken, hoeden en kronen van hoofd gewisseld, maar het lijkt erop dat de nieuwe meesters geen haar beter zijn dan de oude.'

'Dat zijn wijze woorden, jongeman,' zei sir John Randall.

'Ach,' zuchtte meneer Laxton, 'wat jammer toch dat we altijd weer onze mooie dromen in de as weten te leggen.'

'Ik ben ervan overtuigd dat de rijken tot in de eeuwigheid rijker zullen worden ten koste van de armen,' ging Yann verder. 'Onder welke vlag je ook vaart, hoe je ook gebekt bent, in welke kerk je ook bidt, er verandert niets. Wat heeft politiek dan voor zin? Uiteindelijk draait alles om mensen.'

'Hé hé, dat gaat wel wat ver!' zei sir John.

Charles Cordell keek geïnteresseerd naar deze jongeman die met zo veel hartstocht sprak. 'Maar als u niet loyaal bent aan een koning of een land,' vroeg hij, 'waar ligt uw hart dan?'

'Bij de mensheid,' zei Yann.

'Ga door,' zei Cordell.

'Welnu, meneer. Ik zie het als volgt: onder onze huid, of die nu zwart, wit of geel is zijn we allemaal hetzelfde. Door onze aderen vloeit hetzelfde bloed en in onze borstkas klopt eenzelfde hart. En toch zijn er mensen die geloven dat ze dankzij hun geboorte en hun privileges boven de anderen staan. Daar geloof ik niet in. Ik ben van mening dat koningen hun beste tijd gehad hebben en dat de toekomst in handen van het volk ligt.'

Sir John Randall was onthutst door de overtuiging waarmee Yann deze woorden sprak. 'Dat zijn behoorlijk revolutionaire ideeën,' zei hij.

'En ik ben het er heftig mee oneens!' onderbrak madame Claumont hem. 'Er is orde nodig, anders stort de samenleving ineen. Het is in het belang van de mensen zelf dat ze hun plaats kennen en de absolute monarchie is de enige staatsvorm die daarvoor kan zorgen.'

'Daar is het al te laat voor, mijn beste mevrouw,' zei Cordell. 'Uw koning heeft zijn kans om de revolutie neer te slaan voorbij laten gaan, en nu is het te laat. Met Marat aan het hoofd heeft de revolutie een heerschappij van terreur voortgebracht die van dag tot dag aan invloed wint. Het is mijn overtuiging dat die heerschappij uiteindelijk de overhand zal krijgen en alles zal vernietigen.'

*

Kort daarna verdween madame Claumont. Haar lichaam werd bij laag water teruggevonden in de buurt van Cheyne Walk, half begraven in de modder van de Theems. Haar hondje zat ernaast te janken.

Henry Laxton ging met sir John Randall mee om het lichaam te identificeren. Madame Claumont droeg een halsketting die net als haar lichaam besmeurd was met modder. Een rode granaat trok de aandacht van meneer Laxton. Hij nam de halsketting mee, spoelde hem af zodat hij zijn oorspronkelijke kleur weer terugkreeg en bekeek hem nauwkeurig. Het was, zoals hij al verwacht had,

net zo'n halsketting als die Charles Cordell hem had be-
schreven. De aanblik maakte hem misselijk. Madame
Claumont was een goede klant van de bank geweest. Welke rol had Kalliovski gespeeld in haar moord, vroeg hij
zich af.

Hij werd getroffen door een vreselijke, onontkoombare
waarheid: dit was de man met wie Sido zou trouwen. Hoe
kon hij, nu hij dit wist, toestaan dat ze aan dit monster
werd uitgeleverd? Er moest iets gebeuren, voor het te laat
was.

20

Net toen Yann het gevoel had dat hij het verleden achter zich gelaten had, glipte het leven waarvan hij dacht dat het van hem was, hem als zand door de vingers. De oorzaak lag in een paar woorden. Wat Orlenda hem had voorspeld, had Yann diep in zijn onderbewustzijn weggestopt: dat zijn lot én zijn noodlot hem wachtten aan de overkant van het water.

Het was een warme zomeravond. De deuren van de studeerkamer stonden open naar de tuin en meneer Laxton had Yann zojuist een brief van Cordell voorgelezen. De drie woorden die van het papier af spatten waren deze: 'Têtu leeft nog'.

Het bleek dat Têtu drie jaar in provincietheaters had gewerkt, waar Kalliovski hem niet zou vinden. Daarna was hij teruggekeerd naar Parijs, erop vertrouwend dat de graaf zijn interesse in hem had verloren door alle andere gebeurtenissen die zijn aandacht opeisten.

Hij had Cordell opgezocht en was trots en blij te horen dat Yann het zo goed deed.

Toen Cordell Têtu had gevraagd of hij iemand kende die Sido de Villeduval veilig naar Engeland zou kunnen smokkelen, had Têtu Yann voorgesteld. Als Sido zou weigeren haar vader achter te laten, zouden ze desnoods kunnen proberen hen allebei het land uit te krijgen. Daarvoor hadden ze wel papieren en paspoorten nodig.

Al luisterend besefte Yann dat zijn toekomst niet hier, maar in Frankrijk lag. Er trok een rilling door hem heen toen hij zich herinnerde dat van Orlenda's drie voorspellingen er al één en misschien zelfs twee waren uitgekomen. Hij kon zich troosten met de gedachte dat Têtu nog leefde, had ze gezegd. Haar tweede voorspelling had hem hooglijk verbaasd en hem ervan overtuigd dat ze het ook mis moest hebben met wat ze zei over de dwerg. Ze had hem namelijk gezegd dat hij de enige vrouw van wie hij ooit zou houden al ontmoet had.

'Hoe heet ze dan?' had Yann gevraagd.

'Haar naam begint met een S.'

Verder was er maar één ding dat hij nog wilde weten: 'Worden we gelukkig?'

'Deze liefde kan voor jullie allebei de dood betekenen,' zei Orlenda.

Pas nu besefte hij dat ze op Sido had gedoeld, niet op Sophie Padden. Misschien, moest hij toegeven, had hij het altijd wel geweten, vanaf het eerste moment dat hij haar gezien had.

Het meest had Orlenda's derde voorspelling hem beangstigd. Hij was het liefst gevlucht toen hij die hoorde. Het was de reden geweest waarom hij niets meer met magie te maken wilde hebben, maar uiteindelijk had hij zich gerealiseerd dat vluchten zinloos was. Hij zou terug moeten en in de loop van het pistool moeten kijken. Misschien zou hij er dit keer, net als de magiër, in slagen de kogel op te vangen.

Meneer Laxton legde de brief neer. 'Het zijn gevaarlijke tijden,' zei hij met nadruk. 'Je hoeft het niet te doen.'

'Jawel,' zei Yann. 'Ik kan niet uitleggen waarom. Ik kan alleen maar dit zeggen: ik wist dat deze dag zou aanbreken. Ik heb lang gewacht op deze brief.'

De vastberadenheid waarmee Yann alles wat hij bereikt had wilde opgeven, overrompelde Henry Laxton.

'En de universiteit dan?'

'Die kan wel wachten. Maar Sido niet.'

Meneer Laxton zweeg even. 'Yann, zoals ik al zei: dit wordt niet gemakkelijk. Kalliovski zal het je niet in dank afnemen als je hem afpakt wat hem toebehoort. Je hebt te maken met een zeer gevaarlijk man.'

'Dan is het des te belangrijker dat het lukt.'

'Tja, in dat geval. Ik heb een paar weken nodig om alle papieren in orde te maken. Daarna kun je gaan.'

*

Meneer Trippen leunde na een uitstekende zondagse lunch achterover in zijn stoel en luisterde naar wat Yann over zijn besluit vertelde.

'Als de schikgodinnen je roepen, rest je niets dan te gaan,' zei hij. 'Het tij bepaalt het lot van de mens...'

Yann keek inmiddels niet meer op van zijn onderwijzers liefde voor Shakespeare-citaten. 'Denkt u,' onderbrak hij Trippen, 'dat we marionetten zijn in de handen van het lot? Of hebben we het vermogen om ons lot zelf in handen te nemen?'

Meneer Trippen dacht na over deze vraag terwijl de kleinste Trippen op de grond met een bal speelde die Yann voor hem gekocht had. Zijn zussen luisterden toe, met een blik vol aanbidding op deze jongeman in zijn modieuze jas. Stuk voor stuk wensten ze dat zijn donkere ogen op hen zouden rusten, al was het maar voor een moment.

'Dat is een vraag,' antwoordde meneer Trippen, 'die filosofen, acteurs, toneelschrijvers, dichters en kunstenaars zullen blijven stellen tot het moment dat de wereld stopt met draaien en de zon dooft als een kaars. Een vraag ook, mijn beste man, waar ondergetekende mee heeft geworsteld zonder er een antwoord op te vinden. Desalniettemin heb ik ooit een man ontmoet in de Queen Ann Taveerne die beweerde de oplossing, nee zelfs het antwoord, te hebben gevonden.'

'En hoe luidde dat?' vroeg Yann.

'Ha,' lachte meneer Trippen. 'De waarheid lag volgens hem op de bodem van een kroes goede port. Met andere woorden, jongeman, het draait om de vraag en het antwoord luidt voor iedereen anders.'

'Waarom doe je geen goocheltrucs meer, Yann?' vroeg het oudste meisje ongeduldig. 'Vroeger kon je overal appels vandaan toveren, en deed je trucs met kaarten. Maar tegenwoordig zit je alleen nog maar, net als papa, te praten met veel ingewikkelde woorden.'

'Mijn bloesempje,' zei haar vader, 'je hebt helemaal gelijk. Gaat uw gang, mijn beste.'

'Ik geloof niet meer in magie,' zei Yann zachtjes.

Mevrouw Trippen kwam de kinderen halen voor een bezoekje aan hun grootmoeder.

'Blijf niet te lang weg,' riep meneer Trippen haar na. 'Mijn levensbloempje, mijn oogappel, grond van mijn bestaan.'

Mevrouw Trippen lachte vrolijk. Het beviel haar goed om eindelijk meubilair te bezitten dat niet elk moment weggehaald kon worden. Het leven was heerlijk.

Het gebabbel van kinderstemmen verstomde toen de voordeur zich sloot. Nu klonk vanbuiten alleen nog het gedempte geluid van paardenhoeven. Binnen tikte een klok en tsjirpten twee kanaries in hun kooitje bij het raam. Meneer Trippen haalde zijn snuifdoos tevoorschijn, nam een flinke snuif en begon te niezen. 'Veel mensen,' zei hij toen hij uitgeniesd was, 'brengen hun leven door in de verkeerde hoek van hun ziel, vooral uit angst voor wat ze zouden kunnen vinden in de andere hoeken.'

Hij haalde zijn zakdoek tevoorschijn en snoot zijn neus.

'Toen ik je voor het eerst ontmoette, zag ik direct dat je de meest mysterieuze, betoverende jongeman was met wie ik ooit de eer had gehad in contact te komen. In de afgelopen jaren heb ik gezien dat je onbekommerd bezig bent geweest om juist die kant van jezelf af te schermen. Je deed de deur op slot, sloot als het ware de luiken. En het is ondergetekende niet ontgaan welk effect dat heeft gehad op het voorkomen van de jonge Hamlet. De vraag "te zijn of niet te zijn" heeft ervoor gezorgd dat je scheefgroeit. Je staat niet langer rechtop, je rechterschouder hang scheef, alsof je ene helft het voortdurend met de andere oneens is.'

'Ja,' gaf Yann toe, 'dat herken ik wel. Wat moet ik doen, volgens u?'

'Is 't eervoller te leven als een gewone sterveling of om het op te nemen tegen een zee van moeilijkheden? Alleen: jij bent geen gewone sterveling. Wees blij met de magie die je ter beschikking staat. Ga rechtop staan, steek boven het maaiveld uit.'

'Bent u niet teleurgesteld dat ik niet naar Cambridge ga?'

'Nee', zei meneer Trippen. 'Ik heb nooit gedacht dat je dat zou doen. Wat niet wil zeggen dat ik denk dat je het niet zou kunnen. Mijn advies, wat het ook waard mag zijn, luidt: doe wat je moet doen.'

21

Yann wist wat meneer Trippen daarmee bedoelde. Hij moest de zigeuners zien te vinden voor het te laat was.

De volgende ochtend vroeg reed hij op zijn zwarte paard naar de Fairlop jaarmarkt in het bos van Hainault. Daar kwamen elk jaar zigeuners uit het hele land bijeen onder een enorme eikenboom en profiteerden van de gelegenheid om de laatste nieuwtjes te horen en hun paarden en pony's te verhandelen die binnen een haastig opgebouwde omheining stonden.

Onder het dichte bladerdak zetten ze hun kraampjes op en verkochten snuisterijen, eten en drinken aan de boeren uit de omgeving, die zich verdrongen in de tenten om te kijken naar de poppenvoorstellingen, de bokswedstrijden, de dansende beren en de messengooiers en om appels te happen en hun toekomst te laten voorspellen.

Yann kwam 's ochtends aan, maar was er pas 's avonds achter waar Tobias Cooper was. Hij moest nog drie mijl rijden voordat hij het houtvuur rook en het kamp zag dat aan de rand van het bos was opgeslagen. Tobias kwam hem over het gras tegemoet op het moment dat de zon achter hem rond en rood onderging in een baaierd van kleur. Hij omhelsde Yann.

'Ik wist dat je terug zou komen,' zei hij. 'En ik weet ook dat we weinig tijd hebben, omdat je teruggaat naar de overkant van het water.'

Hij nam Yann mee naar zijn tent waar ze bij het vuur gingen zitten. Een ketel hing er borrelend boven.

'We proberen het nog een keer,' zei Tobias alsof er geen tijd was verstreken sinds Yanns vorige bezoek. Een kopje steeg op, de ketel ging schuin hangen en goot er thee in, zonder dat daar een mensenhand aan te pas kwam. Yann had Têtu dit talloze keren zien doen.

'Wat zie je?' vroeg Tobias.

'Een kopje waar door een onzichtbare hand thee in geschonken wordt.'

'Ik vroeg je niet om te kijken,' zei Tobias. 'Kijken is wat alle dwazen doen. Ik vroeg je om te zíén. Dat is iets anders. Probeer het nog eens. Kijk naar de ruimte tussen de twee voorwerpen en vertel me wat je ziet.'

Dit keer werd er een brandende tak uit het vuur getild en als een toorts rechtop gezet.

'Een brandende tak,' antwoordde Yann vertwijfeld. 'Wat zou ik anders moeten zien?'

'Van alles. Je kijkt met je ogen, maar ik vraag je te kijken vanuit dit punt.'

Hij duwde met zijn duim hard op Yanns voorhoofd. 'Hiermee moet je leren zien, niet met je ogen. Die zijn niet betrouwbaar, dat heb ik je al eerder gezegd. Ze laten zich veel te gemakkelijk misleiden. Nou, drink je thee op.'

Yann hield zijn mok stevig vast. Hij kon de troost van de warme thee goed gebruiken. 'Ik geloof er niet meer in,' zei hij.

'Dat is duidelijk,' zei Tobias.

Pas toen de maan bezit had genomen van de nachtelijke hemel, verlieten Tobias en Yann het kampement. Samen liepen ze door het bos waar de bomen langs het pad als wachters elke indringer leken tegen te houden.

Yann struikelde voortdurend. De vaardigheden die hij ooit vanzelfsprekend had gevonden, was hij nu kwijt. Tobias daarentegen liep alsof het volop dag was. Ten slotte kwamen ze bij een mysterieuze open plek waar zeven paden op uitkwamen, en die omgeven was door eikenbomen waar de maan bovenop scheen te balanceren. Yann kreeg het gevoel dat hij niet op de bemoste grond stond, maar op een vlies dat twee werelden van elkaar scheidde.

Tobias ging in het midden van de open plek op de grond zitten met Yann naast zich en begon op een tinnen fluitje te spelen. Er kwam geen geluid uit, althans, geen geluid dat Yann kon horen. Na enige tijd verschenen er op alle paden lichtjes en vanuit het niets doken er spookachtige verschijningen op die uit een mistachtige substantie leken te bestaan. Yann keek als gehypnotiseerd toe hoe er op het pad recht tegenover hem een gerimpelde oude vrouw verscheen.

'Wie heeft mij geroepen?' vroeg ze.

Tobias stond op en boog diep. 'Dat was ik. Ik heb de jongeman gebracht, zoals ik had beloofd.'

Yann zag hoe de vrouw leek op te lossen en toen weer verscheen.

'Kom hier,' riep ze hem toe.

Toen gebeurde er iets vreemds. Zonder te bewegen en zonder dat hij ook maar een stap verzette, verliet hij zijn lichaam. Hij zag zichzelf naast Tobias zitten. De oude vrouw stak haar handen uit en Yann pakte ze vast. Hij werd opgetild en vloog hoger en hoger de nachtelijke hemel in, tot hij boven de boomtoppen uitkwam en bijna de maan kon aanraken.

Toen liet de oude vrouw zonder iets te zeggen zijn handen weer los, en viel hij terug naar de aarde. Hij voelde hoe zijn twee delen zich weer samenvoegden. De klap was zo groot dat hij zich verder niets meer kon herinneren.

Toen Yann de volgende dag wakker werd, zat Tobias Cooper in de opening van zijn tent te praten met Orlenda en Talo terwijl hij zijn aardewerken pijp stopte. Ze begroetten Yann met een warme glimlach en Orlenda toonde hem haar pasgeboren baby, waarna ze naar de jaarmarkt vertrokken.

Yann vroeg zich af of hij de gebeurtenissen van de vorige nacht gedroomd had.

'Wat ik me afvroeg,' zei Tobias, 'is of jij een talisman hebt.'

'Nee,' antwoordde Yann. Hij voelde zich op een vreemde manier anders, alsof er een groot gewicht van hem was afgehaald.

'Elke zigeunerjongen heeft een talisman nodig. En jij vooral,' zei Tobias. Hij trok een zakje uit zijn zak en haalde daar een perfect gevormde schelp uit.

Die gaf hij aan Yann. '*Baro seroeske sharkuni,* de schelp der schelpen.' Yann bekeek de schelp zorgvuldig. Nog nooit eerder had hij er zo een gezien.

'Het is de schelp van een zeeslak en hij bezit grote krachten. Ik heb lang moeten wachten om deze talisman te kunnen doorgeven. Hij is voor jou bedoeld.'

'Nee,' zei Yann beslist. 'Dit is te kostbaar. Ik kan deze schelp niet aannemen.'

'Toch moet het, want je bent alleen. Je hebt wel een vriend, Têtu. Ik denk dat hij wilde dat je ons vond. Hij wil niet terugkeren voordat jij hebt geleerd om zonder angst je krachten te aanvaarden, en je ogen opent voor wat Orlenda in je handpalm heeft gelezen.'

Toen besefte Yann hoe dwaas hij was geweest. 'Ik had gehoopt dat het de S van Sophie Padden was,' zei hij.

'Maar dat bleek een vergissing, hè?' grinnikte Tobias.

'Inderdaad. En ook niet de S van Sarah Hinds.'

'Hoewel je van allebei vast een hoop geleerd hebt.'

Yann grijnsde. 'Tja.'

'Je bent de koning der zigeuners, Yann Margoza. Neem de talisman aan en draag hem met trots, dan zal hij je beschermen.'

Die nacht keerden ze terug naar de plek in het hart van het bos. Dit keer zat de oude vrouw in het midden van de open plek bij een vuur waarboven een ketel hing. Tussen de bomen gleden de spookachtige verschijningen heen en weer die Yann de avond ervoor ook gezien had.

'Ga maar naar haar toe,' zei Tobias toen ze aan de rand van de open plek stonden.

Yann ging zitten waar de oude vrouw met haar hand op de grond klopte.

Van dichtbij was haar gezicht zo wijs als de aarde groot is. In haar ogen zag hij alles wat er te weten viel en alles wat nog geleerd zou kunnen worden. Het voelde alsof ze dwars door hem heen keek. Hij voelde pijn in het midden van zijn voorhoofd alsof ze met een vinger door zijn schedel duwde.

'Geef me je hand,' zei de oude vrouw. Yann voelde haar papierdroge huid tegen de zijne. Haar vingers waren dun, krom en knobbelig als twijgen en haar nagels leken op zeeschelpen.

Hij deinsde achteruit toen hij de kracht van haar greep voelde. Plotseling verdween alles en liep hij over een veld in de richting van een door populieren omzoomde weg. Hij zag de ronddraaiende wielen van een rijtuig dat ondersteboven in een greppel lag en begon ernaartoe te hollen. De bladeren van de populieren ritselden in de wind. Een jonge vouw lag als een pop van gebroken porselein aan de kant van de weg. Een man hield haar vast, even verderop stonden de paarden te grazen. Een vlaag herfstbladeren blies over het veld en daar, in een door de ploeg achtergelaten voor, zag hij een baby met een gebroken beentje. Haar gezichtje was vertrokken van pijn. Hij knielde naast haar neer om te zien of ze dood was.

Met een schok werd hij zich ervan bewust dat hij weer terug was op de open plek in het bos. Het vuur en de oude vrouw waren verdwenen. Yann keek rond en zag voor het eerst hoe lichtdraden, fijn als spinrag, afkomstig van de spookachtige verschijningen over hem heen straalden en een beschermende koepel boven zijn hoofd vormden. Toen klonk het geluid van een knappende vioolsnaar en waren ze verdwenen.

Yann keerde zich om naar Tobias. Ook uit diens vingers schenen lichtstralen. Verbijsterd keek hij toe hoe de oude man ze uitwierp als een visser zijn vislijn.

'Ik kan zien,' riep Yann hem toe. 'Ik kan zien!'

'Dat werd tijd,' zei Tobias. 'Dan kunnen we nu beginnen.'

*

Een week later stapte Yann op een heldere, zonnige ochtend op de postkoets die vanaf de Strand naar Parijs vertrok. Hij had afscheid genomen van de Laxtons en de Trippens en ging op weg, voor het oog van de wereld een onnadenkende jonge, Engelse gentleman die voor het eerst Parijs zou bezoeken. Hij had papieren en paspoorten bij zich en genoeg geld om de markies De Villeduval en diens dochter Sido te redden.

22

Op 11 augustus zond de hertogin De Lamantes, die vreesde voor de veiligheid van de markies De Villeduval, hem een boodschapper. Die bracht de markies op de hoogte van de ernst van de situatie in Parijs en vertelde dat de Franse troon omvergeworpen was, de Zwitserse Garde afgeslacht en de koninklijke familie gearresteerd. De hertogin was van mening dat ze niet langer veilig waren. Ook moest de markies weten dat graaf Kalliovski de executie van de koning eiste.

De hertogin De Lamantes wist zeker dat haar vriend, in het licht van deze ontwikkelingen, niet kon toestaan dat zijn dochter met zo'n man zou trouwen. Ze adviseerde hem Frankrijk zo snel mogelijk te verlaten.

De markies weigerde de bode van de hertogin te ontvangen. Hij wantrouwde het geschreven woord, dat hij beschouwde als een zwaard van Damocles. Sinds het laatste bezoek van Kalliovski leek hij het contact met de realiteit te hebben verloren. Het tere weefsel van zijn geest rafelde steeds verder af, terwijl hij zich dag in dag uit opsloot in zijn vertrekken, waar hij zijn verzameling schoengespen bekeek en bedacht naar welk bal, banket of feest hij ze had gedragen. Bijna elke nacht dwaalde hij door de lege salons van het château waar voor zijn geestesoog gestalten in vol ornaat en met gepoederde pruiken dansten.

Uiteindelijk was het Sido die de brief kreeg en toen ze hem had gelezen, wist ze dat het voor haar en haar vader te laat was. Frankrijk stond op het punt om over te koken als een pan melk die te lang op het fornuis had gestaan.

Ze glipte naar beneden en ging bij de bedienden in de keuken staan, die om de bode van de hertogin heen dromden.

'Ik heb nog nooit zoiets meegemaakt. Het lijkt wel of de lucht in de stad elektrisch geladen is! Om middernacht begonnen van toren tot toren de klokken te luiden – het signaal dat er gevaar dreigt – en daarna weerklonk het geluid van duizenden trommels en het gedonder van geweerschoten. Ik wed dat geen mens een oog heeft dichtgedaan vanwege de doodsangst die die klokken veroorzaakten.'

'O, mijn hemel, wat moet er van ons worden?' zei Agathe.

'Sst,' zei Jean. 'Ga door. Wat gebeurde er toen?'

'Gisterochtend, bij het eerste daglicht, marcheerden de burgers naar het park van de Tuilerieën. "Weg met het vetorecht! Weg met de tiran," riepen ze. De troepen uit het zuiden zongen de 'Marseillaise'. Ze waren tot de tanden bewapend: geweren, messen, bajonetten, noem maar op, en ze slachtten de Zwitserse Garde af. Die maakten geen enkele kans want de koning had hen zojuist laten vallen. Alleen maar in zijn eigen hachje geïnteresseerd, die man.'

'O hemeltje, o hemeltje!' snikte Agathe.

Jean zuchtte. 'Het vuur van de haat is ontstoken en God mag weten welke aardse macht het weer kan doven.'

Luc sloeg zijn arm om Lucille heen. 'Heb je nog meer gezien?'

'Of ik nog meer gezien heb? Je kunt beter vragen wat deze ogen niet gezien hebben! Al het water van Frankrijk kan deze beelden niet meer wegwassen. Ze staan voor altijd op mijn netvlies gebrand.'

'Vertel ons alles!'

'Welnu, ik kwam bij de Tuilerieën, waar de ingang van het koninklijk paleis is. De muren waren zwaar gehavend: overal zaten gaten van geweer- en kanonskogels. Vanuit de koninklijke keukens hoorde ik het geluid van brekende schalen en borden. Potten en pannen vlogen alle kanten op en iedereen griste mee wat hij pakken kon; om kapot te gooien of misschien wel om mee te nemen als souvenir. In de wijnkelders zag ik een zee van uitgestrekte handen die in het zand graaiden om de dure wijnen van de koning tevoorschijn te halen. De mensen braken de flessen open in hun haast de inhoud op te drinken; wijn belandde op de vloer waar hij zich mengde met bloed. Wat een bloedbad! En, o Heer, wat ik in de kapel onder ogen kreeg! Al dat bloed, al die lichamen, de vliegen, de stank! Het geluid van de menigte die duizenden stukken kostbaar porselein vertrapte.'

Sido luisterde zwijgend toe, maar Lucille begon te huilen.

'En de rest van Parijs?' vroeg Bernard.

'Overal in de stad staan gebouwen in brand. De burgers bestormen en plunderen de huizen van de adel. Ze doden het personeel, slaan het meubilair kapot en ver-branden en vernielen alles van waarde.'

Lucille was nu buiten zichzelf van angst. 'Denk je dat ze dat hier ook komen doen?'

'Wie zal het zeggen? Toen ik vertrok werd er geroepen om het bloed van de adel, dat de straten van Parijs moest schoonwassen en een menigte begon gebouwen neer te halen waarin de aristocraten zich hadden ver-schanst.'

'Zo is het wel genoeg,' onderbrak Jean hem. 'Je maakt iedereen bang.'

'Je vroeg er zelf om. Ik vertel alleen maar hoe de zaken ervoor staan.'

Tegen de tijd dat de bode weer vertrokken was, wist Sido al wat er ging gebeuren.

'Ik heb een vrouw en kinderen,' zei de tuinman Michel Floret. 'Ik ben bang om hier gevonden te worden.'

Dit leek te gelden voor alle bedienden. Bedrukt en met verontschuldigingen verlieten ze de keuken. Zelfs Lucille greep Sido's handen en zei, terwijl de tranen over haar wangen liepen: 'Het spijt me zo. Het spijt me echt dat ik u moet achterlaten, maar ik kan hier niet blijven. Ik wil nog niet dood. Daar ben ik te jong voor.'

'Maak je geen zorgen,' zei Sido, 'ik begrijp het wel. Ga maar naar huis met Luc.'

Slechts twee mannen bleven aan de keukentafel zitten, Jean en Bernard.

'*Eh bien*,' zei Jean. Hij pakte een fles wijn. 'Zo staan de zaken er dus voor. We moeten het maar uitzitten en beden-ken wat we zullen doen als het kasteel wordt aangevallen.'

'Mee eens,' zei Bernard.

'Nee, jullie moeten ook gaan,' zei Sido. 'Ik blijf wel hier met mijn vader.'

'Maar mademoiselle, het is hier niet veilig voor u, dat moet u hem zien duidelijk te maken.'

Sido probeerde er rustig uit te zien. 'Jullie weten dat de markies al zijn hoop op de muur heeft gevestigd. Hij weigert te vertrekken.'

Bernard stak zijn handen omhoog en floot tussen zijn tanden. 'Die muur stelt niets voor,' zei hij.

'Hoe bedoel je?' vroeg Sido.

'De arbeiders haatten uw vader omdat hij zo veel pacht eiste en hen van het werk op het land afhield. Uit wraak hebben ze meer zand in het cement gedaan dan eigenlijk mag.'

'Ik begrijp het niet,' zei Sido.

'De muur zal als een zandkasteel instorten zodra ze aanvallen,' zei Bernard.

Sido's knieën werden week en ze ging zitten. 'Des te meer reden voor jullie om weg te gaan,' zei ze.

'Nee,' zei Jean, 'we laten u niet alleen. Er moet iemand hier blijven om te helpen.' Hij schonk haar een glas wijn in. 'Maar ik denk dat ik voor ons beiden spreek als ik zeg dat we blijven uit respect voor wijlen de markies, uw oom Armand de Villeduval en voor uw geliefde moeder.'

Bernard hief zijn glas. 'Ik zal u iets zeggen: als uw oom nog leefde, zouden de bedienden tot het bittere einde gevochten hebben om u allen te beschermen.'

'Dank je,' zei Sido.

*

Die avond ging de markies als gewoonlijk aan tafel, niet beseffend wat er aan de hand was. Hij belde, geïrriteerd omdat er niet werd opgediend.

Sido deed met een bezwaard gemoed de deur van de eetzaal open.

'Het is volstrekt onacceptabel dat ik in mijn eigen huis moet wachten op mijn eten,' beet haar vader haar toe. 'Ik heb nota bene gasten.'

'Vader, al uw bedienden op twee na zijn vanochtend vertrokken.'

'Had ik jou toestemming gegeven iets te zeggen?' vroeg de markies.

'Nee vader, maar ik denk dat het goed zou zijn om een plan te maken voor het geval...'

'Jij denkt?' onderbrak hij haar sarcastisch. 'Jij denkt? Wat zijn jouw ellendige gedachten waard, als ik vragen mag? Zolang je je mond houdt, kan ik je nog nét verdragen. Maar zodra je iets zegt, vind ik je aanwezigheid onverdraaglijk.'

Sido kon het niet langer aan. Ze werd overmand door de ernst van alles wat ze gehoord had en door het besef dat haar vaders verstand net zo weinig bescherming bood als de muur. Tranen welden op in haar ogen en haar gezicht werd rood.

'Waarom haat u mij zo?' riep ze uit.

De markies staarde naar een onzichtbaar punt achter haar hoofd en schelde nog eens hard.

'Zegt u het me, alstublieft,' zei Sido.

De markies weigerde haar aan te kijken. 'Omdat je er bent. En omdat je maar een meisje bent.'

'Is dat het enige wat ik heb misdaan?'

'Hoe durf je dit soort impertinente vragen te stellen in aanwezigheid van dit belangrijke gezelschap? Weg, ik wens je niet meer te zien.'

'Waarom, vader?' vroeg Sido. 'Waarom behandelt u me zo terwijl we elkaar zouden moeten steunen?'

'Houd je mond. Ik wens niet op deze wijze toegesproken te worden. Je kwekt en klaagt als de eerste de beste boerin.'

De markies stond op en liep naar de deur.

'Zeg tegen mijn bediende dat ik het diner in mijn privé-vertrekken zal gebruiken.'

'Die is weg, net als de rest van het personeel,' zei Sido.

De markies liep met opgeheven hoofd langs haar heen. 'Uit de weg, mijn gasten wachten.'

Toen hij weg was, liet Sido zich op de grond zakken. Wie zou hen nog kunnen redden? Kalliovski?

In de keuken vond ze Jean nog steeds aan tafel.

'Hij vond het zeker niet leuk wat je te zeggen had?'

'Hij wilde niet luisteren. Hij veracht me. Hij zei dat ik beter niet geboren had kunnen worden. Ik had beter tegelijk met mijn moeder kunnen omkomen, dan was hij van me af geweest.'

'Dat moet u niet zeggen, mademoiselle. Dat zou eeuwig zonde zijn geweest.'

'Zou hij wel van me gehouden hebben als ik een zoon was geweest? En als ik niet mank had gelopen? Alles wat ik doe is verkeerd.'

Jean keek Sido aan: 'Het is misschien een schrale troost,' zei hij, 'maar ik denk dat de markies om niets of niemand iets geeft, behalve om zijn bezittingen. Hij is een toneelspeler die het hele podium voor zich alleen wil hebben. Er is voor niemand anders plaats in zijn leven, zelfs niet voor zijn eigen dochter.'

'Maar wat moet ik nu doen?' vroeg Sido.

'Niets. Wat u ook probeert, al zou u uw leven voor hem geven, wat God verhoede, dan nog zal hij niet van u houden. Dat kunt u het beste maar accepteren, dat besef zal u sterker maken. Neem me niet kwalijk dat ik dit ongevraagd zeg, mademoiselle, maar dit is nu eenmaal zoals ik het zie. Hebt u geen andere familieleden?'

'De zus van mijn moeder woont in Londen. Ze is getrouwd met een Engelsman, ene meneer Laxton.'

'Kijk eens aan,' zei Jean. 'Waarom dan zo triest? Dan is er tenminste nog iemand die blij zal zijn u te zien.'

'Jawel, maar hoe moet ik ooit in Engeland komen?' zei Sido.

'Joost mag het weten, maar als het zo doorgaat, zult u nog blij zijn dat u daar familie hebt. Bernard en ik hebben trouwens een vluchtroute uit het kasteel bedacht voor het geval ze komen plunderen. Zal ik die laten zien?'

Hij pakte een lantaarn van de kast en zei: 'Loop maar achter me aan.' Toen leidde hij haar de keuken uit en de trap af naar de wijnkelder. Daar duwde hij een houten deurtje open en hief de lantaarn boven zijn hoofd zodat een lange tunnel zichtbaar werd.

'Waar gaat die heen?' vroeg Sido verrast.

'Naar de stallen. De gang is aangelegd om ervoor te zorgen dat uw vader de handelaren die hun wagens komen uitladen niet hoeft te zien. Zijn ijdelheid kon nog wel eens onze redding worden.'

Sido glimlachte.

'Goed zo,' zei Jean, 'Bernard zal zorgen dat er dag en

nacht een rijtuig gereed staat. Neemt dat uw angst een beetje weg?'

*

De daaropvolgende twee nachten deed Sido nauwelijks een oog dicht. Ze was ervan overtuigd dat het kasteel elk moment aangevallen kon worden en hield vanuit haar venster in de gaten of er lichten en gestaltes opdoken in de donkere schaduwen. Pas tegen de dageraad durfde ze in bed te gaan liggen.

Een week later gebeurde datgene waar Sido zo bang voor was geweest. Om twee uur in de ochtend werd de nachtelijke stilte plotseling verbroken door een vreselijk rumoer. Ze keek de tuin in en zag een klein legertje mensen het château naderen. Ze droegen fakkels en zongen luidkeels. Blijkbaar hadden ze zichzelf moed ingedronken.

Sido kleedde zich snel aan en rende naar de slaapkamer van de markies, net op het moment dat Jean binnenstormde. De markies stond in zijn kamerjas voor het raam en staarde ongelovig naar de menigte beneden hem.

'Wie heeft hen binnengelaten?'
'Niemand, vader. Ze hebben de muur bestormd.'
'Onmogelijk.'
Op dat moment brak het venster. Een brandende toorts landde op de vloer, rolde door naar het hemelbed en zette de draperieën in brand. Sido greep een kan en gooide water op het vuur, terwijl Jean de vlammen probeerde te doven door er beddengoed overheen te gooien. Maar het

had geen zin. Het vuur was nauwelijks uit of er werd al een nieuwe toorts naar binnen gegooid. Van beneden klonk het geluid van brekend glas en gebonk op de voordeur.

'We moeten weg,' zei Jean. 'Ze kunnen nu elk moment binnen zijn.'

'Niet zonder mijn gespen,' zei de markies. 'Ik ga hier niet weg zonder mijn gespen.'

Hij duwde de deur naar de zijkamer open. Het hele vertrek stond in lichterlaaie en hij moest achteruitwijken voor de kolkende rookwolken.

'Schiet op!' schreeuwde Jean terwijl de markies wanhopig probeerde de vlammen uit te slaan om bij zijn geliefde gespen te komen. 'Als u nu niet meegaat, gaan we zonder u.'

De voordeur begaf het en een geluid als van een donderende golf brak de hal binnen.

In zijn wanhoop graaide de markies naar een gloeiende gesp en gilde doordringend toen hij zijn hand brandde aan het hete zilver. Als een gewond kind liet hij zich door Jean meenemen door de geheime gangen terwijl overal om hen heen het geluid weerklonk van meubilair dat werd kapotgetrapt en snuisterijen die werden stukgegooid. Daarbovenuit klonk het brullen van het vuur. Nog even en het château werd verzwolgen door de vlammen.

Ze renden de kelder in, trokken de deur achter zich dicht en stapelden er manden vol flessen tegenaan in de hoop de komst van de plunderaars te vertragen. Met Jean voorop vonden ze op de tast hun weg door de vochtige gang naar de stallen.

Bernard stond te wachten terwijl hij de twee angstige

paarden die hij had ingespannen probeerde te kalmeren. De andere paarden had hij losgelaten.

Toen de markies zag dat dit niet zijn mooiste rijtuig was, eiste hij dat de paarden onmiddellijk losgemaakt zouden worden en voor zijn gouden koets gespannen werden.

Bernard verloor zijn geduld: 'Vooruit, erin,' schreeuwde hij.

'Je denkt toch zeker niet dat ik ga reizen in een rijtuig dat voor personeel bedoeld is?'

'Alsjeblieft, vader,' smeekte Sido die al in de koets zat. Ze keek over haar schouder en zag het château rood oplichten tegen de nachthemel. De menigte zette nu koers naar de stallen.

Met grote tegenwoordigheid van geest duwden Bernard en Jean de markies de koets in, en toen ging het met grote snelheid weg van het kasteel. De menigte rende achter hen aan en gooide stenen naar de koets. Eén brak het raampje en trof de markies op zijn hoofd. De koets slingerde gevaarlijk heen en weer toen ze over de omgevallen muur reden en de inzittenden werden van links naar rechts gesmeten.

Welke kant ze op zouden gaan was geen vraag; een groep boze boeren blokkeerde de weg naar Versailles en Normandië.

De markies zat als verdoofd in een hoek van het rijtuig terwijl het bloed van zijn voorhoofd druppelde. Achteromkijkend zag hij hoe zijn geliefde château door de vlammen werd verteerd.

*

Ze bereikten Parijs op het moment dat de poorten open-gingen. De poortwachter, die de laatste tijd meer mensen had zien vertrekken dan komen, opende het portier van de koets en snoof de inmiddels bekende lucht van ver-brande kleren en verschroeid haar op.

Hij grijnsde naar de markies in kamerjas en zonder pruik en zei: 'Nu ben je een van ons, citoyen. Da's even wennen, hè?'

De markies, die het grootste deel van de reis in trance had verkeerd, keek de poortwachter verbaasd aan.

'Je bent verreweg de lelijkste man die ik ooit heb moe-ten aanschouwen,' zei hij laatdunkend.

'Wat zei je daar?'antwoordde de poortwachter. Hij sprong het rijtuig in en greep de markies vast. 'Zeg dat nog eens, als je durft.'

'Alstublieft,' smeekte Sido. 'Mijn vader is zichzelf niet. Hij is zijn verstand kwijt, dat ziet u toch wel?'

De poortwachter keek haar aan en gooide de markies toen als een zak meel tegen de rugleuning.

'Hebben wij een afspraak, mijn beste?' vroeg de mar-kies.

'Hebben wij een wát, citoyen?'

'Ziet u nou wel,' zei Sido, 'hij is niet goed bij zijn hoofd.'

De poortwachter klopte zijn kleren af en keek naar Jean.

'En wie ben jij, citoyen?'

'Een vriend van de familie,' zei Sido snel. 'Hij helpt me om mijn vader naar de nonnen in het Hôtel Dieu te krij-gen. Daar kunnen ze voor hem zorgen.'

Jean pakte de mand die hij in een helder moment had

meegenomen en hield die de poortwachter voor.

'Daar krijg je vast honger van, al die rijtuigen nakijken op verraders van de revolutie. Ik bewonder je toewijding, citoyen.'

De poortwachter sloeg de doek terug die over de mand lag en keek begerig naar de paté, het brood en de kaas. Hij was vel over been en zijn jukbeenderen staken als heuvels op uit de vlakte van zijn gezicht. Hij pakte de mand aan. 'Vooruit met jullie. En laat ik hem hier niet meer zien, begrepen?'

*

Ondanks het vroege uur hing de hitte van de stad om hen heen toen ze hun weg zochten door de uitgestorven straten.

Sido had Bernard gevraagd om naar het huis van de hertogin De Lamantes aan het Place Royal te rijden. Het was het enige adres dat ze kende. Toen ze aankwamen stond de hertogin op het punt te vertrekken; het huis stond vol verhuiskisten. De markies ging op een krat zitten en staarde als een standbeeld voor zich uit. De hertogin keek Sido verbijsterd aan.

'Waarom ben je in hemelsnaam naar Parijs gekomen, mijn kind? Het is hier niet veilig. Ik ga naar het buitenland. Heeft je vader mijn brief niet gelezen?'

'Nee,' antwoordde Sido.

'Mijn hemel,' zei de hertogin. Toen ging ze fluisterend verder: 'En heb je Kalliovski nog gezien?'

'Nee.'

De hertogin keek verwilderd om zich heen alsof ze verwachtte dat de graaf stond toe te luisteren, als een kat die een muis belaagt.

'Ik heb iemand gevonden die me zal helpen ontsnappen. Ik adviseer je dat ook te doen. Maar je kunt niet weg zonder paspoort en die kosten een fortuin. Heb je geld?'

'Nee,' zei Sido, 'we hebben niets.'

'O mijn hemel, o mijn hemel. Heeft de markies dan niets geregeld?'

'Nee.'

De markies staarde naar zijn verbrande hand en mompelde: 'Mijn verzameling gespen was waardevoller dan die van de koning.'

De hertogin negeerde hem en zei tegen Sido: 'Ik raad je dringend aan om hier zo snel je kunt weg te gaan. Iedereen van adel wordt als verrader gearresteerd. De gevangenissen zitten vol. Het wordt een bloedbad.' Ze liep naar haar bureau en krabbelde iets op een stukje papier. 'Je mag hier gerust blijven, maar ik smeek je, als Kalliovski inderdaad achter je aan komt, vertel hem dan niet waar ik ben. Dit is de naam van iemand die je kan helpen om Parijs uit te komen. Ik zal tegen hem zeggen dat je hulp nodig hebt.'

Ze wierp een blik op de markies. 'Ik zal hem betalen om jullie beiden hier weg te krijgen.'

'Dank u,' zei Sido. 'Dank u hartelijk voor uw vriendelijkheid.'

De hertogin kuste Sido. 'We moeten elkaar steunen in deze moeilijke tijden,' zei ze. 'Tot ziens. Ik hoop dat we elkaar in Londen weer zullen zien.'

'Ik wist dat het mis zou gaan vanaf het moment dat het baleinenkorset uit de mode raakte,' merkte de markies droevig op.

Sido keek de hertogin na en wierp toen een blik op het papier dat ze van haar had gekregen. Meneer Tull, stond erop.

23

De stadspoorten van Parijs waren inmiddels gebarricadeerd,
omdat men vreesde dat de vijanden van Frankrijk klaarston-
den om de stad in te nemen. Iedereen die de stad in of uit wil-
de was een potentiële spion of een contrarevolutionair die
trachtte te ontsnappen. In elke koets kon iemand van adel of
van de kerk zitten. Papieren werden uitvoerig bestudeerd en
smeergeld ging van hand tot hand.

Yann en zijn medepassagiers stonden in de rij te wachten. Een dame in het gezelschap was zeer ontsteld
toen haar koffer werd opengemaakt en de mannen van de
Nationale Garde grinnikend door haar kleren woelden.

Hier zwaaide poortwachter Lefort de scepter. Zijn twee
opvallendste kenmerken waren zijn loensende blik en zijn
zware, donkere wenkbrauwen die het gebrek aan uitdrukking in zijn ogen goedmaakten. Hij was trots op zijn werk,
kende voor niemand genade en liet niemand ontsnappen
aan zijn ijzeren greep. In een zware wolk van tabaksrook
liep hij heen en weer en spuugde af en toe dikke klodders
gelig speeksel uit.

Ze hoorden de woedende menigte al voordat duidelijk was wat de mensenmassa op de been had gebracht. Een grote, geelgeschilderde koets die een beetje leek op het rijtuig waarin de koning en de koningin hadden getracht naar Varennes te vluchten, stond te wachten op toestemming de stad te verlaten. De grandeur van het rijtuig veroorzaakte nogal wat ophef.

'De koning probeert zeker weer te ontsnappen,' spotte een van de omstanders.

Lefort verloor direct zijn interesse voor de reizigers uit Londen en liep naar de gele koets, toen een groep boze mannen en vrouwen als vanuit het niets opdook. Ze droegen de rode muts die vrijheid symboliseerde, waren gewapend met hooivorken en hadden hun mouwen opgestroopt, klaar om toe te slaan. Nog nooit had Yann zo'n intense haat gezien als die op hun gezichten geëtst was.

Doodsbang keek de koetsier toe hoe een van de mannen op het portier af sprong en het met zo veel beestachtige heftigheid openrukte dat het afbrak bij de scharnieren.

'Schamen jullie je niet,' riep hij tegen de inzittenden, 'om rijkdommen die Frankrijk toebehoren het land uit te smokkelen! Jullie verraden de revolutie! Jullie werken ons vanbinnen uit tegen. Nou, we zullen eens laten zien wat we met jullie soort doen.'

Een schreeuwende man, zijn echtgenote en twee doodsbange kinderen werden zonder plichtplegingen uit de koets gesleurd. Yann wilde hen helpen en deed in een opwelling een stap naar voren, maar werd meteen tegengehouden door een medereiziger die hem dringend toefluisterde: 'Dat is het niet waard, meneer. U belandt in de gevangenis als u niet oppast. Geloof me, we kunnen niets doen. Weest u maar blij dat u geen Fransman bent.'

Lefort wuifde de tabaksrook weg. Beseffend dat hij een goede vangst had gedaan, toonde hij geen enkele interesse meer in de postkoets uit Londen. Zonder het rijtuig nog een blik waardig te keuren, liet hij het gaan.

Yann leunde achterover. Door het venster ving hij een glimp op van het verschrikte gezicht van een van de kinderen. Wat was er gebeurd met deze stad, met haar inwoners? Waar kwam die haat voor hun medemensen vandaan?

'Dit is een goddeloze stad,' zei de heer die Yann ervan had weerhouden in te grijpen. 'Ik handel zo snel ik kan mijn zaken af en maak dat ik wegkom. Ik blijf hier geen minuut langer dan noodzakelijk. Het is hier een kruitvat. Eén vonk en de zaak ontploft.'

'Wat zou er met die arme mensen gebeuren?' vroeg de vrouw met wier kleren de Nationale Garde zich zojuist vermaakt had.

'Die worden gearresteerd en naar de gevangenis gestuurd om de massa's tevreden te houden.'

De koets ratelde over de Pont Neuf waar het standbeeld van Louis XIV, de Zonnekoning, omver was getrokken. In de verte zag Yann nog narokende brandstapels.

'Dus zo is het nu gesteld met Parijs,' dacht Yann. Hij rilde van opwinding. Hij was hoe dan ook eindelijk weer thuis.

*

De revolutie had monsieur Aulard geen windeieren gelegd. Voorlopig konden de theaters elk stuk dat ze wilden op de planken brengen, zolang ze de revolutie maar steunden, de kerk belachelijk maakten en de spot dreven met de hebberigheid van de adel.

Monsieur Aulard, die de bui al had zien hangen, was zo slim geweest zijn theatertje om te dopen tot het Theater van de Vrijheid. Daarmee had hij de gunst gewonnen van niemand minder dan citoyen Danton, een van de meest invloedrijke mannen in de Nationale Assemblee. Met zo'n beschermheer hoefde de theaterdirecteur niet langer goochelaars in te huren om slappe kermiskunsten te vertonen voor een halflege zaal. Tegenwoordig zette hij producties vol spectaculaire effecten op het podium die overliepen van revolutionaire hartstocht. Elke avond was de zaal tot de laatste stoel bezet en geen oog bleef droog. De enige periode waarin de opbrengsten even goed waren geweest, was in de dagen van Topolain.

Met het succes was ook de soberheid gekomen. Hij dronk nu wijn alsof het een medicijn betrof: dagelijks een toegestane hoeveelheid en geen druppel meer. In tijden als deze moest een man zijn hoofd erbij houden als hij wilde overleven, want politici waren, net als publiek, een wispelturig volkje. Wat vandaag nog prima werkte, kon morgen zijn ondergang betekenen.

Het zelf opgelegde dieet deed hem goed; hij zag er jonger uit. Zijn slechtzittende pruik had hij weggedaan en hij zag er nu, geheel volgens de heersende mode, uit als een man die weinig tijd voor de spiegel doorbracht. Zijn kleren waren nieuw, maar niet opvallend. Als een toneelspeler had hij zich een nieuwe rol aangemeten; die van man van het volk. Op elk van zijn vele jasjes zat een kokarde vastgespeld. Hij mocht die eens vergeten en voor iemand van adel worden aangezien.

Het was meer dan drie jaar geleden sinds het lichaam van Jacques Topolain in zijn bureaustoel was achtergelaten met het afgezaagde hoofd van de houten pierrot op schoot, maar de herinnering eraan achtervolgde monsieur Aulard nog altijd. Hij was zo bang dat Kalliovski nog eens zou langskomen, dat hij uit voorzorg Didier had gepromoveerd van conciërge tot zijn persoonlijk beveiliger. Het was Didiers taak om monsieur Aulard overal op de voet te volgen en ervoor te zorgen dat niets of niemand hem opwachtte in zijn kantoor.

Vanochtend was monsieur Aulard onrustiger dan hij in lange tijd geweest was. Hij zou gezworen hebben dat hij Kalliovski de avond ervoor in het publiek had zien zitten; maar dat kon verbeelding zijn geweest. Hij leek de man op elke straathoek te herkennen.

*

Yann stond in de Rue du Temple en vroeg zich af of dit echt het gebouw was dat hij zich herinnerde. Het had een enorme verandering ondergaan. Het zag er niet langer uit alsof het elk moment voorover zou storten, maar stond fier rechtop met de naam *Théâtre de la Liberté* in grote letters op de pui geschilderd. De vlag van de revolutie was over de voorgevel gedrapeerd als een ereteken.

Hij liep om naar de toneelingang en ging naar binnen, waar hij tot zijn geruststelling ontdekte dat er binnen in elk geval weinig veranderd was. Er hing nog steeds de geur van oude tabaksrook, wijn en goedkope grime. Madame Manou zat als altijd in haar wachthokje, dat met een enkele kaars verlicht werd.

Yann had even tijd nodig om zijn ogen aan het duister te laten wennen, maar glimlachte toen hij madame Manou herkende.

'Kan ik monsieur Aulard spreken?' vroeg hij.

'Niet wéér één,' zuchtte madame Manou. 'En wat ben jij? Een schrijver? Een acteur? Een muzikant?' Ze tuurde naar hem vanuit haar hokje. 'Een acteur zeker, als ik je zo zie.'

Yann wilde haar tegenspreken, maar ze ging al door: 'Ik weet niet waar het heen moet met deze stad. Overal duiken de theaters als paddenstoelen uit de grond, op elke straathoek staan toneelspelers, in elk souterrain vind je muzikanten en op elke zolder zit een schrijver. En allemaal willen ze hier werken.' Ze haalde misprijzend haar schouders op. 'Heb je enig idee hoeveel treden het zijn naar het kantoor van monsieur Aulard?'

'82,' antwoordde Yann.

'Hein? Hoe weet je dat?' zei Madame Manou verbijsterd.

'Ik werkte hier vroeger. U weet waarschijnlijk niet meer wie ik ben. Ik heet Yann Margoza...'

Madame Manou leunde voorover om hem beter te kunnen zien.

'Wel heb je ooit! Ga nou gauw heen! Jij? Die straatjongen? Die revolutie verricht wel wonderen, zeg.' Ze keek om de hoek van haar loge of ze Didier zag, maar herinnerde zich toen dat de goede man brood was gaan halen. Ze piekerde er niet over zelf al die treden te beklimmen, wat die oude gek van een Aulard daar ook van mocht vinden.

'Je weet de weg wel, hè, jongen?'

Met twee treden tegelijk liep Yann de houten wenteltrap op. Hij glimlachte bij de herinnering hoe hij hier als jongetje omhoog rende. Boven klopte hij op de deur.

'Binnen,' zei een bekende stem.

Monsieur Aulard zat achter een met manuscripten beladen bureau. Ook overal op de grond lagen papieren.

Monsieur Aulard schrok. 'Wie heeft gezegd dat je naar boven kon komen?' vroeg hij boos. 'Waar betaal ik die Didier eigenlijk voor...?'

'Weet u niet meer wie ik ben?' onderbrak Yann hem.

'Nee, het spijt me. Ben je een acteur?'

'Nee.'

De eigenaar van het theater duwde zijn stoel achteruit. 'Dan wil je vast acteur worden. Net als de rest van Parijs, mijn beste.'

'Ik was de assistent van Têtu en heb gewerkt met de goochelaar Topolain. Ik ben een tijd in Londen geweest, en ben zojuist teruggekeerd.'

Monsieur Aulard stond op. 'Jij bent Yann Margoza! Hoe is het mogelijk! Inderdaad, nu zie ik het. Je bent het echt.' Hij lachte. 'Ik had het kunnen zien aan je ogen. Je hebt altijd al bijzondere ogen gehad.' Hij greep Yanns hand. 'Wie had kunnen denken dat je zo'n knappe vent zou worden!'

Yann glimlachte. 'En wie had kunnen denken dat u nuchter en succesvol zou worden, monsieur Aulard.'

'De revolutie is overal goed voor, m'n jongen,' zei monsieur Aulard trots. 'Nog nooit in mijn leven is het me zo voor de wind gegaan.'

'Ik kom voor Têtu.'

'Sssst,' zei de theaterman. Hij keek zenuwachtig om zich heen alsof hij verwachtte dat de deur zou openvliegen en Kalliovski daar zou staan met een pistool in zijn hand.

'De muren hebben oren,' zei hij. Daarna nam hij Yann bij zijn arm en fluisterde: 'Kom maar mee.'

Yann volgde hem de trap af naar de toneelingang, waar Didier juist verscheen met een brood onder zijn arm.

'Zocht u mij?' vroeg Didier.

'Nee, nu niet. Maar zorg dat je over een uur bij mijn huis bent.'

'Wacht,' riep Didier hen na. 'Ben jij Yann niet?'

'Straks!' zei monsieur Aulard gedecideerd, alsof hij een scène regisseerde.

'Ja maar...' zei Didier.

Yann draaide zich naar hem om. 'Fijn je te zien,' zei hij geluidloos.

Monsieur Aulard liep de boulevard op en leidde Yann vervolgens door de wirwar van straatjes die hij zo goed kende. Hij liep flink door en keek bij elke hoek om zich heen of ze niet gevolgd werden.

'Hoe is het met Têtu?' vroeg Yann.

'Goed. Ik was blij hem na al die tijd weer te zien. Hij dook pasgeleden zomaar op, alsof er niets gebeurd was.'

'Wat is er dan gebeurd?' vroeg Yann. 'Ik weet alleen dat hij nog leeft.'

'Didier heeft hem bloedend op de binnenplaats van het Hôtel d'Angleterre gevonden en naar het theater gedragen, zonder er een woord over te zeggen. Ik wist niet eens dat Didier op de zolder van het theater woonde! Hij heeft Têtu naar boven getild, de kogel verwijderd en hem verzorgd tot hij weer beter was. En kortgeleden stond hij dus weer voor mijn neus. Ik wist al die tijd van niets!'

'Wanneer kwam u erachter wat er gebeurd was?'

'Onlangs, net als jij. Zodra hij hersteld was, is hij gaan werken bij theaters in de provincie. Meer weet ik er ook niet van.'

Bij een verweerde houten deur bleven ze staan. Monsieur Aulard haalde een sleutel tevoorschijn en maakte de deur open. Voor hij de deur openduwde, leunde hij achterover om te zien of iemand hen zag.

'Hij logeert momenteel bij mij. Ik maak me ernstig zorgen over de hele toestand.'

'Dat zie ik,' glimlachte Yann.

De straat was zo goed als uitgestorven. Gerustgesteld duwde monsieur Aulard Yann haastig voor zich uit een grote binnenplaats op. Ze liepen de stenen trap op naar de eerste verdieping waar ze een woning binnengingen die aanzienlijk groter was dan het onderkomen dat Yann zich herinnerde. De papagaai Iago zat nog steeds op zijn stok. Net als zijn baas zag hij er gezonder uit dan jaren geleden.

Monsieur Aulard liep naar het raam en duwde de luiken open, opnieuw kijkend of er niemand beneden stond. Zonlicht stroomde de kamer binnen. Yann kon aan alles zien dat Têtu in de buurt moest zijn; hij kon zich niet voorstellen dat de theaterdirecteur zijn woning zo schoon en opgeruimd zou houden. Als bewijs gooide monsieur Aulard zijn hoed ergens neer en verdween in een andere kamer.

Yann stond voor het raam en keek omlaag naar de met keitjes geplaveide binnenplaats. Die was slecht onderhouden en begroeid met onkruid. Her en der slingerden lege plantenpotten, en een kat lag languit in een vensterbank bij de ingang, met zijn buik in de warme zon.

'Yannick, ben jij dat?' klonk de hoge stem die Yann zo goed kende.

Yann rende op Têtu af, tilde hem op en omarmde hem.

Tranen rolden Têtu over de wangen. 'Je bent het écht. Wat heerlijk om je weer te zien!'

Têtu veegde zijn ogen af en liep om Yann heen. 'Laat me eens goed naar je kijken. Wat een heer ben je geworden! Moet je die kleren zien! Spreek je Engels? Je moeder zou er iets voor gegeven hebben om te zien wat een knappe man haar zoon is geworden. Zeg eens, kun je ook lezen en schrijven?'

'Jazeker,' lachte Yann. 'En ik spreek Engels als een heer, zonder een spoor van een accent.'

Têtu klapte in zijn handen en maakte een vreugdedansje. 'Wie had dat kunnen denken!' Toen zweeg hij en zijn gezicht stond plotseling ernstig. 'Kun je me vergeven dat ik je in de waan heb gelaten dat ik dood was?'

'Er valt niets te vergeven. Ik heb zoveel aan je te danken, Têtu. Altijd heb ik me geliefd en gewenst gevoeld. Zonder jou had ik niet overleefd. Je bent als een vader én als een moeder voor me geweest.'

'Hou maar op, Yann, dat hoef je allemaal niet te zeggen. Je hebt geen reden nodig om lief te hebben. Je bent altijd gewenst geweest, vanaf het allereerste begin. Wat er ook gebeurt, dat mag je nooit vergeten.'

'Jij bent enorm moedig geweest,' zei Yann.

'Onzin. Het was helemaal mijn bedoeling niet om neer-geschoten te worden. Toen ik me in die vreemde situatie bevond, had ik het gevoel dat het noodlot dit gewild had. Geloof me, Yannick, jou niet vertellen dat het goed met me ging, was het moeilijkste wat ik ooit heb moeten doen.'

Al pratend had Têtu wat brood en kaas op tafel gezet. Hij ging zitten en keek naar Yann, die met een door het zonlicht beschenen gezicht op hem neerkeek.

'Mijn oude gave – gedachtelezen, de toekomst voor-spellen – ben ik kwijt sinds de avond dat Topolain is ver-moord,' zei Yann. 'De avond dat de pierrot zei: "Ik zie jul-lie verdrinken in een zee van bloed." Ik begrijp nog steeds niet waarom ik dat toen zei.' Hij zuchtte. 'Ik heb me lang verantwoordelijk gevoeld voor wat er is gebeurd. Als ik mijn mond had gehouden...'

'Yann, daar had het niets mee te maken. Het zou hoe dan ook gebeurd zijn. Weet je nog dat je die rode halsket-ting vond?'

'Die jij hebt afgepakt.'

'Ja, maar dat doet er nu niet toe. Ik ben op onderzoek uitgegaan. Wist je dat er precies zo'n rode halsketting is aangetroffen om de hals van madame Perrien, een vriendin van Kalliovski?'

'En ook één in Londen, om de hals van een zekere ma-dame Claumont,' zei Yann. 'Meneer Laxton dacht dat het iets te maken moest hebben met Kalliovski.' Hij dacht aan zijn visioen van de vrouw in het veld. Hoe hij het ook probeerde, hij kon zich niet herinneren of ook zij een rode halsketting had gedragen.

Têtu onderbrak zijn gedachten. 'Cordell heeft me ver-teld over Sido de Villeduval en haar aanstaande huwelijk.

Een vreselijke situatie. We moeten haar proberen te redden, zoveel is zeker. Ik zou het zelf doen als ik niet zo klein was. Als mensen mij eenmaal gezien of gehoord hebben, vergeten ze me niet meer. Ik wilde liever niet dat jij naar Parijs zou komen en gevaar zou lopen, maar toen Cordell me vertelde hoe je was opgegroeid, leek je me de juiste persoon om dat meisje te redden. Cordell vindt je erg slim. En ik weet dat je dat inderdaad bent. Maar ik weet ook dat het avontuur je beter ligt dan studie.'

'Daar heb je gelijk in.'

'Wel jammer dat je je gaven kwijt bent. Het was heel bijzonder, wat je kon toen je jong was. Wat kun je nu?'

Yann ging aan tafel zitten en sneed een flink stuk brood af.

'Buikspreken, paardrijden, schermen, lezen, schrijven, o, en eh...'

Op een plank aan de andere kant van de kamer zag hij een fles cognac en twee glazen staan. Hij trok aan de draden van licht.

Monsieur Aulard kwam de kamer binnen op het moment dat de fles door de lucht zweefde. De kurk ging eraf, de fles kantelde, schonk wat in de twee glazen en vervolgens landden alle vier de voorwerpen op tafel zonder dat er ook maar een druppel gemorst was.

Têtu's gezicht spleet uiteen in een brede grijns. 'Waarom zeg je me nu pas dat je het gezicht hebt?' Hij sprong op en sloeg zijn armen om Yann heen.

'Wat een gelukkig toeval dat je juist nu bij ons terugkeert met deze magische gaven,' zei monsieur Aulard. Hij zette zijn hoed op. 'Als ze ooit genoeg krijgen van de revolutie, zal ik ze magie laten zien zoals Parijs die niet eerder gekend heeft.'

'Nee,' zei Têtu vastbesloten. 'Dat gaat niet gebeuren, begrepen?'

Monsieur Aulard haalde zijn schouders op. 'Begrepen,' zei hij berustend. Hij opende de deur. 'Als de revolutie voorbij is misschien...'

'Als we dan nog leven,' zei Têtu.

Toen monsieur Aulard weg was, besprak Têtu met Yann de situatie in Parijs.

'De zaken staan er slecht voor en worden met de dag erger. De Nationale Garde doet elke nacht invallen op zoek naar mensen van adel of de kerk die zich niet achter de revolutie hebben geschaard. Ze trappen deuren in en breken vloeren open. De gevangenissen zijn overvol.'

Yann en Têtu zaten nog tot laat te praten. Yann vertelde Têtu over Tobias Cooper en over zijn leven in Londen met de Laxtons. Têtu op zijn beurt vertelde hem een paar dingen over de drie jaar dat hij in de provincie had gewerkt en geleefd.

Daarna merkte Yann op: 'Ik heb jou alles over mezelf verteld en als gewoonlijk heb jij me niets over jou verteld, Têtu. Ik ben blij dat je niet veranderd bent. Je bent nog steeds dezelfde mysterieuze persoon.'

'Nou,' veranderde Têtu van onderwerp, 'dan moeten we nu maar eens bedenken hoe we Sido de Villeduval kunnen redden. Dit kan wel eens moeilijk en gevaarlijk worden, Yann, we moeten het zorgvuldig voorbereiden. Het meisje alleen kunnen we misschien nog wel redden, maar ik weet niet hoe we de markies ooit ongemerkt de stad uit kunnen krijgen.'

'Ik heb voor allebei papieren bij me,' zei Yann.

'Dat maakt geen verschil,' zei Têtu. 'We hebben met

Kalliovski te maken en die heeft een vlijmscherpe geest en overal spionnen. Niets ontgaat hem.'

Yann stond op en liep naar het raam. De kat was inmiddels wakker geworden en lag, met een poot in de lucht, zijn gladde vacht schoon te likken.

'Vanochtend kreeg ik een brief van Maître Tardieu, de advocaat van de markies,' vervolgde Têtu. 'Hij is gericht aan Cordell, maar omdat hij er niet is, is de brief aan mij doorgestuurd.' Hij overhandigde Yann een vel papier.

'Er staat niets op. Het is blanco.'

'In tijden als deze, wanneer een wijs man zelfs zijn eigen schaduw wantrouwt, is het verstandig om voorzorgsmaatregelen te treffen. De brief is geschreven met een bijzondere inktsoort.'

Têtu stak een kaars aan en hield de brief bij de vlam. Op het papier verschenen woorden.

Yann las de tekst zorgvuldig. 'Wat wil Maître Tardieu ons zo graag vertellen, denk je?'

'Ik weet het niet. Ik zal een afspraak met hem maken voor morgen.'

Buiten klonk het geluid van een brekende pot. Op de binnenplaats lagen rode geraniums; de kat was verdwenen.

Als dat ook maar met Sido lukt, dacht Yann.

24

Op een drukkend hete morgen verliet Yann het onderkomen
dat hij in de Marais had gehuurd en ging op weg naar Têtu.
Hij was volgens de Franse mode gekleed in een lange, hemels-
blauwe jas met de revolutionaire kokarde op de revers. Daar-
onder droeg hij een roodgestreept katoenen vest en een fijn ka-
toenen overhemd. Een das zat hoog om zijn hals geknoopt en
een rijbroek en rijlaarzen maakten zijn zwierige kostuum af.
In alles leek hij op de andere modebewuste jongemannen in de
stad en wie hem zag, zou er zonder meer van uitgaan dat hij
dezelfde revolutionaire geest had als zijn jonge patriottistische
stadsgenoten.

Têtu zat zoals gewoonlijk aan zijn hoektafeltje in café
Godet, met uitzicht op de deur, zodat hij iedereen
die binnenkwam of wegging goed kon zien.

'Mooi zo,' zei hij toen hij Yann zag. 'Maître Tardieu verwacht ons om drie uur vanmiddag.'

Hij draaide zich om in een poging de aandacht van de
ober te trekken, die hem hardnekkig negeerde.

'Onmogelijk om hier iets te bestellen,' zei Têtu geprikkeld. 'Luister, ik heb Didier er gisteren op uitgestuurd om een beetje rond te snuffelen, in plaats van de hele tijd opgesloten te zitten in dat theater. Hij is er perfect voor. Niemand zou vermoeden dat hij iets in de zin heeft.'

'Ik dacht dat hij alleen voor monsieur Aulard werkte.'

Têtu stak zijn handen in de lucht en snoof. 'Daar is hij te goed voor. Didier is niet op zijn achterhoofd gevallen. Hij mag er dan uitzien alsof hij niet tot drie kan tellen, maar – en dat heb ik ook tegen hem gezegd – in tijden als deze heb je daar alleen maar profijt van. Binnenkort behoort deze stad toe aan louter idioten en moeten slimme mensen oppassen dat hun hoofd er niet afgaat.'

Yann keek het café rond. Het was er net zo druk als altijd. Aan het tafeltje naast hen brak een discussie los over wat er moest gebeuren met de koninklijke familie.

'Afmaken! Het zijn allemaal verraders,' zei een forse man met een rood gezicht. 'Dat zou ik met hen doen. Weet je wat die man zei op de dag dat we hem afzetten? Toen hij door de Tuilerieën werd meegenomen naar de Nationale Assemblee? Hij zei: "Wat een overdaad aan bladeren; ze vallen vroeg dit jaar."'

Het gezelschap barstte in lachen uit.

'Het Franse volk wordt afgeslacht en die idioot heeft het over blaadjes!' zei de forse man. 'Dat geloof je toch niet?'

Didier baande zich een weg door het drukke café. Hij droeg het rode revolutionaire mutsje, dat er op zijn grote hoofd bespottelijk uitzag, en zweet gutste langs zijn gezicht naar beneden.

Hij schoof een stoel aan naast Têtu. 'Wat een hitte. En dat in de ochtend.'

Têtu stak zijn arm uit en trok de muts van zijn hoofd.

'Pas maar op, mijn vriend. Ze zouden wel eens kunnen denken dat je de revolutie niet serieus neemt met zo'n slecht zittend mutsje op.'

'Het was de grootste die ik kon vinden,' protesteerde Didier beledigd.

'In dat geval kun je beter aan iemand in het theater vragen om een muts op maat te maken,' lachte Yann.

'Heb je nog nieuws?' vroeg Têtu.

Didier draaide zich om en keek verlangend naar de bar, waar obers wijn in kannen schonken.

'Mag ik eerst even iets drinken? Je krijgt er dorst van als je met dit weer moet zien uit te vinden wat mensen van plan zijn, geloof dat maar.'

'*Garçon*, een beker koffie en wat brood,' riep Têtu.

'Ik heb maar één paar handen,' mopperde de man.

'Wees blij dat we je waterige koffie en je oude brood willen hebben,' zei Têtu.

Yann stond op en wurmde zich tussen de tafels door naar de bar waar de vrouw van de eigenaar zat te breien terwijl ze de klanten met haar kraaloogjes in de gaten hield. Ze keek op van haar naalden en wilde net zeggen dat Yann net als iedereen op zijn beurt moest wachten, maar bedacht zich. 'Wat kan ik voor je doen, schat?'

'Hoe krijg je dat nou voor elkaar?' vroeg Didier toen de vrouw hun bestelling kwam brengen en Yann vriendelijk toelachte.

'Gewoon, door zich als een heer te gedragen,' zei de vrouw. 'Dat kom je niet veel tegen in deze stad vol schooiers, dat kan ik je vertellen.' Ze woelde door Yanns haar en liep heupwiegend weg.

Têtu staarde naar Yann met samengeknepen ogen en Yann lachte.

Didier beet zonder omhaal in het brood en begon met volle mond te praten, waarbij de kruimels in het rond vlogen. Met zijn muts veegde hij zijn lippen af.

'Ik heb navraag gedaan naar de markies.'

'En wat heb je ontdekt?'

'Zijn kasteel is drie dagen geleden in brand gestoken. Er is niets van over.'

'Is er iemand gewond geraakt?' vroeg Yann snel.

'Nee. Ik heb begrepen dat alle bedienden hem al gesmeerd waren, op twee na. Die hebben de markies en zijn dochter helpen ontsnappen. Ze zitten nu bij jullie in de buurt, in het huis van de hertogin De Lamantes aan het Place Royale. Die is zelf naar Jersey vertrokken.'

'En de markies en zijn dochter?' vroeg Yann.

Didier bette zijn gezicht. 'Even geduld, ik krijg het er warm van. Waar was ik gebleven? O ja, ik heb een meisje gezien dat mank loopt. De bedienden – een kok en een koetsier – komen niet veel buiten omdat ze hun meester niet alleen kunnen laten. Het meisje doet dus de boodschappen, heb ik gehoord. Ik ben haar gevolgd naar de Rue des Francs-Bourgeois. Ze geeft niet veel uit.'

'Werd het huis in de gaten gehouden?' vroeg Têtu. 'Door mannen van Kalliovski bijvoorbeeld?'

'Voor zover ik kon zien niet,' zei Didier. Hij wilde net een enorm stuk brood in zijn mond proppen, maar Yann was hem voor en griste het weg.

'Wat heeft dat te betekenen?' gromde Didier.

'Maak eerst je verhaal af, dan krijg je daarna een beker wijn van me,' zei Yann.

'O, ik begrijp het al. Je wilt zeker weten hoe dat meisje eruitziet. Ik heb jou door. Nou, ze ziet er goed uit. Als een rijpe kers die klaar is om geplukt te worden, als je begrijpt wat ik bedoel.'

'Voor zover we je kunnen verstaan tussen de brood-kruimels door,' zei Têtu scherp.

'Je bent heel wat te weten gekomen,' zei Yann. 'Ik ben onder de indruk.'

'Ik heb zo mijn bronnen,' zei Didier.

Yann stond op. 'Welk huis is het? Ik ga kijken of ik haar te spreken kan krijgen.'

'Doe dat,' zei Têtu. 'Probeer haar zover te krijgen dat ze haar vader achterlaat.'

Yann liep naar de bar, waar hij wijn en brood voor Didier bestelde.

'Ik zie jullie om drie uur in het theater,' zei hij over de hoofden van de klanten heen. Toen glipte hij naar buiten en liep de Boulevard du Temple af.

*

Als snel was hij op het Place Royale. De arcade rondom gaf een aangename bescherming tegen de brandende zon. Op de hoek was een café en langs de binnenkant van de galerij hadden vrouwen kraampjes opgezet waar ze de meest uiteenlopende waren verkochten. Yann nam de tijd om een plek te zoeken vanwaar hij een goed zicht had op de woning van de hertogin.

Daar wachtte hij af, leunend tegen de koele stenen muur.

Vanaf zijn post op de hoek van het plein zag hij Sido

voor zij hem zag. Haar dikke, donkere haar was samengebonden met een donkerrood lint, haar gezicht was bleek als porselein. In een jurk van fijne, witte katoen, met een mand aan haar arm en licht hinkend liep ze in zijn richting. Ze hield stil toen ze haar naam hoorde.

'Mademoiselle Sido. Kent u me nog?'

Met haar hoofd een beetje schuin keek ze Yann aan. Was het de honger die haar deze hallucinaties bezorgde of het enorme verlangen hem weer te zien?

'Yann Margoza,' zei ze zacht alsof de woorden stapstenen waren die haar over een onbekende rivier leidden. Het liefst wilde ze hem aanraken, om er zeker van te zijn dat hij van vlees en bloed was en niet opgebouwd uit dromen en verlangens.

'Ja.'

Sido's gezicht lichtte op.

Ik wist altijd al dat je mooi zou worden, dacht Yann.

'Wat doe je in Parijs?' vroeg ze.

'Tja, wat doet iemand in Parijs? Overleven,' antwoordde Yann. 'Wil je iets eten?'

'Ik moet eten voor mijn vader halen.'

'Dat kan later nog wel. Waarom gaan we niet eerst iets eten? Ik wil je graag spreken.'

Samen liepen ze naar café Des Bains Chinois aan de Rue des Rosiers. Yann vroeg een tafeltje achter in de zaak, waar ze onopvallend konden zitten.

De geur van voedsel was zo bedwelmend, dat Sido er duizelig van werd.

Hoe kan dit, dacht ze. Hij is nog knapper dan in mijn dromen.

Yann keek haar geschrokken aan. Wat onvoorzichtig

om zoiets hardop te zeggen, dacht hij.

'Het is heel vleiend dat je...' begon hij. Hij zweeg abrupt toen hij met een schok besefte dat Sido niets had gezegd. Hij hoorde haar gedachten. Was zijn gave teruggekeerd? Kon hij weer gedachtelezen? Hij keek naar de andere klanten in het café en luisterde of hij kon horen wat ze zeiden. Niets. Geen woord, alleen het geroezemoes van stemmen, gerinkel van glazen en het kletteren van bestek. Alleen Sido's gedachten drongen bij hem binnen.

'Je ziet er goed uit,' slaagde ze erin te zeggen. 'Toen ik je de vorige keer zag...' Ze hield haar mond toen ze zijn donkere ogen op haar gericht zag. Het was alsof hij in haar hoofd was gekomen en zelf kon zien hoe veel en hoe vaak ze aan hem had gedacht sinds hun laatste ontmoeting.

Yann was blij dat het eten werd gebracht. Het gaf hem tijd om na te denken terwijl haar gedachten zijn hoofd vulden.

'Eet maar langzaam,' zei Yann zacht. 'Als je te snel eet word je misselijk. Neem eerst maar wat brood voor je de rest opeet.'

'Hoe weet je dat ik nog niets gegeten heb?'

'Dat weet ik gewoon.'

Zwijgend begon Sido te eten, genietend van het voedsel alsof ze het leven zelf at. Ze herinnerde zich hoe ze zich had gevoeld toen ze hem drie jaar geleden voor het eerst gezien had in het château van haar vader. Het gevoel alsof ze in de kerk zat; alsof haar ziel zichtbaar was; alsof ze zich niet voor hem kon verschuilen.

Yann was blij dat hij hardop met haar kon praten. 'Ik

heb een poos bij een familie Laxton in Londen gewoond.'

Sido hield op met eten en keek hem geschokt aan.

'Zei je nou Laxton?'

'Ja.' Hij bestudeerde haar gezicht. Ze had helderblauwe ogen en een lange, elegante nek waar een vertederende losgeraakte lok haar omheen hing. Het woord 'mooi' was niet voldoende om haar te beschrijven. Het deed haar geen recht. Nee, Sido was een schoonheid.

'Ken je mijn tante dan? Hoe is het mogelijk? Zeg me...'

Opnieuw moest ze zichzelf in bedwang houden. Haar emoties dreigden over te lopen, als water in een te vol glas. Ze was bang te veel te zeggen. Ze kon haar gedachten maar beter voor zich houden, daarom vroeg ze alleen: 'Hoe is dat zo gekomen?'

'Door Têtu. Herinner je je de dwerg nog?' Hij vertelde haar zoveel als hij durfde, maar zweeg over de kogel.

'Ze willen dat je naar Londen komt. Daarom ben ik hier.'

'Ik geloof dat ik droom,' zei Sido. 'Dus je bent teruggekomen om me mee te nemen naar Londen?' In de angstaanjagende situatie waarin ze nu verkeerde, leek dat idee niet meer dan een luchtkasteel.

Ze was even stil. 'Ik vrees dat het te laat is,' zei ze toen. 'Ik kan niet weg. Eerder dit jaar ben ik uitgehuwelijkt aan graaf Kalliovski. Hij kwam langs met de advocaat van mijn vader, Maître Tardieu, en toen zijn de papieren getekend.'

Ze zei het niet, maar Yann kon het duidelijk horen: ze voelde zich als een afgedankt meubelstuk dat voor een zacht prijsje van de hand werd gedaan.

'Hoe is het met de markies?' vroeg Yann.

'Niet zo goed. Hij heeft zijn hand ernstig verwond bij de brand.' Ze zweeg even en ging toen verder: 'Maar dat is niet het enige. Vooral zijn geest is beschadigd. Mijn vader is geobsedeerd door graaf Kalliovski. Hij is ervan overtuigd dat het kasteel op diens bevel in brand is gestoken. Hij denkt dat de graaf de duivel is die eerzame mensen naar de hel probeert te lokken.'

Yann trilde van woede. 'En aan die man ben je uitgehuwelijkt?' onderbrak hij haar.

'Ik weet het niet zeker. Mijn vader heeft Maître Tardieu opgedragen graaf Kalliovski mee te delen dat het huwelijk is afgeblazen.'

'Wanneer is dat gebeurd?'

'Hij heeft de brief de dag na de brand geschreven. Af en toe heeft hij heldere momenten.'

'Hebben jullie hulp van iemand?'

'Jean Rollet, de kok van mijn vader is bij ons gebleven, net als Bernard, de koetsier. Maar die heeft familie in de stad. Zijn vrouw is bang dat hij in de gevangenis wordt gegooid als bekend wordt dat hij nog steeds voor een aristocraat werkt.' Ze zweeg en beet op haar lip in een poging niet te huilen.

Yann was vooral getroffen door alles wat ze niet had gezegd: dat de markies werd geplaagd door visioenen van zijn overleden vrouw. Het heden was slechts een passerende vreemdeling, het verleden bepaalde zijn dagelijks leven.

Sido wilde niet huilen, maar kon niet voorkomen dat er tranen in haar ogen opwelden toen ze zachtjes zei: 'De toestand van mijn vaders geest is zodanig dat ik nauwelijks in dezelfde kamer kan zijn als hij. Hij begint meteen te roepen om niet-bestaande bedienden en eist dat ik eruit wordt gegooid. Ik ben zelfs bang voor hem.'

Yann raakte haar hand aan, die teer aanvoelde als een rozenblaadje.

Sido veegde haar ogen af. 'Wat zullen de mensen wel niet van ons denken?'

'Dat we geliefden zijn die ruzie maken.'

Sido werd bloedrood.

'Laat je vader hier en ga met me mee. Ik kan je hieruit krijgen, ik heb de papieren en het geld,' zei Yann. 'In Londen wacht je een nieuw leven.'

Boven zijn hartstochtelijke woorden uit hoorde hij haar gedachten en de problemen die in haar hoofd rondcirkelden; het verlangen om lief gehad te worden door een vader die nooit van haar zou houden. 'Hij heeft nooit om je gegeven,' zei hij wanhopig. 'Wat ben je hem verschuldigd?'

Sido keek hem aan met een verwilderde blik. Had ze dat hardop gezegd?

'Ga vandaag nog met me mee,' smeekte Yann.

'Dat kan ik niet doen. Ik zou niet meer met mezelf kunnen leven als ik dat deed.'

Hij zuchtte en duwde zijn stoel naar achteren. 'Ik wist dat je dat zou zeggen. Is je vader wel bereid naar Londen te gaan?'

'Ja. De hertogin De Lamantes, in wier huis we nu verblijven, heeft ons een man aangeraden die ons zal helpen vluchten, zodra mijn vader voldoende is hersteld.'

'Hoe ga je hem betalen?'

'De hertogin is zo vriendelijk ons het geld voor de diensten van deze meneer Tull te lenen.'

'Zei je nou meneer Tull?'

Sido knikte. 'Ken je die?'

Yann herinnerde zich Tull maar al te goed. Hoe was het mogelijk dat die nu in Parijs vluchtelingen hielp ontsnappen?

'Heb je hem al ontmoet?'

'Nee, maar we hebben bericht gekregen dat we contact met hem moeten opnemen wanneer we zover zijn.'

'Doe dat alsjeblieft niet,' zei Yann ernstig. 'Laat mij je helpen vluchten in plaats van Tull. Daarvoor ben ik hier.'

'Ik denk niet dat mijn vader dat ook maar wil overwegen. De hertogin heeft meneer Tull voorgesteld en die moet het dus worden.'

Boven het caférumoer uit hoorden ze de kerkklok luiden.

Terwijl ze samen boodschappen deden, wenste Sido dat ze de tijd kon vertragen of zelfs stilzetten. Of dat ze zich elk moment zou kunnen blijven herinneren. Langzaam liepen ze terug naar het Place Royale, maar met elke stap die ze dichter bij de voordeur kwam vroeg ze zich af of ze Yann ooit zou terugzien.

'Morgen ben ik hier op dezelfde tijd,' zei Yann bij het afscheid.

Hij zweefde terug naar het theater. De kleuren om hem heen leken helderder dan twee uur geleden en nog nooit had hij zich zo voelen leven. Hoe zou dat komen, vroeg hij zich af. Hij glimlachte. Alsof hij dat niet wist! Omdat ze al die tijd aan hem had gedacht, natuurlijk.

Hij sprong omhoog, stompte met zijn vuist in de lucht en lachte hardop. Ze hield van hem. Het was zo eenvoudig. Op dat moment besefte hij wat hij zelfs niet tegen zichzelf had durven fluisteren. Iets wat Orlenda zo duidelijk in de palm van zijn hand had gelezen: er was maar één vrouw voor hem. Dat was, voor nu en voor altijd Sido de Villeduval.

De ernst van dit besef deed hem terugkeren op aarde en de woorden van Didier verstoorden zijn gelukkige gedachtestroom. Als een rijpe kers, klaar om geplukt te worden. Plotseling werd hij door een grote angst overvallen. Hij wist zeker dat de betrokkenheid van Tull niets goeds te betekenen had.

25

Têtu keek vanuit de coulissen van het theater ongeduldig toe hoe een groepje acrobaten hun kunsten oefende en een jongleur zijn gedoofde fakkels in de lucht gooide.

'Waar blijft Yann, verdorie,' vloekte hij binnensmonds.

Op het podium stond monsieur Aulard, zonder dat het veel effect had, te schreeuwen tegen een zangeres die met vlakke stem een lusteloze versie van de 'Marseillaise' ten gehore bracht.

'Nee, mademoiselle, nee,' brulde monsieur Aulard. 'We willen dat het publiek wordt opgezweept tot enthousiasme voor het vaderland, niet dat het gillend het theater uit vlucht.'

Têtu draaide zich om en zag Yann binnenglippen.

'Eindelijk!' siste hij. 'Ik was al bang dat je onze afspraak met de advocaat was vergeten.'

'Stilte!' riep monsieur Aulard. 'Hoe kunnen we nu werken als het achter het toneel zo'n zooitje is?'

'Ik heb haar gezien,' zei Yann.

Têtu pakte zijn arm. 'Kom, onderweg kun je me alles vertellen.'

Buiten liepen ze in de richting van de linkeroever.

'En,' zei Têtu, 'heb je haar over ons plan verteld?'

'Ja.'

'Mooi. En doet ze mee?'

'Nee. Ze zei dat ze al een afspraak hadden. De hertogin De Lamantes heeft hen aangeraden van de diensten van Tull gebruik te maken.'

'Tull?' vroeg Têtu. 'Waarom hij?'

'Hij is degene die de hertogin naar Londen heeft gebracht. Ze is verkleed als gouvernante gevlucht.'

'Interessant. Ik had al gehoord dat Tull in Parijs werkte. Afgaand op wat ik hoor, doet hij goede zaken.'

'Zijn Frans is vreselijk en hij is niet al te slim. Volgens mij werkt hij met iemand samen.'

'Misschien,' zei Têtu. 'Maar hij heeft dit al vaker gedaan.'

Yann schopte een steen weg. 'Ik vind het geen prettig idee dat Tull hierbij betrokken is.'

'Als het je gerust kan stellen: Tull heeft jou ook veilig naar Londen gebracht. Waarom zou hij niet hetzelfde voor Sido en haar vader doen?'

'Ik weet het niet.'

'Hij heeft waarschijnlijk de benodigde papieren. Hoe dan ook, wij zouden ze nooit allebei het land uit kunnen smokkelen. Het meisje alleen misschien wel, maar niet de markies.'

'Het zit me toch niet lekker.'

'Ik heb een idee. Zodra we klaar zijn zal ik Didier vragen na te gaan of Tull betrouwbaar is. Als je mademoiselle Sido morgen ziet, kun je haar zeggen wat ze het beste kan doen.'

Hij stopte en keek Yann aan. 'Ik neem aan dat je haar morgen ziet?'

'Ja.'

'Uitstekend. Wie weet is ze dan van gedachten veranderd en gaat ze in haar eentje met jou mee.'

'Dat betwijfel ik,' zei Yann.

Het huis van de advocaat was niet ver van de Sorbonne, in een armoedig overdekt zijstraatje van de Rue St.-Jacques. Het was er zo donker dat de lantaarns in de nissen allemaal aan waren. Yann en Têtu stonden in het duister te wachten tot de deur zou opengaan. Ze voelden hoe ze vanuit de andere huizen door onzichtbare ogen bespied werden. In de etalage van een winkel aan de overkant verlichtte een enkele kaars zwakjes de handelswaar: wassen hoofden op spiesen. Er was er één van Louis XVI en één van Marie-Antoinette. Er trok een rilling over Yanns rug.

'Een glimp van wat de toekomst ons zal brengen,' zei Têtu.

De deur werd geopend door een dienstmeisje. 'Ja?'

'We hebben een afspraak met Maître Tardieu.'

Het meisje ging hen voor een nauwe, donkere trap op naar een kamertje met armetierige afmetingen. Het werd slechts verlicht door een paar kaarsen en de bewoner maakte de indruk zo gewend te zijn aan de eeuwige schemer, dat de buitenwereld voor hem niet meer bestond.

De advocaat deed Yann aan een mol denken. Hij droeg een versleten, zwartfluwelen jas en zijn gezicht, waarvan elke trek zorgen uitstraalde, was grijs als een grafsteen.

Een zware bril met dikke glazen stond stevig op zijn neus geplant. Hij zag er niet gezond uit. De advocaat zat aan een bureau dat vol lag met stapels papier. Naast hem stonden een inktpot en een stenen pot met veren en daarnaast de resten van een maaltijd. Hij leek niet te weten wat hij moest zeggen toen het tweetal binnenkwam. De meid begon zenuwachtig het bord op te ruimen en zette een verloren ogende stoel recht.

'Zo is het goed, dank je,' zei Maître Tardieu. De deur ging met een klik achter haar dicht. Hij had nooit gedacht dat Cordell hem een jongeman zou sturen en een dwerg die klaarblijkelijk uit het circus kwam. Hij was ervan uitgegaan dat twee serieuze heren met goede contacten hem zouden helpen. Begreep Cordell dan niet hoe ernstig de situatie was?

'Het zijn inderdaad vreemde tijden, meneer,' zei Têtu, die de gedachten van de advocaat las.

'Nee, het zijn afschuwelijke tijden,' zei Maître Tardieu. 'Wie had kunnen denken dat ik op mijn oude dag nog dit soort gebeurtenissen op de koop toe zou krijgen?' Hij nam zijn bril af en veegde hem nerveus af aan zijn mouw, met als gevolg dat de al vettige glazen nog smeriger werden. 'Ik neem aan dat u het nieuws over het kasteel van de markies hebt gehoord?' vroeg hij.

'Over de brand?'

'Ja. Wat een afschuwelijke zaak. Het laatste restje van zijn enorme fortuin is in vlammen opgegaan.' De advocaat zuchtte. 'Een paar dagen geleden heeft hij me een brief geschreven waarin hij me opdroeg de verloving van mademoiselle Sido te verbreken. Ze kon niet met de duivel trouwen, schreef hij.'

'Hebt u Kalliovski op de hoogte gebracht?'

Tardieu bette zijn voorhoofd. 'Inderdaad, meneer.'

'Hebt u al iets gehoord?'

De advocaat schoof verstrooid wat papieren van de ene stapel op de andere om maar iets te doen te hebben. 'Helemaal niets,' zei hij.

'Ik besef, meneer,' zei Têtu vriendelijk, 'dat u iets anders in gedachten had toen u meneer Cordell om hulp vroeg.'

'Inderdaad,' zei Maître Tardieu. 'Inderdaad.'

'Maar wat u verder ook van ons mag vinden, u kunt ons vertrouwen. Ik geef u mijn woord.'

'Ja, zoiets schreef Cordell al...' Maître Tardieu zweeg even en ging toen verder: 'Maar ik had geen...'

'Dwerg verwacht,' vulde Têtu aan.

'Inderdaad. Inderdaad.'

'Mijn afmeting, meneer, doet er voor mij niet toe. Hoewel ik in de ogen van mijn medemensen vaak genoeg zie dat zij daar anders over denken.'

'Het gaat om een uitermate gevoelige zaak, meneer. Ik vrees dat alleen meneer Cordell in staat is om die af te handelen.'

'Dat kan niet,' zei Yann. 'Hij is in Koblenz.'

Even leek de stilte in het vertrek tastbaar. Toen zei Maître Tardieu: 'Dit druist in tegen wat mij verstandig lijkt, maar ik zie dat het de enige mogelijkheid is.' Hij steunde met zijn kin op zijn hand alsof hij moeite had het gewicht van zijn hoofd te dragen en zei met gedempte stem: 'Er is iets zeer verontrustends aan het licht gekomen. Hemeltjelief, ja, bijzonder verontrustend. Ik heb een pakketje ontvangen van een zekere monsieur Giraud, een advocaat uit mijn kennissenkring die in Normandië woont. Hem was gevraagd om te helpen de resten te identificeren van een lichaam dat op het landgoed van de markies is gevonden, niet ver van de plek waar de moeder van mademoiselle Sido is omgekomen. Monsieur Giraud heeft vastgesteld dat deze ring, die bij de beenderen is gevonden, toebehoorde aan de halfbroer van de markies, Armand de Villeduval. Hij is verdwenen in dezelfde tijd dat het ongeluk plaatsvond en de overblijfselen zijn volgens Giraud van hem.'

Hij keerde de envelop om en er vielen een ring en zeven bloedrode granaten uit.

'Zoals u ziet,' ging Maître Tardieu door, 'draagt de ring het wapen van de familie De Villeduval. Ik weet nog dat Armand de ring altijd aan zijn linkerhand droeg. Wat de granaten betreft...' Hij zweeg even. 'Zou u hier even willen wachten? Ik wil u nog iets anders laten zien.'

Toen hij de kamer uit was, pakte Têtu een van de granaten op en bekeek hem zorgvuldig.

'Doet deze je ergens aan denken?'

'Ja. Aan de rode halsketting die ik destijds in Kalliovski's kamer heb gevonden.'

Uit het kraken van het plafond konden ze opmaken dat de advocaat boven hen rondscharrelde.

'Hoe kan iemand hier wonen?' vroeg Yann.

'Mollen houden nu eenmaal van het duister.'

De advocaat kwam terug met een fluwelen buidel.

'Deze was van de moeder van mademoiselle Sido. Ze had haar dienstmeisje geïnstrueerd de buidel aan mij te geven als haar iets zou overkomen.'

Hij leegde de buidel op tafel. Zelfs in het duister van de

kamer glinsterden de juwelen die eruit vielen je tegemoet. Tussen de edelstenen lag ook een rood lint met zeven granaten erop.

Maître Tardieu haalde zijn zakdoek tevoorschijn en
bette opnieuw zijn voorhoofd. De hitte was een kleverige,
onwelkome gast.

Têtu pakte de rode halsketting op. 'Hoe komt dit tussen
zulke waardevolle juwelen terecht?' vroeg hij.

'Het dienstmeisje heeft me verteld dat ze die ketting, net
als de ringen, bij haar overleden meesteres heeft gevonden. Ze wist niet of het sieraad van waarde was en heeft het
bij de andere gestopt. Heeft het iets te betekenen?'

'De zeven granaten die bij de ring van Armand de Villeduval zijn gevonden, hebben vastgezeten aan net zo'n
rood lint als dit,' zei Têtu. 'Het is zijn handelsmerk. Hij
laat het achter bij al zijn slachtoffers.'

'Uw woorden verontrusten mij zeer,' zei Maître Tardieu. 'In hemelsnaam, leg uit wat u bedoelt. Wiens slachtoffers?'

'De slachtoffers van Kalliovski. Volgens mij betekent
dit dat Armand de Villeduval en madame Isabelle de Villeduval zijn vermoord. De vraag, en die kunt u misschien
beantwoorden, is alleen: waarom?'

'We moeten de politie inschakelen,' zei de advocaat.

'Dat zou niet verstandig zijn,' zei Yann. 'U kunt net zo
goed direct uw eigen doodvonnis tekenen.'

'O, hemel. O, mijn hemel. Wat moeten we doen?'

'We willen mademoiselle Sido naar Londen zien te krijgen. Daar heeft ze familie en is ze buiten het bereik van
Kalliovski.'

'Dat lijkt me een goed idee. Als Kalliovski met made-

moiselle Sido trouwt, krijgt hij de beschikking over haar
erfenis. Hoe wilt u haar het land uit krijgen als ik vragen
mag?'

'We hebben begrepen dat meneer Tull haar en de markies naar Engeland zal brengen,' antwoordde Têtu.

'Nee toch? De markies is niet toerekeningsvatbaar. Hij
vormt een te groot risico. Denkt u dat deze meneer Tull in
staat is hen te redden?'

'Daar moeten we achter zien te komen,' zei Yann.

'Ik eis wel, jongeman, dat jij en jij alleen deze sieraden
meeneemt naar Londen. Is dat duidelijk?'

'Ja,' zei Yann. 'Ik zal ervoor zorgen dat mademoiselle
Sido ze persoonlijk krijgt.'

'U weet niet half hoe blij ik ben dat ze eindelijk in handen van hun rechtmatige eigenaar zullen komen. Ik ben
een oude man en ik vind het geen prettig idee dergelijke
kostbaarheden in huis te hebben, zeker niet in deze tijd.'

'In dat geval,' zei Têtu, 'zullen we ervoor zorgen dat u
van de juwelen verlost wordt.'

Ze verlieten het huis van de advocaat zonder antwoord
te krijgen op twee belangrijke vragen: waarom had Kalliovski zowel Sido's moeder als Armand de Villeduval vermoord? En welke rol had de markies hierbij gespeeld?
Deze vragen hingen als een donderwolk boven hun hoofden.

*

De volgende ochtend stond Yann weer op het Place Royale. Hij kon niet wachten om Sido het goede nieuws te
vertellen. Hij zocht dezelfde, onopvallende plek op als de

dag ervoor, om niet de aandacht op zich te vestigen. Overal in Parijs liepen spionnen rond, op zoek naar mogelijke vluchtelingen.

Tegen halfeen kreeg Yann het gevoel dat er iets niet klopte. Het onaangename beeld van Tull achtervolgde hem.

Yann ging wat dichter bij de voordeur staan en vroeg zich af of hij haar over het hoofd had gezien. Tegen beter weten in hoopte hij dat ze nog naar buiten zou komen. Leunend tegen de muur hoorde hij drie vrouwen de laatste nieuwtjes uitwisselen.

'Dat arme ding. Ze probeerde hem nog stil te krijgen, maar hij schopte haar gewoon!'

De vrouw sloeg haar armen over elkaar en snoof. 'Je hoeft niet te vragen hoe het komt dat ze mank loopt.'

'Maar ja, hij is ook niet helemaal bij zijn verstand,' zei haar vriendin. 'Dat was wel duidelijk. Ze zijn allemaal gestoord, die gasten. Komt door de inteelt. Dat is wat er mis is met die hele verdomde adel.'

De drie vrouwen lachten.

'Hij zag er trouwens niet uit. Zag je dat de ene kant van zijn gepoederde pruik helemaal plat was? Alsof hij erop had geslapen.'

'En maar roepen dat we uit zijn buurt moesten blijven omdat hij een markies was. En maar schreeuwen dat de duivel hen zou komen halen. Ik dacht dat de Nationale Garde hem zou arresteren, zo veel kabaal maakte hij.'

'Er waren twee forse mannen voor nodig om hem die koets in te krijgen, heb je dat gezien?'

'Het was wel zielig voor dat meisje. Ze was helemaal in tranen toen ze wegreden.'

Yann wist genoeg. In een golf van paniek liep hij langs

de vrouwen naar de deur en klopte hard. Maar hij wist dat het hopeloos was. Hij had haar mee moeten nemen toen het nog kon. Wie weet in welk gevaar ze nu verkeerde.

*

Het liep al tegen de avond toen Yann terugkwam bij het Théâtre de la Liberté. Het doek zou bijna opgaan en buiten stond een menigte te wachten, nieuwsgierig naar de voorstelling en verlangend om zich door muzikanten en jongleurs te laten vermaken. Yann ging via de toneelingang naar binnen en liep de trap op naar het kantoor van monsieur Aulard.

Daar stond Têtu, verwikkeld in een fikse ruzie met de theaterdirecteur. Didier stond met zijn machtige armen over elkaar geslagen toe te kijken hoe zijn baas en de dwerg tegen elkaar stonden te schreeuwen. Têtu had zijn mouwen opgestroopt alsof hij op het punt stond te gaan vechten.

'Hij moet míj beschermen, geen boodschappen voor jou doen,' schreeuwde monsieur Aulard.

'Jij hebt helemaal geen bescherming nodig, je loopt geen enkel gevaar. Maar wij hebben informatie nodig die van levensbelang is. En die lobbes van jou is precies de juiste persoon om die informatie te verzamelen.'

'Noem me geen lobbes!' riep Didier boos. 'Dat doe je nou altijd. Dat irriteert me.'

'Ophouden,' riep Yann. Alle drie draaiden ze zich om en keken hem aan.

'Ophouden! Sido is weg. Tull is haar en de markies gisteravond komen halen.'

'Zo, dat is snel gegaan,' zei Têtu, nog nahijgend. 'Met wat geluk is ze al bijna in Engeland.'

'Nee, er klopt iets niet. Toen de koets gisteren kwam, begon de markies te schreeuwen. Hij wilde niet instappen. Er ontstond een oploopje en hij schopte Sido waar iedereen bij was en schold de omstanders uit.'

'Ja, wat wil je, die man is gestoord,' zei monsieur Aulard.

'Als hij zo'n ophef maakte, moet hun ontnappingspoging in de gaten gelopen zijn,' zei Têtu. 'Waarom zijn ze dan niet aangehouden?'

'Ze dachten waarschijnlijk dat hij naar het gesticht werd afgevoerd,' meende monsieur Aulard.

Door de vraag van Têtu beseften ze plotseling wat er aan de hand was. Diens vechtlust was in één keer verdwenen. Hij rolde zijn hemdsmouwen naar beneden en trok zijn jas aan.

'De schoft,' zei hij. 'We moeten onmiddellijk navraag doen naar Tull. Je vindt het vast niet erg als ik Didier daarvoor gebruik?'

'Natuurlijk niet, hoe kom je erbij,' zei monsieur Aulard.

Didier plantte zijn rode muts op zijn hoofd. 'Maakt u zich geen zorgen,' zei hij. 'Ik ben op tijd terug om u na de voorstelling naar huis te brengen.'

Monsieur Aulard pakte Didiers hand. 'Dank je, je bent een goed mens.' Toen liep hij naar zijn bureau. 'Maar alsjeblieft, loop even langs de kleedster en vraag om een muts die wel past.'

Têtu en Didier gingen op weg naar de cafés aan de Rue du Temple. Yann besloot om in het labyrint van straatjes achter de Rue des Francs-Bourgeois op zoek te gaan naar iemand die informatie zou kunnen hebben over de koets of de koetsier. Wie weet zou dat hem naar Tull leiden.

Pas ver na middernacht, toen de straten er uitgestorven bij lagen, gaf hij zijn pogingen op. Af en toe kwam hij groepjes revolutionairen tegen die heen en weer zwalkten alsof ze op zee waren, en patriottistische liedjes zongen.

'Goedenacht, citoyen,' lalden ze.

Plotseling kreeg Yann een idee. Hij wist nog hoe dol Tull op bier was. In welk café verkochten ze bier dat een Engelsman lekker vond? In het café aan het Palais Royal!

Tegen de tijd dat hij daar aankwam, zwalkten de laatste klanten de straat op. De paar klanten die nog binnen zaten, zagen eruit alsof ze waren vastgeplakt aan hun stoelen. De ruimte rook naar verschaald bier en zure wijn en stond vol rook van de vele pijpen die er die avond opgestoken waren. De barman keek op toen Yann binnenkwam.

'We zijn dicht, citoyen.'

'Ik kom niet om iets te drinken. Ik ben op zoek naar een Engelsman die Tull heet. Komt die hier wel eens?'

De barman zette het glas neer dat hij met een vuile doek aan het drogen was. 'Hoezo?'

'Ik moet hem dringend spreken,' antwoordde Yann.

De barman greep hem bij de revers van zijn hemelsblauwe jas.

'Ophoepelen. We zijn gesloten, zoals ik al zei. Je wilt toch niet dat ik dat mooie gezichtje van je verbouw?'

De man liet Yann los. Er welde een ijskoude woede in Yann op. Toen hij opkeek, zag hij draden van licht verschijnen vanuit alles en iedereen in het café. Hij voelde zich een marionnettenspeler die over iedereen de baas was. Instinctief stak hij zijn hand uit en trok aan de draden. Het ene na het andere glas spatte uiteen op de grond rond de verbijsterde barman die als versteend toekeek hoe deze jongeman voorwerpen naar believen liet bewegen. Toen ook de stoelen door het vertrek begonnen te vliegen, renden de laatste klanten het café uit. Yann liet de deur achter hen dichtslaan en lachte. Dit was leuk. Toen draaide hij zich om naar de barman.

'Ik zal de vraag nog een keer stellen. Komt hier wel eens een zekere meneer Tull?'

'Ja,' antwoordde de barman angstig.

'Weet je voor wie hij werkt?'

De barman gebaarde hem dichterbij te komen en fluisterde iets in zijn oor.

'Beloof me dat je niets zult zeggen' zei hij. 'Anders ben ik er geweest.'

*

Yann liep uitgeput terug naar zijn logement. De scène in het café had hem al zijn krachten gekost. Hij moest nu eerst slapen. Plotseling begreep hij waarom Têtu altijd zo lijkbleek was na de optredens met de pierrot.

Hij sleepte zich naar boven en trof halverwege de trap Têtu aan.

'Waar ben je geweest?' vroeg de dwerg.

Yann deed de deur van zijn kamer open. 'Ik wilde erachter komen voor wie Tull werkt,' zei hij. Het was inmiddels bijna ochtend, maar binnen was het nog steeds verstikkend heet. De nacht had geen verkoeling gebracht. Er was geen zuchtje wind, alleen deze ondraaglijke hitte. Yann liet zich op de rand van het bed zakken.

'De hertogin De Lamantes is eergisternacht door de Nationale Garde naar Parijs teruggebracht,' zei Têtu. 'Blijkbaar heeft Tull een winstgevend handeltje in het verraden van zijn klanten opgezet.'

Yann ging liggen en keek naar het dakraam. 'Tull werkt voor Kalliovski,' zei hij. 'Het spijt me, ik moet nu eerst slapen.'

Têtu stond op. 'Er is nog één ding dat je moet weten. Gisteravond zijn er nog twee gevangenen bij de Abdij afgeleverd. De markies De Villeduval en zijn dochter.'

26

Meneer Tull vond dat hij het geld verdiend had. Hij had er gis-
teravond hard voor moeten werken, het had hem veel meer tijd
gekost om die gek van een markies in het rijtuig te krijgen dan
hij had verwacht. Die adellijke idioot had genoeg herrie ge-
schopt om de doden te wekken en had daarmee heel wat onge-
wenste aandacht getrokken. Tull had hard op het dak van de
koets moeten slaan.

'Is het nou afgelopen! Als je nu niet ophoudt, zwaait
er iets!'

Sido schrok van het geluid van Tulls grote vuist en zijn
schorre stem. Op de markies had het het gewenste effect;
hij hield op met op het raam bonken en keek Sido vol ontzetting aan.

'Hoor je dat? De duivel komt je halen. En wat mij betreft mag hij je hebben, ellendige mankepoot die je bent.'

Sido zat weggedoken in een hoekje. Ze voelde zich
kwetsbaar. Haar been deed pijn door de schop van haar
vader en Jean Rollet was niet in de buurt om haar te be-

schermen als hij weer zou uithalen. Ze hoopte dat Jean het zou redden. Hij had gezegd dat hij een poosje bij familie kon logeren en dat ze zich geen zorgen moest maken. Met zijn vertrek waren de laatste stenen van de ruïne van haar leven afgebrokkeld. Meneer Tull mocht noch vertrouwde ze.

Sido sprak nauwelijks Engels en het Frans van Tull was zo slecht dat ze nauwelijks verstond wat hij zei. Ze kon er dus ook niet achterkomen of ze zich zorgen moest maken. Ze wist alleen dat ze alles achterliet wat ze nog kende.

'Nou,' zei de markies toen de koets door de donkere straten reed. 'Wat wil je eigenlijk van me?'

'Dat u zich rustig houdt,' zei Sido.

'Als ik dat doe, gaan de duivel en jij dan weg?'

Sido keerde zich van hem af en keek verlangend door het vettige raampje. Ze vroeg zich af wat Yann aan het doen was. Deze revolutie had iets prachtigs moeten worden, dacht ze. Het had haar redding moet zijn, maar in plaats daarvan ketende haar afkomst haar vast aan een van de pilaren van het oude regime. Ze haatte alles waar haar vader voor stond en toch zou het woord 'vrijheid', dat zo vaak en zo hartstochtelijk gebruikt werd, nooit op haar van toepassing zijn.

In Saint Germain begon de koets langzamer te rijden en kwam toen plotseling tot stilstand. Buiten hoorde ze mensen praten en toen ze door het smoezelige raampje keek, zag ze dat meneer Tull niet alleen was.

Plotseling besefte ze wat er gebeurde en werd ze overvallen door een wurgende paniek. Tevergeefs trachtte ze het portier te openen, maar ze gaf het al snel verslagen op. Ze waren verraden. Ze gingen niet naar Engeland, maar naar de gevangenis.

'Zitten,' zei haar vader scherp. 'Jij hoort het portier niet open te maken. Laat dat maar aan de knecht over.'

Meneer Tull maakte het slot open en keek toe hoe een bewaarder Sido onder zijn hoede nam. Twee andere cipiers sleepten de markies uit het rijtuig. Uit voorzorg bonden ze zijn handen op zijn rug. Tull zag het onbewogen aan. Wat kon het hem schelen? Weer twee schapen op weg naar de slachtbank. Hij zou een mooi bedrag krijgen voor de markies en zijn dochter; meer dan genoeg om zijn schulden af te betalen en om zijn zorgen in deze stinkende rotstad te vergeten. Weer een nacht werk afgerond, hoewel het minder leuk was geweest dan het bedriegen van de oude hertogin. Hij grinnikte toen hij terugdacht aan hoe ze verkleed was geweest als gouvernante. Hij had met volle teugen genoten van haar vernedering. Alleen dat meisje zat hem een beetje dwars. Zij had dit lot niet verdiend, maar bevel was bevel. Wie was hij om zich vragen te stellen over goed of fout?

'Geld is geld,' mompelde hij terwijl hij weer op de bok klom. 'Die dames en heren hebben het over zichzelf afgeroepen. We zullen zien hoe zij zich redden zonder brood.'

De markies betrad de Abdijgevangenis alsof hij in een prachtig château ging logeren. De smerigheid en de grommende waakhonden merkte hij niet eens op. Daar stond hij met opgeheven hoofd, een man van aanzien.

'Hoe heet u?' vroeg de klerk.

'Ik ben de markies De Villeduval van Château de Rochefort des Champs.'

De klerk glimlachte. 'Je meent het, citoyen.'

De cipier, een lelijke, humeurige man met dunne lippen waarachter een vervaarlijke rij tanden schuilging, keek wankelend in een wolk van dranklucht toe. Naast hem stonden twee woeste honden die er meer dan hongerig uitzagen en alle nieuwe gevangenen als potentieel voer beschouwden.

'En u, citoyenne?'

'Sido,' zei ze zachtjes. Haar achternaam noemde ze niet, wat deed die er nog toe? Wat deed iets er nog toe?

'Hebt u liever een cel met één of met twee bedden, citoyen?'

'Een eigen suite uiteraard,' zei de markies gebiedend. 'En een aparte kamer voor mijn bediende.'

'En de jongedame, citoyen?'

De markies keek om zich heen, leek Sido niet te zien en fluisterde: 'Ze is me toch niet gevolgd, hè? Ik heb geprobeerd haar af te schudden. Laat haar vooral niet binnen. Vraag naar haar papieren. Ze is een handlanger van de duivel en ik weet uit betrouwbare bron dat ze dood is.'

De klerk keek hem verbaasd aan. 'U bent een rare. Nou, twee aparte cellen dan maar? Dat wordt dan dertig livres per maand, exclusief het eten, water en een glas. We streven ernaar hier de best mogelijke service te bieden.'

De markies leek geen woord gehoord te hebben; hij staarde strak naar een onzichtbaar punt in de lucht voor hem.

'Breng me naar mijn vertrekken,' beval hij.

'Niet zo snel, citoyen. Eerst betalen. Piet Krediet woont hier niet. We weten niet hoe lang u hier zult blijven.'

De wacht achter hem begon te lachen.

'Ken ik u?' vroeg de markies.

De wacht liet een flinke rochel neerkomen op de vloer.

'Ik geloof niet dat ik het genoegen heb gehad,' spotte hij.

'We hebben geen geld,' zei Sido snel. 'Helemaal niets.'

'Geen geld!' sneerde de cipier. Hij lachte minachtend.

'Dan wordt het voor jullie de eetzaal,' zei de klerk. Hij riep een andere bewaarder om de markies naar de mannenafdeling te brengen.

'En zij?' vroeg de cipier.

'Een cel voor de niet-betalende gasten.'

'Met plezier,' zei de cipier. 'Deze kant op.'

'Vader!' riep Sido uit toen haar vader werd weggeleid, maar hij keek niet om.

'Fijne man,' zei de cipier. 'Deze kant op, citoyenne.'

De honden trokken nu zo hard aan hun riemen dat Sido vreesde dat de cipier omvergetrokken zou worden. Hij rukte hard aan de lijn terwijl hij zich met zijn andere hand vasthield aan een leuning die langs de muur liep.

'Dit is de vrouwenafdeling.' De cipier hield de lantaarn omhoog zodat er een rij deuren met kleine getraliede raampjes zichtbaar werd. Achter één ervan verscheen het gezicht van de hertogin. Haar voorkomen was zo veranderd dat Sido zich nauwelijks kon voorstellen dat hun laatste ontmoeting pas een week geleden was.

'O nee,' riep de hertogin uit toen ze Sido zag. 'Jij ook al! Het spijt me zo, ik wilde niet...' Haar stem werd onverstaanbaar toen de cipier Sido voortduwde door de lange, donkere gang.

Als er een hel was, dacht Sido, dan oogde en rook die vast zo. Ze wilde dat ze wat gedronken had voor ze de koets in was gestapt. Ze had het warm en haar dorst was ondraaglijk.

'Dit hier,' zei de cipier, 'is voor gasten die niet voor hun kost en inwoning kunnen betalen.' Hij duwde Sido naar binnen. 'Slaap lekker, citoyenne.'

Sido stond met haar rug tegen de zware deur. In de ondoordringbare duisternis kon ze niets zien. De sleutel werd met veel lawaai in het slot omgedraaid.

Het duurde even voordat haar ogen aan het donker gewend waren. Ze stond in een lange slaapzaal met aan elke kant een rij bedden. In het midden stond een smalle tafel. Het was er drukkend warm en er hing een zware lucht van ongewassen lichamen en urine.

'Aan het eind is er nog één vrij.'

Sido schrok op. Ze wist niet waar de stem vandaan kwam. Met uitgestoken handen liep ze langzaam door de zaal tot ze bij een leeg bed kwam. Het was niet meer dan een houten plank. Nog nooit had ze zich zo ellendig gevoeld. Ze schrok toen er iets langs haar enkels glipte en trok snel haar benen op. Nog net zag ze hoe een rat met trillende snorharen rechtop ging zitten en toen wegrende. Ze propte haar sjaal in haar mond om een snik te onderdrukken. Was het pas gisteren dat ze met Yann in het café had gezeten? Had hij echt gezegd dat hij haar zou meenemen naar Londen? Hier, in de stinkende duisternis leek alles een droom, een droom van lang geleden.

*

's Ochtends wilden Sido's luidruchtige medegevangenen weten wat zo'n onschuldig meisje als zij in hun slaapzaal deed.

'Het is hiero bedoeld voor mensen die geen cent te makken hebben.'

Sido zei niets. De vrouwen zagen er in haar ogen uit als bontgekleurde papegaaien, met hun afgetobde, met rouge opgemaakte gezichten en hun vieze, ongekamde haren.

'Moet je kijken wat we hier hebben,' lachte een van hen. 'Die had aardig wat opgebracht in jouw bordeel, denk je niet, Madeleine?'

'Wat een schatje. Moet je eens voelen: zo zacht als versgebakken brood. Die is vast nog nooit met een man naar bed geweest.'

Sido deed haar handen over haar oren om het geroep en gejoel niet te horen.

'Laat haar met rust,' zei de stem die ze van de avond ervoor herkende. Er stapte een rijzige vrouw naar voren. 'Kop houden, allemaal. Ze zit niet te wachten op jullie grove opmerkingen.'

De vrouwen waren meteen stil.

'Dank u wel, mevrouw,' zei Sido zachtjes.

'Ik word La Veuve Joyeuse genoemd, de vrolijke weduwe. Vanwege wijlen mijn echtgenoot. Moord, luidde de beschuldiging, maar het was zelfverdediging. Schrik je daarvan, liefje?'

'Nee,' zei Sido. 'Ik schrik onderhand nergens meer van.'

De vrouw lachte. 'Blijf maar een beetje bij mij in de buurt, dan zorg ik dat die hyena's je met rust laten.'

'Wie zijn dat?'

'Tuig, schat. Ze zijn niet te vertrouwen. Ze verkopen hun lichaam voor alles wat ze krijgen kunnen.'

De celdeur ging open en de cipier deed een stap opzij om een bewaarder binnen te laten die een emmer en een mand brood op tafel zette.

'En?' vroeg de bewaarder grijzend aan Sido. 'Wat vind je van onze nachtvlinders? Niet zo lief en onschuldig als jij, hè?'

Het voedsel – bonen en hard, oud brood – werd uitgedeeld. Verder was er lauw, bruinig water.

Een van de vrouwen grijnsde haar gebroken tanden bloot naar Sido: 'Alsof je in het Café Royal zit,' zei ze. 'Smakelijk eten, citoyenne, en welkom in de hel.'

Sido had zo'n dorst dat ze het water in één teug opdronk. De smaak was afschuwelijk.

'Rustig aan,' zei haar nieuwe vriendin.

Sido nam een hap van het oude brood. Het was zo hard dat je er niet op kon kauwen. Van de bonen moest ze kokhalzen.

'Als je niet eet, ga je dood, schat,' zei de weduwe.

Sido probeerde het opnieuw, maar haar maag tekende protest aan en ze begon heftig over te geven. Liggend op haar plank verlangde ze ernaar al het vuil en de stank van zich af te wassen. Toen de cipier terugkwam voelde ze zich nog zo ziek dat ze nauwelijks overeind kon komen.

'Vond je de maden niet lekker soms?' spotte de cipier.

De honden gromden en lieten hun tanden zien en Sido braakte machteloos over de schoenen van de cipier. De man hief zijn hand op om haar te slaan: 'Vuile hoer, dat deed je expres!'

Op dat moment deed La Veuve Joyeuse een stap naar voren.

'Zie je niet dat ze zich niet goed voelt?' Haar greep om

zijn arm was zo stevig dat de man jammerend om hulp riep.

'Trouwens,' zei de weduwe, 'je honden hebben het al voor je opgeruimd, dus wat zeur je nou?'

*

Toen Sido die avond op haar houten plank lag, haar maag nog steeds van streek, had ze het gevoel dat ze beter dood kon zijn. Ze viel ten slotte in slaap, maar werd rond drie uur in de nacht ruw gewekt door een bewaker, die haar aan haar arm door de slaapzaal sleurde.

De ander vrouwen werden wakker van het lawaai en gingen rechtop zitten. 'Waar neem je haar mee naartoe?' schreeuwde de weduwe.

'Gaat je geen donder aan.'

Sido stuikelde met de bewaker mee, duizelig omdat ze zo plotseling gewekt was. Haar been deed pijn en haar hoofd bonsde.

De bewaker draaide de deur achter zich op slot.

'Dus er is goed voor je gezorgd?'

Sido zei niets.

'Zal ik je eens vertellen hoe die vriendin van jou, La Veuve Joyeuse, aan haar naam komt?'

Sido bleef zwijgen.

'Ze heeft haar echtgenoot één voor één van zijn lede-maten ontdaan omdat hij haar had aangegeven als leider van een troep bandieten. Da's een leuk verhaal om later aan je kinderen te vertellen. Als je zo lang blijft leven, ten-minste.'

Sido werd door dezelfde gangen meegenomen waar ze

de vorige avond door was binnengebracht. Daarna leidde de bewaker haar een stenen trap op naar een klein deurtje.

Hij klopte aan, duwde haar naar binnen en deed de deur achter haar dicht.

Het was donker in de kamer, maar ze wist meteen dat ze niet alleen was. Ze herkende de geur van duur reukwater.

'Daar ben je weer.'

De stem kwam van zo dichtbij, dat ze een sprongetje in de lucht maakte. In de duisternis werd een lucifer afgestreken en toen ging er een kaars aan. Voor haar stond citoyen Kalliovski.

27

Sido was gebroken. Ze was bleek en haar jurk was smerig. Toen Kalliovski haar zo zag, twijfelde hij er niet aan dat hij haar zou krijgen, wat de tegenwerpingen van de markies ook waren. Het spel was zo goed als uit.

Er waren in zijn leven maar twee vrouwen geweest die het hadden aangedurfd tegenstand te bieden. De ene vrouw had niets met hem te maken willen hebben en de andere... de andere had een zwakheid in hem ontdekt die een speler zich niet kan veroorloven. Híj was altijd degene die de zwakheid in een ander zocht; dat hijzelf een zwakke kant bleek te hebben was onvergeeflijk. Zijn kracht was dat hij in iedereen een fout kon ontdekken en van elke mens de prijs wist. Slechts één keer had hij geen weerstand kunnen bieden aan hartstocht en toen was hij door de Hartendame verslagen. Dat zou hem nooit meer overkomen.

Hij sloeg een stofje van zijn op maat gemaakte jas af. 'Wat vind je van je nieuwe onderkomen?' vroeg hij met een lachje om zijn dunne lippen. Sido wendde haar blik af. Zijn gladde, als van was geknede gezicht boezemde haar weerzin in. Het was een masker waarachter zich een beest verborg.

Tussen de golven van misselijkheid door zag ze wat hij was: een zwarte kat die speelde met zijn prooi en het juiste moment afwachtte om uit te halen.

'Als je vader verstandig was geweest, had je nu niet in deze situatie gezeten. Wat dom om te vluchten. Misschien weet je het niet, mademoiselle, maar op het verlaten van Frankrijk in deze moeilijke tijden staat de doodstraf.'

Sido zweeg. Het was haar enige verweer en iets waar ze bijzonder goed in was. Het troostte haar dat ze een glimp van irritatie in zijn verder emotieloze gezicht zag.

'Ik heb je vader bezocht. Hij is zichzelf niet en hij denkt dat ik Lucifer, de almachtige ben. Ik denk dat ik dat in dit geval maar als een compliment moet opvatten.'

Hij zweeg en zag dat er zweetdruppels op haar voorhoofd parelden. Wat was ze bleek.

'Je vader heeft me geschreven dat hij de verloving wenste te verbreken. Je zult wel blij zijn te horen dat ik dat als symptoom van zijn ziekte beschouw. Ik ben een grootmoedig mens en mijn huwelijksaanbod geldt nog steeds. Als je toestemt, zorg ik ervoor dat de aanklacht tegen jullie wordt ingetrokken en dat jullie allebei worden vrijgelaten. Ik zou niet weten waarom je vader de rest van zijn dagen niet zou kunnen doorbrengen in het château in Normandië.'

Hoewel het warm en benauwd was in het vertrek, trok er een ijzige kou door Sido heen. Er was zo weinig zuurstof dat ze nauwelijks kon ademhalen. Nog steeds zweeg ze.

Kalliovski liet een vreugdeloze lach horen. Hij herinnerde zich hoe haar moeder voor hem had gestaan, al die jaren geleden, en hoe ze geweigerd had zijn minnares te worden. Hoe hoog was de prijs geweest die ze voor die vergissing had moeten betalen!

'Ik eis een antwoord,' zei hij.

Hij deed een stap naar haar toe en Sido had het gevoel dat de muren haar langzaam insloten.

Houd vol, zei ze wanhopig tegen zichzelf. Niet toegeven. Denk aan Yann. Plotseling zag ze voor zich hoe hij op haar stond te wachten op het Place Royale. Morgen. Of was het vandaag? Ze was elk gevoel van tijd kwijt. Ze hield haar adem in toen Kalliovski de zijkant van haar gezicht streelde en toen zijn hand rond haar hals liet glijden, waar hij zijn duim en wijsvinger in haar zachte vlees duwde en haar hartslag voelde. Aan de kracht van zijn greep kon ze afleiden dat hij haar met gemak zou kunnen wurgen. Maar nog steeds zweeg ze, hoewel ze sidderde onder zijn hand die nu langzaam naar haar borst gleed, waar haar hart tekeerging als een in een kooitje gevangen vogel. Ze keek naar de vloer en werd opnieuw door een golf van misselijkheid overvallen.

Hij begon gefascineerd te raken door haar stille weerstand. Het leek erop dat hij zich in haar had vergist; misschien zou ze toch een waardige tegenstander blijken. Hij zou haar veracht hebben als ze op haar knieën was gevallen en hem om genade had gesmeekt. Zo ging het meestal met vrouwen; ze jammerden en huilden en zeiden dat ze alles zouden doen als ze maar niet failliet gingen. Niets zo saai als een gemakkelijke overwinning.

Was dit meisje misschien een serieuze versie van haar moeder? Dat idee prikkelde hem. Ja, ze bewees dat ze het wachten waard was.

Sido keerde instinctief haar gezicht af en probeerde zich los te maken, maar hij pakte haar armen en hield die stevig vast achter haar rug, zodat ze niet kon bewegen.

Met zijn lippen tegen haar nek fluisterde hij: 'Er is een uitweg uit deze gevangenis, maar mij zul je niet kunnen ontvluchten. Ik zal de eerste man zijn die je zal kussen en de eerste die jou in zijn bed zal hebben. Of je wilt of niet, je bent van mij. Begrepen?'

Sido kon zijn woorden nauwelijks horen boven het geluid van het bloed in haar aderen uit dat bonkend werd rondgepompt. Een zware golf sloeg over haar heen.

Ze hoopte dat ze nog 'Ik ga nog liever dood dan met u te trouwen,' had kunnen zeggen. Maar zeker wist ze het niet, want er was alleen nog duisternis.

*

Toen Sido wakker werd lag ze niet op haar houten plank in de slaapzaal, maar in een klein kamertje in een echt bed met zowaar echte lakens. Hoog in de muur zat een getralied raampje en op een stoel stond een vaas met bloedrode rozen, die met hun weelderige bloemblaadjes detoneerden in de grauwe omgeving. Ze ging rechtop zitten toen de deur openging, in de verwachting dat Kalliovski zou binnenkomen. Tot haar opluchting verscheen er een eenvoudig geklede vrouw met een sleutelbos aan haar riem en een dienblad in haar handen.

Citoyenne Villon, een stevige vrouw, was de echtgenote van de gevangenisdirecteur. Voorzichtig zette ze het dienblad met een kop soep en versgesneden brood op het bed.

'Je hebt ons laten schrikken,' zei ze terwijl ze Sido een lepel aangaf. Met smaak at Sido van de heerlijke kippenbouillon met kruiden en aardappel.

'Ik ben blij dat je er weer wat beter uitziet. Citoyen Kalliovski heeft toegezegd voor alle extra's te betalen. Wat een aardige, attente man! Je hebt er maar geluk mee dat hij je beschermheer is, als ik het zo mag zeggen. Hij heeft zelfs een nieuwe jurk voor je besteld.'

'Hoe lang ben ik al hier?'

'Een paar dagen. Je had gevangeniskoorts. Nou, eet nog maar lekker wat soep met brood.'

'Weet u waar mijn vader is?'

'Die is overgeplaatst naar een eigen cel. Citoyen Kalliovski is zo goed geweest om een bed voor hem te laten brengen.'

Later die ochtend kwam citoyenne Villon terug met twee bewakers die een teil met water droegen. Sido nam een bad, waste haar haar en begon zich langzaamaan wat meer mens te voelen. Schoon zijn is een symbool van hoop, dacht ze, en vuil van wanhoop. Ze droogde zich af en trok haar nieuwe jurk aan. Die rook naar lavendel, wat haar deed denken aan de tuin van het château waar ze op zonnige middagen gewandeld had.

Citoyenne Villon inspecteerde haar beschermeling.

'Nu moet je terug naar het hoofdgebouw,' zei ze en ze droeg Sido over aan de cipier. 'Maar maak je geen zorgen. Ik zal je maaltijden en schone kleren komen brengen.'

'Zo, dus je hebt je eigen cel gekregen,' zei de cipier terwijl ze terugliepen door de gangen. Hij gluurde naar haar. Zijn adem rook naar oude tabak en rottende tanden. 'Wat ruik je lekker. Daar houd ik wel van, als meisjes lekker ruiken.'

Hij maakte de celdeur open. 'Nou, daar zijn we dan. Versailles is er niets bij.' Hij grinnikte en vergrendelde de celdeur achter Sido.

In de cel stond niets behalve een bed en een emmer. Hoog in de muur zat een klein raampje. Maar ik hoef de ruimte in elk geval niet te delen, dacht Sido.

Ze sliep slecht die nacht, voortdurend gewekt door geschreeuw en gesnik uit de gang. Ze staarde uit het raam, waar het grote ronde gezicht van de maan door naar binnen keek en vroeg zich af wat ze moest doen.

Op die vraag had ze geen antwoord. Wat kon ze anders doen dan Kalliovski's aanbod aannemen? Ze had, zoals hij al gezegd had, geen keus. Ze rilde bij de herinnering aan zijn aanraking en de tranen rolden langs haar wanen op het bultige matras.

De volgende morgen werd Sido gewekt door het geluid van grendels en de deur die openging.

'Jullie zijn een populair stelletje, zeg,' zei de cipier. 'Opstaan, je advocaat wil je spreken. Doe een beetje opgewekt.'

Hij leidde haar naar een witgepleisterde kamer met een tafel en vier stoelen en deed de deur dicht. Algauw kwam ook haar vader binnen, gevolgd door Maître Tardieu en een klerk.

Haar vader was sterk veranderd. Zijn haar was volledig wit geworden en zijn huid leek zich te hebben teruggetrokken als het zeewater dat zich bij eb terugtrekt van het kiezelstrand. Alleen de gekwelde, angstige blik in zijn ogen was nog dezelfde.

Hij voer meteen uit tegen Maître Tardieu. 'Ik weiger het testament te lezen. U had niet mogen toestaan dat hij er een letter in veranderde. Ik houd u verantwoordelijk voor dit schandaal, meneer.'

'Alstublieft vader, Maître Tardieu wil ons alleen maar helpen.'

De stem van de markies werd schriller naarmate hij geagiteerder werd. 'Zwijg, mevrouw. Waar is mijn personeel? Breng mij onmiddellijk naar mijn kamer.'

'Kalmeer toch, vader.'

Haar vader haalde uit en sloeg Sido hard in het gezicht. Ze wankelde en werd opgevangen door de klerk van Maître Tardieu.

'Gaat het?' vroeg hij zachtjes.

Even dacht Sido dat ze droomde. Het was Yann.

Hij hielp haar te gaan zitten en legde een vinger op zijn lippen.

'Niets zeggen,' fluisterde hij.

'Dat is de enige manier om geesten te behandelen,' schreeuwde de markies. 'Je moet ze slaan!'

De cipier kwam het vertrek in rennen toen hij het lawaai hoorde.

'Wat is hier aan de hand?'

De markies wees op de advocaat. 'Die man is het niet waard mijn schoenzolen te likken. Ik wens niet met hem te spreken.'

'Dan zegt u toch niets?' zei de cipier. 'Jullie hebben tien minuten en daarna kom ik jullie tweeën weer halen.'

'Nee,' riep de markies. 'Haal me hier direct weg. Uit

haar buurt. Ik heb genoeg van die dode vrouw. Jullie mogen van mij rotten in de hel.'

Maître Tardieu keek de cipier wanhopig aan en wreef over zijn pijnlijke slapen. 'Neem hem maar mee,' zei hij. 'Ik zal opschieten.' Toen ging hij zitten, bevangen door de hitte en de stank.

Met een luide dreun ging de deur weer dicht. Maître Tardieu keek zenuwachtig om zich heen en legde een vinger op zijn lippen. Toen zei hij bijna fluisterend: 'Mademoiselle Sido, ik heb al eerder deze week geprobeerd bij u te komen, maar uw ziekte maakte dat onmogelijk. U moet weten dat Kalliovski een verzoek zal indienen om u vrij te laten zodra u instemt met een huwelijk. Wilt u dat?'

'Nee. Nee, ik dacht echt dat...'

'Dat Tull je naar Engeland zou brengen,' onderbrak Yann haar. 'Hij werkte voor Kalliovski. Je maakte geen enkele kans.'

Maître Tardieu kuchte. 'Zal ik doorgaan? De tijd dringt. Binnen twee dagen komt uw zaak voor het tribunaal. U en uw vader worden ervan beschuldigd contrarevolutionairen te zijn en Frankrijk te willen ontvluchten met medeneming van een groot fortuin.'

'Dat is onzin. We hebben niets meer, dat weet u toch?'

'Dat doet er niet toe,' zuchtte Tardieu diep. 'Ik ben een oude man en er is nog zo veel dat mij bezighoudt en opgelost moet worden. Ik wil met een gerust hart kunnen sterven.'

'Dat zal vast lukken,' zei Sido vriendelijk. 'U hebt altijd goed voor mijn familie gezorgd.'

'Nee, ik weet dat ik u en uw grootvader, die ik zeer was toegewijd, in de steek heb gelaten.'

'U moet niet zo hard zijn voor uzelf...'

Maître Tardieu onderbrak haar. Hij leunde naar Sido over en fluisterde. 'Alstublieft, mademoiselle. U moet uw lot in handen van Yann Margoza leggen. Hij is uw enige kans op ontsnapping.'

'Maar meneer, ik kan mijn vader hier niet achterlaten.'

Yann was zo geconcentreerd op Sido dat hij niet zag dat bij deze woorden een vlaag van angst over het gezicht van de advocaat trok.

Sido stond op. 'Bent u ziek?'

'Het is niets.' Maître Tardieu legde zijn hand op zijn borst. 'Mijn hart is niet zo sterk als het vroeger was. In hemelsnaam, mademoiselle, denk aan uzelf. U hebt het geluk dat er in Engeland familie op u wacht...'

Wanhopig onderbrak Yann hem. 'Danton zweept het volk op tegen iedereen die in de gevangenis zit. Vroeg of laat breekt de hel los en dan kun je geen kant meer op. We moeten iets doen.'

In de gang klonk het geluid van laarzen en het getik van hondenpoten op de stenen vloer.

'Ik kom je halen,' zei Yann. 'Zorg dat je klaarstaat.'

De cipier opende de deur. 'En, advocaatje, hoe luidt haar verdediging? Gaat ze zeggen dat het oude paard zijn eigen zin wilde doen en achter een oude merrie in Engeland aanzat?'

Hij lachte hartelijk om zijn eigen grap.

*

Buiten omklemde Maître Tardieu een hek en ademde gulzig de frisse lucht in. Hij wankelde, bevangen door de

hitte. Yann nam hem mee naar een café in de buurt en bestelde iets te drinken.

Hij keek naar het grauwe gezicht van de advocaat. 'Wat
moeten we doen?' vroeg hij. 'Ze is niet van plan hem achter te laten en ik weet geen manier om die gek uit de gevangenis te krijgen.'

'Ik kan je verzekeren dat hij het niet waard is. Maar
mademoiselle Sido is een ander geval; ze is moedig en
waardig, een echte De Villeduval. Ze aardt naar haar oom
en haar grootvader. De vrouw van de oude markies had
net als haar zoon een zwakke geest en is in het gesticht
geëindigd.'

Hij pakte zijn glas en nam een slok. 'Mijn hemel, mijn
hemel,' ging hij door. 'Ik had iets willen zeggen in de gevangenis, maar ik kreeg het niet over mijn lippen. Het is
tenslotte alleen maar roddel en achterklap. Ik houd me
bezig met bewijzen, dat is het bestaansrecht van een advocaat. Geruchten kun je niet geloven, je hebt er niets aan
in een rechtzaak. Maar ondertussen zit mademoiselle
Sido in de wachtkamer van de hel. Hoe heeft het zover
kunnen komen?'

Yann luisterde nauwelijks. Hij haalde zijn handen door
zijn haar. 'Er moet een manier zijn om haar eruit te krijgen.'

'Ik ging nog met mezelf in discussie,' zei Maître Tardieu. 'Misschien had ik het moeten zeggen. Wellicht had
dat geholpen.'

Yann draaide zich naar de advocaat. 'Wat had kunnen
helpen?'

'Er gaat een gerucht dat Armand de Villeduval en de
moeder van mademoiselle Sido minnaars waren en van

plan om naar Engeland te vluchten, met medeneming van hun kind. Mijn overleden meester heeft me op zijn sterfbed verteld dat er in de vermiste kist brieven zaten die erop leken te duiden dat...'

Yann ging met een ruk rechtop zitten. Hij maakte de zin van de advocaat af. '...dat Armand de Villeduval Sido's vader was?'

'Inderdaad. Als je die brieven weet te vinden, heb je wellicht voldoende bewijs om haar van gedachten te doen veranderen en de markies achter te laten. Ik geloof dat er bloed kleeft aan de zachte, roze handjes van die man.'

'Waar denkt u dat die brieven kunnen zijn, meneer?' vroeg Yann.

'De eerste plek waar ik zou zoeken is in Kalliovski's woning.'

Op een muur aan de overkant stond in druipende rode letters geschreven: 'Dood de vijand in onze gelederen.'

Yann wist dat hij nauwelijks tijd had. Alleen met doortastendheid zou hij Sido vrij kunnen krijgen. Veel doortastendheid.

28

*De brief die monsieur Aulard zojuist had ondertekend lag
dreigend op zijn bureau. Nog nooit had een stuk papier hem
zo'n angst ingeboezemd. Hiermee zou er een eind aan een leven kunnen komen. Zijn leven, om precies te zijn.*

Hoe ging dat kinderspelletje ook alweer, dacht hij
bitter. Iets met papier, stenen en een schaar. Wie
was sterker dan papier? Met een rilling schoot het antwoord hem te binnen: de schaar. De guillotine. Hij lag
met zijn nek op het blok. Hij stond op het punt om twee
kaartjes naar graaf Kalliovski te sturen, vergezeld van
een uitnodiging om diezelfde avond met een van zijn
vermaarde automaten naar het theater te komen. De
brief vermeldde verder dat een oude vriend van Topolain
hem wilde spreken over de draden van licht. 'Iemand die
het beste met u voorheeft,' luidde de ondertekening.

Het was niet monsieur Aulards idee geweest; verre van
dat. Hij had geen idee wat die draden van licht waren. De
uitnodiging maakte onderdeel uit van Têtu's plan om Kal-

liovski weg te lokken uit zijn appartement, zodat Yann kon inbreken om Armands brieven te zoeken.

'Denk je echt dat Kalliovski zal toehappen?' vroeg hij.

'Ik voorspel dat hij de verleiding niet kan weerstaan,' antwoordde Têtu.

Monsieur Aulard staarde als verdoofd naar de brief. Hij herinnerde zich levendig het hoofd van de pierrot op de schoot van de dode Topolain.

'Ik begrijp niet waarom Kalliovski Topolain heeft vermoord,' zei hij.

'Omdat Topolain zich had laten ontvallen dat ze elkaar ooit in Sint-Petersburg hadden ontmoet. Topolain deed daar kaarttrucs om de gokkers te vermaken en onder hen bevond zich de man die later de naam Kalliovski zou aannemen.'

'Waarom hield Topolain niet gewoon zijn mond?'

'Tja, waarom? Omdat hij zijn verstand niet gebruikte. Hij probeerde indruk te maken en zei het eerste wat in zijn hoofd opkwam. Kalliovski wilde niet ontmaskerd worden. Hij wist niet zeker of Topolain zich misschien ook de precieze omstandigheden van hun ontmoeting zou herinneren. Hij kon het zich niet permitteren dat iemand die macht over hem zou hebben.'

'Hoezo? Wat maakte dat dan uit?'

Têtu zuchtte. 'Zijn je hersens tijdelijk buiten gebruik?'

'Ik wil gewoon duidelijkheid,' zei Aulard beledigd.

'Graaf Kalliovski is zijn duizelingwekkende reis naar macht en roem begonnen in de gokholen van Sint-Petersburg.'

Met een schok onderscheidde Yann een woord dat Têtu dacht, maar niet uitsprak. Normaal gesproken waren Têtu's gedachten voor hem een gesloten boek, maar nu was de dwerg één woord ontglipt. Een woord dat glinsterde als een diamant in de modder, niet te missen: zigeuner.

Wat Têtu eigenlijk zei, was: hij is een zigeuner die we van vroeger kennen.

'Een zigeuner,' zei Yann hardop.

Têtu draaide zich met een ruk naar hem om. 'Dat heb ik niet gezegd.'

'Maar je dacht het wel.'

'Ik bedoelde het symbolisch.'

'Dat is geen symbool dat je ooit zomaar zou gebruiken.'

'Yann, houd erover op. Ik bedoelde er niets mee.'

'Wat maakt het uit?' zei monsieur Aulard. 'Wat bezielt jullie om ruzie te maken over een woord dat Têtu niet eens heeft uitgesproken?' Hij stak zijn handen in wanhoop omhoog. 'Mort bleu, mijn leven staat op het spel en jullie... het is niet te geloven!'

Têtu keek Yann doordringend aan. 'Dat was de eerste keer dat je dit gelukt is. Je wordt steeds beter.'

'Als jullie klaar zijn met die mysterieuze praatjes, kunnen we het dan even hebben over het hier en nu? Ik heb Kalliovski uitgenodigd. Maar waarom zou hij komen?'

'Om dezelfde reden waarom hij ons wilde zien optreden in het château van de markies. Hij wilde zien of we iets met de draden van licht konden doen.'

'Waar heb je het nu weer over? Draden van licht? Wat zijn dat? Laat bij nader inzien maar zitten, ik hoef het ook niet te weten. Het is jullie misschien ontgaan, maar Parijs staat op het punt belegerd te worden, de vijand is nog maar een paar kilometer van de stad verwijderd, de mannen vertrekken om te gaan vechten en vanavond is het

theater leeg. Er komt niemand, laat staan Kalliovski.'
Monsieur Aulard had moeite om kalm te blijven.

'U vergist zich,' zei Têtu. 'Uw theater zal vol zitten en geloof me, Kalliovski zal dit voor geen goud willen missen.'

Er liepen nu zweetdruppels langs het voorhoofd van
monsieur Aulard en zijn handen trilden. Hij moest zichzelf ervan weerhouden het papier voor zich niet te
verfrommelen. Het liefst had hij niets te maken met dit
roekeloze plan.

'Zijn die brieven nou echt zo belangrijk?' zei hij met
gevoel voor drama. 'Waarom bevrijden jullie dat meisje
niet gewoon? Laat Kalliovski toch met rust.'

'Dat zou ik graag doen, maar ze wil haar vader niet achterlaten,' zei Yann kordaat. 'Ik moet haar kunnen bewijzen dat de markies betrokken was bij de dood van haar
moeder en, wie weet, aantonen wie haar echte vader is.'

'Wacht, niet zo snel. Didier, geef me mijn pillen!'

'Nee,' zei Têtu vastbesloten. 'U moet nu helder blijven.'

'Mort bleu! Geloof je niet dat de markies haar echte vader is?'

'Inderdaad,' zei Têtu. 'Volgens ons was het zijn halfbroer Armand. En we zijn ervan overtuigd dat de markies
iets te maken had met de moord, en daarbij hulp van Kalliovski heeft gehad.'

'Moord? Het wordt steeds erger! We moeten dit aan de
autoriteiten vertellen, dan kunnen zij de zaak afhande-
len. Alsjeblieft zeg, jullie zijn goochelaars en ik leid een
theater! Dit is ons terrein niet.'

'Wij zijn de enigen die Sido kunnen redden,' zei Yann,
'en als ons dat lukt, kunnen we misschien ook anderen
van de guillotine redden.'

'Dat kun je niet menen. Ben je gek geworden? Dat is een misdaad! Dan worden we beschuldigd van contrarevolutionaire activiteiten, van spionage. Ik zie het al voor me: jullie hoofden niet op posters aan de gevel, maar op een spies met een leuk blauw-wit-rood lintje erom.'

'Moeten we dan maar werkeloos toezien?' zei Yann. 'Toekijken hoe de grote slachting begint? Blij zijn dat we daarbij horen? Ik houd van Frankrijk, maar ik ben niet van plan me aan te sluiten bij de mensen die denken dat het een goed idee is om Franse burgers af te slachten. Ik wil die gekte een halt toeroepen.'

Monsieur Aulard slikte. 'Woorden van een echte held! Maar moeten we echt op zo'n manier onze nek uitsteken?'

'Woorden van een echte lafaard,' zei Têtu.

'Niemand van ons kan het zich permitteren te doen of er niets aan de hand is,' zei Yann. 'Overal in Parijs zitten spionnen. De pers is het zwijgen opgelegd. Vrijheid van meningsuiting bestaat hier niet meer. Zeg maar eens iets wat de autoriteiten niet welgevallig is. Mooie vrijheid! Moet je kijken hoeveel mensen er midden in de nacht van hun bed zijn gelicht, en echt niet alleen aristocraten en priesters. De gevangenissen puilen uit. Wilt u ons dan niet helpen?'

'Alles beter dan het oude regime,' zei monsieur Aulard zwakjes.

'Niet als de leiders van de revolutie hun gang kunnen gaan. Ze roepen op om alle gevangenen te doden, om hen te vernietigen. Ze willen een terreurbewind vestigen.'

'Dat bedoelen ze vast niet letterlijk,' zei monsieur Aulard.

Yann lachte schaterend.

'O, dus we worden geacht het verschil te zien? Als je voor zo'n aanplakbiljet staat, moet je dus tegen je vrienden zeggen "Die ouwe rakker van een Marat, die vriend van het volk. Wat gebruikt hij toch een beeldende taal, maar wat hij eigenlijk bedoelt is..."'

Monsieur Aulard leunde verslagen achterover in zijn stoel. Hij had geen idee hoe hij zich in deze puinhoop had laten lokken. Stel je voor dat hij betrapt werd! Waarom kon het niet net zoals vroeger worden? Gisteren nog was de voorstelling het enige waarop hij zich hoefde te concentreren. Een show zoals het publiek die graag zag, vol vaderlandslievend gezwets en hoofden op spiesen. Een weergave van de gekte.

Hij was zo druk bezig om zich zijn eigen ondergang voor te stellen, dat hij nauwelijks hoorde wat er gezegd werd. Hij keek lusteloos op toen Didier begon te praten. Nog zoiets. Didier, zijn eigen Didier die hij in dienst had genomen om hem te beschermen, leek nu alleen nog maar voor Têtu bezig te zijn. Ach, ach, dacht hij, wie zal mij helpen als het noodlot op mij neerdaalt?

'Weet je al hoe we in Kalliovski's woning kunnen komen?' vroeg Yann aan Didier.

'Jazeker,' antwoordde Didier. 'Citoyen Kalliovski heeft een bediende die zijn woning bewaakt. Het is zijn taak om ervoor te zorgen dat er niemand binnenkomt terwijl zijn baas weg is.'

'Hoe weet je dat?' vroeg monsieur Aulard. Hij was ondanks zijn angst onder de indruk van Didier. Wie had kunnen denken dat die sukkel iets in dat grote hoofd van hem had zitten?

'Ik ben bevriend geraakt met de conciërge van het gebouw waar hij woont, aan de Rue Payenne.' Didier bloosde. 'Ze heet Jeanne.'

'Hoe lang is die bediende al in dienst van Kalliovski?' vroeg Yann.

'Volgens Jeanne is hij het langst van alle bediendes bij hem in dienst. Hij heeft een raar oog.'

'Melkoog,' zei Yann.

'Denk je dat Yann van haar een mand zou mogen bezorgen voor Kalliovski?' vroeg Têtu.

'Ik denk dat ze dat niet erg vindt, als we maar via de zijingang gaan.'

Hij werd onderbroken door een sombere monsieur Aulard: 'Het kan jullie natuurlijk niet schelen, maar morgen is het 1 september. Dat wordt dan mijn laatste verjaardag, want zo zeker als de dag op de nacht volgt, zo zeker zal ik door Kalliovski worden vermoord. Wil jij lelies op mijn graf leggen wanneer ik dood ben, Didier? Als je zelf niet onder de guillotine bent beland, tenminste.'

Têtu sprong op van zijn stoel en wendde zich woedend tot Aulard.

'Het gaat niet om u! Het gaat om een onschuldig meisje dat vermoord wordt als wij niets doen. Het gaat om mensenlevens. En om Yann. Om hem zou u zich zorgen moeten maken. Als u er niets mee te maken wilt hebben, moet u maar naar huis gaan en uw hoofd onder een kussen steken. Maar als u ook maar een greintje moed in uw lijf hebt, moet u nu ophouden met uw kinderachtige gejammer.'

Die woorden misten hun uitwerking niet. Monsieur Aulard had een heel klein hartje, maar hij deed zijn best.

Têtu haalde een zwarte pet uit zijn zak. 'Hier, zet deze maar op,' zei hij.

Monsieur Aulard keek ernaar. De honderd vragen die hij wilde, maar niet durfde stellen waren van zijn gezicht af te lezen.

'Nou?'De stem van Têtu was nog steeds even onverbiddelijk. 'Waar wacht u nog op? Zet op en doe niet overal zo moeilijk over.'

Voorzichtig zette monsieur Aulard de pet op zijn hoofd. 'Hij past niet!' klaagde hij.

'Waar is hij gebleven? Wat hebben jullie met hem gedaan? Hij is weg!' riep Didier. 'Wat een goede truc!'

De opluchting van monsieur Aulard was enorm. Alle zorgen vielen van hem af. Het verbaasde hem dat hij niet naar het plafond zweefde, zo licht voelde hij zich plotseling.

Hij legde zijn twee zeer zichtbare handen aan weerszijden van het gezicht van de dwerg en kuste hem luid. 'Dit is fantastisch Têtu,' zei hij. Zijn angst voor citoyen Kalliovski vergetend vervolgde hij opgewonden als een kind: 'Wacht, ik ga even kijken of iemand anders me kan zien.'

'Maak je geen zorgen als je je eigen spiegelbeeld ziet,' riep Didier hem na. 'Voor anderen is dat onzichtbaar.'

Ze wachtten tot hij weg was.

'Ik heb tegen iedereen in het theater gezegd dat ze moesten doen of hij onzichtbaar was als ze hem met een zwarte pet op zagen,' zei Didier ernstig.

Yann grinnikte.

'Dat is niet grappig, Yann,' beet Têtu hem toe. 'Als dit mislukt blijft er van hem alleen maar een bibberend wrak over en hebben we niets meer aan hem. Maar als het werkt, geeft het hem misschien de moed die hij nodig heeft.'

'Hoe heb je de anderen zover gekregen, Didier?' vroeg Yann.

'Ik heb gezegd dat ze geen loon kregen als ze het verpestten.'

'Briljant. Meesterlijk,' lachte Têtu.

Monsieur Aulard stormde de kamer weer in. 'Het werkt! Hier kunnen we rijk mee worden!'

Têtu temperde zijn enthousiasme. 'We mogen al blij zijn als we in leven blijven.'

*

Voor Yann die avond op weg ging naar het huis van Kalliovski, liep hij naar beneden en ging daar midden op het lege podium staan. Er was niemand. In de coulissen was het donker, net als in de zaal. Hoog boven het podium hing een lamp die een zwak licht verspreidde. Yann keek naar de zee van stoelen in het duister. Er bestond geen eenzamer plek dan dit lege podium, waar illusies en de niet-aflatende angst voor mislukking de dienst uitmaakten.

In de stilte en de duisternis van de coulissen kon hij bijna Topolain en de houten pierrot het podium op zien komen; hoorde hij de goochelaar tegen het publiek roepen 'Geen kogel kan mij verwonden! Ik ben onoverwinnelijk, ik heb gedronken uit de beker van het eeuwige leven!'

Yann wist dat hij was teruggekeerd naar Parijs om zich te meten met het pistool, om de kogel te vangen. Als hij het overleefde, zou Sido vrij zijn.

Terwijl hij daar stond, hoorde hij een stem die hij nog kende van lang geleden. Een stem vanuit de loge. Dit keer schreeuwde Yann niet, noch vroeg hij wie daar sprak. Hij wist inmiddels dat hij geen vragen moest stellen als de geest sprak.

De stem klonk vriendelijk.

'Je hebt niets te vrezen dan je eigen demonen.'

29

Het was warm die avond toen Didier en Yann op weg gingen naar de Rue Payenne. Slecht nieuws deed de ronde: het leger van de hertog van Brunswick trok gestaag op naar de hoofdstad. De sfeer was geladen, als de voorbode van een vreselijke storm.

Maar nu was de hemel nog helder. Een laatste restje roze kleurde als waterverf de donker wordende lucht. Tegen de dageraad zouden op geweld beluste mannen de stad innemen en de loop van de revolutie voor altijd veranderen. Nu ging de vrijheid nog gekleed in haar bruidskleren; ze leefde als een lichtende belofte in de harten van de mensen. Maar morgen zou ze haar onschuld voor altijd verliezen en in bloed worden gesmoord.

*

Het herenhuis waar citoyen Kalliovski woonde, had ooit de vooraanstaanden van de Parijse society gehuisvest, maar vormde nu het onderkomen van de Revolutionaire Raad. De nieuwe bewoners genoten precies dezelfde voorrechten als de vorige, alleen hing er nu een ander banier aan het bewerkte balkon.

Yann en Didier keken toe hoe, om klokslag zeven uur, de inktzwarte koets van Kalliovski voorreed. Er kwamen twee bedienden naar buiten met een vrouw tussen zich in, die ze in de koets tilden. Alleen aan haar voeten, die de grond niet raakten, was te zien dat ze geen mens was. Kort daarop stapte Kalliovki in, gevolgd door zijn wolfshond Balthazar en vertrok het rijtuig in de richting van het theater.

Yann glimlachte. De man had toegehapt.

Didier klopte drie keer op de deur aan de zijkant van het huis. Die ging open en daar verscheen het stralende, rozige gezicht van Jeanne. Ze ging op haar tenen staan, sloeg haar armen om Didiers nek en bedekte zijn gezicht met kussen.

'Waar bleef je toch, lekkere beer van me?' Ze stopte toen ze Yann zag. 'Wie is dat?'

'Een vriend van me. Hij moet iets afleveren bij citoyen Kalliovski en omdat ik toch naar jou ging, heb ik hem maar meegenomen.' Didier kuste haar. 'Hij kan wel even via de achteringang, toch?'

Jeanne keek angstig om zich heen. 'Hij woont op de eerste verdieping,' fluisterde ze toen.

'Is er, behalve ik, nog iemand anders aan wie je vanavond aandacht moet besteden?' vroeg Didier.

Jeanne giechelde en Didier drukte haar even tegen zich aan.

'Nee, ze zijn allemaal naar de een of andere bijeenkomst. Ze zeiden dat het wel eens laat kon worden en ik kan best wat bescherming gebruiken. Ik ben helemaal alleen, met alleen jouw sterke armen om me tegen de vijand te beschermen.'

Yann liet ze alleen en liep snel de trap op naar de uitgestorven hoofdvertrekken. Het was er vreemd stil, alsof het huis was afgesloten van de rest van de wereld.

De woning waar hij zijn moest, lag op de eerste verdieping. Hij haalde diep adem en klopte aan. Melkoog deed open.

'Dit is voor citoyen Kalliovski,' zei Yann.

'Hij is niet thuis,' antwoordde Melkoog en hij wilde de deur weer dichtdoen.

'Wilt u de mand niet voor hem aannemen?'

Yann trok de doek terug die erover lag en liet een ronde kaas, een brood en een fles wijn zien. Er steeg een sterke, verleidelijke geur uit de mand op. Melkoog greep het hengsel vast.

'Mijn baas houdt niet van kaas,' zei hij.

Yann haalde zijn schouders op en stak zijn hand uit om het cadeau weer mee te nemen, maar Melkoog duwde hem hard achteruit, zodat hij met een dreun tegen de muur aan de overkant van de gang terechtkwam. De deur ging met een klap dicht.

Têtu had geschat dat het tien minuten zou duren voor de wijn en de kaas hun werk hadden gedaan en Melkoog diep in slaap zou zijn.

Yann wachtte een kwartier en duwde toen voorzichtig de deurklink naar beneden. Tot zijn opluchting ging de deur gemakkelijk open. Hij kwam terecht in een donkere, lege gang.

Er was net genoeg licht om voorzichtig door te kunnen lopen naar de salon, een enorme, duur ingerichte ruimte. Yann keek rond, half en half in de verwachting Melkoog als een gevelde boom op de grond te zien liggen.

Er was echter geen spoor van de man te bekennen, slechts de mand stond op een bijzettafel. De fles wijn ontbrak, maar de kaas was niet aangeraakt. Dat was geen goed teken. Melkoog moest ze allebei op hebben om buiten westen te raken. Yann vroeg zich af waarom hij een trommel hoorde, tot hij besefte dat het zijn eigen hart was. Met een ruk draaide hij zich om, bang Melkoog te zien opduiken uit de lange schaduwen, maar de kamer was leeg.

Op zijn hoede liep hij via de tussendeur naar het volgende vertrek. Melkoog moest hier ergens zijn – misschien achter deze deur? Elk geluid echode als een kanonsschot in zijn hoofd. Er was iets heel erg mis. Yanns gedachten gingen alle kanten op. Hij liep door naar de derde salon, waarvan de deur half open stond. Toen hij die verder openduwde, spoelde er een golf koude lucht om hem heen.

Yann stopte toen hij stemmen hoorde. Jeanne had tegen Didier gezegd dat niemand Kalliovski's huis mocht betreden wanneer die er niet was. Hij luisterde ingespannen.

'Moiré en marteling.

Brokaat en bloed.

Damast en dood.'

Het waren verschillende stemmen, maar die van Melkoog was er niet bij. De woorden werden uitgesproken met een hoge kreun, die scherp en dringend klonk, alsof er een vreemd spel werd gespeeld. Maar door wie? Didier was vast niet goed op de hoogte.

'Bont en bloed.

Linnen en lijken,'

klonk het fluisterend. Met al zijn zintuigen gespannen duwde Yann de deur verder open. De kamer was volledig verduisterd, luiken sloten al het licht buiten. Yanns adem ging snel alsof hij gerend had.

'Rustig aan, rustig aan,' zei hij tegen zichzelf. Hij wachtte tot zijn ogen aan het duister gewend waren en stak toen een kaars aan. Onmiddellijk stopten de stemmen en er trad een doodse stilte in.

De kamer was ingericht als een werkplaats, met een bank en een lange tafel. In het halfduister zag hij planken vol glazen potten, waarvan hij de inhoud niet kon onderscheiden. Overal lagen stapels boeken en kaarten met hemellichamen. Op de werkbank stonden en lagen branders, potten en chirurgische instrumenten.

Hij draaide zich om toen hij iets hoorde ritselen, half in de verwachting Melkoog achter zich te zullen zien, maar er was niemand. Yann bewoog de kaars langzaam langs de potten om te zien wat erin zat, toen hij de fluisterende stemmen hoorde zeggen: 'Linnen en lijken.'

Yann stond als vastgenageld aan de grond. Hij liet de kaars bijna vallen door wat hij zag: tegen de achterwand van de kamer stonden zes automaten. Hun ogen waren dicht, maar hun monden van dieprode was bewogen.

Datgene wat Yann zo verachte in anderen, voelde hij nu duidelijk in zichzelf: angst hield zijn hart in zijn greep. Als hij zich er niet tegen verzette, zou dat zijn dood betekenen. Maar dat was wat hij rationeel bedacht; zijn gevoel wilde dat hij er zo snel mogelijk vandoor ging. Zijn inwendige strijd werd beslecht toen hij de matglanzende draden van licht ontdekte die uit de automaten kwamen. Met een schok besefte hij dat iemand die strak als vioolsnaren had aangetrokken, strak genoeg om ervoor te zorgen dat de zes automaten de hele nacht zouden fluisteren.

Yann begon de draden van licht los te maken en hoorde hoe de automaten hem toeriepen met gepijnigde stemmen die uit een verre duisternis leken te komen, waar de levenden niets te zoeken hadden. Gehypnotiseerd keek hij toe hoe zes paar ogen opengingen en hem aanstaarden. Hij zag dat ze allemaal dezelfde rode halsketting om hadden. Op dat moment ging het haar in zijn nek overeindstaan en vertraagde de wereld alsof de tijd zich gapend uitrekte.

'Dacht je dat ik in zo'n goedkope truc zou trappen?' zei een stem achter hem. Melkoog stond in de deuropening met een pistool in zijn hand. 'Hier heb ik lang op gewacht.'

Ik moet vluchten, was het enige wat Yann kon bedenken, maar hij kon het niet. De wetenschap van wat er nu zou gebeuren, van het onontkoombare, verlamde hem. Hij voelde de idiote aandrang om in lachen uit te barsten. Dit was het dus, en wat stelde het voor, vergeleken bij de doodsangst die hij had gevoeld tijdens het eindeloze wachten?

Het pistool ging af met een schrikbarende knal. Hij zag eerst de kruitvlam opschieten en toen de kogel met een elegante boog door de kamer op hem af komen, een rookpluimpje erachteraan.

De kogel had er jaren over gedaan om hem te vinden. Met zijn geest ging Yann hem tegemoet en trachtte hem met zijn hand op te vangen. De kogel schampte langs zijn vlees, doorboorde zijn huid en belandde in zijn schouder. Pijn sloeg over hem heen als water over een dam. Door de inslag van de kogel werd Yann omvergeslagen en hij zakte bij de werkbank in elkaar. Melkoog kwam nu op hem af, zijn vinger op de trekker van het reeds herladen pistool.

Yann moest vechten om niet buiten bewustzijn te raken. Hij duwde zichzelf achterwaarts in de richting van de automaten en voelde hoe de plooien van een zijden rok om hem heen vielen, toen een van de poppen zich over hem heen boog en de kogel in haar rug opving. Yann kon niet zien waar Melkoog was, omdat haar stugge, stoffige haar in zijn gezicht viel. Haar vlammende ogen staarden hem recht aan.

'Wij zijn de Zeven Sinistere Zusters,' zei ze. 'Een van ons ontbreekt. Hoe heet jij?'

Roodzwarte gordijnen dreigden zich voor hem te sluiten. 'Yann Margoza,' slaagde hij erin te zeggen.

'Linnen en lijken,' zei ze. Haar grafadem bracht hem weer bij bewustzijn.

Net als die keer in het bos kreeg hij een ervaring alsof hij uit zijn lichaam trad. Nu stond hij midden in de kamer, met de draden van licht in zijn handen als een marionettenspeler.

Op zijn bevel begonnen de Sinistere Zusters op Melkoog toe te lopen, hun stoffige zijden rokken sleepten achter hen aan als golven over het strand. Melkoog laadde zijn pistool opnieuw en schoot een derde keer, dit keer op de naderende automaten, maar dat hield hen niet tegen.

Yann voelde hoe zijn twee delen weer samenvielen. Door de pijn had hij een kristalhelder bewustzijn. Hij hees zichzelf overeind aan de werkbank met het gevoel dat hij drie meter lang en onoverwinnelijk was. Hij trok aan de draden van licht, tilde een stoel op en liet die neerkomen op het hoofd van Melkoog. Toen pakte hij een tweede en nog één, net zo lang tot Melkoog met een grom neerstortte op de grond.

De kamer en de aanwezigen begonnen om hem heen te draaien. Even kon Yann zich niet herinneren waarom hij eigenlijk hier was. Toen voelde hij hoe een koude hand van was zijn gezicht aanraakte. Met een schok realiseerde hij zich dat een van de Sinistere Zusters naast hem stond.

'Wij zijn zijn proefdieren. Hij gelooft dat hij in ons het geheim van de eeuwige jeugd kan vinden. Dat hij tijd voor zichzelf kan achterhouden. Hij heeft ons van het leven en van onze rust beroofd. Wat wil jij van ons?'

'Brieven. De liefdesbrieven van Armand...' Zijn achternaam, hoe luidde zijn achternaam? Waarom kon hij zich die niet meer herinneren? 'De...'

'Villeduval,' zeiden de zusters tegelijkertijd. 'Waarom vraag je het niet gewoon?'

Yann hing scheef over de werkbank en trachtte zijn evenwicht te hervinden.

'Moiré en marteling.

Tafzijde en terreur,' zeiden de Sinistere Zusters. Melkoog kronkelde met stuiptrekkende benen over de vloer.

Hield de pijn maar op, dacht Yann, dan kon ik nadenken en wist ik wat ik doen moet. Al zijn gedachten verdwenen in de brandende pijn in zijn schouder. In zijn oren weerklonk het langzaam afnemende geluid van een verre trommel, terwijl zijn krachten wegebden.

'Kwam je daarvoor?' vroeg een van de Zusters.

Met een scheurend geluid opende zich de stof van haar jurk en op de plek van haar baarmoeder sprongen twee deurtjes open waarachter zich een bloedrode ruimte bevond. Ze stak haar bleke wassen handen erin en trok een stapeltje brieven tevoorschijn dat ze aan Yann overhandigde.

Een tweede Zuster trok een bloedrode lade open op de plaats van haar maag en gaf hem een zwart boekje.

'Dit is voor jou. Het is het Boek der Tranen, gebonden in onze huid.'

'Hij stal onze levens.

Hij stal onze harten.

Hij stal onze dood,' fluisterden de Sinistere Zusters. Ze vormden een kring om Yann heen en zorgden ervoor dat de brieven en het boek veilig in zijn jaszak zaten voor ze weer in een rij langs de wand gingen staan, hun ogen gesloten en met fluisterende lippen.

'Moiré en marteling.

Brokaat en bloed.

Damast en dood.'

Yann hield zich vast aan de werkbank en keek om zich heen. Pas nu drong het tot hem door wat de afgrijselijke inhoud van de potten was. Ze waren gevuld met lichaamsdelen: een hoofd, ledematen, harten.

'Linnen en lijken.

Laken en lijden,' fluisterden de Sinistere Zusters.

Yann vroeg zich af hoe het kwam dat zijn overhemd zo nat en rood werd. De ruimte tolde om hem heen en te midden van de duizeling verscheen Melkoog weer. Hij was veranderd in een monster met overal armen en benen die hem trachtten te grijpen. Yann trapte wanhopig om zich heen, maar er kwamen telkens nieuwe handen.

Hij wankelde en zonk op zijn knieën. Iemand moet Têtu waarschuwen dat Kalliovski met de draden van licht kan omgaan, dacht hij nog. Toen schoven er zware, zwartrode gordijnen voor zijn geest. De voorstelling was voorbij.

30

'Mijn hemel,' zei monsieur Aulard toen hij met Têtu zijn wo-
ning binnenstapte. Yann lag uitgestrekt op de keukentafel en
Didier stond met opgerolde hemdsmouwen het bloed van zijn
handen te wassen. 'Is hij dood?'

'Nee,' zei Didier. 'Gelukkig is de kogel niet in het bot
gedrongen. En de wond is schoon, het komt wel
in orde met hem.'

Têtu klom op een stoel om Yann beter te bekijken.

'Wat is er gebeurd?' vroeg hij terwijl hij nauwkeurig bekeek wat Didier had gedaan.

'Eerlijk gezegd weet ik dat niet precies. Ik heb het pistool niet horen afgaan, maar ik werd ongerust omdat hij
zo lang wegbleef. Ik ben de woning in gerend waar ik
Melkoog vond met zijn armen om Yanns benen. Melkoog
was neergeschoten, ik denk dat hij dood is. Overal op de
vloer lag bloed.'

Têtu voelde aan Yanns voorhoofd. 'Hij heeft in elk geval
geen koorts, dat scheelt.' Hij zag de kogel in de waskom

liggen, pakte hem uit het water en bekeek hem. 'Je hebt als altijd goed gehandeld, Didier.'

Didier tilde Yann voorzichtig op en bracht hem naar de andere kamer. 'Ik leg hem in uw bed,' zei hij tegen monsieur Aulard.

'Kan hij niet ergens anders slapen?' vroeg monsieur Aulard.

Didier keek met afschuw om zich heen. 'Nee, niet voordat ik die puinhoop hier een beetje heb opgeruimd en schone lakens op het andere bed heb gelegd. Hij heeft rust nodig.'

Ook nog schone lakens, dacht monsieur Aulard. Denken ze soms dat het geld me op de rug groeit? Het zijn nog altijd mijn spullen.

Didier kwam terug met een kom water waarmee hij de tafel schoon schrobde. Toen pakte hij een fles met monsieur Aulards beste cognac en drie glazen en rolde zijn hemdsmouwen naar beneden.

'Ik weet niet hoe het met jullie zit, maar ik kan wel een borrel gebruiken. Hoe was jullie avond?'

'Gevaarlijk,' antwoordde Têtu. 'En vermoeiend.'

'En het enige wat het ons heeft opgeleverd is een kogel,' zei monsieur Aulard.

Didier zweeg.

*

Kalliovski had heel wat opzien gebaard toen hij die avond bij het Théâtre de la Liberté was gearriveerd. De automaat die hij bij zich had leek geïnspireerd te zijn op madame Perrien. Monsieur Aulard had haar wel eens in zijn theater gezien en herinnerde zich haar als een mooie vrouw met een aanstekelijke lach. De pop was een afschuwelijke karikatuur van de vrouw die zij geweest was.

Het publiek had geapplaudisseerd toen ze zonder hulp naar haar stoel liep, maar Kalliovski vond dat ze te houterig bewoog. Hij was een perfectionist en was van mening dat dit nog een van de vele tekortkomingen was die verbetering behoefde. Na vanavond zou Têtu voor hem werken en dan zou alles anders worden.

Hij ging naast zijn automaat op de eerste rij zitten en strekte zijn benen uit met Balthazar aan zijn voeten. Hij wist zeker dat de uitnodiging van Têtu afkomstig was en dat hij de dwerg nu bijna in zijn macht had. Nu het bewind van Terreur begon, zou Têtu bescherming nodig hebben. Wat zouden ze met zijn tweeën niet kunnen bereiken! Alleen dat was het al waard hier te komen.

Hij haalde zijn horloge tevoorschijn, een prachtig stuk vakmanschap met de beeltenis van Magere Hein erop. Als hij tijdens de pauze wegging, was hij nog op tijd voor de bijeenkomst, bedacht hij glimlachend.

Vanuit het souffleurshokje waagde monsieur Aulard het zijn demon te bekijken; de gedachte aan deze man op de eerste rij had hem achtervolgd vanaf de dag dat hij het lichaam van Topolain in zijn kantoor had aangetroffen. En daar zat hij nu, op drie meter afstand. Hij hield de zwarte pet in zijn zak stevig vast. Dat troostte en kalmeerde hem.

'Zijn we zover?' vroeg hij Têtu zenuwachtig.

'Reken maar, mijn vriend. Het zal een genot zijn om een ware meester aan het werk te zien.' Têtu bewoog zijn vingers alsof hij ze losmaakte om piano te gaan spelen. 'Haal het gordijn maar op.'

Kalliovski leek weinig plezier te hebben in wat er op het podium gebeurde. De voorstelling, een kakofonie van patriottistische liedjes en op het laatste nieuws geïnspireerde kletspraatjes, was een belediging voor zijn intelligentie.

Têtu zag met belangstelling hoe strak Kalliovski zijn automaat onder controle had. Geen wonder dat ze zich zo stijfjes bewoog. Voorzichtig begon hij aan haar draden van licht te trekken. Hij verwachtte dat Kalliovski meteen zou merken wat er gebeurde; een echte sjamaan zou het instinctief weten als iemand zich ermee bemoeide. Maar het duurde niet lang of hij begreep dat Kalliovski slechts een amateur was, zonder aangeboren gave.

Têtu liet de pop opstaan. Rechtop naast Kalliovski begon ze de 'Marseillaise' te zingen in het flakkerende licht van de olielampen. Het publiek en de acteurs op het podium die niets met magie te maken hadden, keken met open mond naar dit wezen dat met een ijle stem stond te zingen.

'Licht aan,' werd er uit het publiek geroepen. 'We willen haar zien.'

Daarop maakte de pop een buiging naar de toeschouwers. Wat Kalliovski ook deed, hij kon geen controle meer krijgen over de draden van licht; zijn geest was daarvoor niet sterk genoeg. Hij kon alleen maar afgunstig toekijken hoe zich hier een magisch kunststuk voltrok.

Al snel stond het voltallige publiek mee te zingen, terwijl de tranen de toeschouwers over de wangen liepen.

Kalliovski kon geen kant meer op, hij kon niet anders dan de onverdiende bewondering voor zijn vaderlandslievende uitvinding in ontvangst nemen. Tegen de tijd dat het gordijn neerdaalde was het applaus oorverdovend. Hij kon zijn zitplaats niet verlaten doordat het publiek toestroomde om naar de pop te staren en hem er vragen over te stellen.

'Haal de directeur,' siste hij tegen een van zijn handlangers.

Op dit punt onderbrak monsieur Aulard Têtu's verhaal.

'Vertel Didier eens wat ik toen deed.'

Têtu, die uit principe nooit iemand lof toewuifde, streek met zijn hand over zijn hart en zei: 'Zonder de moed van onze vriend hier zou Kalliovski het theater lang voor het eind van de voorstelling hebben verlaten.'

*

Monsieur Aulard had geweigerd sneller te lopen, hoe hard de handlanger van Kalliovski ook in zijn rug porde. Hij begon zelfs een gesprekje met een vaste klant die hem lachend vroeg of hij de pop van Kalliovski een baan ging aanbieden. Uiteindelijk liep hij op Kalliovski af alsof hij de guillotine naderde, maar met elke stap voelde hij zijn moed groeien. Toen hij eindelijk de voorste rij had bereikt, wierp Kalliovski hem een blik toe die zei: als je hier geen verklaring voor hebt, ben je dood. Kalliovski knikte naar een van zijn mannen, die hem de uitnodiging gaf.

'Ben jij degene die mij twee kaartjes heeft gestuurd voor deze voorstelling van niets in dit luizige theater van je?'

Monsieur Aulard hield de zwarte pet in zijn zak stevig

vast; de wetenschap dat hij die bij zich had was al voldoende om hem moed te geven. Hij boog zich naar Kalliovski over met een vastberaden glimlach op zijn gezicht. 'Ik heb niet de indruk dat de rest van het publiek het een voorstelling van niets vindt.'

Kalliovski ging staan en monsieur Aulard kromp ineen terwijl zijn maaginhoud omhoog kwam. Opkijkend naar de man die boven hem uittorende besefte hij dat hij vergeten was hoe angstaanjagend hij was. De blik in zijn ogen leek als bijtend zuur dwars door je heen te branden.

'Maar citoyen,' ging monsieur Aulard door, 'ik meende aan de reactie van uw opmerkelijke automaat te kunnen afleiden dat u van het optreden genoot.'

'Ik weet dat de dwerg in het theater is,' siste Kalliovski.

'Bedoelt u Têtu?'

'Vraag niet naar de bekende weg,' beet Kalliovski hem toe.

'Ik weet niet of hij er vanavond is. Ik kan het wel even navragen, maar eerst wil ik u feliciteren, citoyen. Hoe doet u dat met die pop?'

Hij wist dat hij hem nu beethad. Kalliovski was te trots om toe te geven dat het optreden van de automaat weinig tot niets met zijn eigen vermogens te maken had gehad.

'Als hij er is, zal ik dan zeggen dat u hem graag na de voorstelling wilt spreken?'

'Nee, ik wil hem nu direct spreken.' Kalliovski knikte naar zijn handlangers die de pop aan haar armen oppakten.

Monsieur Aulard gaf Kalliovski de uitnodiging terug. 'Neemt u mij niet kwalijk, maar wilt u niet liever de rest van de voorstelling zien...?'

Hij kon zijn zin niet afmaken, want de automaat zei luid: 'Ik wil niet naar huis. Breng me niet naar huis. Ik wil blijven.'

Het publiek begon te klappen. 'Goed zo, citoyen,' riep iemand. 'Zing nog wat liedjes voor ons!'

'Als u wilt,' zei de pop.

'Ja, dat willen we,' joelde het publiek.

Kalliovski wierp de directeur een vernietigende blik toe.

De bel voor het einde van de pauze weerklonk en het orkestje begon te spelen. Monsieur Aulard nam buigend afscheid en sprak de wens uit dat citoyen Kalliovski van de rest van de voorstelling zou genieten. Toen ging het gordijn open en verdween hij achter het toneel, de zwarte pet nog steeds stevig in zijn hand.

Het eerste lied was net afgelopen toen een van Kalliovski's mannen hem een boodschap bracht. Opnieuw leek Kalliovski te willen weggaan. Têtu handelde snel. Hij liet de pop omhoog stijgen, zodat ze boven de stoelen zweefde. Het publiek hield de adem in. 'Ze zweeft,' riep iemand uit.

Op dat moment merkte Têtu dat hij een onzichtbare assistent had. Hij had vaak gemerkt dat er geesten tussenbeide kwamen als hij bezig was met de draden van licht. Maar nu was hij zo geconcentreerd, dat hij niet had beseft dat er nog iemand was. Terwijl de robot boven de toeschouwers zweefde, kwam er een geestverschijning uit tevoorschijn in de vorm van een prachtige vrouw; een stralende verschijning die de hele zaal verlichtte.

Balthazar legde zijn oren plat tegen zijn kop en verschool zich jammerend van angst onder de stoel. Over het publiek viel een verbijsterde stilte.

'Wie bent u?' riep iemand ten slotte.

De geest antwoordde niet.

'Bent u een levend wezen?' riep iemand anders.

'Ooit was ik een levend wezen. Maar ik ben vermoord.'

Bij deze woorden sprong Kalliovski op en liep achterwaarts naar de de uitgang van de zaal waar zijn handlangers verstijfd van angst toekeken.

De verschijning zweefde over de stoelen naar hem toe, haar japon wapperend achter zich aan. Toen lachte ze plotseling wild en was verdwenen. Het publiek was een moment sprakeloos, maar begon toen te klappen en te juichen en te roepen om meer.

Kalliovski kwam weer tot zichzelf en staarde onderzoekend de coulissen in. Hij wenste dat hij het theater steen voor steen zou kunnen afbreken tot hij zou vinden wat hij zocht: de dwerg. Hij had er alles voor over om die macht te bezitten! En hij zou die macht krijgen ook; meester der zwarte magie zou hij worden; niets zou hem daarvan nog weerhouden.

Het gordijn ging voor de laatste keer dicht en Kalliovski opende zijn horloge. Hij was laat. Hij stond op en liep naar de uitgang. De pop liet hij achter, maar hij beval zijn handlangers met een hoofdknik om haar mee te nemen. Voordat ze bij haar waren riep ze echter: 'Wacht op mij, schatje,' en toen Kalliovski zich omdraaide zag hij zijn wassen dame soepel achter zich aan komen. Alle stroefheid was verdwenen. Bij de uitgang van de zaal liet Têtu de draden van licht los. De pop stortte levenloos ter aarde en de mannen van Kalliovski moesten haar naar buiten dragen.

De dwerg was uitgeput. Slapen was nu de enige remedie, wist hij uit ervaring. Maar hij wachtte tot het publiek tot de laatste man verdwenen was. Nu wilde hij eerst weten wie de geest was die hem te hulp was geschoten. Nogmaals werd nu het donkere podium helder verlicht en daar stond ze voor hem. Er was geen twijfel mogelijk. Geen wonder dat Kalliovski zo bang was geweest: de enige vrouw van wie hij ooit had gehouden was nog mooier dan hij zich herinnerde.

'Dus jij was het, Anis,' zei hij zacht. 'Ik had kunnen weten dat je hier zou zijn.' Hij stak zijn hand naar haar uit en voelde even iets zachts langs zijn wang strijken. Hij rook haar betoverende geur.

'Wees voorzichtig,' fluisterde ze terwijl ze vervaagde. 'Het gevaar is nog niet geweken.'

'Anis. Anis,' zei Têtu verlangend. Maar ze was al verdwenen in de ondoordringbare duisternis.

Hij veegde over zijn ogen en liep de coulissen in. Werd hij een sentimentele oude dwaas? Nee, het was de uitputting, zei hij tegen zichzelf terwijl de tranen hem over de wangen stroomden. Verdriet maakte het leven eens te meer ondraaglijk.

'Je had nog moeten leven,' zei hij zachtjes. 'Je had je eigen zoon moeten opvoeden. Je zou zo trots op Yann geweest zijn.'

*

Bij de hoofdingang van het theater haalde monsieur Aulard Kalliovski in.

'Têtu wil u graag spreken,' zei hij, de zwarte pet nog

steeds stevig in zijn hand. 'Hij is in zijn kleedkamer. Hij was zeer onder de indruk van wat u met uw automaat kunt doen, net als ik. Mocht u ooit een baan zoeken, dan hoop ik dat u mijn nederige theater zult overwegen.'

Kalliovski pakte monsieur Aulard bij zijn revers.

'Zeg hem maar dat ik nog wel eens terugkom. En wat u betreft: de guillotine is een hongerige dame. Pas maar op.' Hij liet de theaterdirecteur los. Die wiste zijn voorhoofd af en keek toe hoe de koetsier de zweep over de paarden legde. Tot zijn opluchting verdween Kalliovski niet in de richting van zijn woning.

Hij besloot zijn verhaal aan Didier en Têtu met de trotse woorden: 'Ik was niet bang, want ik had mijn zwarte pet.'

Têtu hield zijn mond. Hij had niet verteld dat hij wist wie de geest was. Sommige dingen horen niet hier thuis, dacht hij, maar in het gebied tussen deze en een andere wereld.

'Maar goed, ondanks al onze heldendaden zitten we nog steeds met een ramp. We hebben jammerlijk gefaald in onze opdracht,' zei monsieur Aulard met gevoel voor drama.

'Geen overhaaste conclusies trekken,' zei Didier. Hij pakte de jas van Yann en haalde het stapeltje brieven en het in zwart leer gebonden boekje tevoorschijn. Têtu greep het vast en liet het bijna vallen toen hij besefte waar het omslag van gemaakt was.

'Waarom zei je niet dat je de brieven hebt?' riep hij uit.

'Maar Yann is neergeschoten! Hoe heb je deze dan te pakken gekregen?' vroeg monsieur Aulard.

'Jullie dachten dat 't hem niet gelukt is omdat hij was neergeschoten,' zei Didier, 'maar die jongen heeft meer in zijn mars dan je zou denken.'

'Je bent briljant,' zei Têtu.

'Ik heb niets gedaan. We hebben dit aan Yann te danken.'

De mannen zwegen toen Yann de kamer in wankelde. Didier sprong naar voren om hem in een stoel te helpen.

'Waarom lig je niet in bed?' vroeg monsieur Aulard.

'Ik voel me al beter,' zei Yann, wit als een tafellaken.

'Wat fantastisch dat je dit te pakken hebt weten te krijgen,' zei Têtu.

Yann glimlachte. 'De brieven zaten in een van de Sinistere Zusters verborgen.'

'De Sinistere Zusters?'

'Dat zijn automaten. Eén had een rode holte in haar buik, waar de brieven in zaten. Een andere gaf me dit. Ze noemde het het Boek der Tranen.'

'Fantastisch!' zei monsieur Aulard.

Têtu rommelde wat in de kasten tot hij een zakje kruiden vond. Hij deed de kruiden in een kan met kokend water, zeefde de vloeistof en gaf die aan Yann.

'Hier, drink dit maar op.'

Het rook en smaakte zo weerzinwekkend dat Yann het direct weer uitspuugde.

'Wil je me soms vergiftigen, Têtu? Geef me snel wat water. Dit is het smerigste wat ik ooit geproefd heb.'

'Het is goed voor je, je wond zal er sneller door genezen. Vooruit, drink op.'

Yann deed wat hem gezegd werd en kort daarop zakten zijn ogen dicht. Didier droeg hem terug naar bed.

Die nacht sliepen alleen Didier en Yann. Monsieur Aulard en Têtu bleven op om de liefdesbrieven van Armand de Villeduval en Isabelle Gautier te lezen.

'Het is hartverscheurend om over zo'n grote liefde te lezen. Dat arme dochtertje van ze, eenzaam en verwaarloosd! En dan te bedenken dat ze aan dat monster van een Kalliovski wordt uitgehuwelijkt! We moeten haar redden!' zei monsieur Aulard hartstochtelijk.

'We moeten terug naar de gevangenis,' zei Têtu. Hij pakte het Boek der Tranen en bladerde erdoorheen. 'Wat is dit?'

'Alleen maar blanco bladzijden,' zei monsieur Aulard.

'Volgens mij niet,' zei Têtu. Hij hield het boekje boven de hitte van de kaars en daar verschenen één voor één de volgeschreven pagina's.

'Zie je wel. Het is inkt die pas zichtbaar wordt wanneer je hem verwarmt.'

Op de titelpagina stonden de woorden 'De Rode Halsketting' en op de volgende pagina's stonden lijsten met namen van iedereen die geld had geleend van Kalliovski, de omvang van hun schuld en de geheimen die ze hadden prijsgegeven in ruil voor de lening.

'Wat een chantage! Zijn er nog mensen die hij niet heeft afgeperst?' vroeg monsieur Aulard zich af.

'Er zijn er vast een paar die zich niet hebben laten verblinden door zijn rijkdom en relaties, maar niet veel, denk ik,' antwoordde Têtu.

De eerste vogels floten al toen monsieur Aulard eindelijk het boek neerlegde. Toen hij dat deed, viel er een opgevouwen velletje dun papier uit, volgeschreven in een krullerig handschrift. Hij las het aandachtig.

'Têtu, dit is waar we naar zochten!' riep hij uit. 'Als Sido nog twijfelt of ze haar vader moet achterlaten, dan zal dit haar overtuigen.'

Het was een brief van de huidige markies De Villedu-val, gericht aan graaf Kalliovski, waarin hij hem verzocht een eind te maken aan het leven van zijn vrouw, zijn half-broer en hun dochter Sido.

31

Langzaam zocht het rijtuig van citoyen Kalliovski zijn weg door de drukke straten naar het Palais des Tuileries. Het was een warme avond en de hitte van de hete zomerdag was tussen de gebouwen blijven hangen. Niets was afgekoeld, de temperatuur noch de burgers, noch de revolutie of de burgeroorlog. De ommuurde stad was als een enorme heksenkookpot, waarin het menselijk wrakhout langzaam kwam bovendrijven. Nog even en het mengsel van frustratie, haat en doodslag zou overkoken.

Kalliovski had nog geen tijd gehad om langs zijn huis te gaan. De boodschap die hij in het theater had gekregen kwam van citoyen Danton, die hem vroeg bij een bijeenkomst aanwezig te zijn, als hij wilde dat de vrijlating van Sido de Villeduval getekend zou worden. Hij vloekte vanwege het oponthoud en was boos dat hij zo lang in het theater was gebleven. Tegelijkertijd vroeg hij zich af waarom Têtu de geest van Anis had opgeroepen. Hij hief zijn gehandschoende hand en liet die hard neerkomen tegen de wand van de koets. Uitgerekend vanavond, verdorie. Hij kon nu niet aan haar denken, hij had gezworen nooit meer aan haar te zullen denken.

Hij haalde zijn vestzakhorloge tevoorschijn en constateerde dat hij al meer dan een uur te laat was. De koets sukkelde voort, langzamer dan in een begrafenisstoet. Hij bonkte hard tegen het plafond met de geschilderde engeltjes.

'Kun je niet wat sneller?'

'Nee, meneer,' riep de koetsier vanaf de bok. 'Er is te veel volk op de been.'

Boos bedacht Kalliovski dat Danton niet de beleefdheid zou hebben op hem te wachten. Nee, het zou die revolutionairen wel goed uitkomen om te vergeten hoezeer hij hen had geholpen met geld om extra spiesen en wapens te kopen. Heel mooi om de burgers van Parijs op te roepen de verraders in hun midden uit te roeien, maar blote handen en mooie woorden waren niet genoeg. Je had wapens nodig voor succes.

De bijeenkomst van vanavond was niet officieel en alleen voor genodigden. Het zou de laatste kans zijn voor Danton, Marat en hun makkers om de gevangenisregisters door te ploegen en zich ervan te vergewissen dat er niet per ongeluk belangrijke personen waren opgepakt. Morgen zou immers het moorden beginnen, dan zou het recht, wat dat dan ook mocht betekenen, in handen van het volk zijn, een kudde schapen, geleid door de bok Marat die hen met zijn slimme woorden had opgehitst. Wat had het voor zin, had Marat betoogd, om voor je land te vechten als de gevangenissen vol zaten met contrarevolutionairen? Die zouden bij de eerste de beste gelegenheid uitbreken en de onschuldige vrouwen en kinderen van Parijs vermoorden terwijl de mannen aan het vechten waren.

Kalliovski glimlachte vreugdeloos. O, wereld, dacht hij, pas op voor slimme bokken en schapen. Zij zijn pas echt gevaarlijk, want ze begrijpen hoe dom de kudde is, en hoe gemakkelijk je een volk kunt laten moorden.

Uiteindelijk stopte het rijtuig bij het paleis en Kalliovski liep via de slecht verlichte ingang door de doodse gangen. Aan de muren hingen nog de goudomlijste portretten van serieuze, stijve mannen met gepoederde pruiken. Ze zouden met afschuw vervuld zijn als ze wisten wat er vanavond achter de gesloten deuren werd besproken. Nog niet zo lang geleden krioelde het hier van voetknechten en kamerheren, van hertogen en prinsessen, en gonsde het van geruchten, roddel en achterklap. Hoe vaak was hij niet gevraagd om een wanhopige baron of gegeneerde prins uit de problemen te helpen. Hij had handenvol geld verdiend aan hun grillen. Maar nu zag of hoorde hij niemand, alleen het stampen van zijn eigen laarzen en het gekras van Balthazars scherpe nagels op de marmeren vloeren.

Wie had hij eigenlijk liever? Dit stelletje onbehouwen mannen met hun grote woorden, en hun slimme schapen die barstten van de woorden maar verder geen cent bezaten? Of de koning en de adel, die dwaze, ijdele mensen die nauwelijks een zin konden uitspreken zonder over hun eigen protocollen te struikelen, maar wier zakken barstensvol geld zaten? Je hoefde alleen je hand er maar in te steken.

Kalliovski wist het antwoord op die vraag nog niet toen

hij het ruime vertrek binnenkwam dat grensde aan de ruimte waar de bijeenkomst werd gehouden. Tot zijn verbazing stonden er veel mensen te wachten, een bonte mengelmoes van burgers die allemaal, net als hij, flink in de buidel getast moesten hebben voor een stempel op de vrijbrieven.

Kalliovski liep langs ze en klopte luid op de toegangsdeur. Die werd geopend door een hagedisachtige man met halfgesloten ogen.

'Ik heb hier een schriftelijk bevel van citoyen Danton om aanwezig te zijn bij deze bijeenkomst,' zei Kalliovski. Hij wilde meteen doorlopen maar de man hield hem met een stevige hand tegen.

'Even wachten, citoyen.'

'Weet je wel tegen wie je het hebt?'

De hagedisman bekeek hem nauwkeurig, van zijn onberispelijke zwarte jas en hoge geknoopte das tot aan zijn glimmende zwarte laarzen.

'Tegen een rijkaard,' antwoordde de man en maakte resoluut een eind aan het gesprek door de deur met een klap te sluiten.

Kalliovski hield er niet van zo behandeld te worden en zijn bloed kookte. Hij was niet van plan te wachten na alles wat hij voor dit ellendige stelletje gedaan had. Zorgvuldig klopte hij elk spoor dat de hand van de man op zijn jas had kunnen achterlaten af, en bonsde opnieuw hard op de deur. Dezelfde man deed open.

'Ik kom de vrijbrief voor Sidonie de Villeduval halen. Die zou nu klaar moeten liggen, is mij verteld.'

'Dat is dan een vergissing, citoyen. Kijk maar eens om je heen. Je zult net als iedereen op je beurt moeten wachten. Je bent niet beter dan de rest. Gelijkheid, weet je nog? Daar draait het allemaal om.' En voor de tweede keer werd de deur dichtgeslagen.

Kalliovski was razend. Dit soort botheid zou in het oude regime niet getolereerd zijn, deze man zou wegens brutaliteit in de Bastille zijn opgesloten. Voor de derde keer klopte hij aan. Hij liet zich niet zomaar wegsturen.

'Dat kunt u beter niet doen, meneer,' zei een dunne, angstig kijkende man. Hij stond op van zijn stoel. 'Er is al iemand gearresteerd die ongeduldig werd. Ik hoop mijn zoon uit de gevangenis te krijgen. Ze zijn hem midden in de nacht komen halen, we weten niet waarom. Mijn vrouw...'

Hij zweeg toen hij de desinteresse op het gezicht van Kalliovski zag en ging snel terug naar de veiligheid van zijn stoel.

Kalliovski haalde opnieuw zijn zakhorloge tevoorschijn en keek hoe laat het was. Zijn doordachte plan mocht in deze laatste, belangrijke fase niet mislukken. Zodra hij Sido's vrijbrief had, zou hij direct naar de gevangenis gaan om haar mee te nemen en dan zouden ze zonder verder oponthoud trouwen. Hij had zelfs ergens een katholieke priester opgedoken die het huwelijk kon voltrekken. Een revolutionair huwelijk wilde hij niet riskeren nu de hertog van Brunswick zo dicht bij de overwinning was. Hij wilde dat de papieren boven elke verdenking zouden staan en de pauselijke zegen hadden, want alleen dan zou dat aanzienlijke fortuin eindelijk van hem zijn.

De moeder had hij niet kunnen krijgen, maar de dochter en haar erfenis zouden van hem zijn. Wraak werd alleen maar zoeter, dacht hij, als ze gerijpt is door tegenslagen en vervolgens ijskoud wordt opgediend.

Hij glimlachte in zichzelf. Als de hertog van Brunswick Parijs zou binnenvallen, zou hij zonder aarzeling weer overlopen. Hij wist maar al te goed dat loyaliteit, duidelijke standpunten en heldere politieke overtuigingen garant stonden voor een kort leven. Als de wind zo snel kan draaien, kun je maar beter meebuigen als een rietstengel. Hij kende maar één motto en dat had hem nog nooit teleurgesteld: nimmer genade.

Hij liep heen en weer met Balthazar aan zijn zijde. De deur was nog steeds dicht. Op deze vertraging had hij niet gerekend. Sido had nu al vrij moeten zijn.

De tijd kroop voorbij alsof hij de nacht het liefst aan de hemel vastgespeld wilde houden.

Maar uiteindelijk liet de nacht los en gaf de inktzwarte hemel zich over aan de bloedrode dageraad.

De deur van de wachtkamer ging open en iedereen draaide zich om om te zien wie de nieuwe bezoeker was. Een van Kalliovki's handlangers kwam binnen.

'Wat moet je,' blafte Kalliovski.

'Het spijt me, meneer, maar er is ingebroken in uw woning.'

'Dat kan niet. Melkoog laat niemand binnen.'

'Ik vrees toch dat het waar is, meneer.'

'Waar is Melkoog?'

'Buiten bewustzijn, meneer. We kunnen hem niet bijbrengen.'

'Is er iets gestolen?' De stem van Kalliovski klonk als het sissen van een adder.

'Nee, meneer. Melkoog heeft de inbreker vermoedelijk neergeschoten. Overal ligt bloed.'

'En het lichaam?'

'Nergens te vinden.'

'Iets anders?'

'We hebben niets kunnen vinden.'

Kalliovski voelde een golf van opluchting. Stel je voor dat het Boek der Tranen verdwenen was. Maar de Sinistere Zusters gaven hun geheim niet zomaar prijs.

'Er is nog één ander ding, meneer, maar dat is niet zo belangrijk.'

'En wat is dat? Vertel, man.'

'Twee van de automaten zijn opengemaakt.'

'Heb je erin gekeken?' fluisterde Kalliovski dreigend.

De man trilde van angst. 'Ja, meneer. Ze waren leeg.'

Kalliovski liet zijn vuist hard neerkomen in zijn andere gehandschoende hand. Met een wilde blik in zijn ogen liep hij heen en weer. Hij wist dat alleen iemand die de draden van licht kon hanteren in staat was de geheime ruimtes te openen, maar Têtu was in het theater geweest en niemand anders had een dergelijke gave.

'Weet je het zeker?' Zijn handen gingen als vanzelf naar de hals van de man en knepen zich samen. De mensen in het vertrek waren direct klaarwakker en probeerden uit alle macht de twee te scheiden. Kalliovski rukte zich los en keek neer op de man op de grond die rood aangelopen naar adem hapte en dodelijk verschrikt probeerde buiten bereik van zijn baas te komen.

Met ogen die vuur spuwden van pure woede, trapte Kalliovski tegen de muur.

'Zorg dat Melkoog wakker wordt. Ik moet weten wie dit gedaan heeft en ik wil dat die persoon gevonden wordt en levend bij me gebracht. Ik wil alles terug hebben. Is dat duidelijk?'

Op dat moment ging de deur van de vergaderkamer open. 'Wacht!' zei Kalliovski. Wit van woede duwde hij de rij wachtenden opzij en vroeg opnieuw om zijn document.

'Er staat geen Sidonie de Villeduval op de lijst,' zei de hagedisman niet zonder voldoening.

Kalliovski negeerde hem, krabbelde iets op een briefje en gaf het aan de man.

'Dit is voor citoyen Danton. Als je leven je lief is, ga je het hem nu brengen.'

'Is dat een dreigement?'

'Ja,' zei Kalliovski, 'en als je niet doet wat ik je vraag, zal ik je met veel plezier vermoorden.'

'Een leuke grap, citoyen,' zei de man. Hij blies als een draak rook uit zijn neus. Desondanks trok er een rilling langs zijn ruggengraat. Hij pakte het briefje aan en deed de deur weer dicht.

De wachtenden schuifelden onrustig heen en weer. Slechts een paar mensen waren vertrokken met de papieren waarvoor ze gekomen waren.

Toen begonnen de kerkklokken alarm te beieren en klonk in de verte het gebulder van kanonnen.

*

Kalliovski vroeg zich af of Têtu hem mogelijk om de tuin had geleid. Had hij de scène in het theater geënsceneerd om hem daar te houden terwijl iemand bij hem inbrak? Maar wie dan? Nee, onmogelijk. Ze konden niet weten waar ze moesten zoeken, tenzij... hier stopte hij. Tenzij diegene in staat was de Sinistere Zusters aan het praten te krijgen. En dat kon alleen een machtige sjamaan.

Misschien had Têtu voor de voorstelling bij hem ingebroken. Nee, dat leek bij nader inzien onwaarschijnlijk.

Toen wist hij het. Het inzicht brak bij hem door als de dageraad. 'Verdomd!' riep hij uit. 'Die jongen natuurlijk!'

Waarom had hij dat niet eerder bedacht? Die jongen die ontsnapt was, was terug in Parijs. Hoe had hij hem over het hoofd kunnen zien?

Anis had een kind!

Hij dacht aan die avond, vele jaren geleden, toen hij haar had teruggevonden, nadat ze bij hem weg was gevlucht. Ze werkte met Têtu en Topolain in het circus. Die avond had hij haar gesmeekt zijn vrouw te worden, hij had beloofd dat hij zou veranderen. Maar zij had geweigerd. Ze had daar gestaan in haar volle, mysterieuze schoonheid, met haar donkere haar en haar vonkende ogen. Als hij haar niet kon krijgen, zou niemand haar hebben, had hij besloten.

Hij herinnerde zich alles: de zachtheid van haar heerlijke hals, de greep van zijn hand om haar nek, haar onbevreesde glimlach. Haar ogen met gouden vlekjes hadden recht in zijn ziel gekeken en gezien wie hij was en waartoe hij in staat zou zijn. Hij had haar geen pijn willen doen. Wilde alleen dat ze haar ogen zou sluiten en niet zo naar hem zou kijken. Harder en harder hadden zijn handen zich om haar hals gesloten. Binnen in hem tintelde een gevoel van macht; hij handelde op de grenzen van zijn kunnen. Hij had haar als een pop in zijn handen heen en weer geschud tot het kloppen van haar hart onder zijn hand stopte.

In de stilte die volgde, voordat hij dreigde te bezwijken

onder het gewicht van opwellende spijt, op het laatste moment dat hij zichzelf had toegestaan ooit nog iets voor iemand te voelen, op dat moment had hij het geluid gehoord van een huilende baby.

Pas veel later – veel te laat – had hij ontdekt dat ze een kind had gehad. Wat daarmee was gebeurd, had hij nooit geweten. Hij had het uit zijn hoofd gezet.

Nu besefte hij dat Têtu het kind natuurlijk onder zijn hoede had genomen. Het was de jongen die hij op het feest van de markies had gezien.

Het was alsof hij Anis vanuit haar graf kon horen lachen.

32

Sido had het grootste deel van de nacht wakker gelegen. Ze had geprobeerd te bedenken hoe lang ze al in de gevangenis zat, maar ze wist het niet. De tijd was veranderd in een leegte zonder herkenbare momenten. Alle dagen waren hetzelfde, gevuld met het geluid van gehuil in de verte, dichtslaande deuren en blaffende honden. Ze had het gevoel dat ze haar hele leven al hier zat. Het leven buiten de gevangenis was niet meer geweest dan een tijdelijke onderbreking.

Haar vader had ze sinds het bezoek van Yann en Maître Tardieu slechts één keer gezien. Ze had samen met hem in de grote ruimte gezeten die ooit een kapel was geweest. Zodra ze iets had gezegd, was hij in woede uitgebarsten.

'Jij ellendig wijf! Het enige positieve dat jij ooit gedaan hebt, was sterven.' Hij had zo hard geschreeuwd dat de bewakers waren komen aansnellen. Ze moesten hem er met geweld van weerhouden Sido aan te vallen. 'Ga weg met je bastaard!' had hij geroepen. 'Ik wil niets meer met je te maken hebben.'

Als verlamd had Sido toegekeken hoe de bewakers hem met moeite onder controle konden houden. 'Ik heb het recht op mijn eigen leven,' had ze zachtjes tegen zichzelf gezegd. 'Het leven is mij geschonken. Ik zal het koesteren. Ik zal het opeisen. Het is een zonde om het weg te gooien.'

Ze had het hardop uitgesproken om zich af te sluiten van alle vreselijke dingen die de markies riep. Terug in haar cel drong het eindelijk tot haar door dat het geen zin had een man te helpen die haar altijd had gehaat. Gezond of ziek, zijn gevoelens voor haar waren altijd dezelfde geweest. Alleen op de momenten dat ze gezwegen had, had hij haar kunnen verdragen, omdat ze op die momenten leek op wie hij wilde dat ze was.

Ze zuchtte toen de langverwachte maan zich met een droevig gezicht aandiende aan de andere kant van de tralies.

Wat wil je nu? leek hij te vragen.

'Wat iedereen wil, natuurlijk,' antwoordde Sido. 'Dat men van me houdt om wie ik ben, niet om wat men wil dat ik ben.'

Was dat nu zo erg? Bij Yann was ze gewoon Sido geweest en had ze zich zo vrij gevoeld alsof ze vleugels had. Grote, witte vleugels als van een zwaan, die wachtten tot de wind hen zou optillen en ze gewichtloos tussen de wolken zou drijven.

Ze ging overeind zitten en wist wat ze moest doen. Als Yann haar kwam halen, ging ze mee.

'Ik heb het recht op mijn eigen leven. Het leven is mij geschonken. Ik zal het koesteren. Ik zal het opeisen. Het is een zonde om het weg te gooien.' Ze voelde zich sterker door dat te zeggen. Met de naam De Villeduval wilde ze niets meer te maken hebben. Als ze ooit weer vrijkwam, zou ze de naam van haar moeder aannemen. Die had tenminste van haar gehouden.

Kort voor zonsopgang begonnen overal in de stad de kerkklokken te luiden. Het was niet het prettige zondagse geluid, een vriendelijke oproep om te komen bidden. Het was een razend gelui, hard genoeg om de doden te doen ontwaken. Een luide waarschuwing voor dreigend gevaar, dat nog versterkt werd door het geblaf van de gevangenishonden.

Tegen de tijd dat de zon aan de hemel stond, luidden de klokken en blaften de honden nog steeds. Dat was opmerkelijk, want normaal gesproken liepen de honden om deze tijd met de bewakers hun rondes.

Normaal. Wat een onopvallend klein woordje, dacht Sido. Pas als er niets meer normaal was, besefte je wat je miste. Ze zou er heel wat voor geven om vanochtend de cipier te horen aankomen, met zijn stem van schuurpapier, zijn kater en zijn gewoonte om de cellen in te gluren in de hoop een halfontklede vrouw te zien. Maar de gang bleef leeg. En dat was niet het enige ongewone op deze dag.

Normaal bracht citoyenne Villon haar het ontbijt, maar vandaag verscheen ze niet, net zomin als de bewakers. Het bord van het avondeten stond nog steeds op de stoel, vol hard geworden jusresten.

Aan de schaduw op de muur zag ze dat het al ver na het middaguur moest zijn, maar nog steeds verscheen er niemand.

De sfeer in de gevangenis was gespannen. Sido voelde

hoe er golven van doodsangst door de cellen trokken, als-of iedereen voelde dat er iets verschrikkelijks te gebeuren stond. De naamloze angst verspreidde zich als een niet te onderdrukken koorts door de gangen, toen de gevange-nen op de deur van hun cellen begonnen te slaan. Het ge-luid was al snel zo hard dat er normaal gesproken zeker een bewaker op af was gekomen, woest dat hij zijn kaart-spel in het wachtlokaal moest onderbreken.

Maar vandaag was er niets normaal. Sido ging op het bed zitten en probeerde rustig te blijven. Ze staarde naar de muur van haar cel waar ze in de oneffen stenen een ge-zicht meende te herkennen dat op dat van Yann leek. Met de herinnering aan dat heerlijke uur in het café had ze zich de afgelopen tijd kunnen afsluiten voor het heden. Dankzij de vlucht naar die plek in haar hoofd had ze kun-nen ontsnappen aan de gruwel van het gevangenisleven.

De afgelopen vier dagen waren hier steeds meer men-sen binnengebracht. Sommigen moesten gesleept wor-den, anderen liepen met opgeheven hoofd door de poort. Moeders droegen angstige en verwarde kinderen die met kleine stemmetjes vroegen waarom ze hier waren, waar ze heen gingen en wat ze verkeerd hadden gedaan.

Sido werd ruw uit haar dagdroom gerukt door een angstaanjagende roep vanuit de mannenvleugel: 'Ze gaan ons allemaal afslachten!'

Nu brak de paniek in volle hevigheid los. Er werd ge-schreeuwd, gekrijst en gesmeekt en er klonk wanhopig geroep om de bewakers. Maar het geluid verdronk in an-dere, afschuwelijker geluiden vanbuiten en het gekreun en geschreeuw van stervenden in handen van een bloed-dorstige menigte.

Wat de gevangenen het meest hadden gevreesd was begonnen. Om ongeveer vier uur ging de ijzeren deur aan het eind van de gang in de vrouwenvleugel rammelend open en kwamen er drie mensen binnen: twee sansculottes met opgerolde mouwen en de rode vrijheidsmuts op hun hoofden en een gevangenisbewaarder die hen met een toorts bijlichtte. Ze keken met een wilde blik in alle cellen. Hun stemmen waren zo woest en hun accent zo zwaar dat het lastig te zeggen was welke naam ze riepen.

Uiteindelijk werd duidelijk dat ze de hertogin De Lamantes zochten.

Sido hoorde hoe er een sleutel werd omgedraaid in een slot. Ze hoorde de hertogin smeken om met rust gelaten te worden en toen het geluid van een stoel die omviel. De mannen sleepten haar scheldend de gang op terwijl de hertogin luid snikkend schreeuwde: 'Waar nemen jullie me mee naartoe?'

'Naar het bureau van de directeur, verraadster, waar je berecht zult worden door het Volkstribunaal,' was het kille antwoord.

De hertogin werd door de gang gesleurd, waar ze in het voorbijgaan wanhopig trachtte de ijzeren tralies van Sido's cel vast te grijpen. Haar ogen stonden wijd open van angst.

'Houd ze tegen!' huilde ze voordat een houten knuppel hard op haar knokkels neerkwam. Gillend van de pijn liet ze los en werd toen zonder pardon langs de rij cellen gesleurd. Met een harde dreun ging de ijzeren deur dicht. Even klonk alleen het zachte gesnik van de andere, doodsbange gevangenen.

We lijken wel schapen, dacht Sido, die zitten te wachten tot ze naar de slachtbank worden gevoerd.

Ze liet zich in de hoek van de cel tegen de stenen muur aan zakken, verborg haar gezicht in haar armen en probeerde terug te gaan naar die magische plek waar alleen Yann was. Maar al snel hoorde ze opnieuw het geluid van laarzen die door de lange gang in haar richting kwamen en halt hielden voor haar cel. Ze zag hoe de sleutel in het slot werd omgedraaid.

Het moment was aangebroken. Dit was het einde, dat wist ze. Ze keek niet eens op om te zien wie haar kwamen halen. Ze voelde hun sterke armen, rook hun ongewassen lichamen en hun zweet. Ze zou zich niet laten meeslepen zoals de hertogin. Ze ging rechtop staan en schudde zich los uit hun greep. Wat maakte het ook uit, nog even en ze was dood.

'We zijn allemaal gelijk,' zei ze rustig. 'Maar ik ben niet gewapend en jullie wel. Laat me alsjeblieft los.' De twee bruten lieten haar los, verbaasd dat iemand hen op zo'n manier toesprak. Sido haalde diep adem en liep de gang in, terwijl ze probeerde zo min mogelijk te hinken. Ze had geen behoefte aan medelijden.

Op dat moment kwam de hertogin uit een kamer tevoorschijn. 'Naar La Force,' hoorde Sido zeggen. Toen de hertogin Sido op de trap op haar beurt zag wachten, haalde ze haar schouders op alsof ze wilde zeggen dat het wel meeviel. Toen werden de deuren naar de straat opengegooid. Even was Sido verblind door het licht dat naar binnen viel, daarna zag ze maar al te duidelijk een zee van zwaarden en spiesen. De hertogin besefte op hetzelfde moment wat haar lot was en probeerde zich schreeuwend los te rukken, maar ze werd vastgepakt door mannen met bloedbevlekte sabels. Ze hief haar armen boven haar hoofd.

Sido zag hoe de mannen hun sabels hieven. Ze sloot haar ogen en probeerde de gruwelijke kreten en het luide gegrom van de mannen die hun wapens lieten neerkomen, niet te horen. Toen sloeg de deur weer dicht. De stenen vloer was doordrenkt met het bloed van de hertogin.

Met trillende benen werd Sido het kantoor van de gevangenisdirecteur binnengeleid.

Het vertrek was met toortsen verlicht en in het zwakke licht zag ze dat het vol met mannen zat. Achter het bureau zat Stanislas Maillard. Hij was in het zwart gekleed en zijn lange, sluike haar was in een staart in zijn nek vastgemaakt. Hij had een ingevallen gezicht en diepliggende ogen. Als de dood een gezicht had, dacht Sido, zou het er zo uitzien.

Maillard was aangewezen als President van het Volkstribunaal. Die functie vervulde hij zonder plezier, maar met grote nauwgezetheid. Op de tafel voor hem lagen het gevangenenregister en een stapel papier en ernaast stonden een fles wijn en een glas. Aan de stemmen van de mannen die gretig toekeken kon Sido horen dat ze uit Marseille en andere delen van Frankrijk kwamen.

Maillard liet zijn knokige wijsvinger langzaam langs de lijst glijden. 'Naam, leeftijd en geboorteplaats?' vroeg hij.

Sido antwoordde met heldere stem.

Maillard vond haar naam op de lijst, nam de aanklacht door en overlegde met zijn barse collega's. Daarna deelde hij haar mee dat ze werd beschuldigd van hoogverraad tegen de natie.

'Wat is daarop je antwoord?'

'Ik steun de revolutie en ik wens haar uit volle overtuiging succes,' zei Sido. Ze wist dat elk ander antwoord haar dood zou betekenen.

'Waarom heb je dan getracht ons glorieuze land te verlaten?'

'Omdat ik afkomstig ben uit een familie waar mijn wensen en overtuigingen van generlei waarde waren.' Het klonk zwak en ze wist dat dit argument haar niet zou redden.

Op dat moment barstte de deur van de geïmproviseerde rechtszaal open en werd er een andere gevangene voor de president gesleept. Zijn bewakers trokken zijn hoofd naar achteren.

'Nog een priester die zich in de kapel had verstopt.'

Maillard zuchtte en doorliep nogmaals zorgvuldig het register. Zijn dreigende blik ging het vertrek door.

'Heb je de eed afgelegd?' vroeg hij.

'Ik ben niet bang om te sterven,' antwoordde de man moedig.

Er klonk een boos gebrul van de mannen in de zaal: 'Weg met hem!' De dood staarde de priester in de ogen toen Maillard hem wegwuifde.

Sido huiverde toen het gegil van de man het vertrek vulde.

De President van de rechtbank vulde zijn glas bij en keek weer in zijn papieren.

'Je moet wat kruit in je wijn doen, citoyen,' zei een van de bewakers. 'Dat doen wij ook. Je krijgt er vuur van in je buik en hartstocht in je hart.'

De President schudde zijn hoofd en keek naar Sido.

Deze was absoluut mooier dan alle anderen waar hij zich vanochtend van had ontdaan. En ze had een prachtige stem.

'Dus je kon je vader er op geen enkele manier van weerhouden zijn land te verraden?'

'Dat klopt, meneer.'

'Genoeg. Wat is uw oordeel?'

'Naar La Force,' klonk het overal in het vertrek.

Schuldig dus, dacht Sido. De President liet zijn hamer neerkomen en riep: 'Naar La Force! Neem haar mee.'

Sido was vastbesloten om met opgeheven hoofd te gaan; ze zou hem recht in de ogen kijken, zodat hij haar niet zou vergeten. Twee bewakers grepen haar ruw bij haar armen, Maillard sloeg nogmaals met zijn hamer op tafel en riep: 'Volgende.'

Op dat moment ging de deur van het kantoor open en dook er een afschuwelijke verschijning in de deuropening op. De bewaker – als het een bewaker was – was besmeurd met bloed en leek uitgeput. Razend ging hij voor Maillard staan en sloeg met zijn bebloede vuist op tafel.

'Wat denk je dat we zijn?' riep hij. 'We zijn al de hele dag zonder onderbreking aan het hakken en moorden, maar we zijn geen machines, hoor. We hebben een pauze nodig en iets te eten.'

Maillard keek op de klok. 'Laat haar los,' zei hij tegen de twee mannen die Sido net naar buiten wilden brengen.

Sido werd met geweld op een bank geduwd.

'Wat zullen we met haar doen?'vroeg een van de bewakers. 'Wij kunnen ook wel een pauze gebruiken.'

Maillard keek naar Sido. Hij had een probleem, dat was duidelijk. Een mooi probleem, weliswaar, en ze had leuke ogen. Hij trommelde met zijn vingers op tafel terwijl hij bedacht hoe hij dit dilemma moest oplossen.

Toen pakte hij zijn hamer, beukte ermee op tafel en riep: 'Onschuldig!'

Even wist Sido niet zeker of ze het wel goed had gehoord. Misschien was dit een gecodeerde boodschap die betekende dat ze haar later zouden vermoorden, maar toen ging er een gejuich op in het kantoor: '*Vive la Nation!*'

Haar bewakers renden naar voren om Sido te feliciteren, tilden haar op en droegen haar door de buitendeur naar de gevangenispoort. 'Hier is er één die onschuldig is.'

Vanaf haar positie op hun schouders kon Sido elk detail van het tafereel voor haar goed zien. Op de binnenplaats was een enorme brandstapel opgericht die een akelig licht wierp over een stapel lichamen, waaraan in veel gevallen ledematen ontbraken. Tegen het hekwerk rond de gevangenis verdrongen zich de burgers, benieuwd naar de nieuwe beulen van Parijs.

De honden, die eindelijk waren vrijgelaten, likten de grond en mannen zaten naast de opgestapelde lijken hun lunch te eten. Ze lachten, hieven hun flessen en doopten hun brood in bloed.

Sido zweefde aan deze onwerkelijke wereld voorbij. Ze hield haar ogen strak op de poort gericht, er vast van overtuigd dat elke kans op vrijheid verkeken was als ze die ook maar een moment uit het oog zou verliezen. Eenmaal buiten de gevangenismuren werd ze tussen de samengestroomde toeschouwers neergezet.

'Het leven is van mij,' zei ze tegen zichzelf terwijl een opgewonden gevoel van vrijheid zich van haar meester maakte.

Plotseling werd er een arm stevig om haar middel geslagen en een hand met een zwartleren handschoen bedekte haar gezicht. Haar vrijheid had minder dan een minuut geduurd. Ze werd in Kalliovski's rijtuig geduwd waar ze in de fluwelen kussens viel. De aanraking met het luxueuze materiaal schoot als een elektrische schok door haar lichaam. Ze gilde toen de automaat over haar schoot viel. Ze duwde de pop terug, geschrokken van de afschuwelijke gelijkenis met madame Perrien.

'Ik moet je mijn excuses maken,' zei citoyen Kalliovski. 'Ik had gehoopt je vrijlatingspapieren gereed te hebben voordat dit bloedbad begon.'

Ze keek hem met afschuw aan. Toen herinnerde ze zich de overeenkomst. 'En mijn vader? Hebt u zijn vrijlatingspapieren ook?'

Kalliovski haalde een brief uit zijn zak en hield die haar voor.

'Ik heb gezegd dat je vader wordt vrijgelaten als je vrijwillig meekomt. Kom je vrijwillig mee?'

Ze schoof zo ver mogelijk van hem vandaan.

'Nou?'

Sido knikte.

'Kus me dan, ten teken dat je het meent.'

Sido rilde, in hevige tweestrijd. Ten slotte haalde ze diep adem en boog zich voorover om hem een kus op zijn wang te geven, maar hij greep haar beet en dwong haar hem aan te kijken, haar kin in een ijzeren greep tussen zijn duim en wijsvinger. Zijn lippen, een bloederige wond in zijn gezicht, kwamen naderbij. Zonder na te denken spuugde ze.

Kalliovski sloeg haar hard in haar gezicht en duwde

haar tegen de rugleuning. Tranen van pijn schoten in haar ogen.

Kalliovski trok een maagdelijk witte zakdoek tevoorschijn, vouwde die zorgvuldig open en veegde zijn gezicht af.

'Een temperamentvol meisje, wie had dat gedacht. Dat wordt nog leuk.' Hij lachte. 'Ik krijg je er wel onder. Misschien is het een troost voor je, na alles wat je hebt moeten doormaken, om te weten dat ik je vader toch niet had bevrijd, ook niet als je vrijwillig met me was meegegaan. Wat daarbinnen gebeurt bevalt me niet, maar het heeft wel een zekere poëtische onafwendbaarheid. Je vader en al zijn verwende, dwaze vriendjes hebben dit aan zichzelf te danken.'

Hij klopte tegen het dak van de koets die zich langzaam in beweging zette.

'Weet je wat voor dag het vandaag is?'

Sido wendde haar gezicht af en keek door de verduisterde raampjes.

'De dag waarop de demonen zijn vrijgelaten,' zei ze zachtjes, meer tegen zichzelf dan tegen hem.

'Nee, *ma chérie*,' zei Kalliovski glimlachend. 'Vandaag is het je trouwdag.'

33

*Aan de Rue Barbette was Didier rond twaalf uur 's middags
wakker geworden van het overspannen gebeier van de kerkklokken, geschreeuw en het geluid van laarzen op de keien.
Zonder tijd te verliezen was hij naar beneden gerend om te
zien wat er aan de hand was. Door het labyrint van winkeltjes
en woonblokken weerklonk het getier van een menigte die zich
als een vloedgolf door de straten bewoog.*

D idier haastte zich naar de bakkerswinkel in de Rue
des Rosiers en klopte zo hard op de deur dat de
raampjes ervan rinkelden. Het geschrokken gezicht van
de bakker, deegwit van angst, gluurde tussen de luiken
door. Toen de man zag dat het een vriend was, liet hij
hem snel binnen en vergrendelde de deur weer. Aan één
stuk door pratend nam hij Didier mee naar de achterka-
mer waar zijn gezin rond de tafel zat te eten. Ze oogden
als konijnen die waren opgeschrikt door het geluid van
een geweer.
    'Wat is er gaande?' vroeg Didier.

'Heb je het niet gehoord, dan? Er wordt gezegd dat Verdun is gevallen en dat de Pruisen optrekken naar Parijs. Ze zijn nog maar een paar mijl verwijderd van de stadspoorten. Overal op de straathoeken hangen waarschuwingen: als we de vijanden in onze gevangenissen niet doden, zullen ze uitbreken en ons allemaal afslachten.'

'Wat een onzin,' onderbrak Didier hem. 'Daar zitten priesters, nonnen, kinderen, prostituees, een stelletje mensen van adel en wat oplichters – denk je echt dat iemand hen zou willen vermoorden?'

'Ik weet het niet. Ik zeg je alleen maar wat ik gehoord heb. Er wordt opgeroepen om alle verraders aan stukken te scheuren.' Hij stopte en zocht houvast bij zijn oven. Het leek alsof de betekenis van die woorden nu pas tot hem doordrong. 'Het is een verschrikkelijke dag,' zei hij droevig. 'Je kunt je afvragen of we ook maar een haar beter zijn dan de beesten in het woud.'

Hij gaf Didier een brood, dat een troostende geur verspreidde in een wereld vol rafelranden.

Didier propte het in zijn binnenzak. 'Bedankt.'

'Je kunt maar beter binnenblijven als je niet terecht wilt komen in een bloedbad,' zei de bakker. Hij legde een arm om zijn vrouw heen en gaf zijn kinderen een klopje op hun hoofden. 'Het mag dan laf zijn, maar dat is wat ik ga doen.'

Hij liep met Didier mee naar de deur. 'Ze zeggen dat het een goede dag gaat worden voor de grafdelvers,' fluisterde hij hem na. 'Pas goed op jezelf, mijn vriend.'

Didier ging op weg naar de woning van monsieur Aulard, waar hij Têtu aantrof, die koffie aan het zetten was. Monsieur Aulard was nog bezig wakker te worden. Hij hing in een stoel met zijn kousen op zijn enkels.

'Waar is Yann?' vroeg Didier. 'We hebben geen minuut te verliezen. Ik verwacht dat de slachtpartij elk moment kan beginnen.'

'Dat weet ik,' zei Têtu. Hij ging niet verder, want op dat moment verscheen Yann in de deuropening.

'Wat is er aan de hand?' vroeg hij. 'Waarom maken die klokken zo'n kabaal?'

Didier haalde het nog warme brood uit zijn jas en legde het op tafel. 'Er is iets gaande in de gevangenissen,' zei hij. 'Het schijnt dat de stad op het punt staat ingenomen te worden.'

'Waarom heb je me dan laten slapen?'

'Omdat je gewond bent,' antwoordde Têtu. Hij zette een pot koffie op tafel. 'Het is me gelukt om een koets te regelen. Die staat om zeven uur bij de stadspoort van St.-Denis. Dat betekent dat jij nog tijd hebt om op krachten te komen voor de reis. Cordell heeft laten weten dat hij in Dieppe is, in het Hôtel de Paris. Daar moet je het Boek der Tranen van Kalliovski naartoe brengen.'

'Ik ga nergens heen zolang ik Sido niet gered heb.'

'Het is goed mogelijk dat het daarvoor al te laat is.'

'Dat mag je niet zeggen!'

'Het spijt me, Yann, maar de wereld is dolgedraaid. Je kunt nooit op tijd bij de gevangenis zijn, zelfs niet als je gezond was.'

'Jawel!' riep Yann boos uit. 'Ik kan nu niet opgeven, daarvoor heb ik al te veel bereikt.' Hij keerde zich met af-schuw af. 'Wat moet ik dan doen? Tegen de Laxtons zeggen dat ik een wondje had en me niet sterk genoeg voelde om zelfs maar te proberen Sido te bevrijden? En denk je dat ze dan blij zijn dat ik in elk geval het Boek der Tranen heb? Ik ga nog liever dood bij een reddingspoging dan dat ik hier blijf zitten!'

Hij liep terug naar de slaapkamer en kwam een paar minuten later met zijn kleren aan terug. Hij kromp ineen toen hij zijn hemelsblauwe jas aantrok en er een pijnscheut door zijn schouder trok.

'Een waarzegger heeft me voorspeld dat me in Parijs een kogel wachtte,' zei hij. 'Bijna was ik uit angst daarvoor niet teruggekeerd. Maar gisteravond heeft dat wat ik het meeste vreesde me gevonden en ik heb het overleefd. Ik leef nog, Têtu, meer dan ooit. En ik weet dat ik Sido kan redden. Ik wéét het gewoon.'

'Je moet in elk geval nieuw verband om, als je geen ontsteking wilt oplopen.'

Yann ging met tegenzin zitten en wachtte ongeduldig tot Didier klaar was. 'Met die wond kun je nergens heen, zelfs niet naar Dieppe. Zo'n koets schudt je helemaal door elkaar. En je hebt ook nog koorts.'

'Houd toch op.'

'Voordat je gaat moet ik je nog iets vertellen,' zei Têtu. 'Ik heb gisteravond ontdekt dat Kalliovski de vrijlatingspapieren van Sido wilde laten tekenen. Ik weet niet of hem dat gelukt is. Je zult haar alleen vinden als je Kalliovski vindt. Als ik jou was zou ik de gevangenis overslaan.'

'Bedankt,' zei Yann. Hij boog zich over naar Têtu en zei in het Romani: 'Nog één ding: wist je dat Kalliovski de draden van licht kan gebruiken?'

'Ja, als een klein kind met een marionet. Hij is een beginneling. Nog wel, tenminste. Tenzij...'

'Tenzij wat?' vroeg Yann.

'Tenzij hij hulp krijgt van de duivel.'

Yann kuste Têtu op beide wangen. 'Maak je geen zorgen,' zei hij in het Frans. 'Ik voel me onoverwinnelijk. Vandaag ben ik drie meter lang en zo sterk als Hercules.'

'Vandaag heb je koorts,' zei Têtu.

'Ik zorg dat ik op tijd terug ben voor de koets. Neem jij het Boek der Tranen, Sido's papieren en de brieven mee.' Bij de deur keerde hij zich om. 'Wacht, de juwelen! Die moet je nog ophalen bij die oude advocaat.'

'Weet ik,' zei Têtu. 'Ga nou maar.'

Monsieur Aulard sprong op uit zijn stoel. 'Mort bleu!' zei hij wanhopig. 'Yann! Begrijp je dan niet dat de hel losbreekt als Kalliovski erachter komt wat er uit zijn huis is gestolen?'

'Haal die juwelen nou maar,' zei Yann. Toen rende hij met twee treden tegelijk de trap af.

Têtu keek naar Didier, die een dikke snee brood in zijn hand klemde. Hij wist wat Têtu hem zou vragen.

'Ga achter hem aan en zorg dat hij niet gedood wordt.'

'Ik zal mijn best doen,' antwoordde Didier. Hij pakte zijn muts en nam nog snel een slok koffie.

Nadat Didier was vertrokken, pakte ook Têtu zijn jas en hoed.

'Wat zit je daar nou?' vroeg hij aan monsieur Aulard. 'Vooruit, ga je aankleden. We hebben nog een hoop te doen. We moeten naar de advocaat om die juwelen op te halen en we moeten op tijd bij de koets zijn.'

'Mort bleu!' zei monsieur Aulard. 'Dat gaat ons nooit lukken. Komt hier dan nooit een einde aan?'

Alsof hij precies wist wat monsieur Aulard dacht, zei

Têtu geruststellend: 'Je doet het prima, beste vriend. Je bent moediger dan ik ooit had verwacht. Ik heb mijn lengte tegen dus ik heb jouw hulp nodig om door de menigte te komen.'

Monsieur Aulard klemde zijn zwarte pet stevig in zijn hand. Hij rechtte zijn rug en zuchtte. 'Laten we dan maar gaan. Ik zal je wel beschermen.'

*

Het duurde even voordat Didier Yann had ingehaald. Die was erin geslaagd om zich zigzaggend en bukkend een weg door de menigte te banen via steegjes en minder drukke straten. Bij bijna elke kruising werd hem de weg versperd door grote groepen mensen, gewapend met spades, hooivorken, keukenmessen en roestige zwaarden, samengesmolten tot één vastbesloten, monsterlijk wezen van vlees, zenuwen, tanden en haren. Onverbiddelijk trokken ze op, met één doel, één wil, één wens: moord. Losgesneden van verleden en toekomst waren ze opgenomen in dat ene, grote, gedachteloze moment. Hun harten en hoofden werden overstemd door het onafgebroken gelui van de noodklokken en het gebulder van de kanonnen. Het was alsof Parijs zelf zijn doodsnood uitschreeuwde voor iedereen die het maar horen wilde.

Yann was uren bezig om te komen waar hij wilde zijn. Bij het huis van Kalliovski hoorde hij dat die niet meer was teruggekomen. Hij keerde om naar de Pont Neuf, maar ook daar maakte de samengestroomde menigte het vrijwel onmogelijk om vooruit te komen. Yann voelde hoe de tijd hem als zand door de vingers glipte. Af en toe ving hij flarden op van nieuws uit de gevangenissen. Elk verslag was nog vreselijker dan het vorige.

Ze zeggen dat de slagers van Parijs de sansculottes moesten leren hoe je iemand moet doden.

Ze zeggen dat het bloed de Seine in stroomt.

Het valt nog niet mee om iemand te doden. Sommigen liepen als kippen zonder kip rond te rennen, met ontbrekende lichaamsdelen.

Yann werd hoe langer hoe wanhopiger van de woorden die hij opving. Hij klom op de leuning van een brug om te zien hoever de menigte zich uitstrekte en zag hoe aan de overkant de mensenmassa zich splitste. De ene helft ging op weg in de richting van het Champ-de-Mars, de andere naar Saint Germain en L'Abbaye.

Yann keek uit over de mensenmassa. Zijn gedachten tolden rond en de pijn in zijn schouder was scherp en bijtend. Hij vervloekte het feit dat hij er niet in was geslaagd Sido ervan te overtuigen met hem mee te gaan toen het nog kon.

Didier zag Yann staan in zijn hemelsblauwe jas, als een stuurman die uitkeek over een indrukwekkende zee van mensen. Wat zocht hij? Waarom vestigde hij de aandacht op zichzelf? Didier wilde dat hij naar beneden kwam voordat hij in de rivier geduwd zou worden.

'We kunnen beter naar de brug bij de Notre-Dame gaan,' riep hij boven het lawaai uit.

Maar op dat moment zag Yann een koets. 'Wacht,' riep hij.

Dit was niet de eerste koets die hij vandaag zag, maar de andere waren verlaten, omvergegooid, versplinterd of in brand gestoken en allemaal belemmerden ze de bewegingen van de mensenmassa.

Toen het rijtuig dichterbij kwam, herkende Yann Kalliovski's nachtzwarte koets met de zes prachtige witte paarden, waarin hij, Têtu en Topolain naar het château van de markies De Villeduval waren gebracht. Hij glimlachte. Dit betekende dat Kalliovski na de bijeenkomst geen tijd meer had gehad om naar huis te gaan, anders had hij wel een eenvoudiger rijtuig genomen. Deze koets stak als een symbool van rijkdom en privileges af tegen het opkomende tij van mensen die de tegenovergestelde kant op gingen. Hij was dus al naar de gevangenis geweest.

Op dat moment wist Yann zeker dat Kalliovski Sido bij zich had.

'Didier,' riep hij, 'kijk!'

Didier had de koets ook gezien. Voor hem was dat geen reden voor vreugde, maar het bewijs dat ze hier zo snel mogelijk weg moesten.

'Kom naar beneden, Yann. Hij vermoordt ons als hij ons ziet. We gaan naar het Palais Royal.'

'Nee,' antwoordde Yann. 'Kom, volg me.'

Didier wist dat hij geen keus had. Yann liep nu over de balustrade in de richting van de koets. Didier volgde hem, moeizaam door de menigte ploegend tot hij eindelijk zijn hand op het portier kon leggen. Hij duwde zijn enorme gezicht stevig tegen het verduisterde glas van het raampje. Daar zat Kalliovski, Balthazar grommend aan zijn voeten. In het midden zat een automaat en Sido was weggedoken in een hoek met haar gezicht verborgen in haar handen.

Didier keek Yann aan. 'Ze zitten erin,' riep hij.

'Pak die paarden,' werd er vanuit de menigte geroepen.

'Die moeten kanonnen trekken in plaats van rijtuigen.'

Een man sprong omhoog naar de bok, maar de koetsier deed zijn best om hem van zich af te slaan. 'Ik heb hier een lid van de Revolutionaire Raad.'

Een kort moment leek de rede het te winnen. De menigte week uiteen en de koets zette zich weer slingerend in beweging.

'Houd ze tegen!' riep Yann. De angstige paarden snoven, steigerden en lieten het wit van hun ogen zien. De koetsier trachtte hen te kalmeren en deed een laatste wanhopige poging om de koets los te maken uit de mensenmassa.

'Het is een aristocraat die probeert te ontsnappen. Een verrader van de zaak!' brulde Didier zo hard hij kon.

Meer had de menigte niet nodig. De mensenmassa sloot zich rond het rijtuig en sneed de paarden los. Nogmaals spleet de menigte uiteen, ditmaal om de paarden als oorlogsbuit mee te voeren.

De koetsier zakte scheef op de bok, zijn handen om een dolk geklemd die in zijn buik stak.

Vanwaar Yann stond, zag hij hoe mensen wild aan de deuren rukten en de koets met geweld heen en weer schudden. Het rijtuig leek op een enorme zwarte tor die door een leger mieren onder de voet werd gelopen. Hij hoorde Kalliovski schreeuwen dat hij een vriend van het volk was. Een paar mannen waren op het dak geklommen en stonden op het punt toe te slaan met hun bijlen en brandhout te maken van de koets en zijn passagiers.

De pop werd naar buiten gesleurd en van haar wassen ledematen ontdaan. Balthazar gromde woest maar vruchteloos. Toen zag Yann dat ook Sido uit de koets was getrokken. Haar armen werden achter haar rug vastgehouden en een mes lag tegen haar keel. Didier worstelde om bij haar te komen, maar Yann wist dat hij niet op tijd zou zijn. Even kon hij niet meer nadenken, tot hij besefte dat hij draden van licht om haar heen zag. Zijn vingers tintelden van opwinding.

Yann trok hard aan de draden. Het mes maakte zich los van Sido's keel en stak een man een stukje verderop. Het slachtoffer zakte schreeuwend van pijn in elkaar, terwijl de man die Sido vasthield verbaasd toekeek. Op dat moment tilde Yann hem op en gooide hem achterwaarts in de verbijsterde en vijandige menigte.

De omstanders waren ervan overtuigd dat er een onzichtbare macht aan het werk was en baden dat die aan hun kant stond.

Sido had het gevoel in een nachtmerrie te verkeren. Ze had Yann niet gezien en ook niet gehoord dat hij 'Rennen!' had geroepen.

Nu was het te laat. Er stapte een andere man naar voren die haar vastgreep. Zweetdruppels rolden over Yanns voorhoofd terwijl hij nogmaals aan de draden van licht trok. De man liet Sido los, geschrokken van zijn onzichtbare vijand, en zwaaide met zijn bijl boven zijn hoofd. Er klonk een kreet van angst toen het wapen uit zijn hand schoot en op de rode muts van een van zijn kameraden terechtkwam. Voordat de man nog iets anders kon doen, tilde Yann hem zo hoog hij kon op en liet hem toen neerkomen op de menigte onder hem.

Didier greep zijn kans, stormde als een stier op Sido af en hees haar op zijn schouder.

'Rustig maar,' zei hij dringend toen ze tegenstand

bood. Hij wees op Yann die als een engel der wrake op de brugleuning stond. 'Kijk.'

De menigte was inmiddels door een koortsachtige razernij overmand en keerde zich tegen zichzelf als een monster dat zich voedde met zijn eigen vlees. Er braken gevechten uit en er ontstond paniek. Yann sprong naar beneden en volgde Didier die zich een weg baande door de menigte.

Hij ving nog net een glimp op van Kalliovski voordat die door de menigte werd verzwolgen. Nog één laatste, rauwe kreet ontsnapte aan zijn mond. 'Je kunt mij niet ontsnappen! Ik krijg je nog wel!' Toen verdronken zijn woorden in het geschreeuw van de menigte: 'Dood aan de verraders van de revolutie!'

Toen ze eindelijk van de brug af waren, zette Didier Sido neer. Yann pakte haar hand en gedrieën baanden ze zich een weg door de mensenmassa.

'Waar ga je met dat meisje naartoe?' schreeuwde een stem. 'Ze is van adel, net als die vent.' Het was een spook van een vrouw met zwarte tanden, een woeste haardos en de stank van de vismarkt om zich heen. Krijsend herhaalde ze haar vraag.

'Nee,' riep Yann. 'Je zit ernaast. Die schoft had haar van mij afgepakt. Ze is mijn liefje.'

Hij wachtte niet op haar antwoord, keek niet eens om om te zien of ze gevolgd werden en toen wisten ze zich eindelijk aan de greep van het volk te onttrekken. Ze renden tot ze alle drie volledig buiten adem waren en Sido hijgend aan Yanns hand trok.

'Ik kan niet meer.'

Ze hadden nog slechts drie kwartier om op de afgesproken plek te komen.

Ze hielden halt en Didier spiedde tegen een muur aan-gedrukt naar links en rechts. In de verte hoorden ze nog net het zwakke gejoel van de menigte en het geluid van kanonnen.

Yanns hart bonsde van opwinding; hij kon nauwelijks geloven wat hij zojuist gedaan had. Hij lachte hardop en keek Sido aan.

'Leve het leven,' riep hij uit.

Sido had geen uitleg nodig. Slechts een paar uur gele-den was ze ternauwernood ontsnapt aan de dood en nu ontvluchtte ze een huwelijk met een man die ze haatte. Dankzij een vreemde magie die ze niet begreep, was ze in leven en vrij en bij degene van wie ze al die donkere uren in haar gevangeniscel gedroomd had. Ja, leve het leven. Dat het altijd zo mocht blijven.

34

Het was vijf over vier. Têtu zat in een uitgestorven café vlak bij de stadspoort van St.-Denis. De koetsier hield aan de overkant van de straat de paarden stevig vast, banger om hen te verliezen dan het rijtuig. Een paard was in een oorlog zijn gewicht in goud waard, wist hij.

Monsieur Aulard beet zenuwachtig op zijn nagels, iets wat hij sinds zijn kindertijd niet meer gedaan had. Hij vroeg zich af wat er gebeurd kon zijn met Didier en Yann. Het was vreemd rustig op straat. Af en toe ging er ergens voorzichtig een luik open en gluurde er een angstig gezicht naar buiten. De bewoners vroegen zich waarschijnlijk af op wie de koets stond te wachten en hoe lang het nog zou duren voor de vijand door de poorten zou marcheren.

De theaterdirecteur wenste vurig dat de paarden niet zo hard snoven en hun teugels en beslag niet zo luid rinkelden. Het leek wel of er een alarm afging en het laatste wat hij wilde was ongewenste aandacht trekken.

'Waar blijven ze toch?' vroeg hij wanhopig. Hij haalde zijn zakhorloge tevoorschijn en deed het voor de zoveelste keer open en dicht.

Têtu leek, ondanks zijn eerdere bezorgdheid, niet ongerust te zijn dat zijn vrienden er nog niet waren. Zijn ogen waren dicht en hij had zijn voeten op de stoel tegenover hem gelegd.

Ze kwamen net van Maître Tardieu. De oude advocaat had eruitgezien of zijn hart het niet lang meer zou houden.

'Dit wordt mijn dood nog,' had hij gezegd. Hij haastte zich de juwelen op te diepen, doodsbang dat elk van zijn bewegingen werd gadegeslagen door een onzichtbaar oog dat tot in het hart van zijn mollenhol kon kijken. Hij had Têtu het zakje juwelen haast toegesmeten en smeekte hem zich uit de voeten te maken, zodat hij eindelijk verlost zou zijn van deze belastende bewijsstukken.

'Wees blij,' zei Têtu opgewekt tegen monsieur Aulard. 'Je had je nu ook in je theater kunnen zitten vervelen bij al die vaderlandslievende onzin die je moet opvoeren. Maar je bent hier, midden in een écht drama.'

'Mort bleu! Mort bleu! Probeer je soms leuk te zijn?' Monsieur Aulard stopte even met nagelbijten om zich het zweet van het voorhoofd te wissen.

'Ze kunnen er elk moment zijn,' zei Têtu geruststellend. Hij stond op om aan de bar te gaan betalen. 'Nog even geduld, mijn vriend.'

Monsieur Aulard volgde Têtu de straat op in de vurige hoop Yann en Didier te zien aankomen, maar de straat bleef leeg.

Têtu liep hem voorbij naar de koetsier die last begon te krijgen van zenuwtics; een tapijt vol vlooien was er niets bij.

'Maak je maar klaar, ze kunnen hier zo zijn.'

Monsieur Aulard bewoog wild met zijn armen. 'Waar dan? Er is nog geen spoor van ze te bekennen.'

Zonder zich om te draaien zei Têtu: 'Kijk maar eens goed.'

Monsieur Aulard was heel wat gewend na een leven in het theater. Hij beriep zich erop dat hij in de kleedkamer geboren was, tussen twee actes van een stuk van Voltaire in. Na de recente gebeurtenissen geloofde hij dat niets hem ooit meer zou verbazen. Maar nu was hij met stomheid geslagen toen Yann, Sido en Didier als een luchtspiegeling voor hem opdoken.

'Het spijt me dat we zo laat zijn,' zei Yann. 'Het was een ramp om hier te komen.'

Têtu maakte een buiging. 'Dat kan ik me voorstellen. Wat een groot genoegen om u opnieuw te ontmoeten, jongedame.'

'Ik ben ook blij om u te zien,' antwoordde Sido.

De koetsier klom van de bok en opende het portier, opgelucht dat zijn passagiers er eindelijk waren.

'Jullie documenten zijn allemaal geregeld,' zei Têtu. 'Als het goed is zul je daar onderweg geen problemen mee krijgen. Jullie reizen als broer en zus, Sarah en Robert Laxton. In Dieppe wacht Charles Cordell op jullie, in het Hôtel de Paris. Hij heeft een boot geregeld. Ik heb al een koerier gestuurd met de boodschap dat jullie vroeg in de ochtend zullen arriveren.'

Monsieur Aulard onderbrak hem en begon ongerust tegen Sido te praten.

'Op jullie papieren staat dat jullie allebei Engels zijn, dus je kunt het praten het beste aan Yann overlaten. De reden voor jullie verblijf hier is dat jij Frans bent komen leren. Je broer is je nu komen halen vanwege de politieke onrust. Ik heb wat theaterkleren voor je ingepakt – je kunt niet in je gevangeniskleren reizen – en ook wat eten voor onderweg. Jullie stoppen even buiten Parijs zodat je je kunt verkleden.'

Terwijl monsieur Aulard zijn verhaal afratelde, nam Têtu Yann apart en zei in het Romani, zodat ze niet afgeluisterd konden worden: 'Goed gedaan. Ik wist dat het je zou lukken. Hoe is het met Kalliovski?'

'Het laatste wat ik van hem gezien heb, is hoe hij door een bloeddorstige menigte werd overmand,' zei Yann. 'Ik zou niet weten hoe hij dat overleefd kan hebben.'

Têtu keek opgelucht. Nu hoefde Yann de waarheid over zijn vader nooit te weten.

'Ik ben trots op je. Haast je nu. Breng Sido naar Dieppe en kom zo snel mogelijk terug. Er is hier nog veel te doen. Beloof je dat?'

'Dat beloof ik.'

*

Die ochtend had Sido niet gedacht het woord 'gelukkig' ooit nog te zullen gebruiken. Toch voelde ze zich nu, terwijl de koets zich een weg baande door de stadspoort van St.-Denis, Parijs uit het zicht verdween en de molens van Montmartre opdoemden, gelukkig. Ondanks alle gebeurtenissen was ze ongelooflijk gelukkig.

Yann, die tegenover haar zat, glimlachte en toen barstten ze allebei in lachen uit. Waarom, dat wisten ze niet eens. Omdat ze het onmogelijke voor elkaar hadden gekregen? Omdat het lot hen gunstig gezind was geweest? Wat maakte het ook uit. Ze waren op weg naar Dieppe. Als oude vrienden die elkaar hebben teruggevonden praatten ze over alles en niets. Sido's verlegenheid was verdwenen.

De koets hield halt bij de herberg van Pontoise, een laag, houten gebouw dat wemelde van mensen en rijtuigen, geen van allen op weg naar Parijs. Iedereen was blij de hoofdstad achter zich te kunnen laten en hoopte de kust te bereiken. Binnen puilden de ruimtes uit van opgetogen klanten die, in de veronderstelling zo goed als vrij te zijn, zaten te wachten op hun eten. Sommigen waren zelfs zo onvoorzichtig luid te praten met accenten die hun afkomst verrieden en de herbergier, een kil ogende man, leek die dwazen aan te moedigen. Anderen trokken zich terug in een hoekje en hielden zich stil. Het komen en gaan werd gadegeslagen door de graatmagere herbergierster die met haar kraaloogjes niets miste van wat er gebeurde. De grote zaal stond vol tafels onder knoestige houten balken die laag en zwaar boven de gasten hingen alsof ze de geheimen die werden uitgewisseld wilden afluisteren.

Yann had meteen een hekel aan deze plek. Terwijl Sido zich ging verkleden, vond hij een tafeltje in de hoek bij de haard, vanwaar hij de deur in het oog kon houden.

Om hem heen vroegen angstige mensen zich af of hun paspoorten goed genoeg waren om naar Londen te komen. Hij wist zeker dat sommigen van hen al hun geld en voedsel hadden uitgegeven om de stad uit te komen.

Aan de tafel naast hem zat een groep mannen luid te praten. Ze hadden duidelijk meer wijn op dan goed voor hen was en de herbergier vulde hun bekers bij zodra die leeg waren. Yann vroeg zich af waar hun koetsier was. Hij had het gevoel dat die hem wel eens met hun geld gesmeerd kon zijn.

Een van de mannen stond enigszins wankel op en boog toen Sido de zaal in kwam.

'Opstaan, onbeschoft stelletje,' riep hij tegen zijn vrienden. 'Zien jullie niet dat er een hooggeplaatste dame binnenkomt?' De gasten aan de andere tafels keken nieuwsgierig toe hoe de mannen met veel lawaai van schuivende stoelen opstonden.

'Niks zeggen,' zei Yann dringend tegen Sido. 'We gaan weg, loop achter me aan.'

Maar het was al te laat. Op hetzelfde moment werd de deur van de herberg opengegooid en kwamen er drie soldaten in het uniform van de Nationale Garde binnen. Yann wist dat ontsnappen niet meer mogelijk was. Hij keek naar de herbergier en zijn vrouw; die waren ongetwijfeld goed bevriend met deze mannen. De klanten bewogen zich onrustig als een school vissen die weet dat er een haai in de buurt is.

Een man met een als uit graniet gehouwen gezicht nam de leiding. Met zijn mouw veegde hij een klodder snot van zijn neus en toen nam hij de klanten in de zaal in zich op.

'Ik zie hier voor mij, als mijn ogen me niet bedriegen, en dat doen ze niet, mannen die hun plicht voor ons moederland Frankrijk zouden moeten doen, maar die 'm in plaats daarvan smeren naar Engeland. Stelletje aristoratten. Jullie papieren, uitschot!'

De twee andere soldaten liepen de zaal door, her en der stompen aan de gasten uitdelend. Een van de mannen aan de tafel naast Yann knipoogde naar zijn kameraden, hield een buidel met munten omhoog en fluisterde iets tegen de soldaat, die op de vloer spuugde en de buidel in zijn zak liet verdwijnen.

'Alweer een gulle donatie voor het oorlogsfonds!' riep hij uit. Hij pakte de arm van de man en hield die omhoog. 'Deze dacht zeker dat hij zijn verraad met smeergeld kon afkopen.'

Dit geld en alles waar ze verder de hand op zouden leggen, dacht Yann, werd ongetwijfeld verdeeld onder de herbergier, zijn vrouw en de drie soldaten.

Dezelfde soldaat begon de paspoorten van de mannen te bestuderen. Hij maakte er een hele toestand van.

'Moet je kijken,' bulderde hij. 'Stuk voor stuk verval-singen.' Hij overhandigde de paspoorten aan de officier.

De reizigers protesteerden, maar de officier negeerde hen. 'Neem ze mee,' beval hij. 'Ze hebben vast wel zin in een nachtelijk uitje naar Parijs.'

Steeds meer mensen werden naar buiten gesleept, tot alleen de stamgasten en Yann en Sido nog over waren.

Alle ogen waren op hen gericht. Nog één stukje ver-maak tot er weer nieuwe rijtuigen uit Parijs zouden ko-men en de hele voorstelling opnieuw begon.

De officier wierp een verlekkerde blik op Sido. 'En wat hebben we hier? Als dat geen dametje van adel is.'

'Pardon, sir,' zei Yann in gebroken Frans. 'Waar zijn uw manieren? U hebt het tegen mijn zuster. We zijn Engels.'

De officier griste hun paspoorten van tafel. 'Engels? Je

bent veel te donker om Engels te zijn.' Hij snoof en veegde zijn neus af.

Yann voelde Sido naast zich trillen en hij legde zijn arm stevig om haar heen.

'Nou, schatje, wat zeg jij ervan?'

Sido zei niets.

'Dus jij bent hier om Frans te leren? Ik wed dat je het al vloeiend spreekt.'

De officier hield de reisdocumenten tegen het licht en bestudeerde ze. Toen gaf hij ze terug. 'Jullie kunnen gaan.'

Yann voelde dat Sido wilde opstaan maar hij hield haar stevig vast. Ze zouden zich verraden als ze nu weggingen.

'Vooruit! Verstaan jullie geen Frans?' brulde de officier. Pas toen hij een gebaar naar de deur maakte, liepen Yann en Sido naar buiten. Sido's knieën knikten toen ze al die wanhopige mensen met touwen aan elkaar vastgeknoopt op een mestkar zag staan. Ze wist precies waar ze naartoe gebracht zouden worden: naar de gevangenis waar hen een zekere dood wachtte.

'Ho!' De officier liep hen achterna, bleef in de deuropening staan en spuugde op de grond. 'Hoe zei je dat jullie heetten?'

Yann liep door naar de koets.

'Hé, jij daar,' riep de officier. Yann draaide zich om en maakte een gebaar met zijn hand alsof hij wilde zeggen: Heb je het tegen mij?

De officier wuifde hem weg en stak zijn pijp opnieuw aan. Daar trapt iedereen altijd in, dacht hij. Dan geven ze in het Frans hun naam met titel en al. Deze jongeman was of eerlijk of de beste toneelspeler die hij in lange tijd gezien had.

35

Sido ging met bonkend hart in de koets zitten.

'Al die mensen,' zei ze. 'Ze dachten allemaal, net als wij, dat ze ontsnapt waren.' De ernst van wat er zojuist gebeurd was, drong nu pas tot haar door. Toen keek ze Yann aan en vroeg: 'Denk je dat mijn vader vermoord is?'

Yann knikte.

'Ik hoop dat hij zijn armen op zijn rug heeft gehouden,' zei Sido. 'Ik heb gezien dat de mensen die zichzelf probeerden te beschermen het langzaamst stierven. Hoe kan het dat ik dit zeg? Ik heb het over moord! Waarom toch? Wat is er met ons gebeurd?' Er rolde een traan over haar wang. 'Wat een waanzin. En ik heb mijn vader zomaar achtergelaten omdat ik zijn haat niet meer kon verdragen. Ben ik nu net zo erg als zij?'

'Nee, Sido.'

'En Kalliovski?'

'Ik zou niet weten hoe hij die menigte overleefd kan

hebben,' zei Yann. 'En we mogen best hopen dat ze, nu er vandaag zo veel onschuldige mensen zijn afgeslacht, in elk geval één man gepakt hebben die het verdiende.'

'Ik vraag me af of iemand echt onschuldig kan zijn. Ik dacht dat ik het was, maar moet je zien hoe ik mijn vader aan zijn lot heb overgelaten.'

'Je kon niets doen, Sido,' zei Yann. 'Het ging vandaag niet om keuzes maken, maar om geluk hebben. En jij hebt geluk gehad.' Hij haalde een deken tevoorschijn en legde die over haar heen. 'Nu moet je gaan slapen. Daarna zul je je wel beter voelen.'

Ze trok haar benen op en legde haar hoofd op zijn schoot.

Yann staarde uit het raampje terwijl de koets zich onder een zwarte hemel zonder sterren naar Dieppe repte.

Gewiegd door de bewegingen van de koets viel Sido vast in slaap. Yann leunde diep in gedachten in de kussens. Hij wist wat hij zou doen. Al die reizigers hadden hulp nodig bij hun ontsnapping. Er moest een manier zijn om mensen uit Parijs te krijgen, zonder hen uit te leveren aan de genade van bedriegers als Tull, de herbergier en zijn vrouw. De droom van Vrijheid, Gelijkheid en Broederschap, bedacht hij bedroefd, die een betere wereld voor iedereen had kunnen betekenen, was om zeep geholpen door de grootste vijanden van de mensheid: Stompzinnigheid, Hebberigheid en Geweld.

Terugkijkend op de gebeurtenissen van de afgelopen dag besefte hij dat hij steeds beter werd in het werken met de draden van licht. En elke keer werd de pijn in zijn hoofd draaglijker. Waartoe zou hij in staat zijn als hij echt ging oefenen? Er viel nog zoveel te leren en Têtu moest hem nog zoveel vertellen. Hij keek naar Sido, veegde zachtjes een haarlok uit haar gezicht en dacht aan de eerste keer dat hij haar gezien had, liggend in het hemelbed.

Als de situatie anders was, als er geen revolutie was, geen oorlog en geen draden van licht, als hij rijk was, zou hij dan met haar teruggaan naar Londen en haar ten huwelijk vragen? Hij glimlachte. Het antwoord was duidelijk. Ja. Ja, dat zou hij doen.

Maar de tijden waarin ze leefden maakten alles ingewikkeld. 'Ooit zal ik mijn fortuin maken,' zei hij hardop in de stilte van het rijtuig. 'En dan...'

Hij streelde Sido's wang en boog zich voorover om haar te kussen. Toen fluisterde hij wat hij in zijn hart altijd al geweten, maar wat hij nog nooit tegen iemand gezegd had. 'Ik houd van je. Voor altijd.'

Sido bewoog zich niet. Voor de eerste keer in dagen voelde ze zich veilig genoeg om in een diepe, droomloze slaap te vallen.

Ze ontwaakte toen ze Dieppe in reden en ging verward rechtop zitten, niet wetend waar ze was. Toen het tot haar doordrong glimlachte ze en streek haar kleren glad.

'Je bent door alle paardenwissels en door al het geschreeuw en gedoe heen geslapen. Je bewoog zelfs niet,' zei Yann. 'Voel je je nu beter?'

'Ik geloof het wel.'

Ze nam een slok uit de fles die Yann haar gaf. Toen haalde hij een pakketje brieven met een lint erom uit zijn knapzak en de brief die de markies aan Kalliovski had geschreven.

'Wat zijn dat?' vroeg Sido.

'Deze mag je lezen wanneer we zijn aangekomen. Dan zul je alles begrijpen en beseffen hoeveel je vader en moeder van jou hebben gehouden.'

'Nee,' zei Sido. 'Je zit er helemaal naast. Mijn vader haatte me. Hij heeft gezegd dat hij me dood wenste.'

'Waarom denk je dat hij zo'n hekel aan je had?'

'Hoe kun je nou het ene moment zeggen dat hij van me hield en me het volgende moment vragen waarom ik denk dat hij me haatte? Vanwege mijn manke been natuurlijk. Hij houdt van dingen zonder gebreken.'

'Het ging niet om je been. Stel je eens voor dat de markies je vader niet was.'

Sido dacht na. Het idee was nooit bij haar opgekomen en zou toch alles verklaren. Waarom haar vader haar haatte, waarom hij nooit over haar moeder sprak en waarom die niet was begraven in het familiegraf.

'O,' zei ze tenslotte. 'Ik dacht dat het door zijn ziekte kwam, maar nu begrijp ik waarom hij altijd tegen me schreeuwde. Hij dacht dat ik mijn moeder was. Geen wonder dat hij tegen me zei dat ik weg moest met mijn bastaard.'

Ze was een poosje stil.

'Ik heb een vreemde herinnering aan hem, de enige gelukkige,' zei ze toen. 'Een herinnering die niet bij de rest past. Misschien heb ik het gedroomd, maar we waren op het château en hij was samen met mijn moeder.' Ze stopte. 'Weet je wie mijn echte vader is?'

'Ja, de jongere broer van de markies, Armand de Villeduval. Hij was je vader.'

Sido hapte naar lucht. 'Weet je dat zeker?'

'Heel zeker, lees de brieven maar. De markies heeft een brief geschreven aan Kalliovski met het verzoek jullie allemaal te vermoorden. Dat heeft Kalliovski geprobeerd, maar jij hebt het overleefd. Je grootvader kreeg argwaan en liet jou een groot deel van zijn bezit na, dat naar je echtgenoot gaat op de dag van je huwelijk. De markies dacht waarschijnlijk dat hij over jouw geld zou kunnen beschikken als hij een echtgenoot zou kiezen die stom genoeg was en die hij onder de duim zou kunnen houden. Maar op iemand als Kalliovski had hij niet gerekend.'

*

Het was laat toen ze aankwamen. Tot hun plezier had Charles Cordell op hen gewacht.

'Dat hebben jullie snel gedaan,' zei hij. 'Ik heb gevraagd of ze wat eten voor jullie wilden bewaren.

Tijdens de maaltijd vertelden ze wat er in Parijs was gebeurd.

'De boodschapper van Têtu vertelde me dat het moorden nog steeds doorgaat, hoewel er inmiddels geen gevangenen meer in L'Abbaye over zijn. Het volk is verder opgetrokken naar de Conciergerie en andere plekken,' zei Cordell.

'Dan is er geen hoop voor de markies,' zei Sido. Het was de eerste keer dat ze niet het woord 'vader' gebruikte. Het was alsof er een gewicht van haar hart was weggenomen.

'Nee. Ik heb begrepen dat hij krankzinnig is geworden. Waarschijnlijk was het snel gebeurd. Ik denk dat hij niet heeft beseft wat er gebeurde. Het is vreselijk dat je dit allemaal hebt moeten doormaken, maar als het tij gunstig is zijn we morgen halverwege de ochtend weg uit Frankrijk en ligt alles achter je.'

Sido zei hen goedenacht en ging naar boven. Op de trap draaide zich om en keek naar Yann. 'Ben je hier morgen nog?'

Hij glimlachte zwijgend.

'Jij wilt vast ook naar bed,' zei Cordell. 'Zullen we morgen verder praten?'

'Nee, sir, ik vertrek morgenvroeg naar Parijs. Kunnen we nu praten?'

'Hoe is het met je schouder?'

'De wond klopt, maar heelt wel.'

'Morgen komt er een arts.'

'Dat had niet gehoeven.'

'Dat vind jij misschien, maar Têtu vermoordt me als ik er niet iemand naar laat kijken.'

'Ik ga hoe dan ook terug.'

'Je bent nog jong, en ik dacht dat je misschien...'

Cordell keek verbijsterd toe hoe Yann het Boek der Tranen van Kalliovski tevoorschijn haalde.

'Wat is dat?'

'Kijk maar eens.'

Voorzichtig sloeg Cordell het open op de eerste pagina waar de woorden 'De rode halsketting' stonden.

Hij barstte in lachen uit. 'Yann, je bent geweldig. Waar heb je dit gevonden?'

'In een van de automaten van Kalliovski, de Sinistere Zusters. Een van hen bewaakte dit boek. Ze noemde het het Boek der Tranen.'

Cordell bladerde door pagina's met namen. Toen keek hij op, zette zijn bril af en wreef over zijn slapen.

'Hoe is het mogelijk. Al die mensen zijn hem enorme bedragen schuldig. En velen zijn klant van de bank. Je hebt een beerput opengetrokken. Heeft Kalliovski inderdaad, zoals hij beweerde, een bijna menselijke machine gemaakt?'

'Nee, verre van dat. De kennis die hij heeft, weet hij niet in te zetten. Wist u dat Tull voor hem werkt?'

'Nee, dat wist ik niet, maar het verbaast me ook niet.'

'Er zijn mensen die een lieve duit verdienen met het verraden van hun klanten.'

'Je hebt gelijk, Yann. Na vandaag zal, verwacht ik, een grote groep wanhopige mensen alles op het spel zetten om uit Frankrijk te ontsnappen. En dan heb ik het niet alleen over mensen van adel, maar ook over iedereen die goederen leverde aan de aristocratie. En iedereen die er slim genoeg uitziet om die ene, niet te beantwoorden vraag te stellen: wat is er met onze grootse en prachtige droom gebeurd?'

'Dat denk ik ook. Têtu en ik kunnen die mensen helpen. Het theater is een prachtige dekmantel. Niemand zal vermoeden wat we doen.'

'Meneer Laxton en ik hebben het hierover gehad,' zei Cordell. 'Je hebt al bewezen dat je mensen uit Parijs kunt smokkelen. Samen met Têtu kun je heel wat mensenlevens redden. Je hebt unieke gaven, Yann, waar in de komende maanden veel behoefte aan zal zijn. Maar vertel me voor je weggaat: weet je zeker dat Kalliovski dood is?'

'De laatste keer dat ik hem zag was hij in handen van het volk gevallen. Ik weet zeker dat ze hem vermoord hebben.'

'Mooi zo,' zei Cordell. 'Ik hoop het voor jullie allemaal.'

Ze schudden elkaar de hand.

'Ik wens je een veilige terugreis. We houden contact,' zei Cordell.

*

Die nacht, te midden van de niet-aflatende moordpartij-
en, ging de duivel op pad. Hij had de roep van vers bloed
nooit kunnen weerstaan en nu waren de slachtoffers in
deze gewonde stad talrijker dan ooit. Als altijd zocht hij
één verdoemde ziel om die zijn vurige levensadem in te
blazen. En hij werd niet teleurgesteld: daar, te midden
van de stervenden en gestorvenen, lag citoyen Kalliovski
met zijn hond Balthazar.

Kalliovski was woest over zijn eigen dood. Hij, een gokker, was verraden door de Hartendame en haar bastaard,
de Ruitenboer. Het kind dat Anis ter wereld had gebracht,
was van hem en heette Yann Margoza.

36

De volgende ochtend werd Yann vroeg wakker. Hij had tegen Cordell gezegd dat hij weg wilde zijn voordat de anderen wakker werden, waarmee hij bedoelde: voor Sido wakker zou zijn. In de koets had hij beseft dat hij niet voor zichzelf kon instaan als hij haar weer zou zien en zijn besluit om terug te keren naar Parijs mocht niet aan het wankelen gebracht worden.

Hij waste zich en trok zijn kleren aan. De koorts van gisteren was verdwenen. Toen pakte hij zijn knapzak en begaf zich naar de hal van het hotel.

Daar stond Sido hem op te wachten.

'Dus je gaat weg zonder gedag te zeggen?' vroeg ze.

'Ik wilde je niet van streek brengen.'

'Je ziet dat ik soms ook jouw gedachten kan lezen. Als je was weggegaan, had ik nooit de kans gehad je te bedanken. Ik heb de brieven gelezen.'

'Dan weet je dus hoeveel ze om je gaven.'

'Ja, ze waren van plan in Engeland een nieuw leven te beginnen. Ik wilde dat... dat...'

Wat ze had gewild, kon ze niet zeggen. 'Ik wilde dat je niet terug hoefde,' zei ze daarom.

Hij nam haar bij de arm en samen liepen ze de tuin in. Over het gras hing nog ochtendmist en de lucht rook naar zilte zee en bladeren. Het zou een heldere dag worden. Zwijgend liepen ze naast elkaar, elk in gedachten verzonken.

'Weet je wat het is,' zei Yann na een poosje. 'Als ik met jou meega naar Londen, lukt het me nooit meer om terug te komen. Maar er is hier zoveel te doen en er moeten zo veel mensen gered worden. En ik kan dat, Sido.' Hij deed de ketting met de schelp af die om zijn hals hing. 'Dit heb ik gekregen van Tobias Cooper, een zigeuner. Het is een amulet dat je geluk zal brengen. Ooit kom ik terug om het op te halen, dat beloof ik je.'

Sido nam het voorzichtig van hem aan. De schelp kwam uit een land dat ze niet kende, en toch begreep ze de waarde ervan. Ze hield het amulet stevig in haar hand. 'Je moet gaan.'

Hij hief haar gezicht op en kuste haar. Als belofte een smaak had, dan was het deze: de smaak van Sido's lippen. Met deze kus bezegelde hij hun beider lot en vlocht hij de draden van licht in elkaar die hen sinds hun eerste ontmoeting verbonden hadden.

'Wat er ook gebeurt, Sido, je moet je leven leven. Leef voor het nu en kijk niet om.'

Toen kuste hij haar voor het laatst.

Nog lang nadat hij weg was, stond Sido in de tuin. Alles wat ze hem niet had durven vertellen fluisterde ze in de schelp. Haar woorden dreven weg op de bries die hem, al wist ze dat niet, zou vinden en met hem mee zou reizen.

Ze vormden de magische spreuk die hem eens bij haar zou terugbrengen.

*

Hiermee is ons verhaal afgelopen. Maar in het einde ligt een nieuw begin besloten.

De historische achtergrond van dit verhaal

De rode halsketting is fictie. Ik ben een verhalenverteller, geen historicus. Hoewel ik me uitgebreid heb verdiept in de periode waarin dit verhaal speelt, besef ik dat sommige details de goedkeuring van een echte geschiedkundige niet kunnen wegdragen. Er zijn talloze uitstekende boeken geschreven over de Franse Revolutie, waarvan ik er heel wat heb geraadpleegd. Ook heb ik veel ooggetuigenverslagen en brieven uit die tijd gelezen. Historische onjuistheden vallen onder de verantwoordelijkheid van mij als verhalenverteller.

Over de revolutie is veel overgeleverd, maar dat geldt niet voor de zigeuners, wier verhaal met dit boek verweven is. Door de geschiedenis heen hebben zij overal geleden onder vervolgingen.

Parijs was in de achttiende eeuw het centrum van de intellectuele wereld, van mode en smaak. Terwijl de koning nog met absolute macht regeerde en op het platteland de feodale heersers de scepter zwaaiden, werd in

Parijs de Eeuw van de Verlichting geboren.

Op het wereldtoneel was Engeland Frankrijks grootste vijand. De Fransen die zich vernederd voelden door de Engelse verovering van Canada in 1763, zagen in 1770 de opstand in Amerika als een kans op wraak. Koning Louis XVI sloot enorme leningen af om de jonge natie met een vloot te ondersteunen. In 1781 gaven de Engelsen zich bij Yorktown over, waarmee de Amerikanen hun onafhankelijkheid veiligstelden. De Fransen hoopten, nu de Engelsen verdreven waren, handel te kunnen drijven met hun nieuwe vrienden, maar de Amerikanen bleven liever zaken doen met hun oude partners. Toen de Franse koning zijn leningen moest gaan afbetalen, raakte het land in een crisis.

De Franse kolonies werden verscheurd door elkaar vijandig gezinde provincies en rivaliserende bevolkingsgroepen. De adel en de geestelijkheid genoten allerhande privileges en hoefden geen belasting te betalen, het volk daarentegen had geen rechten en betaalde veel belasting. Het land dreigde failliet te gaan. De koning riep daarop de Staten-Generaal bijeen in de hoop een oplossing te vinden voor de crisis. Daarin waren de drie standen vertegenwoordigd: de Eerste Stand werd gevormd door de kerk, de Tweede door de adel en de Derde bestond uit de boeren en de middenklasse, die alle belastingen betaalden. Daarmee is de onrechtvaardigheid van de hele situatie wel geschetst.

Terwijl Frankrijk de uitkomsten van de Staten-Generaal afwachtte, woedde er in de zomer van 1788 een vreselijke hagelstorm die al het graan platsloeg en de olijven- en de druivenoogst verwoestte. In november volgde een van de strengste winters in de geschiedenis. Alles bevroor en er heerste hongersnood. Toen het volk de problemen voorlegde aan de Staten-Generaal, verwachtte men ingrijpende maatregelen, maar de koning en de adel verzetten zich daartegen. Daarop vormden de leden van de Derde Stand een Nationale Assemblee, die vastbesloten was het volk meer macht te geven.

Louis XVI was bang de greep op de situatie te verliezen en gaf bevel het gebouw waar de Nationale Assemblee bijeenkwam te sluiten. De Assemblee week daarop uit naar een nabijgelegen tennishal en zwoer niet uiteen te gaan voor Frankrijk een grondwet had.

De koning en zijn vertrouwelingen besloten in het geheim de Nationale Assemblee te dwarsbomen door om te beginnen Necker te ontslaan, de Zwitserse bankier die was aangesteld als minister van Financiën. Necker was enorm populair en had eerdere pogingen om het werk van de Nationale Assemblee onmogelijk te maken weten te verhinderen. De bewoners van Parijs, die zagen dat hun laatste hoop op redding verkeken was, bestormden de Bastille. Drie dagen later kwam de koning naar de stad en boog zijn hoofd voor de revolutie.

In augustus 1789 werd het feodale stelsel afgeschaft, evenals de vele privileges waar de adel en de geestelijkheid van profiteerden.

In april 1791 kwamen de ware gevoelens van Louis XVI aan het licht toen hij met de koninklijke familie probeerde te ontsnappen en overladen met hoon naar Parijs werd teruggevoerd.

Het jaar daarop werd de oorlog verklaard aan Australië en haar bondgenoten, die onderdak hadden geboden aan adellijke contrarevolutionairen en samenzweerders.

De monarchie werd uiteindelijk afgeschaft in augustus 1792 en op 2 september begonnen de moordpartijen. Daarbij werden – naar later kwam vast te staan – circa vijftienhonderd mensen afgeslacht, hoewel men in die tijd aannam dat er tienduizenden waren omgekomen.

De guillotine, het symbool van de Terreur, was ontwikkeld naar voorbeeld van twee eerdere apparaten: een ontwerp uit Halifax en de Schotse Maagd. Wat de versie van Dr. Joseph-Ignace Guillotin uniek maakte, waren enkele verbeteringen, zoals de hoek van het mes en de beugel voor het hoofd.

Mijn verhaal speelt in het begin van de Franse Revolutie. Die begon met nobele idealen van mensen als Robespierre, Danton en Marat die geloofden in gelijkheid en vrijheid, en verontwaardigd waren over het maatschappelijk onrecht. Toen de periode van Terreur aanbrak, gingen deze ideeën verloren en was niemand meer veilig voor de onstilbare honger van de guillotine. Zo veranderde de Revolutie in een nachtmerrie en werd een symbool van menselijke wreedheid en domheid.

Of, zoals Danton zei: 'Wat u tot nu toe gezien hebt, zijn slechts rozen.'

Woord van dank

Om te beginnen wil ik graag Jane Fior bedanken voor al haar steun en hulp bij mijn pogingen om een goede eerste versie te maken; en Judith Elliott voor haar onvermoeibare redactiewerk en haar steun. Haar echtgenoot Donald Davis verdient mijn dank omdat hij het die laatste maanden zo vaak zonder haar heeft moeten stellen. Jacky Bateman bedank ik voor het verbeteren van al mijn spelfouten en grammaticale blunders.

Ik wil ook Diana en Bruno Costes Brook van La Puisaye in Auve, Normandië, bedanken omdat ze zo goed voor me hebben gekookt en gezorgd en zo veel uitstapjes naar kastelen en andere interessante plekken hebben geregeld die mijn verblijf in Frankrijk tot zo'n heerlijke tijd hebben gemaakt. Mary Stewart bedank ik voor haar rondleiding door het Parijs van de achttiende eeuw; Lauri Hornik voor al haar slimme en handige aantekeningen. Natuurlijk ook veel dank voor mijn agent en lieve vriendin Rosemary Sandberg. Dr. David Andress, docent moderne Europese geschiedenis aan de universiteit van Portsmouth, bedank ik voor het doorlezen van mijn manuscript en het rechtzetten van alle historische onjuistheden; Thomas Acton, professor Romani studies aan de Universiteit van Greenwich, voor het delen van zijn grote kennis.

En *last but not least* bedank ik Fiona Kennedy en haar team bij Orion, en de afdeling Verkoop en Marketing voor al hun werk. Vooral Lucie Stericker wil ik vermelden omdat ze zo'n prachtig omslag heeft gemaakt.

Het lijkt onder schrijvers tegenwoordig mode te zijn om alles en iedereen te noemen; maar ik ben alle mensen die hierboven genoemd worden oprecht dankbaar. Ze hebben stuk voor stuk enorm veel bijgedragen aan dit boek.

Nog één dan: mijn hond Oscar moet genoemd worden voor alle uren die hij naast me heeft gezeten terwijl ik op mijn laptop zat te typen. Hij heeft geduldig geluisterd toen ik mijn boek aan hem voorlas; wandelingen moeten overslaan als het werk goed ging en mijn humeur moeten verdragen als het niet wilde vlotten. Ik ben benieuwd wat hij van *De rode halsketting* vindt.